Biblioteca

LIANE MORIARTY

El secreto de mi marido

Traducción de
Mario Grande

DEBOLS!LLO

Título original: *The Husband's Secret*

Primera edición en Debolsillo: julio de 2015

© 2013, Liane Moriarty. Todos los derechos reservados
© 2015, Penguin Random House Grupo Editorial, S.A.U.
Travessera de Gràcia, 47-49. 08021 Barcelona
© 2013, Mario Grande, por la traducción
© 2021, Penguin Random House Grupo Editorial USA, LLC
8950 SW 74th Court, Suite 2010
Miami, FL 33156

Impreso en México – *Printed in Mexico*

ISBN: 978-84-663-3141-8

21 22 23 24   10

Para Adam, George y Anna
Y para Amelia

«Errar es humano, perdonar es divino».

ALEXANDER POPE

Pobre, pobre Pandora. Zeus la envía a casarse con Epimeteo, un hombre no demasiado brillante a quien ni siquiera conoce, llevando como regalo nupcial un ánfora misteriosa herméticamente tapada. Nadie le ha explicado el contenido del ánfora. Nadie le ha advertido que no la destape. Pero, naturalmente, ella la abre. ¿Qué otra cosa puede hacer? ¿Cómo iba a saber que todas esas terribles calamidades iban a escapar del interior para atormentar para siempre al género humano y que lo único que quedaría dentro sería la esperanza? ¿Cómo no había una etiqueta de advertencia?

Y, luego, todo el mundo exclamaría: Oh, Pandora. ¿Dónde está tu fuerza de voluntad? Te dijeron que no abrieras esa caja, tú, chica fisgona, mujer de insaciable curiosidad, contempla ahora lo que has hecho. Y ella se defenderá. Para empezar era un ánfora, no una caja, y, además, cuántas veces tendrá que decirlo, ¡nadie le dijo que no la destapara!

LUNES

CAPÍTULO UNO

Todo empezó a causa del Muro de Berlín.

De no haber sido por el Muro, Cecilia no habría encontrado nunca la carta ni estaría ahora aquí sentada, a la mesa de la cocina, sin decidirse a abrirla.

El sobre de un tono grisáceo estaba cubierto de una fina capa de polvo. Las palabras, escritas con bolígrafo azul de punta fina, con una letra tan familiar como la suya propia. Le dio la vuelta. Estaba sellado con una tira amarillenta de cinta adhesiva. ¿Cuándo se habría escrito? Parecía antiguo, como si se hubiera escrito hacía muchos años, aunque no podría asegurarlo con certeza.

No iba a abrirlo. Estaba meridianamente claro que no debía abrirlo. Era la persona más resuelta que conocía y ya había decidido no abrir el sobre, de manera que no iba a darle más vueltas.

Aunque, bien mirado, ¿qué podía pasar si lo abría? Cualquier mujer lo abriría sin pensar. Hizo una lista mental de todas sus amigas y pensó cuál sería su respuesta si las llamara por teléfono ahora mismo y les pidiera su opinión.

Miriam Openheimer: Síí. Ábrelo.

Erica Edgecliff: Te estás quedando conmigo, ya estás abriéndolo.

Laura Marks: Debes abrirlo y luego leérmelo en voz alta.

Sarah Sacks: No tendría sentido preguntarle a Sarah, porque es incapaz de tomar una decisión. Si Cecilia le preguntaba si quería té o café, se quedaba un minuto con el ceño fruncido sopesando los pros y los contras de las respectivas bebidas antes de acabar diciendo: «¡Café! ¡No, espera, té!». Una decisión como la del sobre le costaría un derrame cerebral.

Mahalia Ramachandran: De ninguna manera. Sería una falta total de respeto a tu marido. No debes abrirlo.

Mahalia podía resultar un tanto tajante en ocasiones, con esos inmensos ojos castaños suyos tan moralistas.

Cecilia dejó la carta en la mesa de la cocina y fue a poner la tetera.

Maldito Muro de Berlín y la dichosa Guerra Fría y quienquiera que fuese el que, en el año mil novecientos cuarenta y tantos, se puso a meditar sobre el problema de qué hacer con aquellos ingratos alemanes; el mismo que, de pronto, chasqueó los dedos y dijo: «¡Ya lo tengo, qué diantre! ¡Levantaremos un puñetero muro enorme y mantendremos a esos desgraciados dentro!».

Aquellas no parecían las palabras de un brigada británico.

Esther sin duda sabría a quién se le había ocurrido la idea del Muro de Berlín. Era capaz incluso de ponerle fecha de nacimiento. Debió de ser un hombre, por supuesto. Solo un hombre podía concebir algo tan despiadado: tan intrínsecamente estúpido, a la vez que brutalmente efectivo.

¿Era eso sexista?

Llenó la tetera, la enchufó y quitó las gotas de agua del fregadero con papel de cocina para dejarlo reluciente.

Una de las madres del colegio, que tenía tres hijos prácticamente de la misma edad que las tres hijas de Cecilia, había dicho que cierto comentario de Cecilia era «un pelín sexista», justo antes de empezar la reunión de la Comisión de Festejos la semana pasada. Cecilia no podía recordar qué había dicho, pero no había pasado de ser una broma. Además, ¿no era hora de que las mujeres se pudieran permitir ser sexistas durante los próximos dos mil años o así, hasta empatar el partido?

Tal vez ella fuera sexista.

La tetera empezó a hervir. Introdujo una bolsa de té Earl Grey y contempló cómo se expandían por el agua las volutas oscuras como si fueran de tinta. Había cosas peores que ser sexista. Por ejemplo, podías ser de esas personas que juntan los dedos cuando quieren indicar «un pelín».

Miró el té y suspiró. Ahora mismo le vendría bien una copa de vino, pero se había prohibido el alcohol durante la Cuaresma. Ya solo quedaban seis días. Tenía una botella de Shiraz del bueno lista para abrir el Domingo de Pascua, cuando esperaba a comer a treinta y cinco adultos y veintitrés niños, y entonces sí que lo iba a necesitar. Solía ejercer de anfitriona en Pascua, así como el Día de la Madre, el Día del Padre y en Nochebuena. John-Paul era el mayor de seis hermanos, todos ellos casados y con hijos. Una auténtica multitud. Por eso, la clave residía en la planificación. Una meticulosa planificación.

Se sirvió una taza té y se la llevó a la mesa. ¿Por qué decidió dejar el vino durante la Cuaresma? Polly era más sensata. Se había quitado la mermelada de fresa. Cecilia nunca había visto a Polly manifestar poco más que un interés pasajero por la mermelada de fresa, si bien ahora solía encontrarla con la puerta del frigorífico abierta y mirándo el tarro con ansia. El poder de la renuncia.

—¡Esther! —llamó.

Esther estaba en la habitación contigua viendo con sus hermanas *The Biggest Loser* al tiempo que compartían una bolsa gigante de patatas fritas con sal y vinagre que había sobrado de la barbacoa del Día de Australia unos meses antes. Cecilia no entendía por qué a sus tres esbeltas hijas les encantaba ver sudar, llorar y pasar hambre a gente obesa. No parecía estar contagiándoles hábitos de alimentación saludables. Debería entrar y confiscarles la bolsa de patatas fritas, solo que habían cenado salmón y brócoli al vapor sin protestar y no se veía con fuerzas para empezar una discusión.

Oyó un grito procedente de la televisión: «¡No se consigue nada sin esfuerzo!». No le pareció mal que sus hijas escucharan una frase como esa. Nadie lo sabía mejor que ella. Pero, de todas formas, no le gustaban los gestos de repugnancia que se dibujaban en sus tersos rostros juveniles. Se cuidaba mucho de hacer comentarios negativos sobre el aspecto físico delante de sus hijas, aun cuando no podía decir lo mismo de sus amigas. El otro día, sin ir más lejos, Miriam Openheimer dijo lo suficientemente alto como para que todas sus impresionables hijas lo oyeran: «¡Dios, mirad qué tripa tengo!», y se pellizcó la carne con los dedos como si fuera algo asqueroso. Magnífico, Miriam, como si nuestras hijas no recibieran ya un millón de mensajes al día para odiar su cuerpo.

Aunque la verdad es que la tripa de Miriam estaba un poco fofa.

—¡Esther! —volvió a llamar.

—¿Qué pasa? —respondió Esther en un tono paciente y sufrido que Cecilia sospechó era una imitación inconsciente del suyo.

—¿De quién fue la idea de levantar el Muro de Berlín?

—Bueno, ¡lo más seguro es que fuera de Nikita Khrushchev! —respondió Esther inmediatamente, recreándose en la pronunciación del exótico nombre, con su peculiar interpretación de la fonética rusa—. Era algo así como el primer ministro de Rusia, solo que era el que mandaba en todo. Pero podía haber sido...

Sus hermanas saltaron al momento con su impecable cortesía habitual.

—¡Calla, Esther!

—¡Esther! ¡No puedo oír la televisión!

—¡Gracias, cariño! —Cecilia tomó un sorbo de té y se imaginó viajando hacia atrás en el tiempo y ajustándole las cuentas al tal Khrushchev.

No, señor Khrushchev, te vas a quedar sin muro. No va a ser la prueba de que el comunismo funciona. No va a funcionar de ninguna manera. Ahora, mira, estoy de acuerdo en que el capitalismo no es la maravilla de las maravillas. Si quieres te enseño la última factura de mi tarjeta de crédito. Pero lo que de verdad necesitas es volver a ponerte la gorra de pensar.

Y luego, cincuenta años después, Cecilia no habría encontrado esta carta que le estaba haciendo sentirse tan..., ¿cómo decirlo?

Descentrada. Eso era.

Le gustaba sentirse centrada. Estaba orgullosa de su capacidad para centrarse. La vida cotidiana se componía de mil piezas diminutas —falta cilantro, cortar el pelo a Isabel, quién cuida de Polly el martes cuando lleve a Esther al logopeda—, como uno de esos enormes rompecabezas que Isabel solía pasarse horas haciendo. Y, sin embargo, Cecilia, que no tenía paciencia para los puzles, sabía a la perfección dónde encajaba cada diminuta pieza de su vida y dónde había que ponerla.

Bueno, de acuerdo, quizá la vida que llevaba no tuviera nada de insólito o impresionante. Era una madre metida en la junta del colegio y representante de Tupperware a tiempo parcial, no una actriz o una agente de seguros o... una poetisa residente en Vermont. (Cecilia había descubierto hacía poco que Liz Brogan, una chica del instituto, era ahora una laureada poetisa residente en Vermont. Liz, la que tomaba sándwiches de queso y Vegemite* y siempre perdía el abono de transporte. Cecilia tuvo que hacer de tripas corazón para no dejarse llevar por el disgusto. No es que ella quisiera escribir poesía. Lo que pasa es que si alguien parecía destinada a una vida anodina esa era Liz Brogan). Por supuesto, Cecilia nunca había aspirado más que a la normalidad. A veces se sorprendía a sí misma pensando: *Aquí estoy, la típica madre de un barrio residencial,* como si alguien la hubiera acusado de hacerse pasar por algo más, por alguien superior.

Otras madres hablaban de su sensación de agobio y las dificultades de centrarse en algo, y siempre estaban diciendo: «¿Cómo puedes con todo, Cecilia?», y ella no sabía qué responder. Lo cierto es que no comprendía qué era lo que les parecía tan difícil.

Pero ahora, inexplicablemente, salvo por su relación con aquella estúpida carta, todo parecía estar en peligro. No era lógico.

Quizá no tenía nada que ver con la carta. Quizá fuera hormonal. Según el doctor McArthur, podía estar entrando en la «premenopausia». («De eso, nada», había saltado Cecilia como un resorte, como si respondiera a un insulto amable y chistoso).

Tal vez fuera un caso de esa ansiedad indefinible que sabía que experimentaban algunas mujeres. Otras mujeres. Siempre había pensado que las personas con ansiedad molaban. Personas ansiosas entrañables como Sarah Sacks. Le entraban ganas de acariciar sus cabezas tan repletas de preocupaciones.

Tal vez, si abría la carta y veía que no era nada, volvería a centrarse. Tenía cosas que hacer. Dos lavadoras que tender. Tres llamadas telefónicas urgentes que hacer. Comprar pan sin

---

* Vegemite: es una pasta para untar especialmente en sándwiches y tostadas de sabor salado y color marrón.

gluten para los miembros con intolerancia al gluten del School Website Project (es decir, Janine Davidson) que se reunían al día siguiente.

Aparte de la carta, había otras cosas que le provocaban ansiedad.

El asunto del sexo, por ejemplo. Siempre estaba al fondo de su mente.

Frunció el ceño y pasó las manos por los costados a la altura de la cintura. Los «músculos oblicuos», según su profesor de Pilates. Oh, mira, el sexo no era nada. En realidad, no lo tenía en mente. Se negaba a pensar en ello. Carecía de importancia.

Era verdad, tal vez, que desde cierta mañana del año pasado se le había hecho palpable una sensación latente de fragilidad, una intuición de que aquella vida de cilantro y lavadoras podía venirse abajo en cualquier momento y la normalidad esfumarse, y de pronto te convertías en una mujer arrodillada, con el rostro vuelto al cielo, y algunas mujeres iban corriendo a ayudarte, mientras que otras apartaban la vista y pensaban, aun cuando no lo dijeran con palabras: *Que no me toque a mí.*

Cecilia volvió a ver por enésima vez al pequeño Spiderman volando. Ella era una de las mujeres que corrían. Bueno, por supuesto que sí, después de abrir de golpe la puerta del coche, aun sabiendo que nada de lo que ella hiciera cambiaría las cosas. No era su colegio, ni su barrio ni su distrito. Ninguna de sus hijas había jugado jamás con el pequeño Spiderman. Ella misma nunca había tomado café con la mujer arrodillada. Dio la casualidad de que estaba parada en el semáforo del cruce cuando ocurrió. Un niño de unos cinco años, vestido con el disfraz rojiazul completo de Spiderman aguardaba en la acera de la mano de su madre. Era la Semana del Libro. Por eso el niño iba disfrazado. Cecilia se quedó mirándolo y pensando: *Mmm, en realidad Spiderman no es el personaje de un libro,* cuando inexplicablemente, al menos para ella, el niño se soltó de la mano de su madre, bajó el bordillo y se adentró en el tráfico. Cecilia dio un grito. Además, según recordaba, después aporreó instintivamente el claxon con el puño.

Si Cecilia hubiera pasado unos momentos después no lo habría visto. Diez minutos después y la muerte del niño no habría significado para ella más que otro desvío del tráfico. Ahora era un recuerdo que probablemente haría que sus nietos le dijeran algún día: «No me aprietes tanto la mano, abuela».

Estaba claro que no existía relación alguna entre el pequeño Spiderman y la carta.

Pero la imagen le venía a la cabeza en los momentos más peregrinos.

Cecilia deslizó la carta con la punta de los dedos hasta el otro lado de la mesa y tomó un libro de la biblioteca de Esther: *Auge y caída del Muro de Berlín*.

Conque el Muro de Berlín. Maravilloso.

La primera noticia de que el Muro de Berlín estaba a punto de convertirse en parte importante de su vida la había tenido esa mañana durante el desayuno.

Cecilia y Esther estaban sentadas en la mesa de la cocina. John-Paul se encontraba de viaje en Chicago hasta el viernes, e Isabel y Polly seguían durmiendo.

Cecilia no solía sentarse allí por las mañanas. Por lo general desayunaba de pie junto a la encimera mientras preparaba los almuerzos, comprobaba los pedidos de Tupperware en el iPad, vaciaba el lavaplatos o enviaba mensajes a clientes sobre sus citas y demás, pero esta era una rara oportunidad para disponer de algún tiempo a solas con su peculiar y querida hija mediana, de modo que se sentó con su muesli Bircher, mientras Esther despachaba un cuenco de copos de arroz, y esperó.

Había aprendido eso con sus hijas. A no decir una palabra. A no hacer preguntas. A darles tiempo suficiente, hasta que ellas acababan contándole lo que tuvieran en la cabeza. Era como pescar. Exigía silencio y paciencia. (O eso había oído. Cecilia prefería clavarse clavos en la frente antes que ir de pesca).

El silencio no era algo espontáneo en ella. Cecilia era habladora. «En serio, ¿es que nunca cierras el pico?», le había dicho en cierta ocasión un antiguo novio. Hablaba mucho cuando estaba nerviosa. Aquel antiguo novio la debía de haber puesto nerviosa. Aunque también hablaba mucho cuando estaba contenta.

Pero esa mañana no dijo nada. Se limitó a desayunar y esperar hasta que, efectivamente, Esther se puso a hablar.

—Mamá —dijo con el leve ceceo de su vocecilla ronca y precisa—, ¿tú sabías que hay gente que escapó por encima del Muro de Berlín en globos fabricados por ellos mismos?

—No lo sabía —respondió Cecilia, aunque bien podría haberlo sabido.

Adiós, Titanic; hola, Muro de Berlín, pensó.

Habría preferido que Esther le hubiera contado qué tal se encontraba en ese momento, sus preocupaciones sobre el colegio, las amigas, cuestiones relacionadas con el sexo, pero no, ella quería hablar del Muro de Berlín.

Esther había cultivado ese tipo de aficiones o, mejor dicho, obsesiones, desde que tenía tres años. Primero fueron los dinosaurios. Es verdad que a muchos chicos les interesan los dinosaurios, pero el interés de Esther era, bueno, agotador, para ser sinceros, y un tanto peculiar. Era lo único que le interesaba. Dibujaba dinosaurios, jugaba con dinosaurios, se disfrazaba de dinosaurio. «No soy Esther», decía. «Soy T-Rex». Todos los cuentos antes de acostarse tenían que ser sobre dinosaurios. Todas las conversaciones debían guardar alguna relación con los dinosaurios. Menos mal que a John-Paul también le interesaban, porque Cecilia se aburría a los cinco minutos. (¡Ya se habían extinguido! ¡No había nada más que decir!). John-Paul llevó a Esther a visitar ex profeso el museo. Le llevó a casa algunos libros. Se sentaba con ella horas y horas mientras hablaban de herbívoros y carnívoros.

Posteriormente, los «intereses» de Esther habían abarcado desde las montañas rusas a los sapos de caña. Últimamente le había dado por el Titanic. Ahora que ya tenía diez años, era lo bastante mayor como para buscar por su cuenta en la biblioteca y en la red, y Cecilia estaba asombrada de la información que recogía. ¿Qué niña de diez años se echaba en la cama a leer libros de historia tan grandes y gruesos que apenas podía sujetarlos?

«¡Anímela!», decían sus profesores, pero a veces Cecilia se preocupaba. Le parecía que Esther podía tener algo de autista o, al menos, que se encontraba en algún punto del espectro del autismo. La madre de Cecilia se había reído cuando ella le contó sus preocupaciones. «¡Pero si Esther es exactamente igual que tú de pequeña!», dijo. (Eso no era verdad. No podía compararse con guardar en perfecto orden la colección de muñecas Barbie).

—Pues yo tengo un fragmento del Muro de Berlín —le había dicho Cecilia a Esther esa mañana, porque se había acordado de repente; y fue muy gratificante ver cómo a su hija se le iluminó la cara—. Estaba en Alemania cuando la caída del Muro.

—¿Puedo verlo? —preguntó Esther.

—Puedes quedártelo, cariño.

Joyas y ropas para Isabel y Polly. Un fragmento del Muro de Berlín para Esther.

Cecilia, que contaba entonces diecinueve años, había pasado seis semanas de vacaciones recorriendo Europa con su amiga Sarah Sacks en 1990, pocos meses después del anuncio de la caída del Muro. (La famosa indecisión de Sarah compensada con la famosa resolución de Cecilia las convertía en perfectas compañeras de viaje. Ni conflictos ni nada).

Al llegar a Berlín se encontraron con un montón de turistas a lo largo del Muro, tratando de llevarse fragmentos de recuerdo, valiéndose de llaves, piedras o lo primero que encontraban. El Muro era como la osamenta gigantesca de un dragón que hubiera aterrorizado a la ciudad en otro tiempo y los turistas eran los cuervos picoteando entre sus restos.

Sin las herramientas adecuadas era prácticamente imposible hacerse con un fragmento en condiciones, de manera que Cecilia y Sarah decidieron, bueno, más bien lo decidió Cecilia, comprárselo a los vecinos emprendedores que habían extendido alfombras donde exponían variadas ofertas. Efectivamente, había triunfado el capitalismo. Se podía comprar de todo, desde fragmentos grises del tamaño de canicas a bloques enormes con grafitis pintados con aerosoles.

Cecilia no podía recordar cuánto había pagado por la diminuta piedra gris, que podía haber salido de cualquier jardín. «Seguro que es así», había dicho Sarah la noche en que tomaron el tren para salir de Berlín y ambas se habían reído de su propia credulidad, pero al menos se habían sentido partícipes de un hecho histórico. Cecilia había guardado el fragmento en una bolsa de papel con la leyenda: MI FRAGMENTO DEL MURO DE BERLÍN y, al regresar a Australia, lo había tirado a una caja con el resto de recuerdos que había reunido: posavasos, billetes de tren, menús, monedas extranjeras, llaves de hotel.

Ahora lamentaba no haberse concentrado más en el Muro, haber sacado más fotos, haber recopilado más anécdotas que podría haberle contado a Esther. En realidad, lo que mejor recordaba del viaje a Berlín era haber besado a un guapo muchacho alemán de pelo castaño en una discoteca. El chico se había dedicado a sacar los cubitos de hielo de su bebida y pasárselos por la clavícula, pero lo que en su momento le pareció increíblemente erótico, ahora le parecía antihigiénico y pegajoso.

Ojalá hubiera sido una de esas chicas curiosas y con una fuerte conciencia política que entablaban conversación con la gente de allí sobre lo que significaba vivir a la sombra del Muro. En lugar de eso, ahora a su hija no podía contarle más que historias de besos y cubitos de hielo. Por supuesto, a Isabel y Polly les encantaría oír hablar de besos y cubitos de hielo. O tal vez solo a Polly. Isabel había llegado a esa edad en la que el solo pensamiento de su madre besando a alguien le parecía vergonzoso.

Cecilia puso «Encontrar fragmento del Muro de Berlín para E» en la lista de cosas por hacer ese día (ya tenía apuntadas veinticinco; se valía de una aplicación del iPhone para hacer la lista) y, a eso de las dos de la tarde, entró en el desván a buscarlo.

Quizá fuera mucho decir llamar desván a la zona de almacenamiento en el altillo. Se subía desplegando una escalera desde una trampilla del techo.

Una vez arriba, tuvo que agacharse para no darse un golpe en la cabeza. John-Paul se negaba en redondo a subir allí. Padecía una claustrofobia terrible y subía a diario seis tramos de escalera hasta su despacho con tal de no meterse en el ascensor. Una de sus pesadillas habituales era verse atrapado en una habitación cuyas paredes se encogían. «¡Las paredes!», gritaba nada más despertarse, sudoroso y con los ojos desorbitados. «¿Crees que estuviste encerrado en un armario de pequeño?», le había preguntado una vez Cecilia (hubiera sido muy propio de su suegra), y él contestó que estaba seguro de que no. «En realidad, John-Paul jamás tuvo pesadillas de pequeño», le aseguró su madre cuando ella se lo preguntó. «Era muy dormilón. ¿No será que les das mucho de comer por la noche?». Cecilia ya se había acostumbrado a las pesadillas.

El desván era pequeño y estaba atestado, aunque limpio y bien organizado, por supuesto. En los últimos años, «organizada» parecía haberse convertido en su rasgo más característistico. Como si hubiera adquirido cierta notoriedad gracias a esta única cualidad. Tenía gracia que al principio hubiera sido objeto de comentarios y bromas de la familia y las amistades, para acabar perpetuándose, hasta el punto de que su vida ahora estaba extraordinariamente bien organizada, como si la maternidad fuera un deporte y ella, una atleta de élite. Como si pensara hasta dónde podía llegar y cuánto más podría abarcar en su vida sin perder el control.

Por eso otras personas, como su hermana Bridget, tenían habitaciones repletas de trastos polvorientos, mientras que en el desván de Cecilia estaba todo apilado en cajas de plástico blanco con sus correspondientes etiquetas. Lo único que desmerecía allí era la torre de cajas de zapatos del rincón de John-Paul. Le gustaba guardar los recibos de cada año fiscal en diferentes cajas de zapatos. Llevaba años haciéndolo antes de conocer a Cecilia. Estaba encantado con sus cajas de zapatos, de modo que ella se abstenía de decirle que con un archivador el uso del espacio sería mucho más efectivo. Gracias a las etiquetas de las cajas encontró a la primera el fragmento del Muro de Berlín. Quitó la tapa de la caja con la etiqueta «Cecilia: Recuerdos de viajes. 1985-1990», y allí estaba en su bolsa de papel descolorido. Su pequeño trozo de historia. Sacó el fragmento de piedra (¿cemento?) y lo sostuvo en la palma de la mano. Era menor de lo que recordaba. No tenía nada de impresionante, pero seguro que bastaría para obtener la recompensa de una de las raras medias sonrisas de Esther. Había que esforzarse mucho para conseguir una sonrisa de Esther.

Luego Cecilia se dejó llevar (sí, hacía un montón de cosas al día, pero no era ninguna máquina, a veces perdía el tiempo un rato), revolviendo la caja y riéndose de su foto con el muchacho alemán de los cubitos de hielo. Le pasaba como al fragmento del Muro de Berlín, tampoco él era tan impresionante como lo recordaba. Entonces sonó el teléfono fijo, sacándole de sus ensoñaciones del pasado, saltó como un resorte y se dio un buen porrazo en la cabeza contra el techo. ¡Las paredes, las paredes! Soltó un taco, se tambaleó hacia atrás y dio con el codo en la torre de cajas de zapatos de John-Paul.

Tres de ellas perdieron la tapa y su contenido se esparció, causando una pequeña avalancha de papelajos. Esa era precisamente la razón de que las cajas de zapatos no fueran tan buena idea.

Cecilia soltó otro taco y se frotó la cabeza, que le dolía de verdad. Miró las cajas de zapatos y vio que eran todas de ejercicios fiscales de los años ochenta. Se puso a guardar el montón de recibos en una de las cajas y entonces le llamó la atención ver su nombre en su sobre blanco de la empresa.

Lo tomó y vio que la letra era de John-Paul.

Decía así:

Para mi esposa, Cecilia Fitzpatrick
Abrir después de mi muerte

Soltó una carcajada y se interrumpió bruscamente, como si estuviera en una tertulia y se hubiera reído de algún comentario de alguien pero luego se hubiera dado cuenta de que no tenía gracia, sino que se trataba de algo muy serio.

Volvió a leerlo: *Para mi esposa, Cecilia Fitzpatrick* y, curiosamente, por un momento, notó que sus mejillas se encendían, como si sintiera vergüenza. ¿De él o de sí misma? No estaba segura. Era como si hubiera topado con algo vergonzoso, como si lo hubiera sorprendido masturbándose en la ducha. (Miriam Openheimer había sorprendido una vez a Doug masturbándose en la ducha. Era tremendo que todas lo supieran, pero en cuanto Miriam iba por la segunda copa de champán los secretos fluían de su boca y, una vez que todas se enteraban, ya era imposible ignorarlo).

¿Qué sería lo que contenía la carta? Decidió abrirlo en ese mismo momento, sin pensárselo dos veces, del modo en que en ocasiones (no muy a menudo) se llevaba a la boca el último bizcocho de chocolate, antes de que su conciencia tuviera tiempo de reaccionar contra su gula.

Volvió a sonar el teléfono. No llevaba reloj y de pronto tuvo la sensación de haber perdido completamente la noción del tiempo.

Metió el resto de los papelajos en una de las cajas de zapatos y bajó con el fragmento del Muro de Berlín y la carta.

En cuanto salió del desván volvió a verse atraída y arrastrada por la veloz corriente de su vida. Había que enviar un gran pedido de Tupperware, recoger a las chicas del colegio, comprar pescado para la cena (comían mucho pescado cuando John-Paul estaba fuera, porque él lo odiaba), contestar llamadas telefónicas. El párroco, el padre Joe, había estado llamando para recordarle que mañana era el funeral de la hermana Úrsula. Parecía haber cierta preocupación con la asistencia. Ella iría, por supuesto. Dejó la misteriosa carta de John-Paul encima del frigorífico y dio a Esther el fragmento del Muro de Berlín antes de sentarse a cenar.

—Gracias. —Esther acarició el pequeño fragmento de piedra con un respeto reverencial—. ¿De qué parte del Muro era exactamente?

—Bueno, creo que estaba muy cerca del Checkpoint Charlie —aclaró Cecilia en tono jovial. No tenía ni idea.

De lo que sí estoy segura es de que el muchacho de los cubitos de hielo llevaba una camiseta roja y que cogió mi coleta y la sostuvo entre sus dedos diciendo: «Muy bonita».

—¿Vale dinero? —preguntó Polly.

—Lo dudo. ¿Cómo se puede demostrar que perteneció de verdad al Muro? —cuestionó Isabel—. No es más que un trozo de piedra.

—Por la prueba de ADM —dijo Polly. La niña veía demasiada televisión.

—Se dice ADN, no ADM, y es para las personas —puntualizó Esther.

—¡Ya lo sé! —Polly había llegado al mundo con la rabia de descubrir que sus hermanas lo habían hecho antes que ella.

—Pues, entonces, ¿por qué...?

—A ver, ¿quién creéis que va a salir expulsado esta noche en *The Biggest Loser*? —preguntó Cecilia al tiempo que pensaba: *Bueno, seas quien seas el que observas mi vida, estoy cambiando de tema de un período fascinante de la historia contemporánea que podría enseñar algo a mis hijas a un programa de telebasura que no les va a enseñar nada, aunque al menos mantendrá la paz y hará que no me duela la cabeza.* Si John-Paul hubiera estado en casa, probablemente no habría cambiado de tema. Ella era mucho mejor madre cuando tenía público.

Las chicas estuvieron hablando de *The Biggest Loser* el resto de la cena y Cecilia hizo como que le interesaba, sin dejar de pensar en la carta que había dejado encima del frigorífico. Una vez que quitaran la mesa y las chicas estuvieran viendo la televisión la cogería para verla.

Dejó la taza de té y sostuvo el sobre al trasluz, medio riéndose de sí misma. Parecía una carta escrita a mano en papel cuadriculado de cuaderno. No pudo descifrar ni una palabra.

¿Habría visto acaso John-Paul en la televisión algo sobre los soldados en Afganistán que escribían cartas para que se las enviaran a sus familias si morían, como si fueran mensajes desde la tumba, decidiendo que estaría bien hacer algo parecido?

Era incapaz de imaginárselo haciendo semejante cosa. Era tan sentimental.

Y bonito también. Si moría, quería que todos supieran cuánto los quería.

... después de mi muerte. ¿Por qué estaba pensando en la muerte? ¿Estaba enfermo? Pero la carta parecía haber sido escrita mucho tiempo atrás y él seguía vivo. Además, se había hecho un chequeo hacía unas semanas y el doctor Kluger había dicho que estaba tan «en forma como un semental». Luego se había pasado unos días echando la cabeza atrás, relinchando y piafando por toda la casa, con Polly a cuestas blandiendo una servilleta de té a manera de látigo.

Cecilia sonrió al recordarlo y su inquietud se desvaneció. El caso era que hacía unos años John-Paul se había puesto insólitamente sentimental y había escrito aquella carta. No había que sacar las cosas de quicio y, por supuesto, ella no iba a abrirla dejándose llevar por la pura curiosidad.

Miró el reloj de la pared. Casi las ocho de la tarde. Él llamaría pronto. Cuando estaba fuera solía llamar todas las noches a esa hora.

Ni siquiera le iba a mencionar la carta. Sería violento para él y no era un tema apropiado para hablarlo por teléfono.

Ahora bien, ¿exactamente cuándo se supone que habría encontrado la carta si él hubiera muerto? ¡Podría no haberla encontrado nunca! ¿Por qué no se la había dado a su abogado Doug Openheimer, el marido de Miriam? Qué difícil no imaginárselo en la ducha cada vez que se le venía a la cabeza. Por supuesto, no tenía nada que ver con sus dotes de abogado, quizá se refería más a las habilidades de Miriam en el dormitorio. (Cecilia mantenía con Miriam una relación levemente competitiva).

Claro que, en las actuales circunstancias, no era el momento de darse aires en materia de sexo. *Calla. No pienses en el sexo.*

Eso no quitaba que fuera una torpeza que John-Paul no hubiera entregado la carta a Doug. Si él hubiera muerto, lo más seguro era que ella hubiera tirado todas sus cajas de zapatos en uno de sus arrebatos de limpieza sin molestarse en curiosear. Si hubiera querido que encontrara la carta, era una idiotez haberla metido en cualquier caja de zapatos.

¿Por qué no ponerla en la carpeta con la copia de los testamentos de ambos, el seguro de vida y demás?

John-Paul era una de las personas más inteligentes que conocía, menos en lo tocante a la logística de la vida.

—La verdad es que no entiendo cómo los hombres llegaron a gobernar el mundo —le había dicho a su hermana Bridget esa mañana, tras haberle contado que John-Paul había perdido las llaves de su coche de alquiler en Chicago. Cecilia se había puesto de los nervios al ver ese mensaje de texto de él. ¡Y ella sin poder hacer nada! ¡Él tampoco esperaba que ella hiciera nada más que no hacer nada!

A John-Paul le pasaban siempre ese tipo de cosas. La última vez que viajó al extranjero se olvidó el portátil en un taxi. Perdía cosas continuamente. Billeteros, teléfonos, llaves, el anillo de boda. Sus objetos personales se le escurrían.

—Se les da bastante bien construir —había explicado su hermana—. Puentes y carreteras. Quiero decir, ¿tú sabrías hacer una choza? ¿Una simple choza de barro?

—Yo sabría hacer una choza.

—Seguro que tú sí —gruñó Bridget, como si eso fuera un defecto—. Además, no gobiernan el mundo. Tenemos una primera ministra. Y tú gobiernas tu mundo. Gobiernas la familia Fitzpatrick. Gobiernas el Santa Ángela. Gobiernas el mundo del Tupperware.

Cecilia era la presidenta de la Asociación de Padres y Amigos del Colegio de Santa Ángela. Además, era la undécima en el escalafón de vendedoras de Tupperware en Australia. A su hermana estas dos cosas le parecían terriblemente cómicas.

—No gobierno el hogar de los Fitzpatrick —dijo Cecilia.

—Vaya que no —se carcajeó Bridget.

Era verdad que si Cecilia muriera la familia Fitzpatrick, bueno, era terrible pensar en lo que sucedería. John-Paul necesitaría más que una carta suya. Necesitaría todo un manual, con plano de la casa incluido, para localizar la lavadora y el armario de la ropa de cama.

El teléfono sonó y se apresuró a cogerlo.

—A ver si lo adivino. Nuestras hijas están viendo a esa gente regordeta —dijo John-Paul.

A ella siempre le había encantado su voz por teléfono: grave, cálida, reconfortante. Oh, sí, su marido era un caso perdido, lo perdía todo, llegaba tarde, pero cuidaba responsablemente de su esposa e hijas al viejo estilo de yo-soy-el-hombre-y-este-es-mi-trabajo. Bridget estaba en lo cierto. Cecilia gobernaba su mundo, pero ella siempre había sabido que, en caso de emergencia —un asesino enloquecido, una inundación, un incendio—, sería John-Paul quien les salvaría la vida. Se interpondría ante la bala, construiría una balsa, les llevaría sin problemas a través del infierno en llamas y, cumplida su misión, devolvería el control a Cecilia, tantearía los bolsillos y preguntaría: «¿Alguien ha visto mi billetero?».

Lo primero que hizo cuando vio morir al pequeño Spiderman fue telefonear a John-Paul con dedos temblorosos al pulsar los números.

—He encontrado una carta —dijo Cecilia de pronto.

Recorrió con las yemas de los dedos lo que había escrito en el sobre. En cuanto oyó su voz supo que iba a preguntarle por la carta en cualquier momento. Llevaban casados quince años. Nunca habían tenido secretos.

—¿Qué carta?

—Una carta tuya —explicó Cecilia. Intentaba parecer despreocupada y distendida, para que la situación no se le fuera de las manos, y para que el contenido de la carta no significara nada, no cambiara nada—. Dirigida a mí, para abrir después de tu muerte.

Era imposible emplear las palabras «después de tu muerte» con tu marido sin poner una voz rara.

Siguió un silencio. Por un momento creyó que se había cortado la comunicación, pero oía un suave zumbido de voces y cacharros de fondo. Sonaba como si estuviera llamando desde un restaurante.

Se le encogió el estómago.

—¿John-Paul?

CAPÍTULO DOS

*S*i se trata de una broma —dijo Tess—, no tiene ninguna gracia.

Will puso la mano en su brazo. Felicity puso la suya en su otro brazo. Eran como sendos sujetalibros que estuvieran sosteniéndola.

—Lo sentimos mucho, muchísimo —se diculpó Felicity.

—Mucho —repitió Will como si estuvieran cantando juntos un dueto.

Estaban sentados en la gran mesa redonda de madera que a veces utilizaban para reuniones con clientes, pero sobre todo para comer pizza. El rostro de Will tenía una palidez mortal. Tess podía ver cada uno de los diminutos pelos negros de su barba de tres días en alta definición, tiesos, como una especie de campo de cultivo en miniatura que crecía por su piel increíblemente blanca. Felicity tenía tres manchas rojas bien diferenciadas en el cuello.

Por un momento, Tess quedó paralizada por aquellas tres manchas, como si contuvieran la respuesta. Parecían huellas digitales en el nuevo y esbelto cuello de Felicity.

Segundos después, Tess levantó la vista y vio que los ojos de Felicity, sus famosos ojos verdes almendrados («¡Esa chica gorda tiene unos ojos preciosos!»), estaban enrojecidos y lacrimosos.

—Enterarme —dijo Tess—. Enterarme de que vosotros dos... —se interrumpió. Tragó saliva.

—Queremos que sepas que en realidad no ha pasado nada —terció Felicity.

—No hemos..., ya sabes —dijo Will.

—No os habéis acostado juntos. —Tess notó que ambos estaban orgullosos de ello, que casi esperaban que los admirara por su contención.

—Naturalmente que no —declaró Will.

—Pero queréis hacerlo —dijo Tess, a punto de reírse por lo absurdo de la situación—. ¿Eso es lo que me estáis diciendo, no? Queréis acostaros juntos.

«Deben de haberse besado». Eso era peor que si se hubieran acostado juntos. Todo el mundo sabía que un beso robado era la cosa más erótica del mundo.

Las manchas del cuello de Felicity empezaron a subir hasta la mandíbula. Parecía que estaba sufriendo una rara enfermedad infecciosa.

—Lo sentimos mucho —repitió Will—. Nos hemos esforzado para..., para que no ocurriera.

—Es verdad —confirmó Felicity—. Durante meses, sabes, solo...

—¡Meses! ¡Esto lleva durando meses!

—En realidad no ha pasado nada —proclamó Will con tanta solemnidad como si estuviera en la iglesia.

—Bueno, algo sí ha pasado —dijo Tess—. Ha pasado algo bastante importante.

¿Quién le iba a decir que fuera capaz de hablar con tal dureza? Cada palabra sonaba como un bloque de hormigón.

—Lo siento —dijo Will—. Por supuesto, quiero decir, ya sabes...

Felicity apoyó la frente en las yemas de los dedos y rompió a llorar.

—¡Oh, Tess!

Tess alargó involuntariamente la mano para consolarla. Tenían más intimidad que si fueran hermanas. Siempre se lo decía a la gente. Sus madres respectivas habían sido gemelas y Felicity y Tess eran hijas únicas y solo se llevaban seis meses. Todo lo habían hecho juntas.

Una vez Tess le soltó un puñetazo a un chico —un auténtico gancho de derecha en toda la cara—, porque había llamado a Felicity elefantita, que era exactamente lo que parecía en sus años de colegio. Felicity se había convertido en una adulta con sobrepeso, «una chica grande con una cara bonita». Bebía Coca-Cola como si fuera agua, jamás se ponía a dieta ni hacía ejercicio ni parecía importarle particularmente su peso. Pero hacía unos seis meses se había afiliado a los Vigilantes del Peso, había dejado la Coca-Cola, se había apuntado a un gimnasio, consiguiendo perder cuarenta kilos, y se había puesto muy guapa. Extraordinariamente guapa. Era exactamente el tipo de persona que buscaban en el programa *The Biggest Loser:* una mujer imponente atrapada en el cuerpo de una persona gorda.

Tess se había alegrado mucho por ella. «Tal vez ahora encuentre a alguien estupendo», le había dicho a Will. «Ha ganado más confianza en sí misma».

Efectivamente, Felicity había encontrado a alguien realmente estupendo. Will. El hombre estupendo de Tess. Hacía falta tener mucha confianza en sí misma para birlarle el marido a tu prima.

—Lo siento tanto que quiero morirme. —Felicity lloraba.

Tess retiró la mano. Felicity, la puntillosa, sarcástica, graciosa, inteligente y gorda Felicity, hablaba como una animadora de equipo americana.

Will echó la cabeza hacia atrás y clavó la mirada en el techo apretando los dientes. Él también estaba procurando no llorar. La última vez que Tess lo había visto llorar fue cuando nació Liam.

Tess tenía los ojos secos y el corazón desbocado, como si estuviera aterrorizada, como si su vida corriera peligro. Sonó el teléfono.

—No contestes —pidió Will—. No son horas.

Tess se levantó, fue a su mesa y descolgó el teléfono.

—TWF Publicidad —dijo.

—Tess, cariño, ya sé que es tarde, pero tenemos un pequeño problema.

Era Dirk Freeman, director de marketing de Petra Farmacéutica, su cliente más importante y lucrativo. El trabajo de Tess consistía en hacer sentirse importante a Dirk, darle la seguridad de que, aunque tenía cincuenta y seis años y ya no iba a ascender en el escalafón de directivos de la empresa, él era el gran *kahuna* y Tess su sierva, su doncella, su humilde camarera de hecho, a la que podía decirle lo que tenía que hacer o ponerse insinuante, gruñón o distante mientras ella hacía como que se resistía, aunque, a la hora de la verdad, tenía que hacer lo que él decía. Por cierto, el servicio que estaba proporcionando últimamente a Dirk rayaba en lo sexual.

—El color del dragón del envase del Tos Stop está mal —dijo Dirk—. Demasiado morado. Se pasa de morado. ¿Hemos ido a la imprenta?

Sí, habían ido a la imprenta. Cincuenta mil cajitas de cartón habían salido de la imprenta ese día. Cincuenta mil sonrientes dragones morados enseñando los dientes.

¡Menudo trabajo habían dado los dichosos dragones! Un incesante intercambio de correos electrónicos, discusiones... Y, mientras Tess había estado hablando de dragones, Will y Felicity se habían enamorado.

—No —dijo Tess, con la mirada puesta en su marido y su prima, ambos sentados en la mesa de reuniones del centro de la sala, con la cabeza baja, mirándose las yemas de los dedos, como adolescentes castigados después de clase—. Es tu día de suerte, Dirk.

—Ah, creía que sí..., bueno, bien.

Apenas pudo ocultar su decepción. Habría querido dejar a Tess agobiada y preocupada. Habría querido oír el temblor del pánico en su voz.

Su voz se fue haciendo más grave hasta adquirir un tono áspero y autoritario, como si estuviera a punto de lanzar a sus tropas al campo de batalla.

—Necesito que pares todo lo de Tos Stop, ¿de acuerdo? Todo. ¿Lo has entendido?

—Lo he entendido. Parar todo lo de Tos Stop.

—Volveré a llamarte.

Colgó. No había el menor problema con el color. Al día siguiente volvería a llamar y diría que estaba bien. Lo que pasaba era que necesitaba sentirse poderoso durante unos instantes. Probablemente uno de los jóvenes fichajes le había hecho sentirse inferior en una reunión.

—Las cajas de Tos Stop han ido a imprenta hoy. —Felicity se giró y miró con preocupación a Tess.

—Está bien.

—Pero si va a cambiar... —dijo Will.

—He dicho que está bien.

Aún no estaba furiosa. La verdad es que no. Pero barruntaba la posibilidad de una furia peor que cualquiera que hubiera sentido en su vida, un acceso de ira *in crescendo* que podía explotar como una bola de fuego y destruir todo a su alrededor.

No volvió a sentarse. Se dio la vuelta y observó la pizarra blanca donde anotaban los trabajos en curso.

Envases Tos Stop!

Anuncio de Feathermart en prensa!!

Página web Bedstuff:)

Resultaba humillante ver su propia letra irregular, despreocupada y confiada con sus frívolos signos de exclamación. La cara sonriente junto a la página web de Bedstuff era porque les había costado mucho conseguir ese trabajo en pugna con empresas mayores, hasta que, por fin, lo habían ganado. Había dibujado la cara sonriente ayer, cuando todavía desconocía el secreto de Will y Felicity. ¿Habrían cruzado miradas ruines a su espalda mientras ella la dibujaba? *Seguro que no sonríe tanto cuando confesemos nuestro secreto, ¿verdad?*

Volvió a sonar el teléfono.

Esta vez Tess dejó que saltara el contestador.

TWF Publicidad. Las iniciales de sus nombres unidas para formar la empresa de sus sueños. La conversación intrascendente de «y si...» hecha realidad.

Hacía dos navidades estuvieron de vacaciones en Sydney. Como era costumbre, habían pasado la Nochebuena en casa de los padres de Felicity, los tíos Mary y Pete de Tess. Felicity seguía estando gorda. Guapa, sonrosada y sudorosa con ropa de la talla 50. Habían tomado la típica barbacoa de salchichas, la tradicional ensalada de pasta cremosa y la habitual tarta *pavlova*. Felicity y Will habían estado quejándose de su trabajo. Jefes incompetentes. Colegas idiotas. Oficinas con corrientes de aire. Y así sucesivamente.

—Dios mío, qué pena me dais —dijo el tío Pete, que no tenía nada de qué quejarse porque estaba jubilado.

—¿Por qué no montáis algo juntos? —propuso la madre de Tess.

Ciertamente, todos estaban en sectores parecidos. Tess era la directora de comunicación de marketing de una agencia de publicidad chapada a la antigua. Will era director creativo de una gran y prestigiosa agencia de publicidad muy pagada de sí misma. (Así se habían conocido: Tess había sido cliente de Will). Felicity era diseñadora gráfica a las órdenes de un malvado tirano.

Las ideas fueron saliendo muy deprisa en cuanto se pusieron a hablar de ello. ¡Una, otra, otra! Para cuando estaban tomando el último bocado de *pavlova* ya estaba todo decidido. ¡Will sería el director creativo! ¡Naturalmente! ¡Felicity, la directora artística! ¡Por supuesto! ¡Tess, la ejecutiva de cuentas! Aunque eso no estaba tan claro. Nunca había desempeñado esa función. Siempre había estado del lado del cliente, por lo que se consideraba a sí misma una especie de introvertida social.

De hecho, unas semanas antes había hecho un test del *Reader's Digest* en la sala de espera de un médico, titulado: «¿Padece usted fobia social?», y sus respuestas (C en todos los casos) confirmaron que sí, la verdad es que padecía fobia social y debería acudir a un profesional o a un «grupo de apoyo». Probablemente, todos cuantos hicieron el test obtuvieron idéntico resultado. Quien no sospecha padecer fobia social no se molesta en hacer el test, se dedica a estar de cháchara con la recepcionista.

Desde luego, no había acudido a ningún profesional ni lo había comentado con nadie. Ni con Will. Ni siquiera con Felicity. Hablar de ello equivalía a aceptar que era verdad. Ambos la observarían cuando estuviera con gente y se mostrarían amablemente comprensivos con ella cuando constataran la humillante prueba de su timidez. Lo importante era disimular. De pequeña, su madre le había dicho en cierta ocasión que su timidez era casi una forma de egoísmo: «Mira, cuando bajas así la cabeza, la gente cree que no te cae bien». A Tess le había llegado al alma. Creció y aprendió a mantener breves conversaciones con el corazón desbocado. Se obligó a establecer contacto visual incluso cuando los nervios la apremiaban a apartar la vista. «Un poco resfriada», era toda la explicación que daba a su sequedad de garganta. Aprendió a sobrellevarla, igual que otras personas aprenden a sobrellevar la intolerancia a la lactosa o la piel sensible.

De todas formas, Tess no se había tomado muy en serio lo de aquella Nochebuena de hacía dos años. Todo quedó en meras palabras pronunciadas tras haber ingerido una buena cantidad del ponche de la tía Mary. No es que fueran a montar una empresa juntos. Ni que ella fuera a ser la ejecutiva de cuentas.

Pero luego, en Año Nuevo, una vez de vuelta en Melbourne, Will y Felicity siguieron dándole vueltas. La casa de Will y Tess tenía en la planta baja una zona enorme que los anteriores propietarios habían utilizado para sus hijos como «refugio de adolescentes». Contaba con una entrada independiente. No tenían nada que perder. Los costes de establecimiento no serían altos. Will y Tess habían estado invirtiendo dinero extra en su hipoteca. Felicity estaba compartiendo piso. Si no salía bien, podían dejarlo y buscar trabajo.

Tess se dejó llevar por la ola de su entusiasmo. Estuvo encantada de dejar su trabajo, pero la primera vez que se sentó en la sala de espera de la oficina de un posible cliente tuvo que apretarse las manos entre las rodillas para que dejaran de temblar. A menudo notaba que le daba vueltas la cabeza. Incluso ahora, al cabo de dieciocho meses, seguía padeciendo trastornos nerviosos cada vez que conocía a un nuevo cliente. Curiosamente desempeñaba bien su trabajo. «Es usted diferente de la gente de las agencias», le había dicho un cliente al final de su primera reunión mientras se daban la mano para sellar el trato. «Escucha más que habla».

Los horribles nervios se compensaban con la gloriosa euforia que la invadía cada vez que salía de una reunión. Era como caminar por el aire. Lo había conseguido una vez más. Había luchado contra el monstruo y había vencido. Y, lo mejor de todo, nadie sospechaba su secreto. Captaba clientes. El negocio prosperaba. La campaña de lanzamiento de un producto realizada para una empresa de cosméticos llegó a estar seleccionada para un premio de marketing.

El trabajo de Tess implicaba estar a menudo fuera de la oficina, dejando solos a Will y Felicity durante muchas horas seguidas. Si alguien le hubiera preguntado si eso la preocupaba, se habría reído. «Felicity es como una hermana para Will», habría dicho.

Se dio media vuelta alejándose de la pizarra blanca. Notó que le flaqueaban las piernas. Fue a sentarse en una silla al otro lado de la mesa. Trató de ordenar las ideas.

Eran las seis de la tarde de un lunes. Se hallaba justo en la mitad de la vida.

Su mente estaba ocupada en mil cosas cuando Will subió a decirle que Felicity y él necesitaban contarle algo. Tess acababa de colgar el teléfono a su madre, que había llamado para decirle que se había roto el tobillo jugando al tenis. Tendría que andar con muletas los próximos dos meses y, sintiéndolo mucho, ¿podían celebrar la Pascua este año en Sydney en vez de en Melbourne?

Era la primera vez en quince años, desde que Tess y Felicity se habían mudado a otro estado, que Tess se había sentido mal por no vivir cerca de su madre.

—Tomaremos un avión el jueves a la salida del colegio —había dicho Tess—. ¿Te apañarás hasta entonces?

—Oh, estaré bien. Mary me ayudará. Y también los vecinos.

Pero la tía Mary no sabía conducir y el tío Phil no podía estar llevándola de acá para allá todos los días. Además, Mary y Phil estaban empezando a tener pequeños problemas de salud. Y los vecinos de la madre de Tess eran señoras mayores o familias jóvenes muy ajetreadas que apenas tenían tiempo para saludar con la mano cuando salían marcha atrás de sus casas con sus grandes coches. No tenían pinta de andar llevándole guisos.

Tess había dudado si sacar un billete de avión a Sydney para el día siguiente y organizar allí la ayuda a domicilio para su madre. A Lucy no le gustaría nada tener a una extraña en la casa. Pero ¿cómo iba a ducharse? ¿Cómo iba a cocinar?

Era un asunto complejo. Tenían mucho trabajo y no le gustaba dejar solo a Liam. Todavía no se había recuperado. En su clase había un chico, Marcus, que se metía todo el rato con él. No es que estuviera acosándolo exactamente. Eso habría dejado las cosas claras y podrían haber recurrido al estricto Código de Prácticas del colegio contra el acoso escolar: «Tenemos tolerancia cero ante el acoso». Marcus era más complicado. Era un pequeño psicópata encantador.

Tess tenía la certeza de que algo nuevo y horrible había pasado ese día con Marcus en el colegio. Le había dado la cena a Liam mientras mientras Felicity y Will estaban abajo trabajando. La mayoría de las noches, Will, Liam y ella, y a veces Felicity, cenaban en familia, pero la página web de Bedstuff tenía que estar activa el viernes, por lo que a todos les tocaba trabajar un montón de horas.

Liam había estado más callado de lo habitual durante la cena. Era un chico soñador y reflexivo, nunca había sido muy charlatán, pero había algo triste impropio de su edad en su forma de cortar mecánicamente los trozos de salchicha con el tenedor y untarlos en la salsa de tomate.

—¿Has jugado hoy con Marcus? —preguntó Tess.

—No —dijo Liam—. Hoy es lunes.

—¿Y qué?

Pero Liam se cerró en banda y se negó a decir una palabra más sobre el tema, y Tess notó que el corazón se le llenaba de cólera. Tenía que volver a hablar con su profesora. Le embargaba la clara sensación de que estaban abusando de su hijo y nadie se daba cuenta. La zona de juegos del colegio era como un campo de batalla.

Eso era lo que tenía Tess en la cabeza cuando Will le había preguntado si podía bajar: el tobillo de su madre y Marcus.

Will y Felicity estaban esperándola sentados a la mesa de reuniones. Antes de reunirse con ellos, Tess recogió todas las tazas de té que había por la oficina. Felicity tenía la costumbre de hacerse cafés que nunca terminaba. Tess puso las tazas en fila sobre la mesa de reuniones y, al sentarse, dijo:

—Nuevo récord, Lissy. Cinco tazas a medias.

Felicity no dijo nada. Miró a Tess de una manera extraña, como si se sintiera verdaderamente mal por las tazas de café, y entonces Will hizo su trascendental anuncio.

—Tess, no sé cómo decir esto —dijo—. Pero Felicity y yo nos hemos enamorado.

—Muy gracioso. —Tess agrupó las tazas de café y sonrió—. Muy divertido.

Pero por lo visto no era una broma.

Entonces apoyó las manos en el tabero de pino de la mesa y los miró fijamente. Tenía las manos pálidas, nudosas y con las venas marcadas. Un antiguo novio, no podía recordar cuál, le había dicho una vez que se había enamorado de sus venas. Will había tenido muchos problemas para pasar el anillo por su nudillo el día de la boda. Los invitados se habían reído discretamente. Will simuló un suspiro de alivio una vez que se lo hubo puesto, mientras acariciaba secretamente su mano.

Tess levantó la vista y vio a Will y Felicity cruzar rápidas miradas de preocupación.

—Entonces es amor de verdad —dijo Tess—. Sois almas gemelas, ¿no?

Un nervio palpitó en la mejilla de Will. Felicity se atusó el pelo.

Sí. Eso era lo que ambos estaban pensando. *Sí, es amor de verdad. Sí, somos almas gemelas.*

—¿Cuándo empezó esto exactamente? —preguntó—. ¿Cuándo surgieron estos «sentimientos» entre vosotros?

—Eso no importa —se apresuró a decir Will.

—¡Me importa a mí! —Tess alzó la voz.

—Creo, no estoy seguro, tal vez hará unos seis meses —murmuró Felicity con los ojos bajos.

—O sea, cuando empezaste a perder peso —conjeturó Tess.

Felicity se encogió de hombros.

—Tiene gracia que no la miraras ni una vez cuando estaba gorda —dijo Tess a Will.

El regusto amargo de la maldad inundaba su boca. ¿Cuánto tiempo hacía que no se permitía a sí misma decir algo que fuera pura maldad? Desde la adolescencia por lo menos.

Jamás había llamado gorda a Felicity. Nunca había hecho la menor crítica sobre su peso.

—Tess, por favor —pidió Will sin censura en la voz, solamente una súplica leve y desesperada.

—Está bien —dijo Felicity—. Me lo merezco. Nos lo merecemos.

Alzó la barbilla y miró a Tess con sincera y valiente humildad.

De manera que iban a dejar que Tess se despachara a gusto. Iban a quedarse allí sentados y soportarlo el tiempo que fuera. No iban a responder. Will y Felicity eran buenos en el fondo. Ella lo sabía. Eran buena gente y por eso querían hacer las cosas bien, ser comprensivos y encajar la cólera de Tess, de tal forma que, al final, la mala fuera Tess y no ellos. En realidad no se habían acostado juntos, no la habían traicionado. ¡Se habían enamorado! No era una sórdida aventurilla sin importancia. Era el destino. Estaba predestinado. Nadie podía pensar mal de ellos.

Era genial.

—¿Por qué no me lo has dicho tú solo?

Tess intentó acorralar a Will con los ojos, como si la fuerza de su mirada pudiera traerlo de vuelta de donde se había ido. Los ojos de él, sus extraños ojos color avellana, el color del cobre batido, con espesas pestañas negras, unos ojos bien distintos a los suyos de un vulgar azul claro; los mismos ojos que había heredado su hijo, y que Tess valoraba ahora como algo suyo, una preciada posesión por la que aceptaba agradecida elogios: «Tu hijo tiene unos ojos muy bonitos». «Han salido a los de mi marido. No tienen nada que ver conmigo». Tenían todo que ver con ella. Suyos. Eran suyos. Los ojos dorados de Will solían ser divertidos, siempre estaba dispuesto a reírse de todo, encontraba bastante divertida la vida cotidiana, era una de las cosas que más le gustaban de él, y resultaba que en ese momento estaban mirándola suplicantes, del mismo modo que la miraba Liam cuando quería algo en el supermercado.

Por favor, mamá, quiero esas gominolas con azúcar, con todos los conservantes y ese envoltorio con la marca tan bien puesta y ya sé que te prometí no pedir nada, pero es que las quiero.

Por favor, Tess, quiero a tu deliciosa prima y ya sé que prometí ser sincero en los buenos momentos y en los malos, en la salud y en la enfermedad, pero por favooor.

«No. No puedes quedarte con ella. He dicho que no».

—No encontrábamos el momento ni el lugar adecuado —explicó Will—. Y queríamos decírtelo los dos. No podíamos... y entonces pensamos que no podíamos seguir sin que tú lo supieras, de modo que... —Movía la mandíbula como un pavo, dentro y fuera, adelante y atrás—. Pensamos que nunca iba a haber un buen momento para una conversación como esta.

Nosotros. Eran un nosotros. Ya lo habían hablado. Al margen de ella. Bien. Por supuesto que lo habían hablado al margen de ella, como también se habían enamorado al margen de ella.

—Creí que yo también debería estar aquí —añadió Felicity.

—Ah, ¿sí? —ironizó Tess. No podía soportar mirar a Felicity—. ¿Y ahora qué va a pasar?

Formular la pregunta la llenó de una nauseabunda ola de incredulidad. Seguramente no iba a pasar nada. Seguramente Felicity saldría disparada a una de sus recientes clases de gimnasia y Will subiría a charlar con Liam mientras se bañaba, quizá llegara al fondo del problema de Marcus, mientras Tess freía algo para la cena; ya tenía listos los ingredientes, era demasiado extraño pensar en la pequeña bandeja de tiras de pollo envuelta en plástico, que esperaba aburrida en el frigorífico. Seguramente Will y ella se tomarían un vaso de la botella de vino medio vacía y hablarían de posibles hombres para la renovada y atractiva Felicity. Habían barajado muchas posibilidades. Su gestor bancario italiano. El gran tipo silencioso que les suministraba todas sus mermeladas de gourmet. Ni una sola vez se había dado Will una palmada en la frente diciendo: «¡Por supuesto! ¿Cómo se me ha podido pasar? ¡Yo! ¡Sería perfecto para ella!».

Era una broma. No podía dejar de pensar que todo era una broma macabra.

—Sabemos que no hay nada que pueda hacer esto fácil, justo o mejor —dijo Will—. Pero haremos lo que tú quieras, lo que tú creas que es mejor para Liam y para ti.

—Para Liam —repitió ella estupefacta.

Inexplicablemente, no se le había ocurrido que tendrían que contárselo a Liam, que el niño tendría algo que decir o que le afectaría de algún modo. Liam, que en ese momento estaría arriba, echado en el suelo viendo la televisión, con su pequeña mente de seis años abarrotada de preocupaciones por Marcus.

«No, pensó. No, no. no. En absoluto».

Vio a su madre aparecer en la puerta de su habitación. «Papá y yo queremos hablar de una cosa contigo».

A Liam no le sucedería lo que le sucedió a ella. Por encima de su cadáver. Su guapo hijo de rostro serio no iba a experimentar la pérdida y el estupor que ella sintió aquel horrible verano de hace tantos años. No prepararía la mochila con ropa cada dos viernes. No iba a poner un calendario en el frigorífico para ver dónde le tocaba dormir cada fin de semana. No iba a aprender a pensárselo antes de hablar cada vez que uno de sus padres le hiciera una pregunta aparentemente inocente sobre el otro.

Las ideas se le agolpaban en la cabeza.

Ahora lo que más importaba era Liam. Sus propios sentimientos eran irrelevantes. ¿Cómo podía salvar esta situación? ¿Cómo podía impedirla?

—Nunca, jamás hemos querido que pasara esto. —Los ojos de Will eran grandes y cándidos—. Queremos hacer las cosas de la mejor manera. La mejor manera para todos. Incluso nos hemos preguntado...

Tess vio que Felicity hacía un leve movimiento de cabeza a Will.

—Incluso os habéis preguntado ¿qué? —dijo Tess.

Una prueba más de sus charlas. Podía imaginar la placentera intensidad de esas conversaciones. Ojos llorosos en demostración de lo buenas personas que eran, cuánto sufrían por la mera idea de hacer daño a Tess, pero ¿qué podían hacer ellos ante su pasión, su amor?

—Es demasiado pronto para hablar de lo que vamos a hacer. —De pronto la voz de Felicity se había hecho más resuelta.

Tess se clavó las uñas en las palmas de las manos. ¿Cómo se atrevía? ¿Cómo se atrevía a hablar con su voz habitual, como si fuera una situación habitual, un problema habitual?

—Incluso os habéis preguntado ¿qué? —Tess no apartaba la mirada de Will.

Olvídate de Felicity, se dijo a sí misma. *No tienes tiempo para sentir cólera. Piensa, Tess, piensa.*

El rostro de Will pasó del blanco al carmesí.

—Nos hemos preguntado si podríamos vivir todos juntos. Aquí. Por Liam. Esto no es una ruptura normal. Somos todos... familia. Por eso pensamos, quiero decir, quizá sea una locura, pero hemos pensado que podría ser. De momento.

Tess soltó una carcajada. Un sonido fuerte, casi gutural. ¿Habían perdido el juicio?

—¿Quieres decir que yo salgo del dormitorio y entra Felicity? ¿Y qué le decimos a Liam?: «No te preocupes, cariño, ahora papá se acuesta con Felicity y mamá duerme en otra habitación».

Felicity parecía avergonzada.

—Por supuesto que no.

—Si lo quieres ver así... —empezó Will.

—¿Cómo quieres que lo vea?

Will suspiró. Echó el cuerpo hacia delante.

—Mira —continuó—, no tenemos por qué decidir nada ahora mismo.

A veces Will empleaba en la oficina un tono particularmente masculino, razonable pero autoritario, cuando quería que las cosas se hicieran de determinada manera. A Tess y Felicity les repateaba. En ese momento estaba empleando el mismo tono, como si hubiera llegado la hora de poner las cosas en su sitio.

Qué atrevimiento.

Tess levantó los puños y dio tal puñetazo en la mesa que temblaron hasta las patas. Jamás había hecho nada semejante. Se sentía ridícula, absurda y algo excitada. Le gustó ver estremecerse a Will y Felicity.

—Voy a deciros lo que va a pasar —precisó, porque de pronto lo vio meridianamente claro.

Era sencillo.

Will y Felicity necesitaban tener un romance en condiciones. Cuanto antes mejor. La ardiente pasión que sentían debía seguir su curso. Por el momento era dulce y sexy. Eran amantes maltratados por el destino; Romeo y Julieta mirándose tiernamente por encima del dragón de Tos Stop. Tenía que volverse sudorosa, pegajosa, sórdida y por último, con suerte, si Dios quiere, banal y aburrida. Will amaba a su hijo y, una vez disipada la niebla del deseo, comprendería que había cometido un error terrible pero no irremediable.

Las cosas podían arreglarse.

La única salida para Tess era irse. Inmediatamente.

—Liam y yo nos vamos a vivir a Sydney —dijo—. Con mamá. Acaba de llamar para decirme que se ha roto el tobillo. Necesita alguien allí que la ayude.

—¡Oh, no! ¿Cómo ha sido? ¿Se encuentra bien? —dijo Felicity.

Tess no le hizo caso. Felicity ya no tenía que fingir ser la sobrina cariñosa. Era la otra mujer. Tess era la esposa. Iba a luchar por ello. Por Liam. Lucharía y vencería.

—Nos quedaremos con ella hasta que mejore su tobillo.

—Pero, Tess, no puedes llevarte a Liam a vivir a Sydney. —El tono mandón de Will se había esfumado—. Él era un chico de Melbourne. Nunca se había planteado vivir en ninguna otra parte.

Miró a Tess con expresión herida, como si él fuera Liam injustamente reprendido por algo. Luego enarcó las cejas.

—¿Qué pasa con el colegio? —dijo—. No puede perder clases.

—Puede ir al Santa Ángela un cuatrimestre. Necesita alejarse de Marcus. Le vendrá bien. Un cambio total de escenario. Podrá ir andando al colegio como hice yo.

—No podrás matricularle —aseguró Will fuera de sí—. ¡No es católico!

—¿Cómo que no es católico? —dijo Tess—. Está bautizado en la Iglesia católica.

Felicity abrió la boca y volvió a cerrarla.

—Lo matricularé —anunció Tess. No tenía ni idea de lo difícil que iba a ser—. Mamá conoce gente en la parroquia.

Mientras hablaba, Tess evocaba imágenes del Santa Ángela, el pequeño colegio católico al que habían acudido Felicity y ella. Jugando a la rayuela a la sombra de las agujas de la iglesia. El sonido de las campanas. El rancio olor dulzón de los plátanos olvidados al fondo de la mochila. Estaba a cinco minutos de camino de la casa de la madre de Tess. Al final de una calle sin salida flanqueada de árboles que, en verano, formaban una cúpula de hojas verdes semejante a una catedral. Estaban en otoño, todavía hacía suficiente calor para nadar en Sydney. Las hojas de los ocozoles estarían marrones y doradas. Liam caminaría por senderos irregulares entre montones de hojas de jacarandás tenuemente moradas.

Todavía seguían en Santa Ángela algunos viejos profesores de los tiempos de Tess. Sus antiguos compañeros de clase habían crecido y se habían convertido en madres y padres que llevaban allí a sus propios hijos. La madre de Tess mencionaba a veces sus nombres y ella apenas podía creer que siguieran existiendo. Como los fantásticos hermanos Fitzpatrick. Seis chicos rubios de mandíbula cuadrada tan parecidos entre sí que parecían comprados en un lote. Eran tan guapos que Tess solía ruborizarse cuando pasaba cerca alguno de ellos. Uno de los monaguillos siempre era un Fitzpatrick. Todos ellos dejaron el Santa Ángela en 4º curso para cambiarse al exclusivo colegio católico masculino de la bahía. Eran tan ricos como maravillosos. Por lo que había oído, el mayor de los Fitzpatrick tenía tres hijas que estaban todas en el Santa Ángela.

¿Sería capaz de hacerlo? ¿Llevarse a Liam a Sydney y enviarlo a su antiguo colegio? Le parecía imposible, como si estuviera intentando enviarlo a su propia infancia a través del tiempo. Por un momento volvió a sentir vértigo. Aquello no estaba ocurriendo. Por supuesto, no sería capaz de sacar a Liam del colegio. Su proyecto sobre los animales marinos estaba previsto para el viernes. Debía ir a atletismo el sábado. Tenía montones de ropa que tender y un posible nuevo cliente que visitar al día siguiente por la mañana.

Pero vio que Will y Felicity volvían a intercambiar miradas y le dio un vuelco el corazón. Consultó el reloj. Eran las seis y media de la tarde. El tema musical del insoportable programa *The Biggest Loser* llegaba desde el piso de arriba. Liam debía de haber quitado el DVD y puesto la televisión. No tardaría en cambiar de canal en busca de alguna peli de tiros.

«¡No se consigue nada sin esfuerzo!», gritaba alguien en el plató de televisión.

Tess odiaba las frases huecas de motivación empleadas en ese programa.

—Sacaré dos billetes de avión para esta noche —dijo.

—¿Esta noche? —repitió Will—. No puedes hacer volar a Liam esta noche.

—Claro que puedo. Hay un vuelo a las nueve. No hay problema.

—Tess —intervino Felicity—, nos estamos pasando. No te hace ninguna falta...

—Nos quitamos de en medio —dijo Tess—. Para que Will y tú podáis acostaros juntos. Al fin. ¡Ocupad mi cama! He cambiado las sábanas esta mañana.

Se le venían otras cosas a la cabeza. Cosas mucho peores que podría decir.

A Felicity: «¡Menos mal que has perdido peso, porque a él le gusta contigo encima!».

A Will: «No le mires demasiado cerca las estrías».

Pero, no, eran ellos quienes deberían sentirse tan sórdidos como un motel de carretera. Se levantó y se alisó la falda.

—Esto es todo. Tendréis que llevar la agencia sin mí. Decid a los clientes que ha habido una emergencia familiar.

Lo cual era verdad.

Se disponía a recoger la fila de tazas de café medio llenas de Felicity, ensartando con los dedos el máximo posible de asas, cuando cambió de idea y volvió a dejar las tazas. Luego, mientras Will y Felicity la observaban, eligió las dos que estaban más llenas, las levantó en las palmas de sus manos y, con la cuidadosa puntería de una jugadora de *netball*, arrojó el café frío a sus estúpidas, serias y compungidas caras.

CAPÍTULO TRES

Rachel había pensado que iban a decirle que estaban esperando otro bebé. Eso era lo que lo hacía mucho peor. En cuanto entraron en casa supo que se trataba de una noticia importante. Tenían la expresión afectada y petulante de quienes están a punto de hacer que te sientes a escuchar.

Rob había estado hablando más de lo normal. Lauren había estado hablando menos de lo normal. El único que se había comportado con normalidad había sido Jacob, correteando por la casa de acá para allá, abriendo armarios y cajones donde sabía que Rachel guardaba tesoros de juguetes y cosas que pensaba que podrían interesarle.

Por supuesto, Rachel nunca había preguntado a Lauren o Rob si tenían algo que quisieran contarle. No era de esa clase de abuelas. Se esmeraba en ser la suegra perfecta cuando Lauren la visitaba: atenta pero sin ser empalagosa, interesada, pero sin ser fisgona. Jamás criticaba ni hacía la menor sugerencia sobre Jacob, ni siquiera a Rob cuando estaba solo, porque sabía lo mal que le sentaría a Lauren oír: «Mi madre dice...». No era fácil. Una incesante corriente de sugerencias fluía silenciosamente por su cabeza, como esas tiras de noticias que pasan por la parte de debajo de la televisión en la CNN.

Para empezar, ¡al chico le hacía falta un corte de pelo! ¿Acaso estaban ciegos como para no ver que Jacob no hacía más que apartarse el pelo de los ojos? Además, el tejido de esa horrible camisa de Thomas the Tank era demasiado áspero para su piel. Si la llevaba el día que se quedaba con él, se la quitaba inmediatamente y le ponía una buena camiseta vieja, y luego volvía a vestirle en cuanto los sentía acercarse por el camino de entrada.

Pero ¿de qué le habían servido todas sus atenciones de suegra comedida? Podía perfectamente haber sido una suegra horrible. Porque se iban y se llevaban a Jacob con ellos, como si estuvieran en su derecho, como efectivamente así era, al menos técnicamente.

No había nuevo niño. Le habían ofrecido un trabajo a Lauren. Un trabajo maravilloso en Nueva York. Era un contrato de dos años. Se lo dijeron en la mesa mientras tomaban el postre (flan de crema de manzana Sara Lee y helado). A juzgar por su júbilo, podría pensarse que le habían ofrecido a Lauren un trabajo en el mismísimo paraíso.

Jacob estaba sentado en el regazo de Rachel cuando se lo dijeron, el cuerpecito sólido y macizo fundido con el suyo con la divina flojera de un niño pequeño cansado. Rachel aspiraba el aroma de sus cabellos, con los labios contra la suave depresión en el centro de su cuello.

La primera vez que tuvo a Jacob en brazos y puso los labios en su tierna y frágil cabecita, se había sentido revivir, como una planta mustia cuando la riegan. Su olor a recién nacido le había llenado los pulmones de oxígeno. Había notado que se le enderezaba la columna vertebral, como si alguien le hubiera quitado al fin una pesada carga que se hubiera visto obligada a llevar durante años. Cuando salió al aparcamiento del hospital había podido volver a ver el mundo de colores.

—Esperamos que vengas a visitarnos —dijo Lauren.

Lauren era una «mujer de carrera». Trabajaba en el Commonwealth Bank en un puesto muy destacado, estresante e importante. Ganaba más que Rob. Esto no era un secreto. De hecho, Rob parecía orgulloso de ello, y lo sacaba a colación más de lo necesario. Si Ed hubiera oído a su hijo presumir del salario de su mujer, habría preferido que se lo tragara la tierra, conque menos mal que..., bueno, ya se lo había tragado la tierra.

Rachel también había trabajado en el Commonwealth Bank antes de casarse, aunque esta coincidencia nunca había salido a relucir en sus conversaciones sobre el trabajo de Lauren. Rachel no sabía si su hijo había olvidado ese dato de la vida de su madre, no lo había sabido nunca o simplemente no le parecía interesante. Por supuesto, Rachel se daba perfecta cuenta de que su modesto trabajo en el banco, que dejó nada más casarse, no guardaba ninguna semejanza con la «ascendente carrera» de Lauren. En realidad, Rachel no podía ni imaginar lo que hacía Lauren a diario. Lo único que sabía era que se trataba de algo relacionado con la «gestión de proyectos».

Cabría pensar que alguien tan competente en la gestión de proyectos podría gestionar sin problemas el proyecto de hacer la mochila de Jacob cuando iba a pasar la noche, pero por lo visto no era así. Lauren siempre parecía olvidar algo esencial.

Se acabaron las noches con Jacob. Y la hora del baño. Y los cuentos. Y los bailes al son de los Wiggles en el cuarto de estar. Era como si se estuviera muriendo. Tuvo que recordarse a sí misma que todavía estaba vivo, sentado en su regazo.

—¡Sí, tienes que venir a vernos a Nueva York, mamá!

Sonó como si ya tuviera acento americano. Le brilló la dentadura al sonreír a su madre. Aquella dentadura les había costado una fortuna a Ed y Rachel. La sólida dentadura de teclado de piano cuadraba perfectamente con América.

—¡Hazte tu primer pasaporte, mamá! Incluso podrías ver un poco de Estados Unidos si quisieras. Hacer uno de esos recorridos en autobús. O, ya lo sé, ¡viajar en crucero por Alaska!

A veces ella se preguntaba si, de no haber estado divididas sus vidas por un gran muro —antes y después del 6 de abril de 1984—, Rob habría crecido de forma distinta. No tan incorregiblemente optimista, no tan parecido a un agente de la propiedad inmobiliaria. Claro que teniendo en cuenta que era agente de la propiedad inmobiliaria, no tenía nada de raro que se comportara como tal.

—Quiero hacer un crucero por Alaska —anunció Lauren poniendo una mano encima de la de Rob—. Siempre me he imaginado a los dos haciendo uno cuando seamos viejos y canosos.

Acto seguido tosió, probablemente porque se dio cuenta de que Rachel era vieja y canosa.

—Sería interesante, desde luego. —Rachel dio un sorbo al té—. Quizá algo fresco.

¿Estaban locos? Rachel no quería hacer un crucero por Alaska. Quería sentarse al sol en las escaleras de atrás y hacer pompas de jabón para Jacob y verlo reír. Quería verlo crecer semana a semana.

Y deseaba que tuvieran otro niño. Pronto. ¡Lauren tenía treinta y nueve años! La semana pasada Rachel le había dicho a Marla que ya era hora de que Lauren tuviera otro niño. En estos tiempos se tienen tarde, le contestó esta. Pero eso había sido cuando secretamente pensaba que se lo iban a anunciar en cualquier momento. De hecho, había estado haciendo planes para el segundo niño (como una suegra corriente y entrometida). Había decidido jubilarse cuando llegara el niño. Le encantaba su trabajo en el Santa Ángela, pero dentro de dos años cumpliría los setenta (¡setenta!) y ya se notaba fatigada. Con cuidar a dos niños dos días a la semana tendría bastante. Se había hecho a la idea de que ese era su futuro. Casi podía notar el peso del nuevo niño en los brazos.

¿Por qué no quería otro niño la condenada chica? ¿No quería darle un hermano o una hermana a Jacob? ¿Qué tenía de particular Nueva York, con tantos pitidos de claxon y vapor saliendo extrañamente por los agujeros del alcantarillado? Por el amor de Dios, la chica había vuelto a trabajar tres meses después del nacimiento de Jacob. Tampoco representaba tanto inconveniente para ella tener un niño.

Si esa mañana alguien hubiera preguntado a Rachel por su vida, hubiera respondido que se sentía plena y satisfecha. Cuidaba a Jacob lunes y viernes, y el resto del tiempo él iba a la guardería mientras Lauren estaba sentada en su mesa de trabajo de la ciudad, gestionando sus proyectos. Cuando Jacob estaba en la guardería Rachel trabajaba de secretaria en el colegio Santa Ángela. Tenía su trabajo, sus plantas, su amiga Marla, su pila de libros de la biblioteca y dos valiosos días a la semana con su nieto. Además, Jacob se quedaba a menudo a dormir con ella los fines de semana, para que sus padres pudieran salir. A los dos les gustaba ir a buenos restaurantes, al teatro y a la ópera, figúrate. Las carcajadas que habría soltado Ed de haberlo sabido.

Si alguien le hubiera preguntado: «¿Eres feliz?», ella habría dicho: «Todo lo feliz que puedo ser».

No tenía ni idea de que su vida estaba construida sobre una base muy frágil, como un castillo de naipes, y que Rob y Lauren podían marcharse de allí cualquier lunes por la noche y llevarse tranquilamente la única carta que importaba. Si quitaba la carta de Jacob, su vida se derrumbaría y se vendría abajo con una suavidad casi etérea.

Rachel posó los labios en la cabeza de Jacob y los ojos se le llenaron de lágrimas.

No era justo. No era justo. No era justo.

—Dos años pasan pronto —dijo Lauren fijando sus ojos en Rachel.

—¡Así! —Rob chasqueó los dedos.

Tal vez para ti, pensó Rachel.

—A lo mejor no estamos los dos años enteros —manifestó Lauren.

—¡O podéis quedaros allí para siempre! —objetó Rachel con una gran sonrisa radiante, para dejar claro que estaba en el mundo y sabía cómo funcionaban estas cosas.

Pensó en las gemelas Russell, Lucy y Mary, y en sus respectivas hijas, que se habían ido a vivir a Melbourne. «Acabarán quedándose allí», le había dicho con tristeza Lucy a Rachel al salir de la iglesia. Había sido hacía muchos años, pero a Rachel se le había quedado grabado, porque Lucy había acertado. Las últimas noticias que tenía Rachel eran que ambas primas —la tímida hija de Lucy y la oronda hija de Mary con sus bonitos ojos— seguían en Melbourne y allí pensaban quedarse.

Pero Melbourne estaba a un paso, un salto y te plantabas allí. Si querías, podías volar a Melbourne en el día. Lucy y Mary lo hacían muchas veces. Pero no podías volar a Nueva York en el día.

Y luego estaba la gente como Virginia Fitzpatrick, que compartía (por así decirlo) el puesto de secretaria con Rachel. Virginia tenía seis hijos y catorce nietos y la mayoría de ellos vivían a veinte minutos a la redonda de Sydney North Shore. Si uno de los hijos de Virginia decidiera irse a Nueva York, probablemente ella no lo notaría porque le quedaban otros muchos nietos.

Rachel debería haber tenido más hijos. Debería haber sido una buena esposa y madre católica y haber tenido por lo menos seis, pero no, no los había tenido a causa de su vanidad, de sentirse secretamente especial, distinta de todas las demás mujeres. Dios sabe exactamente en qué sentido había pensado que era especial. Porque no ambicionaba carrera ni viajes ni nada por el estilo, como las chicas de hoy.

—¿Cuándo os vais? —preguntó Rachel a Lauren y Rob mientras Jacob se deslizaba de repente de su regazo y se dirigía a una de sus misiones urgentes en el cuarto de estar.

Un momento después empezó a oír el sonido de la televisión. La espabilada criatura había averiguado el modo de utilizar el mando a distancia.

—A finales de agosto —anunció Lauren—. Tenemos que resolver un montón de cosas. Visados y demás. Hay que buscar piso, una niñera para Jacob.

Una niñera para Jacob.

—Un trabajo para mí —añadió Rob nervioso.

—Oh, sí, cariño —repuso Rachel. Procuraba tomarse en serio a su hijo—. Trabajo para ti. En una inmobiliaria, ¿no crees?

—Todavía no es seguro —declaró Rob—. Tendremos que ver. Podría acabar ejerciendo de amo de casa.

—Lamento no haberle enseñado nunca a cocinar —dijo Rachel a Lauren, sin sentirlo demasiado.

A Rachel nunca le había interesado mucho la cocina ni cocinar bien; era una faena doméstica más, como lavar la ropa. Lo mismo que piensa de la cocina la gente de hoy día.

—No pasa nada. —Lauren sonrió—. Probablemente saldremos a menudo a comer a los restaurantes de Nueva York. Ya sabes, la ciudad que nunca duerme.

—Aunque, por supuesto, Jacob necesitará dormir —advirtió Rachel—. ¿O le va a dar de cenar la niñera mientras vosotros salís?

A Lauren se le borró la sonrisa y miró de reojo a Rob, que estaba ajeno a la conversación, por supuesto.

De pronto el volumen de la televisión aumentó y una voz enlatada retumbó en toda la casa: «¡No se consigue nada sin esfuerzo!».

Rachel reconoció la voz. Era uno de los presentadores de *The Biggest Loser*. Le gustaba ese programa. Le apaciguaba verse metida en un mundo de plástico de colores chillones, donde lo único que importaba era cuánto comías y cuánto ejercicio hacías, donde no se sufría dolor ni angustia por ninguna tragedia más allá de las flexiones y los abdominales, donde la gente hablaba con pasión de calorías y lloraba de alegría por perder kilos. Y luego vivían felices y delgados para siempre.

—¿Estás jugando con el mando a distancia, Jake? —alzó Rob la voz por encima del estruendo de la televisión.

Se levantó de la mesa y fue al cuarto de estar.

Siempre era el primero en levantarse para ir a ver a Jacob. Nunca Lauren. Él le había cambiado los pañales desde el primer momento. Claro que todos los papás cambian pañales hoy día. Seguro que no les causaba daño. Pero a Rachel le causaba sentirse incómoda, casi avergonzada, como si estuvieran haciendo algo inadecuado, demasiado femenino. Las chicas de hoy pondrían el grito en el cielo si ella se atreviera a reconocerlo públicamente.

—Rachel —dijo Lauren.

A Rachel no se le escapó la mirada nerviosa de Lauren, como si tuviera que pedirle un gran favor. «Sí, Lauren. Yo cuidaré de Jacob mientras Rob y tú estáis en Nueva York. ¿Dos años? Sin problemas. Marchaos. Pasadlo bien».

—Este viernes —vaciló Lauren—. Viernes Santo. Ya sé que es, eh, el aniversario...

Rachel se quedó helada.

—Sí —aseveró en su tono más glacial—. Sí, así es.

No tenía el menor deseo de hablar con nadie sobre ese viernes y menos con Lauren. Su cuerpo había notado hacía semanas que se acercaba el Viernes Santo. Coincidía todos los años con los últimos días del verano, cuando notaba que el clima empezaba a refrescar. Se le tensaban los músculos, sentía un hormigueo de horror y luego se acordaba: *Por supuesto, ya está aquí otra vez el otoño*. Qué pena. A ella solía gustarle el otoño.

—Comprendo que vayas al parque —aseguró Lauren como si estuvieran comentando dónde dar la próxima fiesta—, solo me preguntaba si...

Rachel no podía soportarlo.

—¿Te importaría si no hablamos de eso ahora? Mejor en otro momento.

—Por supuesto. —Lauren se ruborizó y Rachel sintió una punzada de culpa. Rara vez jugaba esa carta. La hacía sentirse mezquina.

—Voy a hacer té —dijo, empezando a recoger los platos.

—Deja que te ayude. —Lauren fue a levantarse.

—Quédate quieta —ordenó Rachel.

—Si lo prefieres...

Lauren se metió un mechón de cabellos rubio rojizo detrás de la oreja. Era una chica guapa. La primera vez que la había llevado a casa para que conociera a Rachel, Rob apenas había podido contener su orgullo. Le recordó su carita redonda y sonrosada cuando llevó a casa su primer dibujo de la escuela infantil.

Lo ocurrido a su familia en 1984 debería haber hecho que Rachel quisiera aún más a su hijo, pero no fue así. Fue como si hubiera perdido la capacidad de amar, hasta que nació Jacob. Para entonces Rob y ella habían establecido una relación perfectamente cordial, pero parecida a ese horrible chocolate de algarrobas que, en cuanto lo pruebas, sabes que se trata de un insípido sucedáneo. Por tanto, Rob tenía todo el derecho a quitarle a Jacob. Se lo merecía por no haberle querido lo suficiente. Esa era su penitencia. Doscientos avemarías y tu nieto se va a Nueva York. Siempre había un precio y Rachel siempre tenía que pagarlo todo de una vez. Sin descuentos. Igual que había pagado por su error en 1984.

Ahora Rob estaba haciendo reír a Jacob. Peleando con él, probablemente poniéndolo cabeza abajo agarrado por los tobillos, como Ed solía pelear con él.

—¡Aquí está el... MONSTRUO DE LAS COSQUILLAS! —gritó Rob.

Las risas de Jacob entraron flotando en el salón como hileras de pompas de jabón, y Lauren y Rachel se rieron al unísono. Era irresistible, como si les estuvieran haciendo cosquillas a ellas mismas. Sus miradas se cruzaron y en ese momento la risa de Rachel se tornó en llanto.

—Oh, Rachel. —Lauren se levantó a medias de la silla y alargó una mano con una perfecta manicura (tenía manicura, pedicura y masaje cada tres sábados. Lo llamaba «el tiempo de Lauren». Cuando tocaba «el tiempo de Lauren», Rob llevaba a Jacob a casa de Rachel e iban al parque de la esquina y tomaban sándwiches de huevo)—. Lo siento mucho, sé cuánto vas a echar de menos a Jacob, pero...

Rachel dio un suspiro entrecortado y reunió todas sus fuerzas para recuperar la compostura, como si estuviera retrocediendo desde el borde de un precipicio.

—No seas tonta —dijo tan bruscamente que Lauren se estremeció y se dejó caer en la silla—. Estaré perfectamente. Es una oportunidad magnífica para vosotros.

Se puso a apilar los platos de postre, formando un montón poco atractivo con las sobras de Sara Lee.

—Por cierto —añadió antes de salir del salón—, este niño necesita un corte de pelo.

CAPÍTULO CUATRO

*J*ohn-Paul, ¿estás ahí?

Cecilia apretó tanto el teléfono contra la oreja que le dolió. Al fin él habló.

—¿La has abierto? —Tenía la voz leve y aflautada, como un anciano quejumbroso en una residencia de la tercera edad.

—No —aseguró Cecilia—. No estás muerto, así que he pensado que era mejor no hacerlo.

Había procurado adoptar un tono intrascendente, pero le salió chillón, como si estuviera regañándole.

Nuevo silencio. Oyó gritar a alguien con acento americano: «¡Señor! ¡Por aquí, señor!».

—Oiga... —dijo Cecilia.

—¿Podrías hacer el favor de no abrirla? ¿No te importa? La escribí hace mucho tiempo, cuando Isabel era pequeña, creo. Es algo embarazoso. La verdad es que creí que la había perdido. ¿Dónde la has encontrado?

Lo notó reservado, como si estuviera hablando delante de gente que no conociera mucho.

—¿Estás con alguien? —preguntó Cecilia.

—No. Estoy desayunando aquí, en el restaurante del hotel.

—La he encontrado al subir al desván a por mi fragmento del Muro de Berlín. Le di un codazo sin querer a una de tus cajas de zapatos y allí estaba.

—Debía de estar haciendo la declaración de la renta cuando la escribí —aclaró John-Paul—. Qué idiota. Recuerdo que la busqué por todas partes. Creí que había perdido el juicio. No podía creer que la hubiera perdido... —Su voz se perdió—. Bueno.

Lo notó pesaroso, como si sintiera algún tipo de remordimientos.

—Bueno, no importa. —Ahora se había puesto maternal, como si estuviera hablando con una de sus hijas—. Pero ¿por qué se te ocurrió escribirla?

—Fue un impulso. Supongo que estaba muy emocionado. Nuestra primera hija. Me dio por pensar en mi padre y en las cosas que nunca llegué a decirle cuando murió. Cosas que quedaron sin decir. Todos los clichés. Ya sabes, el consabido rollo de cuánto te quiero. Nada que haga temblar la tierra. La verdad es que ni siquiera lo recuerdo.

—Entonces, ¿por qué no puedo abrirla? —Empleó ese tono inquisitivo que tanto la irritaba—. ¿Cuál es el misterio?

—No hay ningún misterio, pero, Cecilia, por favor, te pido que no la abras.

Su tono era de desesperación. Por amor de Dios, qué lío. Los hombres eran muy ridículos con sus asuntos emocionales.

—Está bien. No la abriré. Esperemos que no tenga que leerla en cincuenta años.

—A menos que yo te sobreviva.

—No lo conseguirás. Comes demasiada carne roja. Seguro que ahora mismo estás tomando bacón.

—Y seguro que esta noche tú has dado pescado a esas pobres chicas. —El tono era tenso, pese a que estaba hablando en broma.

—¿Es papá? —Polly se coló en la habitación—. ¡Necesito hablar urgentemente con él!

—Está aquí Polly —dijo Cecilia, mientras Polly intentaba quitarle el inalámbrico—. Estate quieta, Polly. Solo un momento. Mañana hablamos. Te quiero.

—Yo también te quiero —le oyó decir mientras Polly le quitaba el teléfono y salía corriendo de la habitación con el aparato pegado a la oreja.

—Escucha, papá, necesito contarte algo y es un gran secreto.

A Polly le encantaban los secretos. No había dejado de hablar de ellos ni de contarlos desde que se enteró de su existencia cuando tenía dos años.

—¡Deja hablar también a tus hermanas! —reclamó Cecilia.

Tomó su taza de té y acercó la carta, alineándola con el borde de la mesa. Conque eso era todo. Nada de qué preocuparse. La guardaría y se olvidaría de ella.

Él se había puesto nervioso. Nada más. Qué dulce.

Por supuesto, ahora que lo había prometido, no podía abrirla. Habría sido mejor no sacarla a relucir. Acabaría el té y se pondría con el pastel.

Acercó el libro de Esther sobre el Muro de Berlín, lo hojeó y se detuvo ante la foto de un muchacho de rostro serio y angelical que le recordaba un poco a John-Paul de joven, cuando se enamoró de él. John-Paul siempre había cuidado mucho su pelo, utilizando una buena cantidad de gel para mantenerlo en su sitio, y había sido adorablemente serio, incluso cuando estaba borracho (en aquellos primeros tiempos se emborrachaban a menudo). Su seriedad hacía que Cecilia se sintiera frívola y superficial. Llevaban juntos una eternidad antes de que él hubiera mostrado una faceta más risueña.

El muchacho, leyó, se llamaba Peter Fechter, un albañil de dieciocho años que fue de los primeros en morir en el intento de escapar del Muro de Berlín. Recibió un tiro en la pelvis y cayó de espaldas en la «franja de la muerte» del lado Este, donde se desangró durante una hora hasta morir. Cientos de testigos de ambos lados presenciaron el momento, pero nadie le brindó asistencia médica, aunque hubo personas que lanzaron vendas.

—Por Dios —dijo Cecilia enojada, y apartó el libro. Menuda historia para que la lea Esther, enterarse de que cosas semejantes eran posibles.

Cecilia habría ayudado al chico. Habría ido derecha hasta donde estaba. Habría pedido una ambulancia. Habría gritado: «¿Qué hacéis ahí parados?».

Quién sabe lo que hubiera hecho en realidad, probablemente nada si ello llevaba aparejado el riesgo de que le pegaran un tiro. Era madre. Tenía que seguir viva. Las franjas de la muerte no formaban parte de su vida. Franjas de naturaleza. Franjas de compras. Nunca se había visto puesta a prueba. Probablemente no se vería nunca.

—¡Polly! ¡Llevas horas hablando con él! ¡Seguro que papá ya está aburrido! —gritó Isabel.

¿Por qué tienen que estar siempre gritando? Las chicas echaban mucho de menos a su padre cuando estaba fuera. Era más paciente con ellas que Cecilia y desde que eran pequeñas siempre había estado dispuesto a implicarse en sus vidas de un modo en que Cecilia, sinceramente, nunca lo hubiera hecho. Jugaba sin descanso a las cocinitas con Polly, sosteniendo diminutas tazas de té con el meñique estirado. Escuchaba muy serio las peroratas de Isabel sobre el último drama con sus amigas. Para todas ellas era un alivio cuando John-Paul volvía a casa. «¡Llévate a las niñas!», exclamaba Cecilia y él se las llevaba en el coche a correr alguna aventura y volvían a casa horas después cansados y sudorosos.

—¡Papá no piensa que yo sea aburrida! —gritó Polly.

—¡Dale ahora mismo el teléfono a tu hermana! —exigió Cecilia.

Hubo una trifulca en el pasillo y Polly reapareció en la cocina. Entró, se sentó a la mesa con Cecilia y se cogió la cabeza entre las manos.

Cecilia deslizó la carta de John-Paul entre las páginas del libro de Esther y contempló el bello rostro en forma de corazón de su hija de seis años. Polly era una anomalía genética. John-Paul era guapo (solían llamarlo «semental») y Cecilia era suficientemente atractiva a media luz, pero inexplicablemente se las habían ingeniado para tener una hija extraordinaria. Polly parecía Blancanieves: cabellos negros, relucientes ojos azules y labios de rubí, auténticamente de rubí, hasta el punto que la gente creía que se los pintaba. Las dos hijas mayores, con su pelo rubio ceniza y las narices pecosas, habían salido guapas como sus padres, pero Polly era la única que hacía volver la cabeza a la gente en los centros comerciales. «Como siga tan guapa tendrá problemas en el futuro», había observado en cierta ocasión la suegra de Cecilia y esta se había molestado, pero también había comprendido. ¿Qué provocaba en tu personalidad poseer lo único que ansiaban todas las mujeres? Cecilia había notado que las mujeres bellas se comportaban de forma distinta, se mecían como palmeras a la brisa de tantas atenciones. Cecilia quería que sus hijas corrieran, anduvieran a grandes zancadas y pisando fuerte. No quería que Polly solo sirviera para mecerse.

—¿Quieres saber el secreto que le he contado a papá? —Polly levantó los ojos hacia ella, mirándola entre las gruesas pestañas.

Polly acabaría meciéndose. Cecilia ya podía verlo.

—No pasa nada —dijo Cecilia—. No tienes por qué contármelo.

—El secreto es que he decidido invitar al señor Whitby a mi fiesta de piratas —confesó Polly.

El séptimo cumpleaños de Polly caía dos semanas después de Pascua. Su fiesta de piratas había sido tema habitual de conversación durante el último mes.

—Ya hemos hablado de eso, Polly —dijo Cecilia.

El señor Whitby era el profesor de Educación Física de Polly en Santa Ángela y Polly estaba enamorada de él. Cecilia no sabía cómo influiría en las futuras relaciones de Polly el hecho de que su primer flechazo fuera un hombre de la misma edad que su padre. Se suponía que debía enamorarse de las estrellas de pop adolescentes, no de hombres de mediana edad con la cabeza afeitada. Cierto que el señor Whitby tenía algo especial. Unos pectorales anchos, aspecto atlético, iba en moto y escuchaba con la mirada, pero eran las madres del colegio quienes debían sentir su atractivo sexual (y lo hacían; no se libraba ni la propia Cecilia), no sus alumnas de seis años.

—No vamos a invitar al señor Whitby a la fiesta —declaró Cecilia—. No estaría bien. Pensaría que tendría que ir a las fiestas de todo el mundo.

—Él quiere venir a la mía.

—No.

—Lo hablaremos en otro momento —dijo Polly como si tal cosa, apartando su silla de la mesa.

—¡No hay nada que hablar! —replicó Cecilia. Pero Polly ya había desaparecido.

Cecilia suspiró. Bueno. Había mucho que hacer. Se levantó y sacó la carta de John-Paul del libro de Esther. Antes que nada, guardaría la maldita carta.

Dijo que la había escrito nada más nacer Isabel, y que no recordaba exactamente qué decía. Era comprensible. Isabel tenía doce años y John-Paul era muy distraído. Confiaba en que Cecilia fuera su memoria.

Solo que ella tenía la certeza de que le había estado mintiendo.

CAPÍTULO CINCO

*T*al vez deberíamos echar la puerta abajo. —La voz de Liam cortó el aire silencioso de la noche como el pitido de un silbato—. Podíamos romper una ventana con una piedra, como por ejemplo con esa de ahí. Mira, mamá, mira, mira, la ves...

—Chist —protestó Tess—. ¡Baja la voz!

Aporreó la puerta una y otra vez.

Nada.

Eran las once de la noche y Liam y ella estaban en la puerta de casa de su madre. La vivienda se encontraba completamente a oscuras, las persianas echadas. Parecía deshabitada. De hecho, toda la calle parecía extrañamente silenciosa. ¿No había nadie levantado viendo el último noticiario? La única luz provenía de una farola de la esquina. No se veían estrellas en el cielo ni tampoco luna. Solo se oía el sonido lastimero de una cigarra, última superviviente del verano, y el zumbido sordo del tráfico lejano. Podía aspirar el suave perfume de las gardenias de su madre. El móvil de Tess se había quedado sin batería. No podía llamar a nadie, ni siquiera a un taxi para que los llevara a un hotel. Tal vez tendrían que entrar furtivamente, pero últimamente a su madre le preocupaba mucho la seguridad. ¿No habría instalado una alarma? Tess imaginó el sobresalto del vecindario al oír el súbito *woop woop* de una alarma.

No puedo creer que esto me esté sucediendo a mí.

No lo había pensado bien. Debería haber llamado a su madre para comunicarle que iban a ir, pero se había aturullado entre reservar el vuelo, hacer el equipaje, ir al aeropuerto, dar con la puerta en cuestión, con Liam trotando a su lado sin parar de hablar. Estaba muy alterado, no calló en todo el vuelo y ahora estaba tan agotado que prácticamente deliraba.

Creía que habían ido en misión de rescate a socorrer a la abuela.

—La abuela se ha roto el tobillo —le había dicho Tess—. De modo que vamos a quedarnos un tiempo para ayudarla.

—¿Y el colegio? —había preguntado él.

—Puedes faltar unos días —le dijo y su cara se iluminó como un árbol de Navidad. No le había dicho nada de empezar en un colegio nuevo. Lógicamente.

Felicity se había ido y, mientras Tess y Liam hacían el equipaje, Will había vagado por la casa, pálido y dando sorbetones.

Cuando se quedaron solos y Tess empezó a guardar vestidos en una bolsa, intentó hablar con ella, que se volvió hacia él como una cobra irguiéndose para picar, silbando a través de los dientes apretados de furia:

—Déjame en paz.

—Lo siento —se disculpó él dando un paso atrás—. Lo siento mucho.

A esas alturas Felicity y él debían de haber dicho «lo siento» unas quinientas veces.

—Te lo prometo —insistió Will bajando la voz, supuestamente para que Liam no lo oyera—. Pero, por si te queda alguna duda, quiero que sepas que nunca nos hemos acostado juntos.

—Sigue diciendo eso, Will —dijo ella—. No sé por qué crees que mejora la situación. La empeora. ¡Jamás se me había ocurrido que os acostaríais juntos! Conque muchas gracias por vuestra contención. Por el amor de Dios...

Le temblaba la voz.

—Lo siento —repitió él y se limpió la nariz con el dorso de la mano.

Will se había comportado de un modo absolutamente normal delante de Liam. Le había ayudado a encontrar su gorra favorita de béisbol debajo de la cama y, cuando llegó el taxi, se arrodilló y medio le abrazó y se peleó con él de esa forma tosca y cariñosa que tienen los padres con sus hijos. Tess acababa de comprobar cómo se las había apañado Will para mantener en secreto durante tanto tiempo su historia con Felicity. La vida en familia, incluso con un hijo único, tenía sus propios ritmos y era perfectamente posible seguir la corriente como siempre, aun cuando tuvieras la cabeza en otra parte.

Y ahora estaba aquí, plantada en un soñoliento barrio residencial de Sydney North Shore con un niño de seis años en pleno delirio.

—Bueno —le dijo cautelosamente a Liam—, me figuro que deberíamos...

¿Qué? ¿Despertar a un vecino? ¿Arriesgarse a que saltara la alarma?

—¡Espera! —indicó Liam llevándose un dedo a los labios; sus grandes ojos eran charcos de reluciente negrura en la oscuridad—. Creo que he oído algo dentro.

Pegó el oído a la puerta. Tess hizo lo propio.

—¿Lo oyes?

Oyó algo. Un extraño sonido sordo y rítmico en la parte de arriba.

—Deben de ser las muletas de la abuela —dijo Tess.

Su pobre madre. Probablemente estaría en la cama. Su habitación quedaba justo al otro lado de la casa. Maldito Will. Maldita Felicity. Sacar a su pobre madre coja de la cama.

¿Cuándo había empezado exactamente la historia entre Will y Felicity? ¿Acaso hubo un momento exacto en el que algo cambió? ¿Cómo pudo no darse cuenta? Los había visto juntos todos los días de su vida y jamás había notado nada. Felicity se había quedado a cenar el viernes pasado. Quizá Will había estado algo más callado de lo habitual. Tess lo había achacado a molestias en la espalda. Estaría cansado. Habían tenido una dura jornada de trabajo. Pero Felicity había estado muy animada. Incluso radiante. Tess se había sorprendido varias veces con la mirada fija en ella. La hermosura de Felicity era aún muy reciente y embellecía todo cuanto tenía que ver con ella. Su risa. Su voz.

Sin embargo, Tess no había notado nada. Había estado estúpidamente segura del amor de Will. Suficientemente segura como para ponerse unos vaqueros viejos con una camiseta negra que Will decía que le daban aspecto de motera. Lo suficiente como para gastarle bromas por estar mohíno. Le había dado en el trasero con la servilleta del té cuando recogieron la cocina después.

No habían visto a Felicity durante el fin de semana, cosa insólita. Había estado ocupada, según dijo. Hizo un tiempo lluvioso y frío; Tess, Will y Liam estuvieron viendo la televisión, jugado al *snap* y haciendo tortitas juntos. Fue un buen fin de semana.

Ahora vio claro que Felicity había estado radiante el viernes por la noche porque estaba enamorada.

La puerta se abrió y la luz inundó la entrada.

—¿Qué demonios? —dijo la madre de Tess.

Llevaba una bata azul de punto y se apoyaba pesadamente en sendas muletas, con un parpadeo de miope en los ojos y el rostro contraído por el dolor y el esfuerzo.

Tess bajó la mirada al tobillo vendado de su madre e imaginó su despertar, levantarse de la cama y cojear hasta encontrar la bata y luego las muletas.

—Oh, mamá —se disculpó—. Lo siento mucho.

—¿Por qué lo sientes? ¿Qué estás haciendo aquí?

—Hemos venido... —empezó, pero se le hizo un nudo en la garganta.

—¡Para ayudarte, abuela! —gritó Liam—. ¡Por lo de tu tobillo! ¡Hemos volado aquí de noche!

—Bueno, eso es muy cariñoso por tu parte, mi querido muchacho. —La madre de Tess se hizo a un lado con sus muletas para dejarles pasar—. Entrad, entrad. Siento haber tardado tanto en llegar a la puerta, no tenía ni idea de que las muletas fueran tan puñeteramente complicadas. Me imaginaba a mí misma moviéndome con desenvoltura, pero se te clavan en las axilas como yo qué sé. Liam, ve a dar la luz de la cocina, tomaremos leche caliente y tostadas con canela.

—¡Guay! —Liam se dirigió a la cocina y, por alguna inexplicable razón de niño de seis años, se puso a mover brazos y piernas rígidamente como un robot.

—¡Grabando! ¡Grabando! ¡Afirmativo, objetivo: tostada con canela!

Tess metió las bolsas.

—Lo siento —volvió a decir al dejarlas en el recibidor y mirar a su madre—. Debería haber llamado. ¿Te duele mucho el tobillo?

—¿Qué ha pasado? —preguntó su madre.

—Nada.

—Tonterías.

—Will... —empezó y se interrumpió.

—Mi niña querida. —Su madre se inclinó más de la cuenta al tratar de abrazarla sin perder el control de las muletas.

—No te rompas otro hueso. —Tess la sujetó.

Pudo oler el dentífrico de su madre, su crema y jabón facial, y por debajo de todo ello el olor familiar a almizcle y a vejez de su madre. En la pared del recibidor, por detrás de la cabeza de su madre, había una foto enmarcada de ella con Felicity a los siete años vestidas de primera comunión, con velo de encaje blanco y las palmas de las manos unidas sobre el pecho, en la pose típica. La tía Mary tenía una foto idéntica en el mismo sitio de su recibidor. Ahora Felicity era atea y Tess se definía a sí misma como «no practicante».

—Date prisa y cuéntame de una vez —dijo Lucy.

—Will. —Tess lo volvió a intentar—: Y..., y... —no pudo terminar.

—Felicity —intervino su madre—. ¿Estoy en lo cierto? Sí. —Levantó un brazo y golpeó una muleta contra el suelo con tal fuerza que la foto tembló—. Esa zorra.

1961. La Guerra Fría estaba en su punto álgido. Miles de alemanes del este huían al oeste. «Nadie tiene intención de construir un muro», anunció Walter Ulbricht, canciller de Alemania del Este, definido por algunos como el «robot de Stalin». Las gentes se miraron entre sí sorprendidas. ¿Cómo? ¿Quién ha dicho algo sobre un MURO? Otros cuantos miles hicieron las maletas.

En Sydney, Australia, una chica llamada Rachel Fisher estaba sentada en el alto muro que da a la playa de Manly, balanceando sus largas y bronceadas piernas, mientras su novio, Ed Crowley, hojeaba el Sydney Morning Herald, *irritantemente enfrascado. En el periódico había un artículo sobre los sucesos de Europa, pero ni Ed ni Rachel tenían mucho interés por lo que sucedía en aquel continente.*

Por fin, Ed habló. «Eh, Rach, ¿por qué no te conseguimos uno de esos?», dijo señalando la página que tenía delante.

Rachel miró por encima de su hombro sin mucho interés. El periódico estaba abierto en un anuncio a toda página de Angus y Coote. El dedo de Ed, posado sobre un anillo de compromiso. La agarró del codo antes de que ella perdiera el equilibrio y cayera a la playa.

Se habían ido. Rachel estaba en la cama, con la televisión puesta, el *Women's Weekly* en el regazo, una taza de té Earl Grey en la mesilla de noche, junto con la caja de cartón de *macarons* que Lauren había llevado la noche pasada. Rachel debería habérselos ofrecido al final de la velada, pero se había olvidado. Quizá hubiera sido adrede, nunca estaba segura de cuánto le disgustaba su nuera. Era posible que la odiara.

¿Por qué no te vas sola a Nueva York, querida? ¡Tómate dos años del «*tiempo de Lauren*»!

Rachel deslizó la caja de cartón sobre la cama, frente a ella, y observó las seis pastas de colores chillones. No le parecieron tan especiales. Supuestamente eran lo último entre la gente que se preocupaba de esas cosas. Estos eran de una tienda de la ciudad donde la gente hacía cola durante horas para comprarlos. Estúpidos. ¿No tenían nada mejor que hacer? Aunque no daba la impresión de que Lauren hubiera hecho cola durante horas. ¡Al fin y al cabo, Lauren tenía cosas mejores que hacer que el resto del mundo! Rachel tuvo la sensación de que quizá hubiera habido una historia en torno a la adquisición de los *macarons,* aunque en realidad nunca prestaba atención cuando Lauren hablaba de algo que no tuviera que ver con Jacob.

Eligió uno de frambuesa y dio un mordisco de prueba.

«Oh, Dios», exclamó al momento, y pensó, por primera vez en no sabía cuánto tiempo, en el sexo. Dio otro mordisco más grande. «Virgen María». Soltó una carcajada. Normal que la gente hiciera cola. Era exquisito: el sabor a frambuesa del cremoso interior era como una leve caricia en su piel; la textura del merengue suave y tierna, como comer una nube.

Un momento. ¿Quién había dicho eso?

«¡Es como comer una nube, mamá!». Una carita extasiada.

Janie. Cuando tenía cuatro años. La primera vez que probó el algodón de azúcar en... el Luna Park. O en una fiesta del colegio. Rachel no podía concretar más el recuerdo. Estaba concentrada en la cara resplandeciente de Janie y en sus palabras. «¡Es como comer una nube, mamá!».

A Janie le habrían encantado aquellos *macarons*.

De pronto la galleta se le escurrió entre los dedos y Rachel se encorvó, como si pudiera esquivar el primer puñetazo, pero era demasiado tarde, le había alcanzado. Hacía mucho tiempo que no se sentía tan mal. Una oleada de dolor, tan viva y punzante como aquel primer año en que se despertaba y por un instante creía haberla olvidado, antes de recordar que Janie ya no estaba en la habitación del fondo del pasillo, rociándose con el mareante aroma del desodorante Impulso, embadurnándose de maquillaje naranja su piel perfecta de diecisiete años al ritmo de la música de Madonna.

Aquella avasalladora injusticia le partía el corazón y se lo retorcía como si tuviera contracciones. A mi hija le habrían encantado estas estúpidas pastas. Mi hija habría tenido una carrera profesional. Mi hija podría haber ido a Nueva York.

Un cable de acero le ceñía el pecho con tanta presión que le pareció que se ahogaba y abrió la boca en busca de aire, pero por debajo del pánico pudo oír la avezada y tranquila voz de la experiencia: *Ya has pasado por esto. No te vas a morir. Parece que no, pero estás respirando. Parece que llorarás sin cesar, pero no es así.*

Al cabo de un rato, la presión del cable alrededor del pecho fue disminuyendo paulatinamente hasta que pudo volver a respirar. Nunca desaparecía del todo. Se había resignado hacía mucho tiempo. Moriría con el cepo del dolor aferrado a su pecho. Tampoco quería que desapareciera. Eso sería como si Janie no hubiera existido nunca.

Se acordó de las tarjetas de Navidad del primer año. «Queridos Rachel, Ed y Rob: os deseamos una feliz Navidad y un próspero Año Nuevo».

Era como si hubiera eliminado el espacio donde había estado Janie. ¡Feliz! ¿Es que habían perdido el juicio? Cada vez que abría nuevas tarjetas, maldecía y las rompía en mil pedazos.

«Mamá, no seas dura con ellos, es que no saben qué otra cosa poner», le había dicho Rob con voz cansada. Solo tenía quince años, pero la expresión grave de su cara era más propia de un triste y pálido cincuentón con acné.

Rachel retiró con el dorso de la mano los restos de *macarons* que se habían esparcido por las sábanas. «¡Migas, Dios mío, mira cuántas migas!», habría dicho Ed. Él pensaba que comer en la cama era inmoral. Además, le habría dado un ataque si llega a ver la televisión encima de la cómoda. Creía que la gente que veía la televisión en su cuarto se parecían a los adictos a la cocaína: tipos débiles y pervertidos. Según Ed, el dormitorio era para rezar arrodillado al borde de la cama, con la cabeza apoyada en la punta de los dedos y un veloz movimiento de labios (muy deprisa, no creía en hacer perder mucho tiempo al Gran Tipo), seguido de sexo (a ser posible todas las noches) y, después, a dormir.

Tomó el mando a distancia y apuntó a la televisión, zapeando de un canal a otro.

Un documental sobre el Muro de Berlín.

No. Demasiado triste.

Uno de esos programas de investigación criminal.

Jamás.

Una comedia familiar.

Lo dejó ahí un momento, pero eran un marido y su mujer peleándose a grito limpio, con unas horribles voces chillonas. De manera que pasó a un programa de cocina y bajó el volumen. Desde que se había quedado sola, le gustaba acostarse con la televisión puesta; la consoladora banalidad del murmullo de voces y las imágenes parpadeantes mitigaban la sensación de terror que, en ocasiones, se apoderaba de ella.

Se puso de costado y cerró los ojos. Dormía con las luces dadas. Ed y ella no soportaban la oscuridad desde la muerte de Janie. No podían irse a dormir como la gente corriente. Tenían que engañarse a sí mismos y hacer como que no se iban a dormir.

Tras sus párpados cerrados se proyectaban imágenes de Jacob por una calle de Nueva York, agachado con su pequeño peto vaquero y las manos gordezuelas en las rodillas, contemplando el vapor que salía por las rejillas del alcantarillado. ¿Sería vapor muy caliente?

¿Había estado llorando antes por Janie o en realidad había sido por Jacob? De lo que estaba segura era de que, cuando se lo llevaran, la vida volvería a ser insoportable, solo que —y eso era lo peor—, de hecho, la soportaría, no se moriría por eso, seguiría viviendo un día tras otro en una interminable sucesión de amaneceres y anocheceres que Janie nunca llegó a ver.

¿Me has llamado, Janie?

Ese pensamiento era como la punta de un cuchillo pinchando y hurgando en lo más íntimo.

En alguna parte había leído que los soldados heridos en el campo de batalla imploraban morfina y llamaban a sus madres desesperados. En especial los soldados italianos: «Mamma mia!», gritaban.

Con un movimiento brusco que acusó su espalda, Rachel se incorporó y saltó de la cama con el pijama de Ed (llevaba poniéndoselos desde que este murió; ya no olían a él, pero ella casi podía imaginar que sí).

Se arrodilló junto a su cómoda y sacó un viejo álbum de fotos con una descolorida cubierta de vinilo verde.

Volvió a sentarse en la cama y lo hojeó despacio. Janie riéndose. Janie bailando. Janie comiendo. Janie enfurruñada. Janie con sus amigas.

También él. Aquel muchacho. No miraba a la cámara, sino a Janie, como si ella acabara de decir algo ocurrente y divertido. ¿Qué habría dicho? Siempre se lo preguntaba cuando veía aquella foto. ¿Qué dijiste, Janie?

Rachel puso la punta del dedo encima del rostro sonriente y pecoso del muchacho y contempló su mano artrítica y cubierta de manchas de vejez cerrándose en un puño.

6 DE ABRIL DE 1984

Lo primero que hizo Janie Crowley cuando saltó de la cama aquella fría mañana de abril fue atrancar el respaldo de la silla debajo del picaporte de la puerta para que sus padres no pudieran entrar en la habitación. Luego se arrodilló al borde de la cama y levantó la punta del colchón para retirar una caja azul claro. Se sentó en la cama y sacó una pequeña pastilla amarilla de su envoltorio, sosteniéndola en la yema del dedo, contemplándola y pensando en todo lo que significaba, antes de ponérsela en medio de la lengua con la misma reverencia que si estuviera tomando la comunión. Luego volvió a esconder la caja debajo del colchón, saltó otra vez a su cálida cama, tiró para arriba de las mantas y encendió el radiodespertador, con el sonido enlatado de Madonna cantando *Like a Virgin*.

La pequeña pastilla tenía un sabor a producto químico, dulce y deliciosamente pecaminoso.

«Piensa que tu virginidad es un don. No se la entregues a cualquiera», le había dicho su madre en una de esas conversaciones donde trataba de hacerse la progre, como si estuviera bien cualquier forma de sexo prematrimonial, como si su padre no cayera de rodillas y rezara mil novenas solo de pensar que alguien tocara a la niña de sus ojos.

Janie no tenía la menor intención de entregársela a cualquiera. Había sometido a un minucioso estudio todas las solicitudes y hoy informaría al afortunado candidato.

La radio dio las noticias, aburridas en su mayor parte, que no tenían nada que ver con ella y se desvanecieron al instante en su conciencia; lo único interesante era que había nacido el primer bebé-probeta en Canadá. ¡Australia ya tenía un bebé-probeta! ¡Te hemos ganado, Canadá! Ja, ja. (Tenía unas primas canadienses mayores que le hacían sentirse inferior con su sofisticada amabilidad y su acento no del todo americano). Se sentó en la cama, tomó su diario y dibujó un bebé largo y flaco aprisionado en una probeta, con las manitas contra el cristal y la boca abierta. «¡Dejadme salir, dejadme salir!». Haría reír a las chicas del colegio. Cerró de golpe el diario. La idea de un bebé-probeta tenía algo de repelente. Le recordaba el día en que en la clase de ciencias les hablaron de los «óvulos» de la mujer. ¡Qué asco! Por si fuera poco, el profesor era varón. Un varón hablando de los óvulos de una mujer. Era de lo más inadecuado. Janie y sus amigas estaban furiosas. Además, seguro que pretendía mirarlas a todas por debajo de sus blusas. Cierto que nunca le habían sorprendido haciéndolo, pero notaban su repulsivo deseo.

Era una vergüenza que la vida de Janie fuera a acabar en poco más de ocho horas porque no estuviera en su mejor momento. Había sido un bebé adorable, una niña encantadora, una adolescente tímida y cariñosa, y luego, en mayo pasado, hacia su decimoséptimo cumpleaños, había cambiado. Apenas era consciente de su nueva situación. No era culpa suya. Todo le aterrorizaba (la universidad, conducir un coche, pedir cita por teléfono en la peluquería). Sus hormonas la estaban volviendo loca y muchos chicos estaban empezando a mostrarse agresivamente interesados en ella, como si fuera una chica guapa, cosa que estaba bien, pero la confundía porque cuando se miraba en el espejo solo veía su cara vulgar y detestable y su extraño cuerpo larguirucho. Parecía una mantis religiosa. Se lo había dicho una chica del colegio, y era verdad. Piernas excesivamente largas. Especialmente los brazos. Totalmente desproporcionada.

Además, a su madre le estaba pasando algo raro en aquel momento, de manera que no le estaba prestando atención a Janie cuando hasta hacía bien poco se había dedicado a ella con irritante ferocidad. (¡Su madre tenía cuarenta años! ¿Qué podía estar pasando en su vida que fuera tan interesante?). Se sentía desasosegada por haberse visto privada de semejante foco de atención sin previo aviso. En realidad, era doloroso, aunque ella jamás lo hubiera reconocido, ni siquiera era consciente de que le había dolido.

Si Janie hubiera vivido, su madre habría recuperado su habitual dedicación absoluta y ella habría vuelto a ser un encanto para su decimonoveno cumpleaños. Habrían estado todo lo unidas que pueden estarlo madre e hija, y Janie habría enterrado a su madre y no al revés.

Si Janie hubiera vivido, habría coqueteado con drogas blandas y chicos malos, aerobic acuático y jardinería, Botox y sexo tántrico. A lo largo de su vida habría sufrido tres accidentes de tráfico sin importancia, treinta y cuatro malos resfriados y dos intervenciones quirúrgicas de consideración. Habría sido una diseñadora gráfica de moderado éxito, una buceadora nerviosa, una excursionista quejica, una entusiasta del senderismo y una de las primeras en adquirir el iPod, el iPhone y el iPad. Se habría divorciado de su primer marido y habría tenido gemelas por fertilización «in vitro» con el segundo, y la expresión «bebé probeta» le habría pasado por la cabeza como un chiste antiguo, mientras colgaba sus fotos en Facebook para que sus primas canadienses hicieran clic en Me gusta. Habría cambiado su nombre por el de Jane a los veinte y a los treinta habría vuelto a Janie.

Si Janie Crowley hubiera vivido, habría viajado y hecho dieta, bailado y cocinado, reído y llorado, visto mucha televisión y hecho todo lo que hubiera podido.

Pero nada de eso iba a suceder, porque era la mañana del último día de su vida y, aunque le habría gustado ver las caras de sus amigas con el rímel corrido hechas un esperpento, abrazadas unas a otras y llorando ante su tumba en una orgía de dolor, en realidad habría preferido haber descubierto todas las cosas que estaban esperando a ocurrirle.

MARTES

CAPÍTULO SEIS

Cecilia pasó la mayor parte del funeral de la hermana Úrsula pensando en el sexo.

No en el sexo vicioso. En el sexo bueno, matrimonial, bendecido por el Papa. Probablemente a Úrsula no le hubiera gustado.

—La hermana Úrsula vivía volcada en los niños del Santa Ángela.

El padre Joe agarró ambos lados del atril, contemplando con gesto serio al reducido grupo de asistentes (porque, sinceramente, ¿había alguien en toda la iglesia que sintiera la pérdida de la hermana Úrsula?), y, por un momento, su mirada pareció posarse en Cecilia, como si buscara su apoyo. Cecilia asintió con la cabeza y esbozó una sonrisa para decirle que lo estaba haciendo bien.

El padre Joe solo tenía treinta años y no estaba nada mal. ¿Qué impulsaba a un hombre de su edad a elegir el sacerdocio y el celibato en estos tiempos?

Conque vuelta al sexo. Perdón, hermana Úrsula.

Primero recordó haberse dado cuenta de que había un problema en su vida sexual las navidades pasadas. John-Paul y ella no se acostaban a la misma hora. O él se quedaba levantado hasta tarde, trabajando o navegando por la red, y ella se dormía antes de que se acostara, o de repente anunciaba que estaba agotado y se metía en la cama a las nueve de la noche. Pasaron las semanas y ella pensaba de vez en cuando: «Dios, cuánto tiempo hace» y luego lo olvidaba.

Luego vino aquella noche de febrero en que salió a cenar con unas madres del curso de cuatro años y bebió más de la cuenta porque conducía Penny Maroni. Al meterse en la cama Cecilia se sintió mimosa y Paul le apartó la mano y murmuró: «Estoy demasiado cansado. Déjame tranquilo, borracha». Ella se rio y poco después se quedó dormida, sin tomárselo a mal. La próxima vez que él quisiera sexo, estaba dispuesta a hacerle un comentario jocoso del tipo: «Ah, ahora sí que quieres». Pero nunca tuvo ocasión. Fue entonces cuando se puso a llevar la cuenta. ¿Qué estaba pasando?

Pensó que probablemente llevarían así seis meses y, cuanto más tiempo pasaba, más confusa se sentía. Con todo, cada vez que empezaban a formarse en su boca las palabras «eh, ¿qué pasa, cariño?», algo la refrenaba. El sexo nunca había sido un tema de disputa entre ellos, al modo en que lo era en muchas parejas por lo que ella sabía. No lo utilizaba como arma ni como instrumento de negociación. Era algo no hablado, natural y hermoso. No quería echarlo a perder.

Puede que no quisiera oír su respuesta.

O, peor aún, su falta de respuesta. John-Paul había empezado a remar el año pasado. Le encantaba y los domingos volvía a casa contando lo bien que se lo pasaba. Pero de pronto, inexplicablemente, dejó el equipo. «No quiero hablar de eso», decía cuando ella le insistía en cuál era la razón. «Déjalo estar».

A veces John-Paul podía resultar muy raro.

Desechó aquel pensamiento. Además, bien sabía ella que todos los hombres eran raros a veces.

Por otra parte, seis meses no era tanto tiempo... para un matrimonio de mediana edad. Penny Maroni decía que ellos lo hacían una vez al año, con suerte.

Sin embargo, últimamente, Cecilia se sentía como un muchacho adolescente, pensando constantemente en el sexo. Mientras hacía cola en la caja del supermercado para pagar, se le venían a la cabeza imágenes ligeramente pornográficas. En el parque infantil, cuando hablaba con otros padres de la próxima excursión a Canberra, le vino a la memoria haber estado en un hotel de allí, donde John-Paul le había atado las muñecas con la cinta de goma azul que el fisio le había dado para hacer ejercicios de tobillos.

Habían olvidado la cinta azul en la habitación del hotel.

El tobillo de Cecilia todavía hacía clic al efectuar determinados movimientos.

¿Cómo se las arreglaría el padre Joe? Ella era una mujer de cuarenta y dos años, una agotada madre de tres hijas, con la menopausia en el horizonte, y estaba loca por el sexo, de manera que el padre Joe Mackenzie, un apuesto hombre joven con mucho tiempo para dormir, sin duda debía pasarlo mal.

¿Se masturbaría? ¿Podían hacerlo los curas católicos o quedaba fuera del espíritu del celibato?

Un momento, ¿no era la masturbación un pecado para todos? Era una de las cosas que sus amistades no católicas esperarían que supiera. Debían de creer que era una Biblia andante.

A decir verdad, si se ponía a pensarlo, no estaba segura de ser ya tan entusiasta de Dios. Era como si hubiera vuelto la espalda al mundo hacía mucho tiempo. Cada día sucedían cosas terribles a niños de todo el planeta. Era injustificable.

El pequeño Spiderman.

Cerró los ojos para quitarse la imagen de la cabeza.

A Cecilia le traía sin cuidado lo que dijera la letra pequeña sobre el libre albedrío y los insondables designios de Dios y bla, bla, bla. Si Dios tuviera un supervisor, ella le habría enviado una de sus famosas reclamaciones hace mucho tiempo. *Ha perdido usted una clienta.*

Miró la delicada piel del humilde rostro del padre Joe. Una vez le había dicho que le parecía «muy interesante cuando la gente cuestionaba su fe». Pero a ella sus dudas no le parecían nada del otro mundo. Creía en Santa Ángela de todo corazón: en el colegio, la parroquia y la comunidad que representaba. Creía que «Amaos los unos a los otros» era un buen código moral por el que regirse en la vida. Los sacramentos eran hermosas ceremonias eternas. La Iglesia católica era el equipo en el que siempre había militado. En cuanto a Dios padre (¡o madre!) y si lo estaba haciendo bien, bueno, esa era otra cuestión.

Y, sin embargo, todo el mundo creía que era una ferviente católica.

Pensó en Bridget, que la otra noche había dicho durante la cena: «¿Cómo te has hecho tan católica?», cuando Cecilia sacó a colación algo tan normal como la primera confesión de Polly al año siguiente (ahora lo llaman reconciliación); como si su hermana no hubiera sido la reina del baile de la liturgia cuando estaban en el colegio.

Cecilia habría donado sin vacilar un riñón a su hermana, pero a veces le entraban ganas de sentarse a horcajadas encima de ella y ahogarle con una almohada. Había dado resultado para mantenerla a raya cuando eran pequeñas. Era lamentable el modo en que los adultos reprimían sus verdaderos sentimientos.

Por supuesto, Bridget también donaría un riñón a Cecilia. Solo que se quejaría mucho más durante la convalecencia y lo sacaría a relucir a la menor oportunidad, además de procurar que Cecilia corriera con todos los gastos.

El padre Joe había concluido. El grupo de personas dispersas por la iglesia se levantó para cantar el himno final con un suave murmullo de suspiros entrecortados, toses ahogadas y chasquidos de rodillas de mediana edad. Cecilia vio a Melissa McNulty al otro lado del pasillo central. Melissa enarcó las cejas como si dijera: «Qué buenas somos por venir al funeral de la hermana Úrsula, con lo mala que era y estando nosotras tan ocupadas».

Cecilia le contestó con un leve y compungido encogimiento de hombros que decía: «¿Acaso no es siempre así?».

Después del funeral debía entregar a Melissa un pedido de Tupperware que llevaba en el coche y, además, tenía que confirmar que se hiciera cargo de Polly esa tarde cuando saliera de su clase de ballet, porque ella tenía logopeda con Esther y peluquería con Isabel. Por cierto, Melissa necesitaba que volvieran a teñirle el pelo. Las raíces negras quedaban horribles. Era una observación poco caritativa por su parte, pero no pudo evitar recordar cuando estuvo el mes pasado con Melissa en el comedor y la oyó quejarse de que su marido quería sexo un día sí y otro no, como un mecanismo de relojería.

Mientras Melissa cantaba *Qué grande sois, Señor*, pensó en el comentario jocoso de Bridget durante la cena y entendió por qué le había molestado.

Había sido por el sexo. Porque si no practicaba el sexo no era más que una madre carroza de mediana edad y nada guay. Pero nada más lejos de la realidad. Ayer sin ir más lejos, un camionero le había dedicado un largo silbido de admiración mientras corría con el semáforo en rojo a comprar cilantro vestida con la equipación de *netball*.

El silbido había ido dirigido inequívocamente a ella. Se aseguró de que no había otra mujer más joven o más atractiva en las inmediaciones. La semana pasada había tenido la desconcertante experiencia de oír un silbido mientras iba con sus hijas por el centro comercial y, al volverse, advertir que Isabel seguía andando toda decidida con la cara colorada. Isabel había dado el estirón, ya era tan alta como Cecilia, y estaba empezando a tener formas redondeadas, la cintura estrecha y las caderas y el pecho protuberantes. Últimamente llevaba el pelo recogido en una coleta alta con un largo flequillo que le caía demasiado sobre los ojos. Estaba creciendo y ya no era solo su madre la que se había dado cuenta.

Ya ha empezado, se había dicho Cecilia con tristeza. Ojalá pudiera proporcionarle a Isabel un escudo como los de la policía antidisturbios, para protegerla de la atención masculina: esa sensación de ser puntuada cada vez que andabas por la calle, las groserías procedentes de los coches al pasar, las miraditas. Había querido sentarse a hablar con Isabel de eso, pero no habría sabido qué decirle. Nunca había tenido las ideas claras al respecto. No tiene mayor importancia. Tiene gran importancia. No tienen derecho a hacerte sentir así. O no hagas caso, un día tendrás cuarenta años y te irás dando cuenta de que ya no te miran, y la libertad será un alivio, aunque lo echarás de menos, y, cuando un camionero te silbe al cruzar la calle, pensarás: «¿Es a mí de verdad?».

El silbido había sonado sincero y cordial.

Era un poco humillante dedicar tanto tiempo a analizar aquel silbido.

Bueno, en cualquier caso, no estaba preocupada porque John-Paul estuviera teniendo una aventura. Para nada. No había ninguna posibilidad. Ni la más remota posibilidad. ¡No le quedaba tiempo para aventuras! ¿De dónde iba a sacarlo?

Pero viajaba bastante. Ahí sí podría tener una aventura.

El féretro de la hermana Úrsula estaba siendo sacado de la iglesia por cuatro jóvenes de hombros anchos y cabellos alborotados con traje y corbata y rostros inexpresivos, que debían de ser sus sobrinos. Qué curioso que la hermana tuviera el mismo ADN que unos chicos tan atractivos. Seguramente también se habían pasado todo el funeral pensando en el sexo. Unos jóvenes así, con sus libidos en plena ebullición... El más alto era particularmente atractivo con esos ojos castaños y brillantes...

Santo Dios. Ahora estaba imaginando que practicaba sexo con uno de los portadores del féretro de la hermana Úrsula. Un niño, a juzgar por su aspecto. Probablemente todavía estaba en el instituto. Sus pensamientos no solo eran inmorales e inadecuados, sino también ilegales. (¿Era ilegal pensar? ¿Desear al portador del féretro de tu profesora de tercero?).

Cuando el Viernes Santo John-Paul volviera a casa desde Chicago, tendrían sexo todas las noches. Redescubrirían su vida sexual. Sería magnífico. Siempre habían sido muy buenos juntos. Siempre había dado por supuesto que tenían sexo de mejor calidad que nadie. Había sido un pensamiento estimulante en las reuniones del colegio.

John-Paul no podía encontrar sexo mejor en ninguna otra parte. (Cecilia había leído un montón de libros. Actualizaba sus habilidades, como si fuera una obligación profesional). No tenía necesidad de ninguna aventura. Por no hablar de que era la persona más ética, moral y cumplidora de las leyes que conocía. No cruzaría una doble raya continua ni por todo el oro del mundo. No contemplaba la infidelidad. Sencillamente, no lo haría.

Esa carta no tenía nada que ver con ninguna aventura. ¡Ni siquiera estaba pensando en la carta! Eso demostraba lo poco que la preocupaba. El momento fugaz de anoche cuando creyó que él la estaba mintiendo al teléfono no había sido más que imaginaciones suyas. Sus titubeos sobre la carta se debían a los titubeos propios de todas las llamadas de larga distancia. No eran naturales. Cada uno en una punta del mundo, a diferentes horas del día, así era imposible sincronizar las voces: muy eufórica la una, la otra muy sosegada.

Abrir la carta no supondría ninguna revelación terrible. No era, por ejemplo, la revelación de otra familia que él estuviera manteniendo en secreto. John-Paul carecía de la capacidad organizativa necesaria para ser bígamo. Habría metido la pata hacía mucho. Habría ido a la casa que no era. Habría llamado a una esposa por el nombre de la otra. Estaría olvidándose constantemente sus objetos personales donde no debía.

Salvo que, por supuesto, esa torpeza formara parte de la tapadera de su doble vida.

Quizá fuera gay. Por eso rehuía el sexo. Había estado fingiendo su heterosexualidad todos estos años. Bueno, no se le había dado mal. Recordó los primeros tiempos, cuando solían tener sexo tres o cuatro veces al día. Había cumplido más que sobradamente si solo se trataba de un interés fingido.

Le gustaban mucho los musicales. ¡Le encantaba *Cats*! Y peinaba a las niñas mejor que ella. Siempre que Polly tenía alguna actuación de ballet, insistía en que John-Paul le hiciera el moño. Sabía hablar de arabescos y piruetas con Polly igual que de fútbol con Isabel o del Titanic con Esther. Además, adoraba a su madre. ¿No eran los gais particularmente cercanos a sus madres? ¿O eso era un mito?

Tenía un polo de color albaricoque y se lo planchaba él mismo.

Sí, probablemente era gay.

Terminó el himno. El féretro de la hermana Úrsula salió de la iglesia y se extendió una sensación de deber cumplido mientras la gente recogía bolsos y chaquetas y se disponía a volver a sus quehaceres.

Cecilia dejó su libro de cánticos. Por amor de Dios, su marido no era gay. Evocó la imagen de John-Paul corriendo arriba y abajo por la banda durante el partido de fútbol, animando a Isabel, el pasado fin de semana. Aparte de la sombra de barba plateada de un día sin afeitarse, llevaba sendas pegatinas moradas de bailarinas en ambas mejillas. Se las había puesto Polly en broma. Sintió un arrebato de cariño al recordarlo. John-Paul no tenía nada de afeminado. Estaba a gusto con cómo era. No necesitaba demostrarse nada.

La carta no tenía nada que ver con la tregua sexual. No tenía nada que ver con nada. Estaba a buen recaudo en la carpeta roja de papel manila del archivador, junto con sus testamentos.

Había prometido no abrirla. Por tanto, ni podía hacerlo ni lo haría.

CAPÍTULO SIETE

*S*abes quién ha muerto? —preguntó Tess.

—¿Qué?

Su madre tenía los ojos cerrados y la cabeza levantada al sol.

Se encontraban en la zona de juegos del colegio Santa Ángela. La madre de Tess estaba en una silla de ruedas alquilada en la farmacia del barrio, con el tobillo apoyado en el reposapiés. Había pensado que su madre no iba a querer usar una silla de ruedas, pero por lo visto le gustaba, ya que le permitía estar comodamente sentada con la espalda erguida, como si estuviera en una fiesta.

Habían salido un momento a tomar el sol mientras Liam exploraba el patio del colegio. Dentro de unos minutos verían a la secretaria del colegio para resolver la matriculación de Liam.

La madre de Tess lo había arreglado todo esa misma mañana. No habría problema para matricular a Liam en el Santa Ángela, le había dicho toda orgullosa a Tess. ¡De hecho, podían inscribirle ese mismo día si querían! «No hay prisa», repuso

Tess, «no tenemos nada que hacer hasta después de Pascua». No le había pedido a su madre que telefoneara al colegio. ¿Acaso no tenía derecho a continuar aturdida durante veinticuatro horas por lo menos? Su madre estaba haciendo que todo fuera demasiado real e irrevocable, como si aquella broma de pesadilla estuviera sucediendo en realidad.

—Puedo cancelar la cita, si quieres —había dicho Lucy con aire de mártir.

—¿Has pedido cita? —preguntó Tess—. ¿Sin consultarme?

—Bueno, creí que nos vendría bien pasar el trago cuanto antes.

—Bien —suspiró Tess—. Entonces, vamos.

Por supuesto, Lucy había insistido en acudir también ella. Seguramente respondería a las preguntas en nombre de Tess, como hacía cuando su hija era pequeña y le dominaba la timidez en cuanto se acercaba un extraño. En realidad, su madre nunca había perdido la costumbre de hablar en su nombre. Era un poco violento, al tiempo que agradable y relajante, como el servicio cinco estrellas en un hotel. ¿Por qué no sentarse y dejar que otros hagan el trabajo duro por ti?

—¿Sabes quién ha muerto? —repitió Tess.

—¿Muerto?

—El funeral —indicó Tess.

La zona de juegos del Santa Ángela era contigua a los terrenos de la iglesia del mismo nombre y Tess había visto a cuatro chicos llevar un féretro a un coche fúnebre.

Había terminado la vida de alguien. Alguien que no volvería a sentir la luz del sol en su rostro. Tess intentó que ese pensamiento relativizara su propio dolor, pero fue inútil. Se preguntó si Will y Felicity estarían practicando sexo en ese mismo momento, en su propia cama. Era media mañana. No tenían ningún otro sitio a donde ir. Le sonó a incesto. Sucio y malo. Sintió un escalofrío. Notó un regusto amargo en la garganta, como si hubiera pasado la noche bebiendo vino peleón. Sentía los ojos borrosos.

El tiempo influía negativamente. Demasiado bueno, una burla a su dolor. Sydney estaba envuelto en un halo dorado. Los arces japoneses de la fachada del colegio lucían un fogoso tono y los brotes de camelias eran de un carmesí exuberante e intenso. Fuera de las clases había macizos de begonias rojas, amarillas, albaricoque y crema. La afilada silueta de piedra arenisca de la iglesia de Santa Ángela se recortaba nítidamente contra el azul cobalto del cielo. El mundo es muy bello, le decía Sydney a Tess. ¿Cuál es tu problema?

Procuró suavizar el tono cortante de su voz.

—¿No sabes de quién es el funeral?

La verdad es que le traía sin cuidado de quién fuera el funeral. Solo quería oír palabras, palabras sobre cualquier tema, que hicieran alejarse las imágenes de las manos de Will sobre el blanco cuerpo recién adelgazado de Felicity. Piel de porcelana. La piel de Tess era más morena, herencia de la rama paterna de la familia. Había una bisabuela libanesa, fallecida antes de que naciera Tess.

Will la había llamado al móvil esa mañana. No debería haberle hecho caso, pero al ver su nombre sintió un involuntario chispazo de esperanza y se apresuró a contestar. La estaba llamando para decirle que todo aquello era una tremenda equivocación. Por supuesto que sí.

Pero en cuanto habló con aquella voz nueva, pesada y solemne, sin un toque afable, la esperanza se desvaneció. «¿Estás bien?», preguntó. «¿Liam está bien?». Le estaba hablando como si la tragedia reciente que acababan de sufrir no tuviera nada que ver con él.

Deseaba con todas sus fuerzas decirle al verdadero Will lo que había hecho el nuevo Will, un intruso sin sentido del humor, que le había partido el corazón. El Will verdadero arreglaría las cosas. El Will verdadero sería directo por teléfono, protestaría por el trato infligido a su esposa y exigiría una compensación. El Will de verdad le haría una taza de té, le prepararía el baño y, por último, le haría ver el lado gracioso de lo que le había sucedido.

Solo que esta vez no había lado gracioso.

Su madre abrió los ojos y volvió la cabeza para mirar a Tess con ojos entrecerrados.

—Creo que debe de ser por esa horrible monja.

Tess levantó las cejas como expresión de leve sorpresa y su madre sonrió, satisfecha de sí misma. Estaba tan decidida a hacer feliz a Tess que era como la animadora de un equipo juvenil, haciendo alarde de nuevas estrategias para mantener al público en su asiento. Esa mañana, mientras se peleaba con la tapa del tarro de Vegemite, había soltado la palabrota «hija de puta», demorándose en silabearla para que no sonara más vulgar que «duendecillo».

Su madre había echado mano de la palabra más soez de su vocabulario porque estaba llena de ira por lo que le pasaba a ella. Lucy con la palabra «hija de puta» en la boca era como un pacífico y respetuoso ciudadano transformado en guardia armado. Por eso se había apresurado a telefonear al colegio. Tess lo comprendía. Quería intervenir, hacer algo, lo que fuera, por Tess.

—¿A cuál horrible monja te refieres?

—¿Dónde está Liam? —Su madre se giró torpemente en la silla de ruedas.

—Ahí —indicó Tess.

Liam estaba dando una vuelta al colegio, reconociendo las instalaciones de la zona de juegos con la mirada avezada de un experto de seis años. Se puso en cuclillas debajo de un gran tobogán en forma de embudo y metió la cabeza dentro, como si estuviera efectuando una auditoría de seguridad.

—Le había perdido de vista por un momento.

—No tienes que estar pendiente de él todo el tiempo —dijo Tess tranquilamente—. Ese es mi trabajo.

—Claro.

Esa mañana habían querido ocuparse la una de la otra a la hora del desayuno. Había ganado Tess porque tenía bien ambos tobillos y ya había puesto a hervir la tetera y había hecho el té en el tiempo que tardó su madre en presentarse con sus muletas.

Tess vio a Liam bajo la higuera del rincón de la zona de juegos donde Felicity y ella solían sentarse a tomar el almuerzo con Eloise Bungonia. Eloise les había enseñado qué eran los canelones. (Un error para alguien con el metabolismo de Felicity). La madre de Eloise solía ponerle comida como para tres. Era antes de que la obesidad infantil fuera objeto de preocupación. Tess todavía recordaba el sabor. Divino.

Vio que Liam se quedaba inmóvil, con la mirada perdida, como si pudiera ver a su madre comiendo canelones por primera vez.

Era desconcertante estar en su antiguo colegio, como si el tiempo fuera una manta doblada, de manera que se solapaban épocas diferentes, apretadas unas contra otras.

Tendría que recordarle a Felicity los canelones de la madre de Eloise.

No. De eso nada.

De pronto Liam giró sobre sí mismo y dio una patada de karate a la papelera, que hizo un ruido metálico.

—Liam —le reprendió Tess, pero no tan alto como para que él le oyera.

—¡Liam! ¡Chist! —dijo su madre más alto, llevándose un dedo a los labios y señalando a la iglesia.

Había salido un pequeño grupo de gente y estaban charlando en un tono discreto y aliviado propio de los asistentes a un funeral.

Liam no volvió a dar patadas a la papelera. Era un niño obediente. Tomó un palo con dos manos como si fuera un arma, apuntando silenciosamente por todo el patio, mientras de una de las clases de Infantil llegaba el sonido de dulces vocecillas cantando *Incy Wincy Spider*. Oh, Dios, pensó Tess, ¿dónde habrá aprendido a hacer eso? Debía estar más vigilante con los videojuegos, aunque no podía dejar de admirar su gesto auténtico al cerrar un ojo como un francotirador. Tenía que contárselo a Will. Se iba a reír.

No, no se lo iba a contar a Will.

Su cerebro no parecía estar al corriente de las noticias. Igual que la noche pasada cuando, dormida, se había vuelto hacia Will despertándose sobresaltada al ver que el espacio donde él debía haber estado se hallaba vacío. Will y ella dormían bien juntos. Sin tics, ronquidos ni peleas por las mantas. «Ya no puedo dormir bien sin ti», se había quejado Will a los pocos meses de salir juntos. «Eres mi almohada favorita. Tengo que llevarte conmigo allá donde vaya».

—¿A qué horrible monja te referías? —volvió a preguntar Tess sin apartar la vista de los que habían salido de la iglesia.

No era el momento de recrearse en viejos recuerdos.

—No eran todas horribles —reflexionó su madre—. La mayoría eran encantadoras. ¿Te acuerdas de la hermana Margaret Ann, que vino a tu fiesta cuando cumpliste diez años? Era guapa. Creo que a tu padre le caía muy bien.

—¿En serio?

—Bueno, probablemente no. —Su madre se encogió de hombros como si no sentirse atraído por monjas guapas fuera otro de los fallos de su exmarido—. En fin, debe de ser el funeral por la hermana Úrsula. Leí en el boletín de la parroquia que había muerto. Creo que a ti no te dio clase. Por lo visto se le daba muy bien pegar con el mango del plumero. Ya nadie utiliza plumero hoy en día. Me pregunto si habrá más polvo en el mundo por eso.

—Creo que me acuerdo de la hermana Úrsula —dijo Tess—. Cara colorada y cejas pobladas. Solíamos escondernos de ella cuando le tocaba vigilar el patio.

—No estoy segura de que siga habiendo monjas dando clase en el colegio —dijo su madre—. Son una especie en extinción.

—Literalmente —dijo Tess.

Su madre soltó una carcajada de satisfacción.

—Oh, cariño, no he querido decir... —Se interrumpió, distraída por algo a la entrada de la iglesia—. Vale, cariño, prepárate. Ya nos ha visto una señora de la parroquia.

—¿Qué? —Tess se llenó de temor al momento, como si su madre le hubiera dicho que las había localizado un francotirador que pasaba por allí.

Una mujer rubia y pequeña se apartó del grupo y se dirigió a paso vivo al patio del colegio.

—Cecilia Fitzpatrick —dijo su madre—. La mayor de los Bell. Casada con John-Paul, el mayor de los Fitzpatrick. El más guapo, en mi opinión, aunque son todos de primera. Cecilia tenía una hermana pequeña, creo, y podría haber estado en tu clase. ¿Cómo se llamaba? ¿Bridget Bell?

Tess se disponía a decir que nunca había oído hablar de ella cuando el recuerdo de las hermanas Bell empezó, poco a poco, a cobrar forma en su mente como un reflejo en el agua. No alcanzaba a visualizar sus rostros, pero sí sus largas trenzas rubias flotando tras ellas mientras corrían al colegio. Daba igual lo que hicieran que siempre eran el centro de atención.

—Cecilia vende Tupperware —dijo la madre de Tess—. Gana una fortuna con eso.

—Pero no nos conoce, ¿verdad?

Tess miró por encima del hombro confiada en que hubiera alguien más correspondiendo al saludo con la mano de

Cecilia. Pero no había nadie más. ¿Querría colocarles algún Tupperware?

—Cecilia conoce a todo el mundo —explicó su madre.

—¿Podemos salir corriendo?

—Demasiado tarde —susurró su madre por la comisura de los labios mientras sacaba a relucir su mejor sonrisa de sociedad.

—¡Lucy! —dijo Cecilia al acercarse a ellas, más deprisa de lo que Tess esperaba. Era como si se hubiera teletransportado. Se inclinó para besar a la madre de Tess—. ¿Qué te has hecho?

No llames Lucy a mi madre, pensó Tess, en un arrebato de disgusto infantil. *¡Llámala, señora O'Leary!* Ahora que la tenía delante, Tess recordó perfectamente el rostro de Cecilia. La cabeza pequeña y arreglada, las trenzas sustituidas por un liso y artístico corte a lo paje, el rostro abierto y animoso, los dientes superiores visiblemente salidos y dos hoyuelos excesivamente grandes. Igual que un pequeño hurón.

(Con todo y con eso, había atrapado a uno de los chicos Fitzpatrick).

—Te he visto al salir de la iglesia. El funeral de la hermana Úrsula, ¿te habías enterado de su fallecimiento? El caso es que te he visto y he pensado: «Esa es Lucy O'Leary en silla de ruedas. ¿Qué le pasa?». Y, con lo cotilla que soy, he venido a saludarte. Oye, parece una buena silla, ¿la has alquilado en la farmacia? Pero ¿qué te ha pasado, Lucy? El tobillo, ¿verdad?

Oh, Dios. Tess notaba como si estuvieran succionándole toda su personalidad del cuerpo. Las personas charlatanas y enérgicas siempre le causaban esa sensación.

—No es nada serio, gracias, Cecilia —dijo la madre de Tess—. Un tobillo roto.

—Claro que es serio, pobrecita. ¿Cómo te las apañas? ¿Cómo te arreglas? Te voy a llevar lasaña. Nada, nada, te la voy a llevar. Insisto. ¿No serás vegetariana? —De pronto, Cecilia se volvió hacia Tess, que dio un involuntario paso atrás. ¿A qué venía lo de ser vegetariana?—. Por eso estás aquí, me figuro. ¿A cuidar a tu madre? Por cierto, soy Cecilia, por si no te acuerdas de mí.

—Cecilia, esta es mi hija —empezó la madre de Tess, interrumpida al punto por Cecilia.

—Por supuesto. Tess, ¿verdad?

Cecilia se volvió y, para sorpresa de Tess, le tendió la mano para estrechársela como en las relaciones comerciales. Tess había pensado en Cecilia como alguien de los tiempos de su madre, una católica chapada a la antigua que empleaba eufemismos católicos como «irse al cielo» y que, por tanto, permanecería en segundo plano sonriendo dulcemente mientras los hombres hacían cola para estrecharle la mano. Tenía la mano pequeña y seca, pero apretaba.

—Y este debe de ser tu hijo. —Cecilia esbozó una ancha sonrisa en dirección al chico—. ¿Liam?

Dios mío. También conocía su nombre. ¿Cómo era posible? Tess ni siquiera sabía si Cecilia tenía hijos. Había olvidado su existencia hasta hacía treinta segundos.

Liam miró, apuntó con el palo a Cecilia y apretó el gatillo imaginario.

—¡Liam! —dijo Tess al tiempo que Cecilia gruñía, se encorvaba apretándose el pecho y caía de rodillas.

Lo hizo tan bien que, por un horrible momento, Tess creyó que se había desplomado de verdad.

Liam se llevó el palo a la boca, sopló y sonrió satisfecho.

—¿Cuánto tiempo piensas quedarte en Sydney? —Cecilia miró fijamente a Tess. Era de esas personas que mantienen demasiado tiempo el contacto visual. Todo lo contrario de Tess—. ¿Hasta que tu madre vuelva a andar? Tienes una empresa en Melbourne, ¿verdad? ¡Seguro que no puedes dejarla desatendida demasiado tiempo! Y Liam tendrá que ir al colegio.

Tess no sabía qué decir.

—La verdad es que Tess va a matricular a Liam en el Santa Ángela por un... breve plazo —se adelantó Lucy.

—¡Oh, eso es maravilloso! —exclamó Cecilia, sin apartar la mirada de Tess. Santo Dios, ¿es que esa mujer no parpadeaba?—. Porque, vamos a ver, ¿cuántos años tiene Liam?

—Seis —dijo Tess y bajó la vista porque ya no podía soportarlo más.

—Bueno, entonces estará en la clase de Polly. Teníamos una niña que se ha ido antes, de modo que estarás con nosotros. Clase 1J. Con la señora Jeffers. Mary Jeffers. Por cierto, es maravillosa.

—Magnífico —asintió Tess sin fuerzas.

Fabuloso.

—¡Liam! Ya que me has disparado, ¡ven a saludarme! ¡Me he enterado de que vas a venir al Santa Ángela!

Cecilia hizo un gesto a Liam y él se acercó despacio, arrastrando el palo tras de sí.

Se puso en cuclillas para estar a la altura de Liam.

—Tengo una hija que va a estar en tu clase. Se llama Polly. El fin de semana siguiente a Pascua celebra su séptimo cumpleaños. ¿Te gustaría venir? El rostro de Liam adquirió al momento ese gesto inexpresivo que hacía temer a Tess que la gente pensara que sufría algún tipo de discapacidad.

—Va a ser una fiesta de piratas. —Cecilia se puso en pie y se dirigió a Tess—. Espero que podáis venir. Será una buena forma de que conozcas a todas las madres. Tendremos un pequeño oasis privado para los mayores. Beberemos champán mientras los piratas campan a sus anchas.

Tess notó que su propio rostro se quedaba en blanco. Probablemente Liam había heredado de ella aquel aspecto catatónico. Se sentía incapaz de relacionarse con un nuevo grupo de madres. Socializar con las otras madres de la escuela ya le

parecía difícil cuando su vida estaba en perfecto orden. La cháchara, las carcajadas, la calidez, la amistad (la mayoría de las
madres eran muy simpáticas) y ese toque de mala uva implíci-
to. Lo había vivido en Melbourne. Había hecho algunas amistades fuera de su círculo social íntimo, pero no podía volver a
hacerlo. No, en ese momento. No tenía fuerzas. Era como si
alguien le sugiriera animosamente que corriera una maratón
cuando apenas se había levantado de la cama tras pasar una
gripe.

—Magnífico —dijo; ya se le ocurriría alguna excusa en
su momento.

—Haré a Liam un disfraz de pirata —dijo la madre de
Tess—. Un parche en el ojo, una camisola a rayas rojas y blancas, aah, ¡y una espada! Te gustaría una espada, ¿verdad, Liam?

Buscó a Liam con la mirada, pero ya se había ido y estaba empleando su arma como taladro en la tapia de atrás.

—Por supuesto, nos encantaría tenerte también en la fiesta, Lucy —dijo Cecilia.

Era de lo más irritante, pero sus habilidades sociales resultaban impecables. Para Tess, era como ver a alguien tocar
maravillosamente el violín. No se podía imaginar cómo lo había conseguido.

—¡Oh, bien, gracias, Cecilia! —La madre de Tess estaba
feliz. Le encantaban las fiestas, sobre todo por la comida—. Así
que una camisola a rayas rojas y blancas para un disfraz de
pirata. ¿Tiene ya alguno, Tess?

Si Cecilia era violinista, la madre de Tess era una bienin-
tencionada guitarrista de afectada sencillez intentando inter-
pretar la misma melodía lo mejor que podía.

—No quiero entreteneros. Me imagino que tendréis que
ir a la oficina a ver a Rachel —dijo Cecilia.

—Tenemos una cita con la secretaria del colegio —dijo
Tess. No tenía ni idea de cómo se llamaba.

—Sí, Rachel Crowley —confirmó Cecilia—. Muy eficiente. Lleva todo como un reloj suizo. En realidad comparte el puesto de trabajo con mi suegra, aunque, entre tú y yo, creo que Rachel hace todo el trabajo. Virginia no para de charlar cuando le toca a ella. No soy quién para decirlo. Bueno, la verdad, sí soy quién para dar mi opinión. —Se rio alegremente de sí misma.

—¿Cómo se encuentra Rachel últimamente? —preguntó expresivamente la madre de Tess.

El rostro de hurón de Cecilia se ensombreció.

—No la conozco muy bien, pero sé que tiene un nieto pequeño precioso, Jacob. Ya ha cumplido dos años.

—Ah —suspiró Lucy, como si eso lo aclarara todo—. Me alegro de saberlo. Jacob.

—Bueno, ha sido un placer volver a verte, Tess —dijo Cecilia volviendo a fijar en ella la mirada sin pestañear—. Debo salir pitando. Tengo que ir a mi clase de zumba, voy al gimnasio que está un poco más abajo en la calle, es magnífico, deberías ir alguna vez, es muy divertido, y luego me acercaré a la tienda de artículos para fiestas en Strathfield. Queda un poco lejos en coche, pero merece la pena porque los precios están muy bien, en serio, se puede comprar un kit de globos de helio por menos de cincuenta dólares, tiene más de cien globos, y con la cantidad de fiestas que voy a dar en los próximos meses: la fiesta de piratas de Polly, la fiesta de los padres de 1º, a las que por supuesto también estáis invitadas; y luego tengo que entregar varios pedidos de Tupperware. Por cierto, Tess, distribuyo Tupperware, si necesitas algo. En fin, todo eso antes de recoger a las niñas del colegio. Ya sabéis de qué va esto.

Tess parpadeó. Era como verse sepultada por un alud de detalles. Las mil diminutas maniobras logísticas de las que se componía la vida de la gente. Desde luego, no era aburrido.

Bueno, un poco sí. Sobre todo por la increíble verborrea que salía sin esfuerzo de la boca de Cecilia.

Oh, Dios, ha dejado de hablar. Tess acogió con sorpresa su turno de palabra.

—Ocupada —dijo al fin—. Seguro que estás muy ocupada.

Obligó a sus labios a esbozar algo con la esperanza de que pareciera una sonrisa.

—¡Te veo en la fiesta de piratas! —dijo Cecilia a Liam, que volvió de taladrar el árbol para mirarla con aquella graciosa, inescrutable y masculina expresión que a veces ponía, una expresión que a Tess le recordaba dolorosamente a Will.

Cecilia levantó la mano como un garfio.

—¡Adiós, mis valientes!

Liam sonrió, como si no pudiera evitarlo, y Tess se dio cuenta de que le llevaría a la fiesta de piratas a toda costa.

—¡Oh, Dios! —dijo la madre de Tess cuando Cecilia ya no podía oírles—. Su madre es exactamente igual. Muy simpática, pero agotadora. Después de hablar con ella siempre me parece que necesito una taza de té y echarme un rato.

—¿Qué pasa con la tal Rachel Crowley? —preguntó Tess según iban a la secretaría del colegio, empujando la silla de ruedas entre Liam y ella.

Su madre arrugó el ceño.

—¿Te acuerdas del nombre de Janie Crowley?

—¿No era la chica a la que encontraron con las cuentas del rosario...?

—La misma. Era la hija de Rachel.

Rachel pudo advertir que Lucy O'Leary y su hija estaban ambas pensando en Janie mientras matriculaban al pequeño hijo de Tess en el Santa Ángela. Estaban más charlatanas de lo normal en ellas. Tess no podía mirar a los ojos a Rachel y Lucy ponía esa mirada dulce acompañada de movimientos de cabeza que mostraban muchas mujeres de cierta edad cuando hablaban con Rachel, como si estuvieran visitándola en una residencia.

Cuando Lucy preguntó si la foto de la mesa de Rachel era de su nieto, Tess y ella se deshicieron en elogios, aunque no fuera una buena foto de Jacob; sin embargo, no hacía falta ser ningún genio para darse cuenta de que lo que verdaderamente querían decir era: *Ya sabemos que a tu hija la asesinaron hace muchos años, ¿la reemplaza este niño? Por favor, deja que la reemplace para que podamos dejar de sentirnos tan raros e incómodos contigo.*

—Lo cuido dos días a la semana —les dijo Rachel, con la mirada puesta en la pantalla del ordenador mientras imprimía el papeleo para Tess—. Aunque no por mucho tiempo. Sus padres se lo llevan dos años a Nueva York.

Se le quebró la voz involuntariamente y carraspeó irritada.

Esperaba la reacción que había manifestado todo el mundo en los últimos días: «¡Qué emocionante para ellos!», «¡Menuda oportunidad!», «¡¿Irás a visitarlos?».

—¡Lo que te faltaba! —explotó Lucy, golpeando con los codos en los brazos de la silla de ruedas, como un niño enrabietado.

Su hija, ocupada en rellenar impresos, levantó la vista asombrada. Tess era una de esas mujeres corrientes, con pelo cortado a lo chico y facciones fuertes y adustas que en ocasiones impresionaban por sus destellos de rara belleza. El niño, que guardaba un gran parecido con Tess, salvo sus extraños ojos de color dorado, también se volvió a mirar a su abuela.

Lucy se frotó los codos.

—No dudo que sea emocionante para tu hijo y tu nuera. Solo que después de todo lo que has pasado, perdiendo a Janie de la forma en que la perdiste y luego a tu marido, lo siento, la verdad es que no me acuerdo de su nombre, pero sé que lo perdiste también, bueno, eso no me parece justo.

Cuando terminó de hablar tenía las mejillas encendidas. Rachel notó que estaba horrorizada de sí misma. La gente siempre se preocupaba por el hecho de haberle recordado involuntariamente la muerte de su hija, como si fuera algo que ella no tuviera siempre en la cabeza.

—Lo siento mucho, Rachel. No debería... —La pobre Lucy parecía consternada.

Rachel hizo un gesto con la mano para ahuyentar sus disculpas.

—No lo sientas. Gracias. Pero, efectivamente, es el colmo. Lo voy a echar terriblemente de menos.

—Bueno, ¡mira quién ha venido!

La jefa de Rachel, Trudy Applebee, la directora del colegio, entró en la oficina con uno de sus chales de ganchillo cayéndosele por los hombros, mechones de rizados cabellos grises flotando por su cara y una mancha de pintura roja en la mejilla izquierda. Probablemente habría estado por el suelo, pintando con los niños de Infantil. Como era de esperar, Trudy miró por encima a Lucy y Tess O'Leary y se fijó en el pequeño Liam. No le interesaban nada los mayores, y eso le traería problemas algún día. En el tiempo que llevaba de secretaria, Rachel había visto pasar a tres directoras y sabía por experiencia que no era posible dirigir un colegio haciendo caso omiso de los mayores. Era un puesto político.

Además, Trudy no parecía ser todo lo católica que requería el puesto. No es que fuera por ahí incumpliendo los mandamientos, sino que tenía una expresión impía y juguetona durante la misa. Antes de morir, la hermana Úrsula (cuyo funeral había boicoteado Rachel, porque nunca le perdonó que pegara a Janie con el plumero) probablemente había escrito al Vaticano quejándose de ella.

—Este es el chico del que le he hablado —dijo Rachel—. Liam Curtis. Va a entrar en 1º.

—Por supuesto, por supuesto, ¡bienvenido al Santa Ángela, Liam! Según subía por las escaleras venía pensando que hoy iba a encontrarme con alguien cuyo nombre empezara por la letra L, que es una de mis letras favoritas. Dime, Liam, ¿cuál de estas tres cosas te gusta más? —Y fue cerrando dedos con cada una de ellas sucesivamente—: ¿Disonaurios, extraterrestres o superhéroes?

Liam se lo pensó seriamente.

—Le gustan mucho los dino... —empezó Lucy O'Leary; Tess le puso una mano en el brazo.

—Los extraterrestres —dijo Liam por fin.

—¡Extraterrestres! —asintió Trudy con la cabeza—. Bueno, tomo nota, Liam Curtis, y esta es tu madre y tu abuela, supongo.

—Sí, eso es, yo... —empezó Lucy.

—Un placer conocerlas a las dos. —Trudy sonrió vagamente en dirección a ellas; y se volvió a Liam—: ¿Cuándo empiezas con nosotros, Liam? ¿Mañana?

—¡No! —dijo Tess alarmada—. Después de Pascua.

—¡Oh, tómate tu tiempo, claro! ¡Aprovecha mientras puedas! —dijo Trudy—. ¿Te gustan los huevos de Pascua, Liam?

—Sí —afirmó el niño enérgicamente.

—Porque estamos planeando una gigantesca búsqueda de huevos de Pascua para mañana.

—Soy superbueno buscando huevos de Pascua —aseguró Liam.

—Ah, ¿sí? ¡Excelente! Bueno, entonces, tendré que preparar una búsqueda más complicada —Trudy miró a Rachel—. Todo bajo control aquí, Rachel, con todo el... —Señaló agobiada al montón de papeleo, del que no tenía noticia.

—Todo bajo control —confirmó Rachel.

Hacía todo lo posible para mantener a Trudy en el puesto porque no veía por qué los niños de Santa Ángela no podían tener una directora de colegio del país de las hadas.

—¡Muy bien, muy bien! ¡Lo dejo en tus manos! —dijo Trudy, y se metió en su despacho, cerrando bien la puerta tras ella, probablemente para poder espolvorear polvo de hadas sobre su teclado, pues lo cierto es que no hacía mucho más con el ordenador.

—¡Dios mío, qué estilo más diferente del de la hermana Veronica-Mary! —dijo Lucy en voz baja.

Rachel asintió con un resoplido. Recordaba bien a la hermana Veronica-Mary, que había ejercido como directora de 1965 a 1980.

Llamaron a la puerta y Rachel vio la imponente silueta de un hombre a través del cristal traslúcido de la puerta antes de que su cabeza asomara inquisitivamente.

Era él. Se estremeció e inspiró profundamente por las fosas nasales, como si hubiera visto una araña peluda negra, no un hombre de aspecto normal. (De hecho, Rachel había oído que otras mujeres lo consideraban «fabuloso», cosa que a ella le parecía ridículo).

—Perdone, señora Crowley.

Parecía seguir demasiado anclado en sus tiempos de estudiante como para atreverse a llamarla Rachel, como hacía el resto del personal. Cruzaron una mirada y, como de costumbre, él la desvió a un punto situado encima de la cabeza de ella.

Ojos mentirosos, pensó Rachel, como solía hacer prácticamente siempre que lo veía, como si fuera un hechizo o una oración. *Ojos mentirosos*.

—Lamento interrumpir —continuó Connor Whitby—. Solo me preguntaba si podía llevarme los formularios del campamento de tenis.

«Hay algo que Whitby no nos ha contado», había dicho hacía muchos años el sargento Rodney Bellach, cuando aún tenía la cabeza cubierta de un pelo negro increíblemente rizado. «Este chico tiene ojos mentirosos».

Rodney Bellach ya estaba jubilado. Calvo como una bola de billar. Llamaba todos los años el día del cumpleaños de Janie y le gustaba contarle a Rachel sus últimos padecimientos. Alguien más que se había hecho mayor mientras Janie se había quedado en los diecisiete.

Rachel le alargó los formularios del campamento de tenis y Connor posó su mirada en Tess.

—¡Tess O'Leary!

Su expresión cambió de tal forma que, por un momento, pareció el muchacho de la foto en el álbum de Janie.

Tess levantó la vista con cautela. No pareció reconocer a Connor.

—¡Soy Connor! —Se golpeó en el ancho pecho—. ¡Connor Whitby!

—Oh, Connor, por supuesto. Me alegro mucho de... —Tess fue a levantarse, pero se lo impidió la silla de ruedas de su madre.

—No te levantes, no te levantes —dijo Connor. Fue a besar a Tess en la mejilla cuando ella iba a volver a sentarse, de manera que le besó en el lóbulo de la oreja.

—¿Qué estás haciendo aquí? —preguntó Tess, no especialmente contenta de ver a Connor.

—Trabajo aquí —dijo él.

—¿De contable?

—No, no. Cambié de profesión hace muchos años. Soy el profesor de Educación Física.

—¿Qué? —dijo ella—. Bueno, eso es... —Se le fue la voz y finalmente dijo—: Magnífico.

Connor carraspeó.

—Bueno, me alegro de verte. —Miró a Liam, fue a decirle algo, pero cambió de idea y, levantando el fajo de formularios del tenis, dijo—: Gracias por esto, Rachel.

—Un placer, Connor —replicó Rachel con frialdad.

Lucy se volvió a su hija en cuanto Connor salió.

—¿Quién era ese?

—Alguien a quien conocí. Hace años.

—No creo recordarle. ¿Algún novio?

—Mamá. —Tess señaló con la cabeza a Rachel y el papeleo que tenía delante.

—¡Perdona! —Lucy puso una sonrisa de culpabilidad mientras Liam levantaba la vista al techo, estiraba las piernas y bostezaba.

Rachel vio que abuela, madre y nieto tenían el labio superior igual de prominente. Parecía un juego. Aquellos labios hinchados como picados-por-una-abeja les hacían más guapos de lo que eran.

De pronto se puso furiosa con los tres sin venir a cuento.

—Bueno, si pudieras firmar en el apartado de «Alergias y medicamentos» —dijo a Tess, dando con el dedo en el formulario—. No, ahí no. Aquí. Entonces estará todo perfecto.

Tess acababa de meter la llave en el contacto para llevarles de vuelta a casa cuando sonó su móvil. Lo cogió para ver quién llamaba.

Cuando vio el nombre en la pantalla, sostuvo el teléfono en alto para que su madre lo viera.

Su madre arrugó el ceño para mirar el teléfono y volvió a apoyarse en el respaldo del asiento.

—Bueno, tuve que decírselo. Le prometí que siempre le tendría al corriente de lo que pasara en tu vida.

—¡Se lo prometiste cuando yo tenía diez años! —replicó Tess.

Seguía con el teléfono en alto, sin decidirse a responder o dejar que saltara el buzón de voz.

—¿Es papá? —preguntó Liam desde el asiento trasero.

—Es mi papá —dijo Tess. Tendría que contárselo alguna vez. Quizá ahora. Respiró hondo y apretó la tecla de respuesta—. Hola, papá.

Hubo una pausa. Siempre había una pausa.

—Hola, cariño.

—¿Cómo estás? —preguntó Tess en el tono de voz cordial que reservaba para su padre. ¿Cuándo habían hablado por última vez? Debió de ser en Navidad.

—Estoy muy bien —dijo su padre un poco triste.

Otra pausa.

—Ahora estoy en el coche con... —empezó Tess al tiempo que su padre decía: «Tu madre me ha contado...».

Callaron los dos. Siempre era espantoso. Por mucho que se esforzara, nunca parecía sincronizar las conversaciones con su padre. No conseguían un ritmo natural ni cuando estaban cara a cara. ¿Habría sido más fluida su relación si sus padres hubieran seguido juntos? Siempre se lo había preguntado.

Su padre carraspeó.

—Tu madre me ha contado que estás pasando... una mala racha.

Pausa.

—Gracias, papá —contestó Tess al tiempo que su padre decía: «Lamento oír eso».

Tess vio que su madre ponía los ojos en blanco y se volvió ligeramente hacia la ventanilla de su lado, como si quisiera proteger a su pobre y desesperado padre del desprecio de su madre.

—Si puedo hacer algo —dijo su padre—, bueno..., ya sabes, llámame.

—Por supuesto —asintió Tess.

Pausa.

—Bueno, tengo que irme —dijo Tess al tiempo que su padre añadía: «El tipo me gustaba».

—Dile que le he puesto un e-mail con el enlace para el curso de valoración de vinos del que le hablé —dijo su madre.

—Chist. —Tess hizo un gesto de irritación con la mano a Lucy—. ¿Qué decías, papá?

—Will —continuó su padre—. Me parecía un buen tipo. Pero eso no te sirve de nada, ¿verdad, cariño?

—Nunca lo hará, por supuesto —murmuró su madre, mirándose las cutículas—. No sé para qué me molesto. Ese hombre no quiere ser feliz.

—Gracias por llamar, papá —dijo Tess, al tiempo que su padre añadía: «¿Qué tal va el pequeño hombrecito?».

—Liam está estupendo —dijo Tess—. Está aquí mismo. ¿Quieres...?

—Mejor en otro momento, cariño. Cuídate.

Había cortado. Siempre ponía fin a la conversación de un modo brusco e inesperado, como si el teléfono estuviera pinchado por la policía y tuviera que irse antes de que lo localizaran. Vivía en una ciudad pequeña, llana y sin árboles en la otra punta del país, en el oeste de Australia, donde misteriosamente había elegido vivir cinco años atrás.

—Te ha dado un montón de sabios consejos, ¿verdad? —afirmó Lucy irónicamente.

—Ha hecho lo que ha podido, mamá —respondió Tess.

—Oh, de eso estoy segura —dijo su madre con satisfacción.

CAPÍTULO OCHO

*E*ra domingo cuando levantaron el Muro. Lo llamaron el Domingo del Alambre de Espino. ¿Quieres saber por qué? —dijo Esther desde el asiento trasero del coche. Era una pregunta retórica. Claro que sí—. Porque cuando se despertaron todos el domingo por la mañana había una larga valla de alambre de espino a través de la ciudad.

—¿Y qué? —dijo Polly—. Yo ya he visto vallas de alambre de espino antes.

—¡Pero no te dejaban pasar! —dijo Esther—. ¡No podías moverte! ¿Sabes que nosotros vivimos a este lado de la Pacific Highway y la abuela vive al otro lado?

—Sí —dijo Polly insegura.

No tenía muy claro dónde vivía cada uno.

—Sería como si hubiera una alambrada a lo largo de la Pacific Highway y ya no pudiéramos visitar a la abuela.

—Eso sería una pena —dijo Cecilia mientras miraba de reojo para cambiar de carril.

Había ido a visitar a su madre esa mañana, después de la clase de zumba, y había pasado veinte minutos, de los que no disponía, examinando una carpeta de trabajos de Infantil de su sobrino. Bridget llevaba a Sam a una escuela infantil exclusiva de precio exorbitante y la madre de Cecilia no tenía claro si eso le encantaba o le repugnaba. Al final había decidido que aquello la sacaba de quicio.

—Seguro que tú no tenías una carpeta semejante en la escuela infantil adonde fueron tus hijas —dijo su madre, mientras Cecilia procuraba pasar las páginas más deprisa.

Tenía que comprar todos los alimentos no perecederos para la comida del domingo antes de recoger a las niñas.

—Pues yo creo que la mayoría de las escuelas infantiles ya hacen estas cosas —señaló Cecilia, pero su madre estaba entretenida mirando un «autorretrato» de Sam pintado con los dedos.

—Imagínate, mamá —dijo Esther—, si nosotros de pequeños hubiéramos ido a pasar el fin de semana con la abuela en Berlín Occidental cuando levantaron el Muro y papá y tú os hubiérais quedado en Berlín Oriental. Tendrías que habernos dicho: ¡Quedaos donde la abuela, niñas! ¡No volváis! ¡Allí sois libres!

—Eso es terrible —dijo Cecilia.

—Pues yo habría vuelto con mamá —replicó Polly—. La abuela te hace comer guisantes.

—Es histórico, mamá —aseguró Esther—. Es lo que pasó en realidad. Todos quedaron separados. No les importaba nada. ¡Mira! Mira toda esta gente levantando a sus hijos para que los vean los parientes del otro lado.

—Tengo que estar pendiente de la carretera —suspiró Cecilia.

Gracias a Esther, Cecilia había pasado los últimos seis meses imaginando que rescataba niños en peligro de ahogarse en las heladas aguas del Atlántico mientras el Titanic se hundía. Ahora le tocaba estar en Berlín, separada de sus hijas por el Muro.

—¿Cuándo vuelve papá de Chicago? —preguntó Polly.

—¡El viernes por la mañana! —Cecilia sonrió a Polly por el espejo retrovisor, agradecida por el cambio de tema—. Vuelve el Viernes Santo. ¡Será un viernes muy bueno porque papá estará en casa!

Hubo un silencio de desaprobación en el asiento de atrás. Sus hijas no querían mantener una conversación tan poco guay.

Estaban en pleno frenesí de sus actividades extraescolares semanales. Cecilia había dejado a Isabel en la peluquería y ahora iba a dejar a Polly en ballet y a Esther en el logopeda. (El ceceo apenas perceptible de Esther, que a Cecilia le parecía adorable, por lo visto era inaceptable en el mundo de hoy). Luego, todo sería correr, correr y correr para preparar la cena a toda prisa, hacer los deberes y las lecturas, antes de que su madre llegara a quedarse con las niñas mientras ella tenía una reunión de Tupperware.

—Tengo otro secreto que contar a papá —confesó Polly—. Cuando venga a casa.

—Un hombre intentó saltar desde la ventana de su casa y los bomberos de Berlín Occidental quisieron recogerlo con una red de seguridad, pero cayó mal y se mató.

—Mi secreto es que ya no quiero fiesta de piratas.

—Tenía treinta años —observó Esther—. Así que me imagino que ya había vivido mucho.

—¿Qué? —dijo Cecilia.

—Digo que tenía treinta años —repitió Esther—. El hombre que murió.

—¡No te digo a ti, sino a Polly!

El semáforo se puso en rojo y Cecilia frenó en seco. El hecho de que Polly ya no quisiera una fiesta de piratas era una nadería en comparación con aquel pobre hombre (¡treinta años!) estrellado contra el suelo por una libertad que Cecilia consideraba natural, aunque ahora no podía entretenerse en honrar su memoria, porque aquel repentino cambio sobre el tema de la fiesta le parecía inaceptable. Eso es lo que sucedía cuando tenías libertad. Había trabajado mucho para la fiesta de piratas.

—Polly —dijo Cecilia intentando parecer razonable y no psicótica—. Ya hemos enviado las invitaciones. Tú pediste una fiesta de piratas. Tendrás una fiesta de piratas.

Había pagado un depósito que no admitía devolución a Penélope, la Pirata Cantante y Bailarina, que, desde luego, cobraba como una pirata.

—Es un secreto para papá —observó Polly—, no para ti.

—Muy bien, pero no voy a cambiar la fiesta.

Quería que la fiesta de piratas fuera perfecta. Curiosamente, quería impresionar a Tess O'Leary en particular. Cecilia sentía una atracción ilógica por las personas enigmáticas y elegantes como Tess. La mayoría de las amigas de Cecilia eran unas charlatanas. Se interrumpían unas a otras para contarse sus respectivas historias. «¡Siempre he odiado las verduras y hortalizas..., la única verdura que comerá mi hijo es brócoli... A mi hijo le encantan las zanahorias crudas... Me encantan las zanahorias crudas!». Tenías que intervenir sin esperar a que hubiera pausas en la conversación, porque, si no, no te tocaba hablar nunca. Pero las mujeres como Tess no parecían sentir la misma necesidad de contar las menudencias de su vida cotidiana, y eso hacía que Cecilia tuviera muchas ganas de conocerlas. «¿Le gustaría el brócoli?», se preguntaba. Había hablado por los codos cuando se encontró con Tess y su madre después del funeral de la hermana Úrsula esa mañana. A veces se daba cuenta ella misma. Bueno, qué se le iba a hacer.

Cecilia escuchó un leve sonido de voces que gritaban apasionadamente en alemán en el vídeo de YouTube que Esther estaba viendo en el iPad.

Era extraordinario que momentos históricos grandiosos pudieran reproducirse en aquel preciso momento, mientras iba por la Pacific Highway en dirección a Hornsby, si bien, al mismo tiempo, le producía una vaga sensación de desasosiego. Ansiaba sentir algo grandioso. A veces su vida le parecía muy poca cosa.

¿Acaso necesitaba que ocurriera alguna calamidad, como que levantaran un muro a través de la ciudad, para poder valorar su vida cotidiana? ¿Necesitaba convertirse en una figura trágica como Rachel Crowley? A veces Rachel parecía casi desfigurada por el terrible suceso acontecido a su hija, tanto es así que en ocasiones Cecilia tenía que esforzarse en no apartar la vista, como si fuera la víctima de algún incendio con el rostro quemado, en vez de una mujer agradable y bien arreglada, con unos pómulos perfectos.

¿Es eso lo que quieres, Cecilia? ¿La emoción de una gran tragedia?

Por supuesto que no.

Los gritos en alemán del ordenador de Esther la estaban irritando.

—¿Puedes apagar eso? —pidió Cecilia a Esther—. Me distrae.

—Déjame que...

—¡Apágalo! ¿Es que no podéis hacer nunca a la primera lo que os pido, sin necesidad de negociar, aunque no sea más que una vez?

El sonido dejó de oírse.

Vio por el retrovisor que Polly levantaba las cejas y Esther se encogía de hombros y alzaba las palmas de las manos. ¿Qué le pasaba? Ni idea. Cecilia podía recordar conversaciones silenciosas semejantes con Bridget en el asiento trasero del coche de su madre.

—Lo siento —dijo humildemente Cecilia a los pocos segundos—. Lo siento, chicas. Lo que pasa...

¿Estoy preocupada porque vuestro padre me miente en algo? ¿Por qué necesito sexo? ¿Por la retahíla que le he soltado esa mañana a Tess O'Leary en el patio del colegio? ¿Por la premenopausia?

—... es que echo de menos a papá —terminó—. Va a ser bonito cuando vuelva de América. Se va a poner muy contento de veros, chicas.

—Claro que sí —suspiró Polly; y después de una pausa añadió—: Y a Isabel.

—Claro —dijo Cecilia—, y a Isabel también, claro.

—Papá le mira a Isabel de una forma muy graciosa —dijo Polly como si tal cosa.

Aquello no venía a cuento.

—¿A qué te refieres? —preguntó Cecilia; a veces Polly tenía esas salidas raras.

—Siempre —dijo Polly—. La mira raro.

—De eso nada —dijo Esther.

—Sí, la mira como si le dolieran los ojos. Como si estuviera triste y enfadado al mismo tiempo. Sobre todo cuando se pone esa falda nueva.

—Bueno, eso es una tontería —manifestó Cecilia.

¿Qué demonios quería decir la niña? Si no fuera porque estaba segura, pensaría que Polly estaba diciendo que John-Paul lanzaba a su hija miradas de índole sexual.

—A lo mejor papá está enfadado por algo con Isabel —dijo Polly—. O se pone triste porque es su hija. Mamá, ¿tú sabes por qué está enfadado papá con Isabel? ¿Ha hecho ella algo malo?

Una sensación de pánico atenazó la garganta de Cecilia.

—Seguramente no dejarle ver el críquet por la televisión —murmuró Polly—, porque ella quería ver otra cosa. No sé.

Últimamente Isabel había estado muy gruñona, sin contestar a las preguntas y dando portazos, pero ¿no era eso lo que hacían todas las chicas de doce años?

Cecilia pensó en las historias de abusos sexuales que había leído. Artículos en el *Daily Telegraph* donde la madre decía: «Yo no tenía ni idea»; y Cecilia pensaba: ¿cómo es que no sabías nada? Cecilia terminaba siempre esos artículos con una reconfortante sensación de superioridad. «A mis hijas no les puede ocurrir eso».

John-Paul podía ponerse de muy mal humor en ocasiones. Todo eran caras largas. Resultaba imposible razonar con él. Pero ¿no hacían eso todos los hombres en ocasiones? Cecilia recordaba que su madre, su hermana y ella habían tenido que sufrir en otro tiempo el mal humor de su padre. Luego ya no. La edad le dulcificó el carácter. Cecilia había imaginado que a John-Paul le ocurriría lo mismo. Deseaba ardientemente que fuera así.

Pero John-Paul jamás haría daño a sus hijas. Eso era absurdo. Era el rollo de Jerry Springer. Era una traición a John-Paul alimentar la más leve sombra de duda por su parte. Cecilia podía apostar su propia vida a que John-Paul jamás abusaría de una de sus hijas.

Pero ¿apostaría la vida de una de sus hijas?

No. Si hubiera el más mínimo riesgo...

Santo Dios, ¿qué podía hacer? Preguntar a Isabel: «¿Te ha tocado tu padre alguna vez?». Las víctimas mentían. Quienes abusaban de ellas les decían que mintieran. Ya sabía cómo funcionaban esas cosas. Había leído un montón de historias sórdidas. Le gustaba verter una lagrimita en plan catarsis antes de doblar el periódico, echarlo a la papelera y olvidarse de lo leído. Aquellas historias le proporcionaban una especie de placer morboso, mientras que John-Paul siempre se negaba a leerlas. ¿Era una pista de su culpabilidad? Ajá, ¿eres un morboso si no te gusta leer sobre personas morbosas?

—¡Mamá! —dijo Polly.

¿Cómo iba a decírselo a John-Paul? «¿Has hecho algo inapropiado a alguna de nuestras hijas?». Si él le hiciera una pregunta semejante, ella nunca se lo perdonaría. ¿Cómo podía mantenerse un matrimonio una vez hecha una pregunta así? «No, jamás he molestado a nuestras hijas. Pásame la crema de cacahuete, por favor».

—¡Mamá! —volvió a decir Polly.

No tienes por qué preguntármelo, diría él. Si no sabes la respuesta es que no me conoces.

Claro que sabía la respuesta. ¡Claro que sí!

Pero el caso era que todas las demás estúpidas madres también sabían la respuesta.

Además, John-Paul había estado muy raro por teléfono cuando ella le había planteado lo de la carta. Le había mentido en algo. Estaba segura.

Y luego estaba la cuestión del sexo. Quizá hubiera perdido interés por Cecilia porque sentía deseo del cuerpo en desarrollo de Isabel. De risa. Repugnante. Sintió ganas de vomitar.

—¡MAMÁ!

—¿Mmm?

—¡Mira! ¡Te has pasado la calle! ¡Vamos a llegar tarde!

—Lo siento. Maldita sea. Lo siento.

Frenó en seco para dar media vuelta. Tras ellas se oyó el furioso sonido de un claxon y a Cecilia le dio un vuelco el corazón al ver un camión enorme por el retrovisor.

—¡Mierda! —se disculpó con la mano—. Lo siento. ¡Sí, ya lo sé!

El conductor del camión no estaba dispuesto a perdonarla y seguía tocando el claxon.

—¡Lo siento, lo siento!

Al terminar el giro levantó otra vez la mano para disculparse (llevaba el nombre de Tupperware en un lateral y no quería perjudicar la reputación de la empresa). El conductor había bajado la ventanilla, había sacado casi medio cuerpo fuera y se daba puñetazos en la palma de la mano con un gesto horrible.

—Por amor de Dios —murmuró ella.

—Creo que ese hombre quiere matarte —dijo Polly.

—Ese hombre es muy malo —aseguró Cecilia muy seria.

Tenía el corazón desbocado mientras se dirigía tranquilamente al estudio de danza, sin quitar ojo a los retrovisores y anunciando con antelación sus movimientos.

Bajó la ventanilla y observó a Polly entrar a la carrera en el estudio, balanceando el tutú de tul rosa con sus delicados omoplatos marcándose como alas bajo los tirantes de las mallas.

Apareció Melissa McNulty a la puerta e hizo un gesto con la mano para indicar que cuidaría de Polly tal como habían acordado. Cecilia le devolvió el gesto y dio marcha atrás.

—Si esto fuera Berlín y la consulta de Caroline estuviera al otro lado del Muro, no habría podido ir al logopeda —observó Esther.

—Muy agudo —dijo Cecilia.

—¡Podríamos ayudarla a escapar! La pondríamos en el maletero del coche. Es bastante pequeña. Creo que cabría. Salvo que sienta claustrofobia como papá.

—Tengo la impresión de que seguramente Caroline es de las que organizaría su propia fuga —dijo Cecilia.

¡Ya hemos gastado bastante *dinero en ella! ¡No vamos a ayudarla a fugarse de Berlín Oriental!* La logopeda de Esther resultaba intimidante con sus vocales perfectas. Cuando Cecilia hablaba con ella se sorprendía a sí misma si-la-be-an-do, como si estuviera efectuando una prueba de dicción.

—No creo que papá mire raro a Isabel —dijo Esther.

—Ah, ¿no? —replicó Cecilia contenta.

Santo Dios. Estaba poniéndose muy melodramática. Polly había hecho una de sus típicas observaciones y la mente de Cecilia se había puesto a pensar en abusos sexuales. Debía de estar viendo demasiada telebasura.

—Pero él estaba llorando el otro día antes de irse a Chicago —dijo Esther.

—¿Qué?

—En la ducha —precisó Esther—. Entré en vuestro cuarto de baño a por el cortaúñas y papá estaba llorando.

—Bueno, cariño, ¿le preguntaste por qué estaba llorando? —quiso saber Cecilia, procurando no mostrar cuánto le inquietaba la respuesta.

—Pues no —replicó Esther con toda tranquilidad—. Cuando estoy llorando no me gusta que me interrumpan.

Maldita sea. Si hubiera sido Polly habría retirado la cortina de la ducha y habría exigido una respuesta inmediata de su padre.

—Iba a preguntarte por qué estaba llorando papá —dijo Esther—, pero luego se me pasó. Tenía muchas cosas en la cabeza.

—No creo que estuviera llorando. Estaría... estornudando, o algo así —dijo Cecilia.

La idea de John-Paul llorando en la ducha le resultaba muy extraña, muy rara. ¿Por qué podría estar llorando, salvo por algo verdaderamente terrible? No era ningún llorón. Cuando habían nacido las chicas se le habían puesto los ojos acuosos y, cuando murió su padre de repente, colgó el teléfono e hizo un ruido leve y extraño, como si se estuviera atragantando con algo pequeño y esponjoso. Pero, aparte de eso, ella no le había visto llorar nunca.

—No eran estornudos —aseguró Esther.

—Puede que fuera una de sus migrañas —dijo Cecilia, sabedora de que, en tal caso, lo último que haría John-Paul era darse una ducha. Necesitaba estar solo, en la cama, en una habitación a oscuras y en silencio.

—No, mamá, papá nunca se ducha cuando tiene migrañas —dijo Esther, que conocía a su padre tan bien como Cecilia a su marido.

¿Depresión? Parecía una epidemia en esos momentos. En una fiesta reciente la mitad de los invitados reconoció que estaba tomando Prozac. Al fin y al cabo, John-Paul siempre había tenido sus... rachas. Solía ser después de las migrañas. Se pasaba una o dos semanas en las que parecían surgir todos los síntomas. Hablaba y se comportaba con normalidad, pero siempre había algo ausente en su mirada, como si el auténtico John-Paul se hubiera ido y hubiera enviado una réplica fiel de sí mismo para que ocupara su lugar. «¿Estás bien?», le preguntaba Cecilia, y él tardaba siempre unos momentos en mirarla antes de responder: «Claro. Estupendamente».

Sin embargo, era algo temporal. De pronto, volvía a hacerse plenamente presente, las escuchaba a ella y a las niñas con atención, y Cecilia se convencía de que todo habían sido imaginaciones suyas. Las «rachas» probablemente eran secuelas de las migrañas.

Pero llorar en la ducha. ¿Por qué tenía que llorar? Las cosas iban bien.

John-Paul había intentado suicidarse una vez.

El dato emergió lentamente, a regañadientes, a la superficie de su mente. Era algo en lo que procuraba no pensar demasiado a menudo.

Había sido en su primer año de universidad, antes de empezar a salir con Cecilia. Por lo visto, había «perdido los papeles» durante una temporada y de repente una noche se tomó un frasco de barbitúricos. Su compañero de piso, que supuestamente había ido a visitar a sus padres aquel fin de semana, volvió inesperadamente y se lo encontró. «¿Qué se te había pasado por la cabeza?», le había preguntado Cecilia al enterarse de la historia. «Me parecía todo demasiado difícil», había dicho John-Paul. «Me parecía más sencillo dormir para siempre».

A lo largo de los años Cecilia le había pedido a menudo más información sobre aquella época de su vida. «Pero ¿por qué te parecía tan difícil? Exactamente ¿qué era tan difícil?», pero John-Paul no había sabido darle más explicaciones. «Me figuro que sería la típica angustia adolescente», contestaba. Cecilia no lo entendía. No había sentido angustia en la adolescencia. Finalmente acabó por dejar el tema y aceptar el intento de suicidio de John-Paul como un incidente atípico de su pasado. «Solo necesitaba una mujer buena», le decía John-Paul. Era cierto que nunca había salido en serio con nadie hasta que llegó Cecilia. «La verdad es que yo estaba empezando a pensar si sería gay», le había confesado una vez uno de sus hermanos.

Otra vez a vueltas con lo de ser gay.

Pero su hermano lo había dicho en broma.

Un intento de suicidio inexplicado en la adolescencia y ahora, muchos años después, se ponía a llorar en la ducha.

—A veces los mayores tienen grandes preocupaciones en la cabeza —dijo prudentemente Cecilia a Esther, puesto que su principal responsabilidad era garantizar que Esther no se preocupara—. Por eso estoy segura de que papá solo estaba...

—Oye, mamá, puedo pedirme para Navidad este libro de Amazon sobre el Muro de Berlín? ¿Quieres que lo encargue ya? ¡Todas las críticas le dan cinco estrellas!

—No —dijo Cecilia—. Puedes pedirlo en préstamo en la biblioteca.

Santo Dios, ellas habían salido de Berlín en navidades.

Entró en el aparcamiento que estaba bajo la consulta de la logopeda, bajó la ventanilla y pulsó el botón del interfono.

—¿En qué puedo ayudarla?

—Hemos venido a ver a Caroline Otto —dijo.

Remarcaba las vocales incluso al hablar con la recepcionista.

Mientras aparcaba dio vueltas a los nuevos datos.

John-Paul dirigiendo a Isabel extrañas miradas, «tristes, enfadadas».

John-Paul llorando en la ducha.

John-Paul desganado en el sexo.

John-Paul mintiendo acerca de algo.

Era todo de lo más raro y preocupante, aunque también notaba una especie de corriente subterránea que no le resultaba del todo desagradable y que, de hecho, estaba proporcionándole una leve sensación de anticipación.

Quitó la llave del contacto. Tiró del freno de mano y soltó el cinturón de seguridad.

—Vamos —dijo a Esther y abrió la puerta del coche.

Sabía qué era lo que le estaba dando ese pequeño toque de placer. La decisión que había tomado. Estaba claro que algo no marchaba bien. Tenía la obligación moral de hacer algo inmoral. Era un mal menor. Estaba justificado.

En cuanto las chicas se acostaran esa noche, haría lo que había querido hacer desde el principio. Iba a abrir la maldita carta.

CAPÍTULO NUEVE

*L*lamaron a la puerta.

—Ni caso. —La madre de Tess no levantó la vista de su libro.

Tess, Liam y su madre estaban sentados en sendas butacas del salón de casa de la madre, leyendo libros y tomando cuencos llenos de pepitas de chocolate de su regazo. Había sido una de las rutinas cotidianas de Tess de pequeña: comer pepitas de chocolate y leer con su madre. Después siempre hacían algunos ejercicios de gimnasia para contrarrestar el chocolate.

—A lo mejor es papá. —Liam dejó el libro.

Tess estaba sorprendida de lo pronto que había aceptado sentarse a leer. Debía de ser por las pepitas de chocolate. Nunca había conseguido que hiciera sus deberes de lectura.

Y ahora, curiosamente, iba a empezar en un nuevo colegio. Así de sencillo. Mañana mismo. Aún le sorprendía cómo aquella rara mujer la había convencido para empezar al día siguiente, con la promesa de una búsqueda de huevos de Pascua.

—Has hablado con tu padre, que está en Melbourne, hace unas horas —le recordó a Liam adoptando un tono neutral. Will y ella habían hablado durante veinte minutos. «Ya hablaré con papá más adelante», le había dicho Liam cuando le alargó el teléfono. Había hablado una vez con Will esa mañana. Nada había cambiado. No quería volver a oír su horrible voz seria. ¿Qué podía decirle? ¿Qué se había encontrado con un exnovio en el Santa Ángela? ¿Preguntarle si estaba celoso?

Connor Whitby. Debían de haber transcurrido más de quince años desde que lo había visto por última vez. Estuvieron saliendo juntos menos de un año. Ni siquiera lo había reconocido cuando entró en la secretaría. Se había quedado completamente calvo y parecía una versión mucho más grande y ancha del hombre que ella recordaba. Todo había sido tan raro. Ya era suficientemente incómodo estar sentada en una mesa frente a una mujer cuya hija había sido asesinada.

—A lo mejor papá ha cogido un avión para darnos una sorpresa —observó Liam.

Golpearon repetidamente la ventana del lado donde estaba Tess.

—¡Sé que estáis todos ahí! —gritó una voz.

—¡Por el amor de Dios! —La madre de Tess cerró el libro de golpe.

Tess se volvió y vio el rostro de su tía pegado a la ventana, haciendo visera con las manos para poder ver el interior.

—¡Te dije que no vinieras, Mary! —La voz de Lucy se disparó varias octavas.

Siempre parecía cuarenta años más joven cuando hablaba con su hermana gemela.

—¡Abre la puerta! —La tía Mary volvió a golpear suavemente en el cristal—. ¡Necesito hablar con Tess!

—¡Tess no quiere hablar contigo! —Lucy levantó la muleta apuntando en dirección a Mary.

—Mamá —dijo Tess.

—¡Es mi sobrina! ¡Tengo derecho! —La tía Mary intentó levantar el marco de madera de la ventana.

—Ella también tiene derechos —resopló la madre de Tess—. Menuda...

—¿Por qué no puede entrar? —Liam arrugó el ceño.

Tess y su madre se miraron. Debían de cuidar mucho lo que hablaban delante de Liam.

—Por supuesto que puede entrar. —Apartó el libro—. La abuela solo estaba bromeando.

—¡Sí, Liam, era una broma tonta! —repitió Lucy.

—¡Déjame entrar, Lucy! ¡Me voy a desmayar! —gritó la tía Mary—. ¡Me voy a desmayar sobre tus preciosas gardenias!

—¡Qué juego tan divertido! —Lucy sonrió como enloquecida.

A Tess la situación le recordó el esfuerzo tan inútil que su madre hizo para mantener el mito de Santa Claus. Era la peor mentirosa del planeta.

—Vamos a dejarla pasar —anunció Tess a Liam. Se volvió hacia la ventana donde estaba la tía Mary y le señaló la puerta de entrada de la casa—. Ya vamos.

La tía Mary pisoteó las flores.

—Deprisita.

—Te voy a dar yo a ti deprisita —murmuró Lucy.

Tess experimentó una aguda sensación de pérdida al pensar que no había sido capaz de compartir con Felicity la historia de sus respectivas madres. Era como si la Felicity de verdad se hubiera esfumado junto con su antiguo cuerpo gordo. ¿Seguiría existiendo? ¿Había existido alguna vez?

—Cariño —saludó Mary cuando Tess abrió la puerta—. Pero, Liam, ¡has vuelto a crecer! ¿Cómo es posible?

—Hola, tío Phil. —Tess iba a besar a su tío en las mejillas, cuando de pronto, para sorpresa suya, la atrajo hacia sí y le dio un tosco abrazo, diciéndole al oído en voz baja:

—Estoy profundamente avergonzado de mi hija. —Luego se irguió y añadió—: Haré compañía a Liam mientras las chicas habláis.

Cuando Liam y el tío Phil se instalaron cómodamente delante del televisor, Mary, Lucy y Tess se sentaron en la mesa de la cocina a tomar el té.

—Te dejé muy claro que no aparecieras por aquí —dijo la madre de Tess, que no estaba tan enfadada con su hermana como para privarse de sus extraordinariamente buenos brownies de chocolate.

Mary puso los ojos en blanco, apoyó los codos en la mesa y tomó la mano de Tess entre las cálidas y gordezuelas palmas de sus manos.

—Cariño, siento mucho lo que te ha sucedido.

—No es algo que le haya sucedido —explotó Lucy.

—La cuestión es que creo que Felicity no pudo evitarlo —dijo Mary.

—¡Oh! ¡No había caído en eso! ¡Pobre Felicity! Le pusieron una pistola en la sien, ¿verdad?

Lucy imitó el gesto de ponerse una pistola en la cabeza. Tess se preguntó cuándo le habrían tomado la tensión a su madre por última vez.

Mary no hizo el menor caso de su hermana y dirigió su conversación a Tess.

—Cariño, tú sabes que Felicity jamás habría querido que pasara esto. Para ella es una tortura. Una tortura.

—¿Es una broma? —Lucy dio un buen mordisco a un brownie—. ¿De veras esperas que Tess sienta pena por Felicity?

—Espero que tu corazón pueda encontrar el perdón para ella.

Mary actuaba como si Lucy no estuviera delante.

—Bueno, ya basta —dijo Lucy—. No quiero oír ni una palabra más de tu boca.

—¡Lucy, a veces el amor arrasa! —Mary aceptó por fin la presencia de su hermana—. ¡Así es! ¡Cuando menos se piensa!

Tess clavó la mirada en la taza de té y lo removió. ¿Había sido repentino o había estado siempre allí, ante sus ojos? Era cosa sabida que Felicity y Will se habían caído bien desde el momento en que se conocieron. «Tu prima es muy divertida», había dicho Will a Tess después de la primera vez que habían salido a cenar los tres juntos. Tess lo tomó como un cumplido, porque Felicity formaba parte de ella. Su animada compañía era una parte más de su ser. Y el hecho de que Will apreciara a Felicity (no todos sus novios anteriores lo habían hecho, a algunos les cayó verdaderamente mal) había sido un punto a su favor.

A Felicity también le había caído bien Will enseguida. «Puedes casarte con este», le dijo a Tess al día siguiente. «Es tu hombre. He dicho».

¿Se había enamorado a primera vista Felicity de Will ya entonces? ¿Era inevitable? ¿O previsible?

Tess recordó la euforia que había sentido al día siguiente de presentar a Will y Felicity. Había tenido la sensación de alcanzar un destino glorioso, la cima de una montaña. «Es perfecto, ¿verdad?», había dicho a Felicity. «Nos causa impresión. Es el primero que nos impresiona de verdad».

Nos impresiona. No *me* impresiona.

Su madre y su tía seguían hablando, ajenas al hecho de que Tess no decía ni palabra.

Lucy se había tapado los ojos con la mano.

—¡Esto no es una maravillosa historia de amor, Mary! —retiró la mano y sacudió disgustada la cabeza en dirección a su hermana como si fuera una criminal de la peor calaña—. ¿Es que no lo ves? ¿De verdad que no lo ves? Tess y Will están casados. ¿Has olvidado que además hay un niño de por medio, mi nieto?

—Pero fíjate en lo desesperados que están por hacer las cosas bien —dijo Mary a Tess—. Se aman mucho.

—Muy bonito —dijo Tess.

En los últimos diez años Will nunca se había quejado de que Felicity pasara tanto tiempo con ellos. Quizá eso había sido una señal. Una señal de que no le bastaba con Tess. ¿Qué marido normal habría estado dispuesto a que la prima gorda de su mujer se fuera con ellos durante las vacaciones de verano? A menos que estuviera enamorado de ella. Tess había sido una tonta por no verlo. Había disfrutado viendo a Will y Felicity bromear, discutir y tomarse el pelo mutuamente. Nunca se había sentido excluida. Todo era mejor, más vivo, divertido y estimulante cuando Felicity estaba presente. Tess tenía la sensación de que era más ella misma en presencia de Felicity, porque su prima la conocía mejor que nadie. Felicity dejaba que Tess brillara. Felicity era la que más celebraba los chistes de Tess. Contribuía a definir y configurar la personalidad de Tess, de manera que Will pudiera verla tal como era.

Y Tess se sentía más guapa cuando Felicity estaba presente.

Se llevó las frías yemas de los dedos a las ardientes mejillas. Era vergonzoso pero cierto. Nunca había sentido repugnancia por la obesidad de Felicity, sino que se había sentido particularmente esbelta y airosa cuando estaba junto a ella.

Pero, cuando Felicity perdió peso, tampoco cambió nada en la mente de Tess. Jamás se le habría ocurrido que Will mirara a Felicity de modo sexual. Había estado muy segura de su posición en su extraño trío. Tess era el vértice del triángulo. Era a quien más amaba Will. A quien más amaba Felicity. Todo centrado en ella.

—Tess —dijo Mary.

Tess puso la mano en el brazo de su tía.

—Vamos a hablar de otra cosa.

Dos gruesas lágrimas descendieron lentamente por las empolvadas mejillas sonrosadas de Mary, dejando un surco brillante. Se limpió la cara con un pañuelo arrugado.

—Phil no quería que viniera. Decía que iba a causar más mal que bien, pero yo creía que podría encontrar un modo de arreglar las cosas. Me he pasado la mañana mirando fotos de Felicity y de ti de pequeñas. ¡Qué bien lo pasabais juntas! Eso es lo peor de todo. No puedo soportar que os distanciéis.

Tess dio unas palmaditas en el brazo de su tía. Tenía los ojos secos y claros. Su corazón, cerrado como un puño.

—Creo que quizá tendrás que soportarlo —dijo.

CAPÍTULO DIEZ

No esperarás en serio que yo vaya a una reunión de Tupperware —había dicho Rachel a Marla cuando esta la invitó mientras tomaban un café hacía unas cuantas semanas.

—Eres mi mejor amiga. —Marla removió el azúcar de su cappuccino descafeinado de soja.

—Mi hija fue asesinada —dijo Rachel—. Eso me da una tarjeta de «fuera de circulación» para el resto de mi vida.

Marla levantó las cejas. Siempre había tenido unas cejas particularmente elocuentes.

Tenía derecho a enarcar las cejas. Ed estaba en Adelaide por trabajo (siempre se encontraba fuera por trabajo) cuando los dos policías se presentaron en la puerta de Rachel. Marla fue con ella al depósito de cadáveres y estuvo a su lado cuando levantaron aquella basta sábana blanca para descubrir el rostro de Janie. Estuvo atenta cuando a Rachel le flaquearon las piernas y la sostuvo al momento, hábilmente, con una mano en el codo y la otra en el brazo. Era matrona. Tenía mucha práctica en sostener maridos mareados antes de que cayeran al suelo.

—Lo siento —dijo Rachel.

—Janie habría acudido a la reunión —dijo Marla con ojos llorosos—. Janie me quería.

Era cierto. Janie adoraba a Marla. Siempre le estaba diciendo a Rachel que se vistiera como Marla. Y luego, por supuesto, mira lo que ocurrió cuando Rachel se puso un vestido que Marla le había ayudado a comprar.

—Me pregunto si a Janie le habrían gustado la reuniones de Tupperware —repuso Rachel mientras observaba a una mujer de mediana edad discutiendo con su hija de Primaria en la mesa de al lado. No conseguía, por mucho que se esforzara, imaginarse a Janie como una mujer de cuarenta y cinco años. A veces tropezaba con viejas amigas de Janie en las tiendas y se quedaba impresionada al intentar reconocer a las chicas de diecisiete años en esos rostros hinchados y fofos. Rachel tenía que contenerse para no exclamar: «¡Santo Dios, querida, cómo has envejecido!», del mismo modo que se dice a los niños: «¡Cuánto has crecido!».

—Recuerdo que Janie era muy ordenada —dijo Marla—. Le gustaba ser organizada. Seguro que habría encajado bien en Tupperware.

Lo maravilloso de Marla era que comprendía el deseo de Rachel de hablar sin cesar del tipo de adulto que habría sido Janie, cuántos hijos habría tenido y con qué clase de hombre se habría casado. Eso la mantenía viva durante unos momentos. Ed había odiado esas conversaciones hipotéticas y solía irse de la habitación. No podía comprender la necesidad que tenía Rachel de preguntarse qué habría sucedido, en vez de aceptar que no sucedería nunca. «Perdona, te estaba hablando», le gritaba Rachel cuando él se iba.

—Ven a mi reunión de Tupperware, por favor —dijo Marla.

—De acuerdo —respondió Rachel—. Pero que sepas que no voy a comprar nada.

De manera que allí estaba, sentada en el cuarto de estar de Marla, bullicioso y atestado de mujeres tomando cócteles. Rachel se había sentado en un sofá entre dos nueras de Marla, Eve y Arianna, que no tenían planes de mudarse a Nueva York y estaban preñadas de los primeros nietos de Marla.

—No me apetece sufrir —estaba diciendo Eve a Arianna—. Ya le he dicho a mi ginecólogo que tengo tolerancia cero al dolor. Cero. Que no quiero oír hablar de dolor.

—Bueno, me figuro que a nadie le gusta el dolor —repuso Arianna, que parecía dudar de cada palabra que salía de su boca—, salvo a los masoquistas.

—Es inaceptable —dijo Eve—. En estos tiempos. Me niego a sufrir. Dolor no, gracias.

Ah, conque ese fue mi error, pensó Rachel. Debería haber dicho: dolor no, gracias.

—¡Mirad quién está aquí, señoras! —Marla apareció con una bandeja de rollos de salchicha en las manos y Cecilia Fitzpatrick a su lado. Cecilia estaba arreglada y radiante y arrastraba una bonita maleta con ruedas.

Por lo visto no era nada fácil conseguir una reunión con Cecilia porque tenía una agenda muy cargada. Según su suegra, tenía otras seis representantes de Tupperware «por debajo de ella» y la enviaban a toda clase de «excursiones» por el extranjero y demás. —A ver, Cecilia. —Marla estaba agobiada por la responsabilidad. Sus manos distraídas inclinaron la bandeja haciendo que los rollos de salchicha se deslizaran—. ¿Quieres tomar algo?

Cecilia soltó la maleta justo a tiempo de rescatar los rollos de salchicha.

—Un vaso de agua estaría bien, Marla —dijo—. ¿Por qué no los reparto mientras me voy presentando? Aunque veo muchas caras conocidas, por supuesto. Hola, soy Cecilia, eres Arianna, ¿verdad? ¿Un rollito de salchicha? —Arianna miró con indiferencia a Cecilia al tomar el rollo de salchicha—. Tu hermana pequeña da clase de ballet a mi hija Polly. ¡Voy a enseñarte unos contenedores ideales para congelar los purés de tu bebé! Rachel, me alegro de verte. ¿Qué tal el pequeño Jacob?

—Se va dos años a Nueva York. —Rachel tomó un rollo de salchicha y sonrió sarcástica a Cecilia.

Cecilia se detuvo.

—Oh, Rachel, qué mal —dijo comprensiva, pero luego, muy en su estilo, se puso a dar soluciones—: Supongo que irás a visitarlos. Hace poco me hablaron de una página web con grandes ofertas de pisos en Nueva York. Te pondré un correo electrónico con el enlace, te lo prometo. —Siguió adelante—. Hola, soy Cecilia. ¿Un rollo de salchicha?

Y siguió recorriendo la sala repartiendo rollos de salchicha y saludos, ganándose a cada invitada con aquella penetrante mirada suya, de tal forma que, cuando terminó y estuvo lista para hacer su demostración, todas se habían girado inconscientemente en su dirección, atentas y dispuestas a que les vendiera los Tupperware, como una maestra justa y enérgica que se hubiera hecho con el control de una clase revoltosa.

Rachel estaba sorprendida de lo bien que acabó pasándoselo esa noche. No solo por los estupendos cócteles que Marla estaba sirviendo, sino también gracias a Cecilia, que entremezclaba su apasionada y algo evangélica demostración del producto («Soy una fanática de Tupperware. Me encanta», les decía. A Raquel le conmovía su pasión. Era tan persuasiva. ¡Sería magnífico que las zanahorias se conservaran más tiempo frescas!, pensó) con una especie de concurso de preguntas. Quien acertara la respuesta recibiría una moneda de chocolate. Al final de la reunión había un premio para quien hubiera ganado más monedas.

Algunas preguntas estaban relacionadas con los Tupperware. Rachel no sabía, ni sentía especial necesidad de saberlo, que en el mundo se empezaba una reunión de Tupperware cada 2,7 segundos («Uno, dos segundos, ¡y otra reunión de Tupperware!», comentaba Cecilia) o que un hombre llamado Earl Tupper era el creador de la famosa «tapa eructo». Pero poseía una cultura general bastante amplia y empezó a sentirse muy competitiva a la vista de la gran pila de monedas doradas apiladas frente a ella.

Al final hubo una feroz batalla entre Rachel y Jenny Cruise, una amiga de cuando Marla era matrona, y Rachel levantó el puño al ganar por una sola moneda con la pregunta: «¿Quién interpretó a *Pat the Rat* en la teleserie *Sons and Daughters?*».

Rachel sabía la respuesta (Rowena Wallace) porque Janie había estado obsesionada con aquel estúpido programa en su adolescencia. Envió a Janie un mensaje de agradecimiento.

Había olvidado cuánto le gustaba ganar.

De hecho, estaba tan eufórica que acabó encargando varios productos Tupperware por importe de más de trescientos dólares y Cecilia le aseguró que transformarían su despensa y su vida.

Al final de la noche acabó un poco bebida.

En realidad todas estaban un poco bebidas, menos las nueras embarazadas de Marla, que se habían ido temprano, y Cecilia, que seguramente estaba ebria del éxito de su reunión de Tupperware.

Había mucho griterío. Llamadas a los maridos. Negociaciones para que las recogieran. Rachel estaba sentada en el sofá dando buena cuenta de su montón de monedas de chocolate.

—¿Y tú, Rachel? ¿Tienes forma de volver a casa? —dijo Cecilia mientras Marla estaba a la puerta despidiendo a sus amigas del tenis.

Cecilia ya había guardado su colección de Tupperware en la maleta negra y seguía tan impoluta como al principio de la noche, salvo por dos manchas de color en las mejillas.

—¿Yo? —Rachel miró alrededor y se dio cuenta de que era la última invitada—. Estoy bien. Iré en coche.

Inexplicablemente, no se le había ocurrido que necesitaba algún medio para volver a casa. Tenía que ver con su sensación de sentirse siempre separada de los demás, como si las cosas que les preocupaban a otros no fueran con ella, como si fuera inmune a las menudencias de la vida cotidiana.

—¡No seas absurda! —Marla entró triunfante en la sala. La noche había sido un éxito—. ¡No puedes conducir, estás loca! Seguro que das positivo. Mac puede llevarte a casa. No tiene nada mejor que hacer.

—No te preocupes. Tomaré un taxi.

Rachel se levantó. Tenía la cabeza cargada. No quería que Mac la llevara a casa. Mac, que había estado en su estudio durante toda la reunión de Tupperware, era un buen hombre y se había llevado bien con Ed, pero era terriblemente tímido cuando tenía que hablar a solas con una mujer. Sería tremendo estar sola en un coche con él.

—Vives cerca de las canchas de tenis de Wycombe Road, ¿verdad, Rachel? —dijo Cecilia—. Te llevo a casa. Me pilla de camino.

Momentos después decían adiós con la mano a Marla y Rachel estaba en el asiento del copiloto del Ford Territory blanco de Cecilia con el logo gigante de Tupperware en un lateral. El coche era muy cómodo, silencioso, limpio y olía bien. Cecilia conducía tal como hacía todo: segura y animada; y Rachel se apoyó en el reposacabezas y aguardó el discurso bien informado y relajante de Cecilia sobre sorteos, carnavales, boletines y todo cuanto tuviera relación con el Santa Ángela.

Sin embargo, reinó el silencio. Rachel miró a Cecilia de reojo. Se estaba mordiendo el labio inferior y arrugaba el ceño como si le afligiera algún pensamiento.

¿Problemas matrimoniales? ¿Algo relacionado con las chicas? Rachel recordó todo el tiempo que ella misma había dedicado a darle vueltas a problemas sobre el sexo, el mal comportamiento de los niños, los malentendidos, las averías domésticas y el dinero.

No es que ahora creyera que esos problemas no importaran. En absoluto. Le encantaría tenerlos. Le encantaría sentir esa comezón de la lucha por la vida como madre y esposa. Qué maravilla ser Cecilia Fitzpatrick de vuelta a casa con sus hijas tras una exitosa reunión de Tupperware, preocupada por lo que fuera que la preocupara.

Al final fue Rachel quien rompió el silencio.

—Esta noche me he divertido —dijo—. Lo has hecho muy bien. No me extraña que tengas tanto éxito.

Cecilia se encogió levemente de hombros.

—Gracias. Me encanta. —Dirigió una sonrisa irónica a Rachel—. Mi hermana me gasta bromas por mi trabajo.

—Celos —aseguró Rachel.

Cecilia se encogió de hombros y bostezó. Parecía una persona diferente de la que había hablado en casa de Marla y de aquella que se conocía al dedillo todo lo que se organizaba en el Santa Ángela.

—Me encantaría ver tu despensa —murmuró Rachel—. Seguro que está todo etiquetado y en el recipiente adecuado. La mía parece una zona catastrófica.

—Estoy orgullosa de mi despensa —sonrió Cecilia—. John-Paul dice que es como un archivador de comida. Suelo llevarme algún berrinche si las niñas colocan algo donde no deben.

—¿Qué tal las niñas? —preguntó Rachel.

—Maravillosas —dijo Cecilia, aunque Rachel vio cómo fruncía levemente el ceño—. Creciendo deprisa. Respondonas.

—Tu hija mayor —dijo Rachel—, Isabel. La vi el otro día en la asamblea. Me recuerda un poco a la mía. A Janie.

Cecilia no contestó.

¿Por qué le he dicho eso?, pensó Rachel. *Debo de estar más bebida de lo que creo.* Ninguna mujer querría oír que su hija se parece a una chica que había sido estrangulada.

Pero entonces Cecilia dijo, con la mirada puesta en la carretera:

—Tengo un solo recuerdo de tu hija.

CAPÍTULO ONCE

Tengo un solo recuerdo de tu hija.

¿Estaba bien decirlo? ¿Y si hacía llorar a Rachel? Acababa de ganar un juego de tarteras y se la veía muy contenta.

Cecilia nunca estaba cómoda con Rachel. Se sentía superficial, porque seguramente todo el mundo le resultaría superficial a una mujer que había perdido a su hija en tales circunstancias y deseaba transmitirle que lo comprendía. Años atrás vio en un programa de televisión que los padres que habían perdido a sus hijos valoraban que la gente les contara recuerdos de ellos. Puesto que ya no iba a haber más recuerdos, contarles uno era todo un regalo. A partir de entonces, siempre que Cecilia veía a Rachel pensaba en su recuerdo de Janie, aunque era muy poca cosa, y se preguntaba cómo contárselo. Pero nunca encontraba el momento. No se podía sacar a colación en la secretaría del colegio entre conversaciones sobre la tienda de uniformes y los horarios del *netball*.

Ahora era el momento. El único. Y era Rachel quien había hablado de Janie.

—Por supuesto, en realidad yo no la conocía en absoluto —dijo Cecilia—. Ella iba cuatro cursos por delante de mí. Pero tengo un recuerdo.

Titubeó.

—Adelante —Rachel se irguió en el asiento—. Me encanta oír recuerdos de Janie.

—Bueno, es muy poca cosa —dijo Cecilia, aterrorizada porque no le pareciera suficiente, sin saber si debería embellecerlo—. Yo estaba en 2º. Janie, en 6º. Sabía cómo se llamaba porque era la capitana del equipo de los Rojos.

—Ah, sí. —Rachel sonrió—. Lo teníamos todo de rojo. Una de las camisas de trabajo de Ed se tiñó accidentalmente de rojo. Tiene gracia cómo se olvidan las cosas.

—Pues se celebraba el carnaval en el colegio y..., ¿te acuerdas del desfile que solíamos hacer? Cada equipo tenía que dar la vuelta al patio. Siempre le digo a Connor Whitby que deberíamos recuperar el desfile. Él se ríe de mí.

Cecilia vio por el rabillo del ojo que la sonrisa de Rachel había decaído un poco. Ella no paraba de hablar. ¿Sería molesto? ¿Aburrido?

—Yo era una niña que se tomaba muy en serio el desfile. Y quería desesperadamente que ganaran los Rojos, pero tropecé y, como acabé en el suelo, todos los demás niños chocaron contra mí. La hermana Úrsula se puso a gritar como una loca y allí acabó todo para los Rojos. Yo estaba llorando a mares y me sentía la persona más inútil del mundo, cuando llegó Janie Crowley, tu Janie, y me ayudó a levantarme, me sacudió la parte de atrás del uniforme y me dijo en voz baja al oído: «No importa. No es más que un estúpido desfile».

Rachel no dijo nada.

—Eso es todo —dijo humildemente Cecilia—. No es mucho, pero siempre...

—Gracias, querida —dijo Rachel y a Cecilia le sonó a cuando un adulto da las gracias a un niño por un marcapáginas casero hecho de cartón y purpurina. Rachel levantó una mano como si fuera a saludar a alguien y luego frotó suavemente el hombro de Cecilia antes de dejarla caer en su regazo—. Eso es muy de Janie: «No es más que un estúpido desfile». ¿Sabes una cosa? Creo que me acuerdo. Todos los niños por los suelos. Marla y yo muertas de risa.

Hizo una pausa. El estómago de Cecilia se tensó. ¿Iba a romper a llorar?

—Dios, creo que estoy un poco bebida —confesó Rachel—. ¡Y yo que pensaba ir a casa en coche sola! Imagínate si matara a alguien.

—Estoy segura de que no lo habrías hecho —aseguró Cecilia.

—Me lo he pasado muy bien esta noche —dijo Rachel. Miraba para el otro lado, de manera que se estaba dirigiendo a la ventanilla del coche. Golpeó levemente la cabeza contra el cristal. Como lo habría hecho una mujer mucho más joven después de haber bebido más de la cuenta—. Debería esforzarme en salir más a menudo.

—¡Ah, bueno! —dijo Cecilia. Eso era cosa suya. ¡Ella podía ocuparse!—. Entonces debes venir a la fiesta de cumpleaños de Polly el fin de semana después de Pascua. El sábado a las dos de la tarde. Es una fiesta de piratas.

—Muy amable por tu parte, pero estoy segura de que Polly no necesita que le estropee la fiesta —dijo Rachel.

—¡Debes venir! Conocerás a montones de gente. La madre de John-Paul. Mi madre. Lucy O'Leary irá con Tess y su pequeño Liam. —De pronto Cecilia deseó desesperadamente que fuera—. Puedes traer a tu nieto. ¡Lleva a Jacob! A las chicas les encantará tener allí a un pequeñín.

El rostro de Rachel se iluminó.

—Me he ofrecido a cuidar de Jacob mientras Rob y Lauren estén en Nueva York hablando con agentes inmobiliarios sobre el alquiler de su casa. Oh, yo vivo aquí, justo ahí delante.

Cecilia detuvo el coche delante de un bungalow de ladrillo rojo. Parecía como si se hubieran dejado puestas todas las luces de la casa.

—Muchas gracias por traerme. —Rachel salió del coche con el mismo y cauteloso deslizamiento lateral de cadera que la madre de Cecilia. Se había dado cuenta de que, a una cierta edad, la gente perdía la confianza que una vez habían tenido en sus cuerpos. —¡Te enviaré la invitación al colegio!

Cecilia se apoyó en el asiento del copiloto como para hablar por la ventanilla, preguntándose si debía ofrecerse a acompañar a Rachel hasta la puerta. Su madre se ofendería si lo hiciera. En cambio, la madre de John-Paul se ofendería si no lo hiciera.

—Perfecto —dijo Rachel echando a andar toda decidida, como si hubiera leído el pensamiento a Cecilia y quisiera demostrar que todavía no era tan vieja—, muchas gracias.

Cecilia giró en redondo en la calle sin salida y, al volver, Rachel ya había entrado y la puerta estaba cerrada. Buscó su silueta a través de las ventanas, pero no vio nada. Trató de imaginar qué estaría haciendo Rachel en ese momento y qué sentiría, sola en una casa con los fantasmas de su hija y su marido.

Bueno. Sentía cierta excitación, como si hubiera llevado a casa a un personaje importante. ¡Y le había hablado de Janie! Le parecía que había salido bien. Había dado a Rachel un recuerdo, tal como recomendaban en aquel programa. Tenía una sensación de logro social y la satisfacción de haber cumplido un deber largamente aplazado, y en ese momento le dio vergüenza enorgullecerse o tener cualquier otra sensación placentera en relación con la tragedia de Rachel.

Se detuvo en un semáforo y recordó al conductor enfadado de la tarde y ese pensamiento le devolvió al curso ordinario de su vida. Mientras llevaba a Rachel a casa se había olvidado de todo: los extraños comentarios que habían hecho en el coche Polly y Esther sobre John-Paul y su decisión de abrir la carta esa misma noche.

¿Seguía encontrándolo justificado?

Todo había transcurrido con total normalidad tras la visita al logopeda. No había habido más revelaciones extrañas de sus hijas e Isabel había quedado especialmente contenta con su corte de pelo. Le habían hecho un corte *pixie* y, por el modo en que se comportaba, estaba claro que creía que le daba un aire más sofisticado, cuando en realidad le hacía parecer más joven y dulce.

Había llegado al buzón una postal de John-Paul para las niñas. Era un juego común entre ellos: enviarles la postal más estúpida que pudiera encontrar. La de esta vez representaba a un perro con muchos pliegues en la piel, diadema y collar, y Cecilia pensó que era una estupidez, aunque, como era de esperar, las niñas se partieron de risa y la pusieron en el frigorífico.

—Lo que faltaba —dijo en voz baja cuando de pronto un coche se metió en su carril delante de ella. Levantó la mano para tocar el claxon, pero luego desistió.

No pienso ponerme a gritar como una loca, se dijo acordándose del furioso conductor del camión de la tarde, por si diera la casualidad de que se hubiera detenido allí para leerle la mente. Tenía delante un taxi. Estaba haciendo la tontería habitual de los taxistas de pisar el freno cada pocos segundos.

Genial. Iba en la misma dirección que ella. El taxi siguió avanzando a tirones por la calle y, sin previo aviso, estacionó en el bordillo frente a la casa de Cecilia.

Se encendió la luz interior del taxi. El pasajero iba en el asiento del copiloto. Uno de los chicos de los Kingston, pensó

Cecilia. Los Kingston residían enfrente y tenían tres hijos veinteañeros que seguían viviendo en casa, utilizando su cara educación privada para hacer carreras interminables y emborracharse en los bares de la ciudad. John-Paul siempre decía: «Si algún chico de los Kingston se acerca alguna vez a una de nuestras chicas, tendré preparada la escopeta».

Se detuvo en el camino de entrada a su casa, pulsó el botón del mando a distancia del garaje y miró por el espejo retrovisor. El taxista había abierto el maletero. Un hombre trajeado de hombros anchos estaba sacando su equipaje.

No era un chico de los Kingston.

Era John-Paul. Siempre se le hacía raro cuando, como ahora, lo veía de repente en ropa de trabajo, como si ella tuviera aún veintitrés años y él se hubiera ido y se hubiera hecho mayor y canoso sin ella.

John-Paul había vuelto a casa tres días antes de lo esperado.

Sus sentimientos se dividieron a partes iguales entre el placer y la exasperación.

Había perdido su oportunidad. Ya no podría abrir la carta. Quitó el contacto, tiró del freno de mano, soltó el cinturón y corrió por el camino a encontrarse con él.

CAPÍTULO DOCE

Sí? —dijo Tess con voz cansada al contestar al teléfono fijo de su madre, a la vez que consultaba su reloj.

Eran las nueve de la noche. Seguro que ya no sería otra teleoperadora vendiendo algo.

—Soy yo.

Era Felicity. A Tess se le encogió el estómago. Felicity había estado llamando todo el día por el móvil, dejando mensajes de voz y de texto que Tess no quiso oír ni leer. Era una sensación extraña no hacer caso a Felicity, como obligarse a hacer algo antinatural.

—No quiero hablar contigo.

—No ha habido nada —anunció Felicity—. Todavía no nos hemos acostado juntos.

—Por el amor de Dios —dijo Tess y, entonces, para sorpresa suya, se rio. Nada de risa amarga. Risa auténtica. Era absurdo—. ¿Cuál es el impedimento?

Pero en ese momento se vio en el espejo del comedor de su madre y se le borró la sonrisa, como alguien sorprendido en una broma cruel.

—No hacemos otra cosa que pensar en ti —dijo Felicity—. Y en Liam. La página web de Bedstuff no ha salido, en fin, no quiero hablarte del trabajo. Estoy en mi casa. Will está en casa. Está destrozado.

—Eres patética —dijo Tess apartando la mirada de su reflejo en el espejo—. Los dos sois patéticos.

—Ya lo sé —reconoció Felicity. Hablaba tan bajo que Tess tuvo que apretar el teléfono a su oreja para oírle—. Soy una zorra. Esa mujer que todas odiamos.

—¡Habla más alto! —dijo Tess irritada.

—¡He dicho que soy una zorra! —repitió Felicity.

—No te lo voy a discutir.

—Claro —dijo Felicity—. Claro que no.

Se hizo un silencio.

—Queréis que yo esté conforme —señaló Tess asombrada, porque los conocía demasiado bien—. ¿No es así? No queréis que me lo tome a mal.

Ese era su trabajo. Ese era su papel en aquella relación a tres bandas. Will y Felicity eran los que echaban sermones, los que dejaban que los clientes los molestaran, los que permitían que sus sentimientos sufrieran a manos de terceros, los que aporreaban el volante y decían: «¿Me estás tomando el pelo?». El trabajo de Tess era apaciguarlos, animarlos, ocuparse de ese rollo de la botella está medio llena, todo saldrá bien, mañana lo verás más claro. ¿Cómo iban a tener una aventura sin recurrir a ella? Necesitaban que Tess les dijera: «¡No es culpa vuestra!».

—No espero eso —repuso Felicity—. No espero nada de ti. ¿Estás bien? ¿Está bien Liam?

—Estamos estupendamente —dijo Tess. Sentía una fatiga abrumadora, acompañada de una sensación casi irreal de indiferencia. Esos enormes altibajos emocionales resultaban agotadores. Tiró de una de las sillas del comedor y se sentó—.

Liam empieza mañana en el Santa Ángela. *Para que te enteres de que sigo adelante con mi vida.*

—¿Mañana? ¿A qué tanta prisa?

—Van a buscar huevos de Pascua.

—Ah —dijo Felicity—. Chocolate. La kryptonita de Liam. No le tocará ninguna de las monjas psicóticas que nosotras tuvimos, ¿verdad?

Tess pensó: «¡No pretendas HABLAR conmigo como si todo fuera normal!». De todas maneras, siguió con la conversación. Estaba demasiado cansada y, además, le podía la fuerza de la costumbre. Había charlado con Felicity todos los días de su vida. Era su mejor amiga. Era su única amiga.

—Todas las monjas han muerto —dijo—. Pero el profesor de Educación Física es Connor Whitby, ¿te acuerdas de él?

—Connor Whitby —repitió Felicity—. Era aquel tipo triste y siniestro con el que salías antes de venirnos a Melbourne. Pero yo creía que era contable.

—Ha cambiado de profesión. Y no era siniestro, ¿no? —dijo Tess.

Había sido muy simpático. El único novio que había adorado sus manos. Lo recordó de repente. Qué raro. Había estado pensando en él la noche pasada y ahora reaparecía en su vida.

—Era siniestro —insistió Felicity—. Y muy mayor, además.

—Diez años mayor que yo.

—De todas formas, recuerdo que había algo repulsivo en él. Seguro que ahora es aún más repulsivo. Hay algo desagradable en los profesores de Educación Física, con sus chándals, silbatos y pizarras.

La mano de Tess agarró el teléfono con fuerza. La petulancia de Felicity. Siempre había sido una sabelotodo y había creído que tenía mejor criterio y era más sofisticada y refinada que Tess.

—Me figuro que no estarías enamorada de Connor entonces —soltó entre crispada e insidiosa— . Will fue el primero que te gustó, ¿no? Tess...

—No te molestes... —la interrumpió. Otro acceso de ira y dolor se le agolpó en la garganta. Tragó saliva. *Aquello no era posible*. Ella los quería a los dos. Los quería mucho a los dos—. ¿Hay algo más?

—Me imagino que no podré dar las buenas noches a Liam —dijo Felicity en un tono tierno y suave que no le pegaba nada.

—No —dijo Tess—. Además, está durmiendo.

No estaba durmiendo. Acababa de pasar por su habitación, el antiguo estudio de su padre, y lo había visto echado en la cama jugando con su Nintendo DS.

—Por favor, salúdalo de mi parte —pidió Felicity con voz trémula, como si estuviera haciendo un formidable esfuerzo en circunstancias que escapaban a su control.

Liam adoraba a Felicity. Tenía cierta risita reservada especialmente para ella.

La furia estalló.

—Claro, lo saludaré de tu parte —soltó Tess al teléfono—. Y, al mismo tiempo, ¿por qué no le digo que estás intentando destruir a su familia? ¿Por qué no le cuento eso?

—Oh, Dios, Tess, lo... —dijo Felicity.

—No digas que lo sientes. Ni se te ocurra decir que lo sientes una vez más. Tú lo has querido. Has dejado que sucediera. Tú lo has hecho. Me lo has hecho a mí. Se lo has hecho a Liam. —Rompió a llorar como un niño, sin control, balanceándose atrás y adelante.

—¿Dónde estás, Tess? —llamó su madre desde el otro extremo de la casa.

Tess se incorporó inmediatamente y se secó a toda prisa las lágrimas de la cara con el dorso de la mano. No quería que

Lucy se diera cuenta de que había llorado. Era insoportable ver su propio dolor reflejado en el rostro de su madre.

Se levantó.

—Tengo que irme.

—Yo...

—Me trae sin cuidado si te acuestas con Will o no —la interrumpió Tess—. En realidad, creo que deberías acostarte con él. Quítatelo de la cabeza. Pero Liam no va a crecer con padres divorciados. Tú estabas presente cuando mis padres se separaron. Sabes lo que supuso para mí. Por eso no me puedo creer...

Sentía un dolor punzante en el centro del pecho. Apretó la mano encima. Felicity estaba en silencio.

—No vas a vivir feliz para siempre con él —dijo—. Lo sabes, ¿verdad? Porque estoy dispuesta a esperar. Esperaré a que termines con él. —Dio un suspiro entrecortado—. Ten tu asquerosa aventura con él y luego devuélveme a mi marido.

7 de octubre de 1977. Tres adolescentes resultaron muertos cuando la policía de Alemania Oriental intervino contra los manifestantes que exigían la demolición del Muro. Lucy O'Leary, embarazada de su primer hijo, lo vio en las noticias y lloró. Su hermana gemela, Mary, que también estaba embarazada de su primer hijo, la llamó al día siguiente y le preguntó si las noticias también la estaban haciendo llorar a ella. Hablaron durante un rato de las tragedias que estaban ocurriendo en el mundo y luego pasaron al mucho más interesante tema de sus bebés.

—*Creo que serán niños* —*dijo Mary*—. *Y serán muy buenos amigos.*

—*Es más probable que quieran matarse el uno al otro* —*replicó Lucy.*

CAPÍTULO TRECE

Rachel se metió en la bañera con el agua muy caliente, agarrándose a los laterales mientras la cabeza le daba vueltas. Era una idiotez bañarse estando achispada tras la reunión de Tupperware. Probablemente se resbalaría al salir y se rompería la cadera.

Quizá fuera una buena estrategia. Rob y Lauren cancelarían el traslado a Nueva York y se quedarían en Sydney para cuidar de ella. Mira a Lucy O'Leary. Su hija había venido de Melbourne para cuidarla en cuanto se enteró de que se había roto el tobillo. Incluso había sacado a su hijo del colegio de Melbourne, cosa que le parecía un tanto exagerada, ahora que lo pensaba.

Acordarse de las O'Leary hizo a Rachel pensar en Connor Whitby y la expresión de su rostro cuando vio a Tess. Rachel se preguntó si debería alertar a Lucy. «Un aviso. Connor Whitby podría ser un asesino».

O tal vez no. Tal vez fuera un profesor modélico de Educación Física.

Algunos días, cuando Rachel lo veía en el patio con los niños, al sol, el silbato al cuello y comiendo una manzana roja, pensaba: *Es absolutamente imposible que este hombre tan simpático pudiera haber hecho daño a Janie.* Y luego, otros días amargos y grises, cuando lo veía caminar solo, el rostro imperturbable, los hombros suficientemente anchos como para matar, pensaba: *Tú sabes lo que le sucedió a mi hija.*

Apoyó la cabeza en el borde de la bañera, cerró los ojos y recordó la primera vez que se enteró de su existencia. El sargento Bellach le había dicho que la última persona que había visto a Janie con vida había sido un chico llamado Connor Whitby, de la escuela pública de la zona, y Rachel había pensado: *Pero eso no puede ser, nunca he oído hablar de él.* Conocía a todos los amigos de Janie y a sus madres.

Ed había dicho a Janie que no le dejaban tener novio formal hasta que no hubiera terminado su último examen de bachillerato. Se había puesto muy solemne. Pero Janie no había protestado y ella había supuesto alegremente que todavía no le interesaban los chicos.

Ed y Rachel vieron a Connor por primera vez en el funeral de Janie. Estrechó la mano de Ed y rozó su mejilla fría con la de Rachel. Connor formaba parte de la pesadilla, tan irreal y desdichada como el ataúd. Meses después Rachel había encontrado aquella foto de ellos dos juntos en alguna fiesta. Él se estaba riendo de algo que había dicho Janie.

Y luego, después de tantos años, había entrado a trabajar en el Santa Ángela. Ni siquiera lo había reconocido hasta que vio su nombre en la solicitud de empleo.

—No sé si se acuerda de mí, señora Crowley —le dijo poco después de haber empezado, una vez que estuvieron a solas en la secretaría.

—Te recuerdo —respondió ella fríamente.

—Sigo pensando en Janie —añadió—. A todas horas.

Ella no supo qué decir: ¿Por qué piensas en ella? ¿Por qué la mataste?

Había algo inequívocamente semejante a la culpa en su mirada. No eran imaginaciones suyas. Llevaba trabajando quince años como secretaria del colegio. Connor tenía el aspecto del alumno al que han enviado al despacho de la directora. Pero ¿era culpable de asesinato? ¿O de algo más?

—Espero que no le incomode que yo trabaje aquí —dijo.

—Por mí, perfecto —respondió ella secamente, y esa había sido la última vez que hablaron de ello.

Había pensado en dimitir. Trabajar en el antiguo colegio de Janie siempre había sido un poco agridulce. Cuando las niñas pequeñas con sus larguiruchas piernas tipo Bambi pasaban a su lado por el patio, ella creía ver a Janie; en las calurosas tardes del verano veía a las madres recoger a sus hijos y se acordaba de aquellos lejanos veranos en que venía a buscar a Janie y Rob y se los llevaba a tomar un helado, con las caras sofocadas. Janie iba al instituto cuando murió, por lo que los recuerdos de Rachel del Santa Ángela no estaban empañados por el asesinato. Hasta que Connor Whitby apareció con su ruidosa moto por entre los suaves recuerdos color sepia de Janie.

Al final, se había quedado por puro empecinamiento. Le gustaba el trabajo. ¿Por qué debía ser ella la que se fuera? Es más, por alguna extraña razón, sentía que le debía a Janie no huir, plantar cara a aquel hombre a diario, con independencia de lo que hubiera hecho.

Si hubiera matado a Janie, ¿habría buscado trabajo en el mismo sitio que su madre? ¿Habría dicho: «Sigo pensando en ella»?

Rachel abrió los ojos y notó el duro nudo de furia alojado permanentemente en la parte de atrás de su garganta, como si no hubiera tosido lo suficiente o algo así. Era el no saber. El jodido no saber.

Echó más agua fría al baño. Estaba demasiado caliente.

«Es el no saber», había dicho una mujer pequeña de aspecto refinado en el grupo de apoyo a las víctimas de homicidios al que Ed y ella habían asistido algunas veces, sentados en sillas plegables en un salón social de Chatswood, sosteniendo con manos temblorosas las tazas de plástico con café instantáneo. El hijo de la mujer había sido asesinado camino de su casa después de jugar al críquet. Nadie había oído nada. Nadie había visto nada. «El jodido no saber», había dicho ella.

Hubo una oleada de leves parpadeos en el círculo. La mujer tenía una voz dulce y de cristal tallado, era como oír a la reina decir palabrotas.

«Odio tener que decírtelo, cariño, pero saber no sirve de mucho», le interrumpió un hombre corpulento con la cara colorada. Al asesino de su hija lo habían condenado a cadena perpetua.

A Rachel y Ed les disgustó profundamente aquel hombre, sentimiento que era mutuo, y por eso dejaron de asistir al grupo de apoyo.

La gente creía que la tragedia te hacía sabio, que te elevaba de modo automático a un nivel superior, más espiritual, pero a Rachel le parecía que era precisamente todo lo contrario. La tragedia te hacía mezquino y rencoroso. No te proporcionaba mayor conocimiento ni perspectiva. Lo único que tenía claro era que la vida es arbitraria y cruel, que hay quienes asesinan y se van de rositas, mientras que otros pagan un precio terrible por una negligencia leve.

Puso un paño de lavarse la cara bajo el grifo del agua fría, lo dobló y se lo colocó en la frente, como si fuera una paciente con fiebre.

Siete minutos. Su error podía medirse en minutos.

Marla era la única persona que lo sabía. Ed nunca se enteró.

Janie se quejaba todo el tiempo de que estaba cansada. «Haz más ejercicio», le repetía su madre. «No te acuestes tan tarde». «Come más». Era alta y muy flaca. Y luego empezó a quejarse de un dolor difuso en la parte baja de la espalda. «Mamá, te digo en serio que tengo mononucleosis infecciosa». Rachel pidió cita a la doctora Buckley, para que le dijera a Janie que no le pasaba nada y que tenía que hacer caso a su madre.

Janie solía tomar el autobús y hacía a pie el tramo desde la parada de Wycombe Road a casa. El plan era que Rachel la recogería en la esquina del instituto y la llevaría directamente a la consulta de la doctora Buckley en Gordon. Se lo recordó a Janie por la mañana.

Pero Rachel se retrasó siete minutos y, al llegar a la esquina, Janie no estaba esperando. Se habrá olvidado, pensó Rachel, tamborileando con los dedos en el volante. O se habrá hartado de esperar. La chica era muy impaciente y se comportaba como si Rachel fuera una especie de transporte público con la obligación de cumplir un horario. Por aquel entonces no había teléfonos móviles. Rachel no pudo hacer otra cosa que esperar diez minutos en el coche (a ella tampoco le gustaba mucho esperar) antes de volver a casa y telefonear a la recepcionista de la doctora Buckley para cancelar la cita.

No estaba preocupada. Estaba irritada. Rachel sabía que a Janie no le pasaba nada malo. Era muy típico que la hiciera molestarse en pedir cita a la doctora y que luego se olvidara. No fue hasta mucho más tarde, al decir Rob, con la boca llena de sándwich: «¿Dónde está Janie?», cuando Rachel miró el reloj de la cocina y notó la primera punzada fría de temor.

Nadie había visto a Janie esperando en la esquina o, si la habían visto, no comparecieron. Rachel nunca supo qué había pasado en aquellos siete minutos.

Al final se enteró por las investigaciones policiales de que Janie había ido a casa de Connor Whitby sobre las tres y media y habían visto un vídeo juntos (*Nine to Five*, con Dolly Parton), antes de que Janie dijera que tenía algo que hacer en

Chatswood y Connor la acompañara a la estación de ferrocarril. Nadie más volvió a verla viva. Nadie recordaba haberla visto en el tren ni en Chatswood.

A la mañana siguiente, dos niños de nueve años que montaban en bici de montaña por el parque de Wattle Valley encontraron el cadáver. Se detuvieron en la zona de juegos y lo hallaron al final del tobogán. Le habían echado por encima la chaqueta del colegio, como para protegerla del frío, y tenía un par de cuentas de rosario en las manos. Alguien la había estrangulado. «Asfixia traumática», fue la causa de la muerte. No había indicios de pelea. Ningún resto en las uñas. Ni huellas digitales útiles. Ni cabellos. Ni ADN. Rachel lo preguntó al enterarse de que a finales de los noventa se estaban resolviendo casos gracias a la prueba de ADN. Tampoco hubo sospechosos.

«Pero ¿adónde querría ir?», no hacía más que preguntar Ed, como si, a base de repetir la pregunta, Rachel fuera a recordar la respuesta. «¿Por qué estaba cruzando ese parque?».

A veces, después de haber repetido la pregunta una y otra vez, acababa llorando de rabia y frustración. Rachel no podía soportarlo. No quería tener nada que ver con su dolor. No quería conocerlo, sentirlo ni compartirlo. Le bastaba con el suyo propio. ¿Cómo iba a hacer frente también al de él?

Ahora se preguntaba por qué no habían podido compartir su dolor. Se amaban, pero cuando murió Janie no fueron capaces de soportar las lágrimas del otro. Se trataron como lo hacen dos extraños ante una catástrofe natural, con los cuerpos rígidos, dándose palmaditas en la espalda. Y el pobre Rob, un adolescente que procuraba torpemente hacer las cosas bien, todo falsas sonrisas y mentiras piadosas, quedó pillado en medio. No es de extrañar que acabara siendo agente de la propiedad inmobiliaria.

El agua ya estaba demasiado fría.

Rachel empezó a temblar sin control, como si sufriera hipotermia. Apoyó las manos en los laterales de la bañera para levantarse.

No pudo. Llevaba pegada allí toda la noche. Sus brazos, sus brazos blancos y delgados como palillos, ya no tenían fuerza. ¿Cómo podía ser que su cuerpo frágil y varicoso fuera el mismo que en otro tiempo había sido tan moreno, firme y fuerte?

«Buen bronceado para estar en abril», le había dicho Toby Murphy aquel día. «¿Has tomado el sol, Rachel?».

Por eso había llegado siete minutos tarde. Había estado flirteando con Toby Murphy. Toby estaba casado con su amiga Jackie. Era fontanero y necesitaba una secretaria. Rachel había ido a una entrevista y se había quedado flirteando en el despacho de Toby más de una hora. Toby era un ligón empedernido, ella se había puesto el vestido nuevo que Marla le había convencido para que se comprara y él no dejaba de mirarle las piernas. Rachel nunca habría sido infiel a Ed y Toby adoraba a su mujer, de manera que los vínculos matrimoniales de todos estaban a salvo, pero él no dejaba de mirarle las piernas y a ella le gustaba.

A Ed no le habría gustado que trabajara con Toby. Nunca supo lo de la entrevista. Rachel notaba que competía con Toby, tal vez porque este era un industrial y Ed un representante farmacéutico menos varonil. Ed y Toby jugaban juntos al tenis y generalmente perdía Ed. Fingía que no le importaba, pero se daba cuenta de que siempre le dolía.

Por eso era particularmente mezquino por su parte disfrutar de que Toby le mirara las piernas.

Sus pecados de ese día habían sido una vulgaridad. Vanidad. Autocomplacencia. Una pequeña traición a Ed. Una pequeña traición a Jackie Murphy. Pero quizá esos pequeños pecados vulgares eran los peores. La persona que había matado a Janie probablemente estaría enferma o loca, mientras que

Rachel estaba en sus cabales y era plenamente consciente y sabía exactamente lo que estaba haciendo cuando dejó que la falda se le subiera por encima de las rodillas.

El gel de baño que había echado en el agua flotaba por la superficie en grumos aceitosos, resbaladizos y grasientos. Rachel efectuó otro intento fallido de salir del baño.

Tal vez sería más fácil vaciando primero la bañera.

Quitó el tapón con un dedo del pie y el rugido del agua por el sumidero sonó como el terrible rugido de un dragón. A Rob le aterrorizaba el sumidero. «¡Raaah!», Janie solía gritar, curvando las manos como garras. Cuando el agua hubo desaparecido, Rachel se puso boca abajo. Se apoyó en las manos y las rodillas. Le dolían las rótulas como si se las estuvieran aplastando.

Se incorporó, se apoyó en un lateral y levantó despacio primero una pierna y luego la otra. Estaba fuera. Su corazón se apaciguó. Gracias a Dios. Ningún hueso roto.

Quizá fuera el último baño de su vida.

Se secó con una toalla y cogió la bata del colgador detrás de la puerta. Era de un bonito y suave tejido. Otro regalo bien pensado de Lauren. La casa de Rachel estaba repleta de regalos bien pensados de Lauren. Por ejemplo, una gruesa vela con aroma de vainilla en un tarro de cristal que había en el armario del cuarto de baño.

«Una vela grande y olorosa», habría dicho Ed.

Echaba de menos a Ed en momentos intempestivos. Echaba de menos discutir con él. Echaba de menos el sexo. Siguieron practicando sexo después de la muerte de Janie. Ambos estaban sorprendidos y asqueados de que sus respectivos cuerpos siguieran respondiendo igual que antes, pero siguieron practicándolo.

Echaba de menos a todos: a su madre, a su padre, a su marido, a su hija. Cada ausencia dolía como una herida abierta.

Ninguna de sus muertes había sido justa. Malditas sean las causas naturales, el asesino de Janie era el responsable de todas ellas.

Ni se te ocurra, fue el extraño pensamiento que acudió a la cabeza de Rachel cuando vio desplomarse a Ed en el pasillo una calurosa mañana de febrero. Quería decir: *Ni se te ocurra dejarme sola con este dolor.* Se dio cuenta inmediatamente de que acababa de morir. Dijeron que había sido un infarto masivo, pero Ed y sus padres habían muerto porque les habían partido el corazón. Solo el corazón de Rachel se había negado tenazmente a hacer lo propio y siguió latiendo. Le daba vergüenza, su forma de desear el sexo le daba vergüenza. Seguía respirando, comiendo, follando, viviendo mientras Janie se pudría bajo tierra.

Pasó la palma de la mano por el espejo empañado de vapor y observó su reflejo borroso tras las gotas de agua. Pensó en cómo la besaba Jacob con sus pequeñas manitas gordezuelas en sus mejillas y sus grandes ojos azul claro fijos en ella. En esos momentos sentía una inmensa gratitud porque su rostro arrugado pudiera inspirar tal admiración.

Por hacer algo, empujó suavemente la gruesa vela hasta que llegó al borde del armario, cayó y se estrelló contra el suelo en mil añicos con aroma de vainilla.

CAPÍTULO CATORCE

Cecilia estaba teniendo sexo con su marido. Del bueno. Muy bueno. ¡Extraordinariamente bueno! Estaban teniendo sexo otra vez. ¡Hurra!

—Oh, Dios —exclamaba John-Paul, encima y con los ojos cerrados.

—Oh, Dios —soltaba Cecilia encantada.

Era como si no hubiera existido el menor problema. Se habían metido en la cama esa noche y se habían vuelto el uno hacia el otro con la misma naturalidad de la primera vez que estuvieron juntos como jóvenes amantes, cuando era inconcebible que pudieran dormir juntos sin haber tenido sexo antes.

—Dios. Cristo. —John-Paul echó la cabeza para atrás en éxtasis.

Cecilia gimió para comunicarle que también era muy feliz.

Muy. Buen. Sexo. Muy. Buen. Sexo. Cecilia acompasó las palabras al movimiento de sus cuerpos.

¿Qué había sido eso? Aguzó el oído. ¿Le estaba llamando una de sus hijas? No. Nada. Maldita sea, ya había perdido la concentración. Perdías la concentración un momento y se acabó. Vuelta a empezar. Según Miriam, la solución era el sexo tántrico. Ahora estaba pensando en Miriam. Así que se había acabado.

—Oh, Dios; oh, Dios. —John-Paul no parecía tener problemas de concentración.

¡Gay! ¡Ni por asomo!

Las niñas, que deberían estar ya profundamente dormidas, pero estaban en el momento de irse a la cama (la madre de Cecilia era muy permisiva en materia de horarios), se habían quedado pasmadas al ver a su padre en casa antes de lo previsto. Se le echaron encima, quitándose unas a otras la palabra, hablándole de *The Big Loser*, el Muro de Berlín, la idiotez que Harriet había dicho el otro día en ballet, la cantidad de pescado que les había hecho comer su madre y cosas por el estilo.

Cecilia había observado a John-Paul diciendo a Isabel que se diera la vuelta para ver su nuevo corte de pelo y no había notado nada raro en su forma de mirarla. Estaba agotado y ojeroso después del largo vuelo (había estado en Auckland buena parte del día, después de haber cogido un vuelo temprano a casa vía Nueva Zelanda), pero se le veía contento, satisfecho consigo mismo por haberlas sorprendido. No tenía aspecto de hombre que llorara en secreto en la ducha. ¡Y en ese momento estaba teniendo sexo! ¡Magnífico sexo! Todo iba bien. No había nada de qué preocuparse. Él ni siquiera había mencionado la carta. No debía de ser tan importante cuando ni siquiera hablaba de ella.

—Qué... pasada.

John-Paul se estremeció y cayó sobre ella.

—¿Has dicho «qué pasada»? —preguntó Cecilia—. Estás de vuelta a los años setenta.

—Sí —respondió John-Paul—. Indicaba satisfacción. Por cierto, ¿y tú?

—Estoy bien —aseguró Cecilia—. Una pasada, tío.

O eso esperaba la próxima vez.

John-Paul se rio, se quitó de encima y la atrajo hacia sí, rodeándola con los brazos y besándole el cuello.

—Hacía mucho tiempo —observó Cecilia con neutralidad.

—Lo sé —admitió John-Paul—. ¿Por qué? Por eso he vuelto a casa antes. De pronto estaba salido como nunca.

—Y yo me pasé todo el funeral de la hermana Úrsula pensando en el sexo —añadió Cecilia.

—Eso está bien —dijo John-Paul soñoliento.

—Un conductor de camión me silbó el otro día. Todavía estoy buena, que lo sepas.

—No necesito que un puñetero conductor de camión me diga que mi mujer está buena. Seguro que llevabas los pantalones cortos de gimnasia.

—Sí. —Hizo una pausa—. Alguien silbó el otro día a Isabel en el centro comercial.

—Cabrón —soltó John-Paul, pero sin mucha pasión—. El corte de pelo la hace más joven.

—Lo sé. No se lo digas.

—No soy tonto. —Sonó como si estuviera casi dormido.

Todo iba bien. Cecilia notó que empezaba a tener la respiración más pausada. Cerró los ojos.

—El Muro de Berlín, ¿eh? —dijo John-Paul.

—Pues sí.

—Ya estaba harto del Titanic.

—Y yo.

Cecilia empezó a quedarse dormida. *Todo encarrilado. Todo como es debido. Mucho que hacer al día siguiente.*

—¿Qué has hecho con la carta?

Abrió los ojos. Miró sin ver en la oscuridad.

—La volví a dejar en el desván. En una caja de zapatos.

Era mentira. Una mentira descarada dicha con la misma facilidad que fingir satisfacción por un regalo o por el sexo. La carta estaba en el archivador del despacho justo al lado del vestíbulo.

—¿La has abierto?

Había algo en su tono de voz. Estaba completamente despierto, aunque ponía voz de dormido, haciéndose el desentendido. Notó la tensión que emanaba de todo su cuerpo como corriente eléctrica.

—No —dijo, poniendo también voz de dormida—. Me pediste que no la abriera y no la he abierto.

El abrazo de él pareció aflojarse.

—Gracias. Me sentía violento.

—No seas tonto.

La respiración de él se hizo más tranquila. Ella dejó que la suya se pusiera a la par.

Había mentido porque no quería perder la oportunidad de leer la carta, siempre y cuando decidiera leerla. Era una mentira que ahora se interponía entre ambos. Maldita sea. Solo quería olvidarse de la puñetera carta.

Estaba muy cansada. Ya pensaría en eso al día siguiente.

Era imposible saber cuánto tiempo había estado dormida antes de volver a despertarse, sola en la cama. Cecilia frunció el ceño para mirar el reloj digital al lado de la cama. No podía verlo sin gafas.

—¿John-Paul? —llamó apoyándose sobre los codos.

No se oía nada en su cuarto de baño. Normalmente dormía como un tronco después de un vuelo de larga distancia.

Se oyó un ruido en el piso de arriba.

Se incorporó, totalmente alerta, con el corazón desbocado al darse cuenta de lo que estaba pasando. Él estaba en el desván. *Jamás entraba en el desván*. Ella había visto las perlas de sudor en el labio superior cuando sufría un ataque de claustrofobia.

Debía de tener muchas ganas de recuperar la carta si estaba dispuesto a subir allí.

¿No había dicho una vez: «Tiene que ser una cuestión de vida o muerte para que yo suba ahí»?

¿Era la carta una cuestión de vida o muerte?

Cecilia no lo dudó. Se levantó de la cama, recorrió el pasillo a oscuras y entró en el despacho. Encendió la lámpara del escritorio, abrió el cajón superior del archivador y tiró de la carpeta de papel manila rojo rotulada Testamentos.

Se sentó en el sillón de piel, lo giró para que diera a la mesa y abrió la carpeta al haz de luz amarilla creado por la luz de la lámpara.

Cecilia Fitzpatrick
Para leer después de mi muerte

Abrió el cajón superior, sacó el abrecartas.

Arriba se oyeron pasos precipitados, un ruido sordo como si algo se hubiera caído. Sonaba como si se hubiera vuelto loco. Se le ocurrió que, para haber regresado tan pronto a Australia, debió de haber ido derecho al aeropuerto nada más hablar con ella anoche.

Por el amor de Dios, John-Paul, ¿qué está pasando?

Tomó el abrecartas y abrió el sobre con un movimiento veloz y violento. Sacó una carta manuscrita. Al principio sus ojos se negaban a enfocar. Las letras danzaban ante ella.

nuestra niña Isabel
siento mucho dejarte con esto
me ha proporcionado mucha más felicidad de la que nunca he merecido

Se esforzó en leerla bien. De izquierda a derecha. Frase por frase.

CAPÍTULO QUINCE

*T*ess despertó de repente, plenamente consciente. Miró el reloj digital al lado de la cama y gruñó. No eran más que las once de la noche. Encendió la luz de la mesilla y se recostó en la almohada, con la mirada fija en el techo.

Estaba en su antigua habitación, aunque ya no quedaban en ella muchos recuerdos de su infancia. Apenas acababa Tess de salir por la puerta cuando su madre se apresuró a transformarlo en un elegante cuarto de invitados con una buena cama de matrimonio con sus correspondientes mesillas y lámparas. Una reacción en abierto contraste con la de la tía Mary, que había conservado respetuosamente la habitación de Felicity tal como estaba cuando se fue. La habitación de Felicity era como un yacimiento arqueológico en perfecto estado de conservación, con los carteles de *TV Week* aún en la pared.

La única parte de la habitación de Tess que había permanecido intacta era el techo. Recorrió con la mirada el trazado ondulado de las molduras blancas. Solía echarse en la cama mirando al techo los domingos por la mañana, preocupada por lo que había dicho, no había dicho o debería haber dicho en la fiesta de la noche pasada. Las fiestas la aterrorizaban. Seguían aterrorizándola. Por la falta de orden, el azar, el no saber dónde sentarse. De no haber sido por Felicity jamás hubiera asistido a ninguna, pero Felicity siempre tenía ganas de ir. Se quedaba en una esquina con Tess, cuchicheando sobre los invitados y haciendo reír a Tess.

Felicity había sido su salvadora.

¿Acaso no era verdad?

Esa noche, cuando su madre y ella se sentaron a tomar un vaso de brandy y un montón de chocolate («Así es como salí adelante cuando se fue tu padre», explicó Lucy. «Es medicinal»), estuvieron hablando de la llamada telefónica de Felicity y Tess dijo:

—La otra noche adivinaste que se trataba de Will y Felicity. ¿Cómo lo sabías? —Felicity nunca te dejó tener nada tuyo —explicó su madre.

—¿Qué? —Tess se quedó desconcertada, no lo podía creer—. Eso no es verdad.

—Tú querías aprender piano. Felicity aprendía piano. Tú jugabas al *netball*. Felicity jugaba al *netball*. Tú eras muy buena en *netball*, de manera que ella se quedaba atrás; acto seguido, tú perdías de pronto el interés por el *netball*. Empiezas a hacer publicidad. ¡Qué sorpresa! Felicity también se mete en publicidad.

—Oh, mamá —dijo Tess—, no sé. Según tú, estaba todo calculado. Lo que pasa es que nos gustaba hacer las mismas cosas. Además, Felicity es diseñadora gráfica. Yo era ejecutiva de cuentas. Hay bastante diferencia.

Pero no para su madre, que frunció los labios como si callara algo, antes de terminar lo que le quedaba de brandy.

—Mira, no estoy diciendo que lo hiciera deliberadamente. ¡Pero te agobiaba! Cuando naciste, recuerdo que di gracias a Dios porque no fuerais gemelas, porque pudieras vivir tu propia vida, sin tantas comparaciones y competencia. Y resulta que luego acabáis como Mary y yo, como gemelas. ¡Peor que gemelas! Me pregunto cómo habrías sido si no la hubieras tenido siempre como una sombra, qué amistades habrías hecho...

—¿Amistades? No habría hecho amistades. ¡Era demasiado tímida, algo enfermizo! Todavía sigo siendo huraña cuando estoy en sociedad —se interrumpió de golpe para no contarle a su madre su autodiagnóstico.

—Felicity te hacía tímida —dijo su madre—. Le convenía. En realidad no eras tan tímida.

Tess apoyó la cabeza en la almohada. Echaba de menos la almohada de su casa en Melbourne. ¿Era cierto lo que había dicho su madre? ¿Había mantenido la mayor parte de su vida una relación disfuncional con su prima?

Pensó en aquel horrible, extraño y caluroso verano en que sus padres se separaron. Era como recordar una larga enfermedad. No había captado el menor indicio. Sin duda, sus padres se sacaban de quicio mutuamente. Eran muy diferentes. Pero eran su padre y su madre. Todas las personas que conocía tenían a su padre y a su madre viviendo en la misma casa. El círculo de su familia y amigos era muy reducido, conservador y católico. Conocía la palabra «divorcio», pero le sonaba igual que la palabra «terremoto». No era algo que pudiera ocurrirle a ella. Sin embargo, cinco minutos después de hacer su extraño y artificioso anuncio, su padre metió su ropa en la maleta que solían llevar de vacaciones y se fue a vivir a un piso que olía a moho, lleno de muebles viejos y desvencijados; mientras que su madre estuvo con la misma ropa ocho días seguidos, dando vueltas por la casa, riendo, llorando y murmurando: «Buen viaje y hasta nunca, tío». Tess tenía diez años. Había sido Felicity quien se había ocupado de ella aquel verano, quien la había llevado a la piscina y se había quedado a su lado en el duro cemento bajo un sol abrasador (y eso que Felicity, con su bonita piel blanca, odiaba tomar el sol) todo el tiempo que Tess había querido, quien se había gastado sus ahorros en comprarle un disco de Grandes Éxitos para hacer que Tess se sintiera mejor, quien le había llevado tarrinas de helado bañadas en chocolate cada vez que se sentaba en el sofá y se echaba a llorar.

Había sido a Felicity a quien Tess había llamado cuando perdió la virginidad, cuando perdió su primer trabajo, cuando le dieron calabazas por primera vez, cuando Will le dijo «Te quiero», cuando tuvieron su primera discusión de pareja, cuando la pidió en matrimonio, cuando rompió aguas, cuando Liam dio sus primeros pasos.

Habían compartido todo a lo largo de sus respectivas vidas. Juguetes. Bicis. La primera casa de muñecas. (Seguía en casa de su abuela). El primer coche. El primer piso. Las primeras vacaciones en el extranjero. El marido de Tess.

Ella había permitido que Felicity compartiera a Will. Por supuesto que sí. Había dejado que Felicity fuera como una madre para Liam y había dejado que Felicity fuera como una esposa para Will. Había compartido toda su vida con ella. Porque Felicity estaba demasiado gorda para encontrar su propio marido y su propia vida. ¿Era eso lo que pensaba inconscientemente? ¿O era porque pensaba que Felicity estaba demasiado gorda incluso para necesitar una vida propia?

Y luego Felicity se había hecho codiciosa. Lo quería todo de Will.

Si hubiera sido cualquier otra mujer distinta de Felicity, Tess nunca habría dicho: «Tened vuestra aventura y devuélveme a mi marido». Habría sido inconcebible. Pero, como se trataba de Felicity..., ¿estaba bien? ¿Se podía perdonar? ¿Se trataba de eso: había compartido con Felicity el cepillo de dientes y, por tanto, le había dejado usar a su marido? Pero, al mismo tiempo, eso hacía peor la traición. Un millón de veces peor.

Se puso boca abajo y hundió la cabeza en la almohada. Sus sentimientos hacia Felicity carecían de importancia. Necesitaba pensar en Liam. («Y yo, ¿qué?», se dijo a los nueve años, cuando sus padres se separaron. «¿No tengo nada que decir en esto?». Creía que era el centro del universo de sus padres y había descubierto que no tenía voz ni voto. Ni control).

Los divorcios nunca son buenos para los hijos. Lo había leído en alguna parte, hacía unas semanas, antes de todo esto. Incluso en los casos de separación amistosa, incluso cuando los padres hacían un enorme esfuerzo, los hijos sufrían.

Peor que gemelas, había dicho su madre. Quizá estuviera en lo cierto.

Tess retiró las mantas y se levantó de la cama. Necesitaba ir a algún sitio; salir de aquella casa y librarse de sus pensamientos. *Will. Felicity. Liam. Will. Felicity. Liam.*

Tomaría el coche de su madre para dar una vuelta. Miró los pantalones a rayas del pijama y la camiseta que llevaba. ¿Debería vestirse? De todas formas, no tenía nada que ponerse. No se había llevado suficiente ropa. No importaba. No saldría del coche. Se puso un par de zapatos bajos, salió de la habitación y bajó al pasillo sin hacer ruido, mientras sus ojos se adaptaban a la oscuridad. La casa estaba en silencio. Encendió la lámpara del comedor y dejó una nota a su madre por si se despertaba.

Cogió su cartera y las llaves del coche de su madre del gancho al lado de la puerta y salió sigilosa al suave y dulce aire de la noche, respirando a pleno pulmón.

Condujo el Honda de su madre por la Pacific Highway con las ventanas bajadas y la radio apagada. La North Shore de Sydney estaba en silencio, vacía. Un hombre con un maletín, que debía de haber tomado el tren de vuelta a casa después de haberse quedado trabajando por la noche, caminaba deprisa por la acera.

Probablemente una mujer no caminaría sola desde la estación a casa a esas horas de la noche. Tess recordó cierta ocasión en que Will dijo que no le gustaba nada caminar detrás de una mujer entrada la noche, por si al sentir sus pasos creía que era un asesino con un hacha. «Me dan ganas de decir en voz alta: ¡Tranquila! ¡No soy un asesino con un hacha!». «Pondría pies en polvorosa si alguien me dijera eso», había dicho Tess. «Lo ves, no tiene arreglo», señaló él.

Siempre que sucedía algo malo en la North Shore, los periódicos calificaban la zona como «los suburbios del North Shore de Sydney», para que sonara más terrible.

Tess se detuvo ante un semáforo, bajó la mirada y vio el indicador rojo de que el depósito de gasolina estaba en la reserva.

—¡Maldita sea! —exclamó.

En la esquina siguiente había una estación de servicio profusamente iluminada que abría por la noche. Repostaría allí. Al llegar detuvo el coche y salió. No había nadie más que un motorista en la otra punta del recinto, ajustándose el casco después de haber repostado.

Abrió el depósito de gasolina del coche de su madre y sacó la boca del surtidor de su sitio.

—¡Hola! —dijo una voz de hombre.

Se volvió sobresaltada. El hombre había echado a andar con la moto, de modo que estaba al otro lado de su coche. Se levantó la visera del casco. Las potentes luces de la estación de servicio la deslumbraban, dificultando la visión. No podía distinguir las facciones, solo la mancha blanca y borrosa de un rostro.

Dirigió la mirada al mostrador vacío del interior de la estación de servicio. ¿Dónde estaba el maldito empleado? Tess puso un brazo protector sobre su pecho sin sujetador. Pensó en un episodio de *Oprah* que había visto con Felicity en el que un policía aconsejaba a mujeres qué hacer si las acosaban. Había que ser muy agresiva y gritar cosas como «¡No! ¡Fuera! ¡No quiero problemas! ¡Fuera! ¡Fuera!». Hubo un tiempo en que Felicity y ella se lo habían pasado en grande gritándoselo a Will cada vez que entraba en una habitación.

Tess carraspeó y cerró los puños como si estuviera en una de sus clases de defensa personal. Sería mucho más fácil mostrarse agresiva si llevara sujetador.

—Tess —dijo el hombre—. Soy yo. Connor. Connor Whitby.

CAPÍTULO DIECISÉIS

*R*achel despertó de un sueño que se desvaneció antes de que pudiera retenerlo. No recordaba más que el pánico. Algo relacionado con el agua. Janie de pequeña. ¿O era Jacob?

Se sentó en la cama y miró al reloj. La una y media de la noche. La casa apestaba a vainilla por la vela que había hecho años después de haberse quedado atrapada en la bañera.

Tenía la boca reseca por el alcohol ingerido en la reunión de Tupperware. Parecía que habían transcurrido años, no horas, desde entonces. Se levantó de la cama. No merecía la pena intentar volver a dormirse. Se quedaría levantada hasta que la tenue luz del alba invadiera la casa.

Momentos después había sacado la tabla de planchar y estaba zapeando por los canales de televisión con el mando a distancia. No había nada digno de verse.

En su lugar, se dirigió al armarito bajo el televisor, donde guardaba todos los vídeos. Todavía guardaba los antiguos VCR para poder ver su vieja colección de películas. «Mamá, ahora tienes todas esas películas en DVD», solía decirle Rob preocupado, como si hubiera algo ilegal en utilizar el VCR. Recorrió con el dedo el lomo de las fundas de los vídeos, pero no estaba de humor para ver a Grace Kelly o Audrey Hepburn, ni siquiera a Cary Grant.

Fue sacando cintas al azar y se encontró con una que tenía la etiqueta del lomo con su letra y la de Ed, Rob y Janie. Tachaban los programas a medida que iban grabando otros nuevos. Los niños de hoy probablemente considerarían aquella cinta una antigua reliquia. ¿No «descargan» programas ahora? Fue a sacar la cinta y se entretuvo viendo los títulos de los programas que veían en los años ochenta: *The Sullivans*, *A Country Practice*, *Sons and Daughters*. Por lo visto, había sido Janie la última en utilizarla. *Sons and Daughters* había garabateado.

Qué curioso. Esa noche había ganado el juego de las preguntas gracias a *Sons and Daughters*. Recordaba a Janie echada en el suelo del cuarto de estar, absorta en aquella tontería de programa, cantando el sensiblero tema principal. ¿Cómo era? Rachel casi pudo oír la melodía mentalmente.

En un impulso, metió el VCR en la grabadora y pulsó *play*. Se sentó en el suelo y vio el final de un anuncio de margarina, con esa imagen y sonido tan cómicos y anticuados de los viejos anuncios de televisión. Luego empezó *Sons and Daughters*. Rachel cantó mentalmente, admirada de poder recuperar del inconsciente la letra entera. Allí estaba Pat the Rat, más joven y atractiva de lo que Rachel la recordaba. El rostro torturado del protagonista masculino apareció en pantalla con el ceño fruncido. Seguía en la televisión, en algún programa de policías y rescates. La vida de todos había continuado adelante. Incluso las estrellas de *Sons and Daughters*. La pobre Janie había sido la única en quedarse en 1984.

Iba a pulsar *eject* cuando oyó la voz de Janie decir: «¿Está funcionando?».

A Rachel se le detuvo el corazón, con la mano a mitad de camino.

El rostro de Janie llenaba la pantalla, mirando directamente a la cámara con expresión jubilosa y descarada. Se había pintado la raya de los ojos de verde y llevaba demasiado rímel. Tenía una pequeña espinilla a un lado de la nariz. Rachel creía que conocía de memoria el rostro de su hija, pero había olvidado detalles que ignoraba haber olvidado, como la forma exacta de la dentadura y la nariz de Janie. No había nada de particular ni en la dentadura ni en la nariz, solo que eran de Janie y estaban allí otra vez. Su colmillo izquierdo estaba ligeramente torcido. La nariz, un poco demasiado larga. Sin embargo, o quizá por eso mismo, era guapa, más guapa incluso de lo que Rachel recordaba.

Nunca habían tenido grabadora de vídeo. Ed no creía que mereciera la pena lo que costaban. Las únicas imágenes que tenían de Janie viva eran de la boda de una amiga, en la que Janie fue dama de honor.

«Janie». Rachel puso la mano en la pantalla del televisor.

«Estás demasiado cerca de la cámara», dijo una voz de chico.

Rachel dejó caer la mano.

Janie retrocedió. Llevaba unos vaqueros azules de talle alto, con un cinturón metálico plateado y un top morado de manga larga. Rachel recordaba haber planchado aquel top. Las mangas eran complicadas, por el difícil plisado que tenían.

Janie era verdaderamente guapa, como un ave delicada, quizá una garza, pero, santo Dios, ¿había sido de verdad tan delgada la niña? Tenía los brazos y las piernas larguiruchos. ¿Le habría pasado algo? ¿Habría tenido anorexia? ¿Cómo no se había dado cuenta Rachel?

Janie estaba sentada en el borde de una cama individual. Estaba en una habitación que Rachel no conocía. La cama tenía una colcha a rayas azules y rojas. Las paredes eran de paneles de madera marrón oscuro. Janie bajaba la barbilla y miraba a la cámara fingiendo poner cara seria y llevándose un lápiz a la boca como si fuera un micrófono.

Rachel soltó una carcajada y juntó las manos como si estuviera rezando. También había olvidado aquello. ¿Cómo podía haberlo olvidado? Janie solía fingir que era periodista por aquel entonces. Entraba en la cocina, agarraba una zanahoria y decía: «Dígame, señora Rachel Crowley, ¿qué tal ha sido el día de hoy? ¿Normal? ¿Extraordinario?». Luego ponía la zanahoria delante de Rachel y ella tenía que agacharse y decir muy cerca de la zanahoria: «Normal».

Decía normal, por supuesto. Los días para ella eran de lo más normal.

«Buenas tardes, soy Janie Crowley informando desde Turramurra, donde me hallo entrevistando a un solitario joven llamado Connor Whitby».

Rachel contuvo el aliento. Volvió la cabeza y notó la palabra «Ed» en la garganta. *Ed. Ven. Debes ver esto.* Habían pasado muchos años desde que había dicho eso.

Janie seguía hablando al lápiz. «Si pudiera acercarse un poco más, señor Whitby, para que puedan verle mis espectadores».

«Janie».

«Connor», Janie imitaba el tono de él.

Un muchacho de torso ancho y cabellos oscuros con una camiseta de rugby a rayas azules y amarillas y pantalones cortos se deslizó sobre la cama hasta sentarse junto a Janie. Miró a la cámara y apartó la mirada incómodo, como si pudiera ver a la madre de Janie observándolos desde el futuro, a treinta años vista.

Connor tenía el cuerpo de un hombre y el rostro de un muchacho. Rachel pudo distinguir las espinillas que salpicaban su frente. Tenía esa mirada hambrienta, asustada y sombría que suelen tener muchos adolescentes. Era como si necesitaran dar un puñetazo a la pared y mimos al mismo tiempo. El Connor de hacía treinta años no habitaba su cuerpo tan cómodamente como ahora. No sabía qué hacer con sus brazos y piernas. Abría las piernas y se daba ligeros puñetazos en la palma de la otra mano.

Rachel podía oír su propia respiración entrecortada. Quería introducirse en la televisión y sacar a Janie. ¿Qué estaba haciendo allí? Debía de ser el dormitorio de Connor. No la dejaban estar sola en el dormitorio de un chico. Ed se llevaría un disgusto.

Janie Crowley, señorita, vuelva a casa inmediatamente.

«¿Por qué necesitas que salga?», preguntó Connor. «¿No puedo estar sentado fuera de plano?».

«No puede hacerse una entrevista fuera de plano», dijo Janie. «Podría necesitar esta cinta cuando busque trabajo de periodista en *60 Minutes*». Sonrió a Connor y él le devolvió la sonrisa: una sonrisa involuntaria, de enamorado.

Enamorado era la palabra adecuada. El chico estaba loco por su hija. «Solo éramos buenos amigos», dijo a la policía. «No era mi novia». «Pero yo conozco a todos sus amigos», dijo Rachel a la policía. «Conozco a todas sus madres». No se le escapó la comedida discreción de sus rostros. Años después, cuando Rachel decidió por fin quitar la cama individual de Janie, encontró una caja de píldoras anticonceptivas oculta bajo el colchón. No había conocido a su hija en absoluto.

«Háblame de ti, Connor», dijo Janie con el lápiz en alto.

«¿Qué quieres saber?».

«Bueno, por ejemplo, ¿tienes novia?».

«No lo sé», dijo Connor. Miró fijamente a Janie y de pronto pareció mayor. Se inclinó hacia delante y le dijo al lápiz: «¿Tengo novia?».

«Depende», Janie jugueteó con su coleta. «¿Qué tienes que ofrecer? ¿Cuáles son tus puntos fuertes? ¿Cuáles son tus puntos débiles? Me refiero a que tienes que venderte un poco, sabes».

Ahora sonaba tonta, estridente, incluso frívola. Rachel torció el gesto. «Oh, Janie, cariño. Calla. Habla bien. No puedes hablarle así». Los adolescentes solo flirteaban con hermosa sensualidad en las películas. En la vida real era terrible verlos haciendo aspavientos.

«Dios, Janie, si no puedes darme una respuesta clara, quiero decir..., ¡joder!».

Connor se levantó de la cama y Janie soltó una breve carcajada desdeñosa, al tiempo que su rostro se arrugaba como el de una niña pequeña, pero Connor solo oyó la risa. Fue derecho a la cámara. Alargó la mano para tapar el objetivo.

Rachel extendió la mano para impedírselo. No, no lo apagues. No me la quites.

En ese momento la pantalla se llenó de electricidad estática y la cabeza de Rachel dio una sacudida como si la hubieran abofeteado.

Bastardo. Asesino.

Estaba llena de adrenalina, excitada por el odio. ¡A ver, aquello era una prueba! ¡Una nueva prueba después de tantos años!

«Llámeme cuando quiera, señora Crowley, si recuerda cualquier cosa. No me importa que sea en plena noche», le había dicho el sargento Bellach tantas veces que resultaba cargante.

Nunca lo había hecho. Ahora por lo menos tenía algo para él. Lo cogerían. Podría sentarse en la sala del tribunal y ver a un juez declarar culpable a Connor Whitby.

Mientras marcaba el número del sargento Bellach, se balanceaba impaciente sobre la punta de los pies, al tiempo que el rostro arrugado de Janie ocupaba su mente.

CAPÍTULO DIECISIETE

onnor —dijo Tess—. Estoy echando gasolina.

—Me estás tomando el pelo —aseguró Connor.

Tess tardó un momento en entenderle.

—Me has dado un susto de muerte —afirmó con un toque de petulancia, porque estaba nerviosa—. Pensé que eras un asesino con un hacha.

Tomó la boquilla del surtidor. Connor siguió allí, sin moverse, con el casco bajo el brazo, mirándola como si esperara algo. Vale, de acuerdo, ya habían hablado. Ahora monta en la moto. Lárgate. Tess prefería que las personas de su pasado se quedaran en su pasado. Exnovios, viejas amigas del colegio, antiguos colegas, en realidad, ¿qué sentido tenían? La vida seguía. Tess disfrutaba acordándose de las personas que había conocido en otro tiempo, pero no con ellas. Presionó el gatillo de la manguera, sonriéndole con aprensión, procurando recordar cómo había acabado exactamente su relación. ¿Fue cuando Felicity y ella se trasladaron a Melbourne? Había sido un novio entre otros muchos. Solía romper ella antes de que lo hicieran ellos. Normalmente después de que Felicity se riera de ellos. Siempre había algún chico nuevo para sustituirlos. Lo achacaba a que tenía la dosis justa de atractivo: no demasiado intimidante. Decía que sí a quien le pidiera salir con ella. No se le pasaba por la cabeza decir que no.

Recordó que Connor siempre había estado más enamorado que ella; era demasiado mayor y serio, pensó. Fue durante su primer curso en la universidad, no tenía más que diecinueve años y estaba sorprendida por el intenso interés que había despertado en aquel joven mayor y silencioso.

Quizá lo había tratado mal. En la adolescencia no había tenido mucha confianza en sí misma, preocupada siempre por lo que la gente pensara de ella y cómo podían hacerle daño, sin detenerse a pensar en el impacto que ella podía causar en los sentimientos de los demás.

—He estado pensando en ti —dijo Connor—. Después de haberte visto esta mañana en el colegio. Incluso me he preguntado si querrías, eh, quedar, a tomar un café, tal vez.

—¡Oh! —dijo Tess.

Un café con Connor Whitby. Parecía tan ridículamente fuera de lugar como cuando Liam sugería hacer un puzle cuando ella estaba atascada con el ordenador o con alguna avería de fontanería. ¡Su vida entera acababa de venirse abajo! No iba a tomar café con este cariñoso aunque esencialmente aburrido exnovio de su adolescencia.

¿No sabía que estaba casada? Puso la mano sobre el surtidor de gasolina para que se viera bien la alianza. Todavía se sentía casada a todos los efectos.

Por lo visto volver a casa era como entrar en Facebook, donde exnovios de mediana edad salían de debajo de las piedras como cucarachas, sugiriendo «tomar algo», sacando sus pequeñas antenas en busca de posibles aventuras. ¿Estaba casado Connor? Le miró las manos por ver si llevaba alianza.

—No me refería a una cita, si es eso lo que estás pensando —dijo Connor.

—No estaba pensando eso.

—Ya sé que estás casada, no te preocupes. No sé si te acuerdas de Benjamin, el hijo de mi hermana. Bueno, pues ha terminado la universidad y se quiere dedicar a la publicidad. Esa es tu profesión, ¿verdad? Pensaba explotarte por tus conocimientos profesionales. —Se mordió un carrillo—. Quizá explotarte no sea la palabra adecuada.

—¿Benjamin ha terminado la universidad? —dijo Tess asombrada—. No puede ser..., pero ¡si estaba en Infantil!

Afloraron los recuerdos. Un minuto antes no habría sabido decir el nombre del sobrino de Connor, ni siquiera se acordaba de que lo tuviera. Ahora recordaba perfectamente el color verde pálido de las paredes del dormitorio de Benjamin.

—Estaba en Infantil hace dieciséis años —dijo Connor—. Ahora mide más de metro ochenta, tiene mucho pelo y lleva un código de barras tatuado en el cuello. No es broma. Un código de barras.

—Lo llevamos al zoo —dijo Tess maravillada.

—Es posible.

—Tu hermana estaba profundamente dormida. —Tess recordaba a una mujer de cabellos negros acostada en un sofá—. Estaba enferma. —¿No había sido madre soltera? Tess no le había dado importancia entonces. Debería haberse ofrecido a hacerle la compra—. ¿Cómo está tu hermana?

—Oh, bueno, la perdimos hace años —dijo en tono de disculpa—. Un ataque al corazón. Solo tenía cincuenta años. Rebosante de salud y en plena forma..., de modo que fue un golpe terrible. Soy el tutor de Benjamin.

—Dios, lo siento, Connor. —A Tess se le quebró la voz por lo inesperado de la noticia. El mundo era un lugar desesperadamente triste. ¿No había estado muy unido a su hermana? ¿Cómo se llamaba? Lisa. Se llamaba Lisa.

—Un café sería estupendo —dijo de pronto, impulsivamente—. Puedes aprovechar mi experiencia, si es que te sirve de algo.

No era la única que sufría. La gente perdía a sus seres queridos. Los maridos se enamoraban de otras. Además, un café con alguien sin nada que ver con su vida actual sería la distracción perfecta. Connor Whitby no era repulsivo.

—Sería estupendo. —Connor sonrió.

No recordaba que tuviera una sonrisa tan atractiva.

—Te llamo o te envío un correo —dijo levantando el casco.

—De acuerdo, ¿necesitas mi... —El surtidor emitió un chasquido para indicar que el depósito estaba lleno, Tess extrajo la manguera y la devolvió a su sitio.

—Ahora eres una madre del Santa Ángela —dijo Connor—. Puedo localizarte.

—Oh. Bueno.

Madre del Santa Ángela. Se sintió extrañamente al descubierto. Se volvió para mirarle con las llaves del coche y el billetero en la mano.

—Y también conocer todos tus datos, dicho sea de paso. —Connor levantó la vista, la bajó y sonrió.

—Ya veo —dijo Tess—. Me gusta tu moto. No recuerdo que tuvieras una.

¿No tenía una especie de turismo aburrido?

—Es mi crisis de la edad madura.

—Creo que mi marido se va a comprar una.

—Espero que no te cueste mucho —dijo Connor.

Tess se encogió de hombros. Ja, ja. Volvió a mirar a la moto y dijo:

—Cuando yo tenía diecisiete años, mi madre dijo que me daría quinientos dólares si firmaba un contrato con la promesa de no volver a montar en moto con ningún chico.

—¿Lo firmaste?

—Sí.

—¿Nunca lo incumpliste?

—Pues no.

—Tengo cuarenta y cinco —dijo Connor—. No soy ningún chaval.

Sus miradas se cruzaron. ¿Estaba convirtiéndose la conversación en... flirteo? Recordó la vez que despertó a su lado, en una sencilla habitación blanca que daba a una concurrida autopista. ¿No tenía él un colchón de agua? ¿No se habían partido de risa Felicity y ella por eso? Llevaba una medalla de san Cristóbal que oscilaba sobre la cara de ella cuando hicieron al amor. De pronto sintió náuseas. Fatal. Aquello era un error. Un terrible error.

Connor pareció captar su cambio de estado de ánimo.

—En fin, Tess, te llamo en algún momento para tomar ese café.

Volvió a ponerse el casco. Arrancó la moto, levantó la mano enguantada de negro y se marchó.

Tess lo miró marchar y de repente se estremeció cuando le vino a la cabeza que su primer orgasmo lo había tenido en aquel ridículo colchón de agua. En realidad, ahora que lo pensaba, había habido otros cuantos primeros orgasmos en aquella cama. Plof, plof, hacía el colchón. El sexo, especialmente para una buena chica católica como Tess, había sido muy salvaje, sucio y nuevo por aquel entonces.

Al dirigirse a pagar la gasolina por la profusamente iluminada estación de servicio se vio de reojo en un espejo de seguridad. Se dio cuenta de que tenía el rostro muy sonrosado.

CAPÍTULO DIECIOCHO

*E*ntonces la has leído —dijo John-Paul.

Cecilia lo miró como si no lo hubiera visto nunca. Un hombre de mediana edad que en otro tiempo había sido muy guapo y, al menos para ella, lo seguía siendo. John-Paul tenía uno de esos rostros honrados y francos que inspiraban confianza. Podías comprarle un coche de segunda mano. La famosa mandíbula de los Fitzpatrick. Todos los chicos Fitzpatrick tenían potentes mandíbulas. Tenía una buena mata de pelo, gris y espeso. Aún presumía de pelo. Se secaba el pelo con secador de mano y cepillo. Sus hermanos le envidiaban por eso. Estaba a la puerta del estudio con unos calzoncillos largos de rayas blancas y azules y una camiseta roja. Se le veía pálido y sudoroso, como si hubiera ingerido veneno.

No le había oído bajar del desván ni venir por el pasillo. No sabía cuánto tiempo llevaba allí, mientras ella estaba sentada, mirándose las manos sin verlas, hasta que las vio angelicalmente unidas sobre el pecho, como una niña pequeña en la iglesia.

—La he leído —dijo ella.

Se acercó la hoja de papel y volvió a leerla despacio, como si esta vez, ahora que tenía a John-Paul delante, fuera a decir algo diferente.

Estaba escrita con bolígrafo azul en una hoja de papel rayado. Tenía relieve, como si fuera braille. Debía de haber apretado al escribir, como si hubiera querido grabar las palabras en el papel. No había párrafos separados ni puntos y aparte. Las palabras se sucedían formando un bloque.

Querida Cecilia:

Si estás leyendo esto, entonces estaré muerto, por melodramático que quede ponerlo por escrito, pero supongo que todo el mundo se muere. Ahora mismo estás en el hospital, con nuestra hija recién nacida Isabel. Ha nacido esta mañana temprano. Es muy guapa, pequeñita e indefensa. Nunca he sentido nada parecido a lo que he sentido al tenerla en mis brazos. Ya estoy aterrorizado porque pueda ocurrirle algo. Y por eso tengo que escribirte esto. Si me ocurriera algo, al menos habré podido hacerlo. Al menos habré podido dejar las cosas claras. Me he tomado unas cuantas cervezas. Tal vez lo que diga no tenga sentido. Probablemente romperé esta carta. Cecilia, tengo que decirte que, cuando tenía diecisiete años, maté a Janie Crowley. Si sus padres siguen vivos, haz el favor de decirles que lo siento y que fue un accidente. No fue premeditado. Perdí los estribos. Tenía diecisiete años y era jodidamente estúpido. No puedo creer que fuera yo. Me parece una pesadilla. Parece como si hubiera tomado drogas o hubiera estado borracho, pero no fue así. Estaba perfectamente sobrio. Estallé. Tuve un estallido cerebral, como dicen esos idiotas jugadores de rugby. Parece que estoy intentando justificarme, pero no estoy poniendo excusas. Hice una cosa terrible, inimaginable y no sé explicarla. Sé lo que estás pensando, Cecilia, porque para ti todo es blanco o negro. Estás pensando por qué no confesé. Pero tú sabes por qué no podía ir a la cárcel, Cecilia. Tú sabes que no podía estar encerrado. Sé que soy un cobarde. Por eso quise quitarme la vida a los dieciocho años, pero no tuve pelotas para llevarlo a cabo. Por favor, di a Ed y Rachel Crowley que no ha pasado un solo día sin que pensara en su hija. Diles que ocurrió muy deprisa. Janie estaba riéndose momentos antes. Fue feliz hasta el final. Quizá esto suene horrible. Suena horrible. No se lo digas. Fue un accidente, Cecilia. Janie me dijo que se había enamorado de otro chico y luego se rio de mí. Eso fue todo lo que hizo. Yo perdí la cabeza. Por favor di a los Crowley que lo siento mucho, no podría sentirlo más. Por favor di a Ed Crowley que ahora que soy padre comprendo exactamente lo que he hecho. La culpa ha sido como si un tumor me devorara y ahora es peor que nunca. Siento dejarte con esto, Cecilia, pero sé que eres lo bastante fuerte como para sobrellevarlo. Te quiero mucho a ti y a nuestra niña y tú me has dado mucha más felicidad de la que yo merecía. No merecía nada y lo tuve todo. Lo siento mucho.

Con todo mi amor,

John-Paul

Cecilia creía que ya había sentido furia antes, cantidad de veces, pero ahora se daba cuenta de que no tenía ni idea de cómo era la auténtica furia. Pura furia al rojo vivo. Una sensación frenética, enloquecida y maravillosa. Como si pudiera volar. Volar por la habitación como un demonio y clavar las garras en el rostro de John-Paul hasta hacerle sangre.

—¿Es verdad? —dijo. Le decepcionó el sonido de su voz. Era débil. No parecía propio de alguien en pleno ataque de furia—. ¿Es verdad? —repitió más fuerte.

Sabía que era verdad, pero su deseo de que no lo fuera era tan avasallador que tenía que preguntarlo. Quería hacer que no fuera verdad.

—Lo siento —dijo él con los ojos enrojecidos y desencajados como los de un caballo salvaje.

—Pero si tú jamás... —dijo Cecilia—. Nunca harías. No podías.

—No sé explicarlo.

—Ni siquiera conocías a Janie Crowley —rectificó—: Ni siquiera sabía que la conocieras. Nunca me hablaste de ella.

John-Paul se puso a temblar visiblemente al oír el nombre de Janie. Se apoyó en las jambas de la puerta. Verle temblar de ese modo era aún más impactante que las palabras que había escrito.

—Si tú murieras —dijo ella—, si tú hubieras muerto y yo encontrara esta carta... —se interrumpió, no podía respirar a causa de la furia—. ¿Cómo has podido dejarme eso? Dejar que haga eso por ti. ¿Esperas que me presente a la puerta de Rachel Crowley y le diga... esto? —Se levantó, se tapó la cara con las manos y se puso a andar en círculo. Estaba desnuda, se dio cuenta sin que le importara gran cosa. La camiseta había acabado al fondo de la cama después de haber tenido sexo y no se había preocupado de recuperarla—. ¡He llevado a Rachel en coche a casa esta noche! ¡Le he hablado de Janie! Me pareció que hacía bien contándole un recuerdo que tenía de ella, mientras esta carta estaba aquí. —Apartó las manos y le miró—. ¿Qué habría pasado si la encuentra una de las niñas, John-Paul? —La idea le vino a la cabeza de repente y le pareció tan horrible que tuvo que repetirla—. ¿Qué habría pasado si la encuentra una de las niñas?

—Lo sé —susurró él. Entró en la habitación, se apoyó en la pared y la miró como si estuviera enfrentándose a un pelotón de fusilamiento—. Lo siento.

Lo vio desmoronarse y caer sentado sobre la alfombra.

—¿Por qué la escribiste? —Tomó la carta por uno de sus extremos y volvió a soltarla—. ¿Cómo pudiste poner una cosa así por escrito?

—Había bebido demasiado y al día siguiente traté de localizarla para romperla. —La miró lloroso—. Pero se me perdió. Por poco me vuelvo loco buscándola. Debí de estar trabajando en la declaración de la renta y entonces se me traspapeló. Creía que había mirado...

—¡Calla! —gritó ella.

No soportaba oírle hablar con ese tono desesperado tan habitual sobre las cosas que perdía y luego recuperaba, como si aquella carta fuera algo absolutamente normal, como la factura del algún impago del seguro del coche.

John-Paul se llevó un dedo a los labios.

—Vas a despertar a las niñas —dijo con voz trémula.

Su nerviosismo la sacó de quicio. Sé un hombre, quiso gritar. *Llévatela. ¡Aparta esto de mí!* Él debía destruir aquella repugnante, asquerosa y horrible criatura. Era su deber quitarle de encima aquella onerosa carga. Y no estaba haciendo nada.

Llegó una vocecilla por el pasillo:

—¡Papá!

Era Polly, la que tenía el sueño más ligero. Siempre llamaba a su padre. Cecilia no servía. Solo su padre podía espantar a los monstruos. Solo su padre. Su padre, que había matado a una chica de diecisiete años. Su padre, que era también un monstruo asesino. Su padre, que lo había mantenido en secreto todos esos años. Era como si no hubiera entendido nada de nada.

Se sintió desbordada. Se dejó caer en la silla de cuero negro.

—¡Papá!

—¡Ya voy, Polly!

John-Paul se incorporó despacio, apoyándose en la pared. Miró a Cecilia con ojos temerosos y se dirigió al pasillo, en dirección a la habitación de Polly.

Cecilia se concentró en su respiración. Inspirar por las fosas nasales. Vio el rostro de Janie Crowley con doce años.

«No es más que un estúpido desfile». Espirar por la boca. Vio la granulosa foto en blanco y negro de Janie que apareció en las portadas de los periódicos, con su larga cola de caballo rubia cayéndole por un hombro. Todas las víctimas de asesinato tenían aspecto de víctimas de asesinato: bellas, inocentes, predestinadas, como si estuviera programado. Inspirar. Vio a Rachel dar golpes con la frente contra la ventanilla del coche. Espirar. ¿Qué hacer, Cecilia? ¿Qué hacer? ¿Cómo arreglarlo? ¿Cómo resolverlo? Ella arreglaba cosas. Las resolvía. No había más que levantar el teléfono, entrar en Internet, rellenar los formularios adecuados, hablar con las personas apropiadas, organizar las devoluciones, las sustituciones, los modelos mejores.

Solo que nada de eso traería de vuelta a Janie. Su mente volvía una y otra vez a ese hecho frío, inamovible y horroroso, como un enorme muro que no pudiera traspasarse.

Empezó a romper la carta en pedacitos.

Confesar. John-Paul debería confesar. Eso era evidente. Debería aclararlo. Dejarlo todo más claro que el agua. Reparar. Cumplir las normas. La ley. Tendría que ir a la cárcel. Tendría que ser condenado. Una condena. Entre rejas. Pero no podrían encerrarlo. Se volvería loco. Por tanto, necesitaría medicación, terapia. Ya lo hablaría ella con quien fuera. Se informaría. No sería el primer preso con claustrofobia. ¿No eran las celdas bastante amplias? ¿No tenían patio para hacer ejercicio?

La claustrofobia no mata. Te da la sensación de que no puedes respirar.

En cambio, dos manos alrededor del cuello pueden matar.

Él había estrangulado a Janie Crowley. Había puesto las manos alrededor de su flaco cuello de niña y había apretado. ¿No lo convertía eso en malvado? Sí. La respuesta tenía que ser sí. John-Paul era un malvado.

Siguió rompiendo la carta, haciendo los pedacitos cada vez más pequeños hasta que pudo convertirlos en bolitas con los dedos.

Su marido era un malvado. En consecuencia, debía ir a la cárcel. Cecilia sería la esposa de un presidiario. Se preguntaba si había un club social para las esposas. Fundaría uno si no lo hubiera. Rompió a reír histéricamente, como una loca. ¡Por supuesto que lo haría! Ella era Cecilia. ¿Sería la presidenta de la Asociación de Esposas de Presidiarios y organizaría colectas para que instalaran aire acondicionado a sus pobres maridos? ¿Tenían aire acondicionado las cárceles? ¿O eran las escuelas primarias las que lo tenían? Se imaginó hablando con otras esposas mientras esperaban a pasar el detector de metales. «¿Por qué está aquí tu marido? Ah, ¿por atracar un banco? El mío por asesinato. Pues sí, estranguló a una chica. Cuando terminemos aquí nos vamos al gimnasio ¿verdad?».

—Ya se ha dormido —dijo John-Paul.

Había vuelto al estudio y se había quedado delante de ella, dándose ligeros masajes circulares bajo los pómulos, como acostumbraba hacer cuando estaba agotado.

No tenía aspecto de malvado. Sino el de su marido. Sin afeitar. El pelo desgreñado. Ojeroso. Su marido. El padre de sus hijas.

Si había matado a alguien una vez, ¿qué le impedía volver a hacerlo? Le había dejado entrar en la habitación de Polly. Había dejado entrar a un asesino en la habitación de su hija.

¡Pero era John-Paul! Su padre. Era papá.

¿Cómo iba a decir a las niñas lo que había hecho John-Paul?

«Papá va a ir a la cárcel».

Por un momento su mente se detuvo del todo.

Nunca se lo podría decir a las niñas.

—Lo siento —dijo John-Paul. Extendió los brazos en vano, como si quisiera abrazarla, pero les separaba algo demasiado vasto como para atravesarlo—. Lo siento mucho.

Cecilia se cubrió el cuerpo desnudo con los brazos. Temblaba de frío. Le castañeteaban los dientes. *Estoy sufriendo un ataque de nervios*, pensó con alivio. *Estoy a punto de perder la cabeza y eso es porque esto no se puede arreglar. Sencillamente no tiene arreglo.*

CAPÍTULO DIECINUEVE

A hí! ¡Mire!
Rachel pulsó el botón de *pausa* para que el rostro enfadado de Connor Whitby quedara congelado en la pantalla. Era el rostro de un monstruo. Sus ojos eran malvados agujeros negros. Tenía los labios retraídos en un feroz desdén. Rachel había visto cuatro veces las imágenes y cada vez estaba más convencida. Eran, en su opinión, asombrosamente concluyentes. Cualquier jurado que las viera lo declararía culpable.

Se volvió a mirar al sargento retirado Rodney Bellach sentado en su sofá, inclinado hacia delante, con los codos sobre las rodillas, y lo sorprendió tapándose la boca para disimular un bostezo.

Bueno, estaban en mitad de la noche. El sargento Bellach —«Puede llamarme Rodney a secas», le había insistido él— estaba profundamente dormido cuando ella le llamó por teléfono. Había respondido a la llamada su mujer y Rachel había oído cómo trataba de despertarlo. «Rodney. ¡Rodney! Es para ti». Cuando se puso al teléfono tenía la voz ronca y pastosa por el sueño. «Ahora mismo voy, señora Crowley», dijo al final, cuando ella le hubo explicado todo y, al colgar el teléfono, Rachel había oído decir a su mujer: «¿Adónde, Rodney? ¿Adónde vas? ¿Por qué no se puede esperar hasta mañana?».

Su mujer parecía una vieja gruñona.

Probablemente podría haberse esperado hasta mañana, pensaba en ese momento Rachel al ver a Rodney haciendo denodados esfuerzos para reprimir otro gran bostezo, restregándose los ojos adormilados. Al menos entonces habría estado más espabilado. No tenía buen aspecto. Por lo visto acababan de diagnosticarle diabetes de tipo 2. Había efectuado cambios drásticos en su dieta. Lo había comentado mientras se sentaban a ver el vídeo.

—Nada de azúcar —explicó acongojado—. Nunca más comeré helado de postre.

—Señora Crowley —dijo finalmente—, comprendo por qué cree que esto es una prueba de que Connor tenía un móvil, pero si he de ser sincero con usted, no creo que baste para convencer a nadie de reabrir el caso.

—¡Estaba enamorado de ella! —dijo Rachel—. Estaba enamorado de ella y ella lo había rechazado.

—Su hija era una chica muy guapa —dijo el sargento Bellach—. Seguro que había muchos chicos enamorados de ella.

Rachel se quedó patidifusa. ¿Cómo nunca se había dado cuenta de que Rodney era tan idiota? ¿Tan obtuso? ¿Le habría afectado la diabetes al cociente intelectual? ¿Le había encogido el cerebro la falta de helados?

—Pero Connor no era un chico cualquiera. Era el último que la vio antes de morir —dijo esmerándose en que le entendiera.

—Tenía coartada.

—¡Su madre fue su coartada! —dijo Rachel— ¡Está claro que mentía!

—Y el novio de su madre también la ratificó —dijo Rodney—. Pero lo más importante, hubo un vecino que vio a Connor sacar la basura a las cinco de la tarde. El vecino era un testigo fiable. Abogado y padre de tres hijos. Recuerdo todos los detalles del caso de Janie, señora Crowley. Se lo garantizo, si creyera que tenemos algo...

—Ojos mentirosos —interrumpió Rachel—. Usted dijo que Connor tenía ojos mentirosos. Bueno, ¡tenía usted razón! ¡Toda la razón!

—Pero es que esto lo único que prueba es que tuvieron un pequeño altercado —dijo Rodney.

—¡Un pequeño altercado! —exclamó Rachel—. ¡Mire la cara de ese chico! ¡Él la mató! Sé que la mató. Lo sé en mi corazón, en mí... —fue a decir «cuerpo», pero no quiso parecer una chiflada. Aunque era cierto. Su cuerpo le decía que lo había hecho Connor. Estaba ardiendo, como si tuviera fiebre. Tenía calor hasta en las yemas de los dedos.

—Bueno, mire, veré lo que puedo hacer, señora Crowley —dijo Rodney—. No le prometo nada sobre lo que pueda conseguirse, pero sí le prometo que este vídeo llegará a las manos adecuadas.

—Gracias. Es todo cuanto puedo pedir.

Era mentira. Podía pedir mucho más. Quería que un coche de policía con la sirena a todo volumen fuera disparado en ese preciso instante a casa de Whitby Connor. Quería que esposaran a Connor, mientras un ceñudo y corpulento agente de policía le leía sus derechos. Oh, y no quería que ese agente de policía protegiera delicadamente la cabeza de Connor cuando lo metieran en la parte de atrás del coche. Quería que la cabeza de Connor se golpease una y otra vez hasta convertirse en pulpa sanguinolenta.

—¿Qué tal va su nieto? ¿Está muy alto? —Rodney tomó una foto enmarcada de Jacob de la repisa de la chimenea mientras Rachel sacaba la cinta de vídeo.

—Se va a Nueva York. —Rachel le alargó la cinta.

—¿Será una broma? —Rodney tomó la cinta y volvió a dejar cuidadosamente en su lugar la foto de Jacob—. Mi nieta mayor también se va a Nueva York. Ya tiene dieciocho años. Emily. Ha obtenido una beca en alguna universidad importante. Lo llaman la Gran Manzana. No sé por qué.

Rachel esbozó una sonrisa forzada y lo acompañó hasta la puerta.

—No tengo la menor idea, Rodney. Ni la más mínima idea.

17 DE ABRIL DE 1984

La mañana del último día de su vida, Janie Crowley se sentó al lado de Connor Whitby en el autobús.

Se notaba extrañamente agitada y procuró calmarse inspirando despacio por la nariz y espirando por la boca. Pero no le sirvió de mucho.

«Tranquilízate», dijo para sus adentros.

—Tengo algo que contarte —anunció.

Él nunca decía nada. Nunca decía gran cosa, pensó Janie. Lo vio observarse las manos, que tenía apoyadas en las rodillas y luego observó las suyas propias. Vio con un estremecimiento de temor o anticipación, o ambos, que él tenía las manos muy grandes. Ella tenía las manos heladas. Siempre estaban frías. Las metió debajo de la ropa para calentarlas.

—He tomado una decisión —afirmó.

Él volvió súbitamente la cabeza para mirarla. El autobús se inclinó al tomar una curva y sus cuerpos se juntaron, de manera que sus ojos quedaron a pocos centímetros.

Respiraba tan rápido que llegó a pensar si le estaba pasando algo malo.

—Cuéntame —dijo él.

MIÉRCOLES

CAPÍTULO VEINTE

El despertador sobresaltó con un estremecimiento a Cecilia, que se despertó de golpe a las seis y media de la mañana. Estaba echada de costado, mirando a John-Paul y sus ojos se abrieron simultáneamente. Estaban tan próximos que sus narices casi se tocaban.

Miró los delicados trazos de las venillas rojas en los ojos azules de John-Paul, los poros de la nariz, la sombra gris de la barba sin afeitar en su fuerte, firme y honesto mentón.

¿Quién era aquel hombre?

La noche pasada habían vuelto a la cama y se habían acostado juntos en la oscuridad, mirando al techo sin ver, mientras John-Paul hablaba. Cuánto había hablado. No había hecho falta pedir más información. Ella no había hecho una sola pregunta. Él quería hablar, contarle todo. Hablaba en voz baja y ardiente, sin inflexiones, casi monótona, solo que lo que estaba contándole no tenía nada de monótono. Cuanto más hablaba, más ronca era su voz. Era como una pesadilla, yacer en la oscuridad, escuchando ese interminable susurro áspero que no cesaba. Tuvo que morderse el labio para no gritar: «¡Cállate, cállate, cállate!».

Se había enamorado de Janie Crowley. Un amor loco. Incluso obsesivo. Como cree uno que se enamora en la adolescencia. La había visto un día en el McDonald's de Hornsby cuando ambos estaban rellenando una solicitud de empleo temporal. Janie lo conocía de cuando coincidieron en Primaria, antes de que él fuera a su exclusivo colegio de chicos. Habían estado en el Santa Ángela en el mismo curso, pero en clases diferentes. Él no se acordaba de ella, aunque el apellido Crowley le sonaba. Ninguno de los dos acabó trabajando allí. Janie encontró empleo en una tintorería y John-Paul en una cafetería, pero mantuvieron una conversación increíblemente intensa sobre no sé qué y ella le dio su número de teléfono y él la llamó al día siguiente.

Él había creído que era su novia. Que iba a perder la virginidad con ella. Tenía que ser todo en secreto porque el padre de Janie era uno de esos fanáticos padres católicos que le había prohibido tener novio hasta que cumpliera dieciocho años. Por tanto, su relación, pues eso es lo que era, tenía que ser completamente secreta. Eso la hacía aún más excitante. Era como si fueran agentes secretos. Si la telefoneaba a casa y contestaba alguien que no fuera ella, la norma era colgar el teléfono. Nunca se daban la mano en público. Ninguno de sus amigos lo sabía. Janie insistió en esto. Fueron al cine una vez y se cogieron de la mano en la oscuridad. Se besaron en el vagón vacío de un tren. Se sentaron en la rotonda del parque de Wattle Valley y fumaron cigarrillos y hablaron de que querían ir a Europa antes de la universidad. Y eso fue todo, en realidad. Le escribió poesías que le daba demasiada vergüenza entregarle.

A mí nunca me escribió poesías, pensó Cecilia de pasada.

Esa noche Janie le había pedido que se vieran en el sitio acostumbrado del parque de Wattle Valley. Solía estar vacío y había una rotonda donde podían sentarse y besarse. Dijo que tenía algo que contarle. Él creyó que iba a decirle que había ido al centro de planificación familiar y había conseguido la píldora. Ya habían hablado de eso. Pero lo que le dijo fue que lo sentía porque se había enamorado de otro chico. John-Paul se quedó atónito. Desconcertado. ¡No sabía que hubiera otro chico rondando! «Pero yo pensaba que eras mi novia». Y ella se rio. Parecía muy contenta, dijo John-Paul, muy contenta de no ser mi novia, y él se quedó destrozado, humillado, preso de una furia increíble. Cuestión de orgullo más que nada. Se sentía un idiota y por eso quiso matarla.

John-Paul parecía especialmente interesado en que Cecilia lo supiera. Dijo que no quería justificarlo ni quitarle importancia ni simular que había sido un accidente, porque durante unos segundos sintió auténticos deseos de matarla.

No recordaba haber tomado la decisión de estrangularla. Pero sí el momento en el que de pronto se hizo consciente del fino cuello de la chica entre sus manos. No era uno de sus hermanos a quien estaba asfixiando. Estaba *haciendo daño a una chica*. Recordó haber pensado: ¿qué coño estoy haciendo?, y haberla soltado al momento, cosa que le alivió, porque estaba seguro de haber reaccionado a tiempo y no haberla matado. Solo que ella estaba inerte en sus brazos, con la mirada perdida por encima de su hombro, y él pensó que no, que no era posible. Pensó que solo había sido un segundo, quizá dos, de furia enloquecida, desde luego no lo suficiente como para haberla matado.

No lo podía creer. Ni siquiera ahora. Al cabo de tantos años. Todavía estaba impactado y horrorizado por lo que había hecho.

Ella aún seguía caliente, pero supo, sin el menor género de dudas, que estaba muerta.

Posteriormente se preguntó si habría podido equivocarse. ¿Por qué ni siquiera intentó reanimarla? Debía de haberse hecho esa pregunta un millón de veces. Pero en aquel momento había estado seguro. Ella había muerto. Había muerto.

Por eso la depositó con cuidado al pie del tobogán y recordó haber pensado que esa noche hacía mucho frío y haberla tapado con la chaqueta del colegio. Tenía en el bolsillo el rosario de su madre porque esa mañana había tenido un examen y siempre lo llevaba para que le diera suerte. Lo puso con cuidado en las manos de Janie. Fue su forma de pedir perdón a Janie y a Dios. Y luego echó a correr. Corrió hasta quedarse sin aliento.

Estaba convencido de que lo detendrían. Esperaba constantemente sentir la pesada mano de un policía caer sobre su hombro.

Pero ni siquiera lo interrogaron. Janie y él no compartían el mismo colegio ni en el mismo círculo de amistades. Ni sus padres ni amigos conocían su relación. Al parecer, nadie los había visto nunca juntos. Era como si nunca hubiera ocurrido.

Dijo que, si la policía lo hubiera interrogado, habría confesado al momento. Dijo que, si hubieran acusado a otro del asesinato, se habría entregado. No habría permitido que nadie pagara por él. No era tan malvado.

Pero, como nadie se lo preguntó, él nunca dio la respuesta.

En los años noventa empezó a enterarse de que algunos crímenes se resolvían mediante pruebas de ADN y se preguntó si habría dejado algún rastro suyo, un pelo, por ejemplo. Pero, aun en ese supuesto, habían estado juntos muy poco tiempo y habían mantenido su juego clandestino muy eficazmente. Nadie le habría pedido nunca una muestra de ADN por la sencilla razón de que nadie sabía que había conocido a Janie. Estuvo a punto de convencerse a sí mismo de que no la había conocido y de que nada de aquello había sucedido jamás.

Y luego habían ido pasando los años, amontonándose sobre el recuerdo de lo que había hecho. Algunas veces, susurró, podía pasar meses sintiéndose relativamente normal, y otras, no podía pensar más que en lo que había hecho y estaba seguro de que acabaría volviéndose loco.

—Es como un monstruo atrapado en mi mente —dijo con voz ronca—. A veces se libera y anda suelto por ahí y luego vuelvo a controlarlo. Lo encadeno. ¿Sabes lo que quiero decir?

No, pensó Cecilia. *La verdad es que no.*

—Entonces te conocí —continuó John-Paul—. Y noté algo en ti. Una profunda bondad. Me enamoré de tu bondad. Era como contemplar un hermoso lago. Era como si, de alguna forma, estuvieras purificándome.

Cecilia se quedó estupefacta. *Yo no soy buena,* pensó. ¡Una vez fumé marihuana! ¡Solíamos emborracharnos juntos! ¡Creía que te habías enamorado de mi buen tipo, mi animada compañía, mi sentido del humor, no de mi bondad, por el amor de Dios!

John-Paul siguió hablando, empeñado en que ella conociera hasta los detalles más nimios.

Cuando nació Isabel y se convirtió en padre de pronto fue consciente por primera vez de lo que les había hecho a Rachel y Ed Crowley.

—Cuando vivíamos en Bell Avenue, solía ver al padre de Janie paseando al perro cuando iba a trabajar —dijo—. Y su rostro... parecía..., no sé cómo definirlo. Como si sufriera un terrible dolor físico o hubiera sido arrastrado por el suelo, solo que no había sido así, estaba paseando al perro. Y yo pensaba en lo que le había hecho. En que era el responsable de su dolor. Intenté varias veces cambiar de casa o, al menos, de ruta, pero seguía viéndolo.

Cuando nació Isabel vivían en la casa de Bell Avenue. Los recuerdos de Cecilia en Bell Avenue olían a champú de recién nacido, pañales y puré de pera y plátano. John-Paul y ella habían estado como locos con la recién nacida. A veces llegaba más tarde al trabajo para poder estar más tiempo en la cama con Isabel, con su trajecito blanco de Bonds, acariciándole la barriguita firme y regordeta. Solo que no era verdad. Lo hacía para evitar ver al padre de la chica que había asesinado.

—Veía a Ed Crowley y pensaba: *Se acabó, tengo que confesar* —dijo—. Pero entonces pensaba en ti y en la niña. ¿Cómo iba a hacerte eso? ¿Cómo iba a decírtelo? ¿Cómo iba a dejar que criaras tú sola a la niña? Pensé en abandonar Sydney. Pero sabía que no querrías dejar a tus padres y, además, eso no era lo correcto. Era como escapar. Tenía que permanecer aquí, donde en cualquier momento pudiera ir a casa de los padres de Janie para contarles lo que había hecho. Tenía que sufrir. Entonces fue cuando tuve una idea. Tenía que encontrar nuevas formas de castigarme y sufrir sin hacer sufrir a nadie más. Tenía que hacer penitencia.

Si algo le proporcionaba demasiado placer —placer que era únicamente para él—, entonces renunciaba. Por eso había renunciado a remar. Le encantaba, por tanto, debía dejarlo porque Janie nunca remaría. Vendió su querido Alfa Romeo puesto que Janie nunca conduciría un coche.

Se dedicó a la comunidad, como si un juez le hubiera ordenado hacer cierto número de horas de servicios comunitarios.

Cecilia estaba convencida de que le preocupaba su comunidad. Había creído que era algo que tenían en común, cuando, de hecho, el John-Paul que ella creía conocer ni siquiera existía. Él era una invención. Toda su vida era una representación: un acto dirigido a Dios para que lo sacara del atolladero.

Dijo que la cuestión de los servicios comunitarios era engañosa porque ¿qué pasaba si disfrutaba realizándolos? Por ejemplo, le encantaba ser bombero voluntario —la camaradería, las bromas, la adrenalina—, ahora bien, ¿era su disfrute superior a su contribución a la comunidad? Siempre estaba calculando, preguntándose qué más esperaba Dios de él, cuánto más tenía que pagar. Por supuesto, sabía que nada sería suficiente y que probablemente iría al infierno cuando muriera.

Lo dice en serio, pensó Cecilia. *Cree realmente que va a ir al infierno, como si fuera un lugar físico y no una idea abstracta.* Se estaba refiriendo a Dios de un modo escandalosamente familiar. Ellos no eran de esa clase de católicos. Claro que eran católicos, iban a la iglesia, pero, santo Dios, no eran *religiosos*. Dios no intervenía en sus conversaciones cotidianas.

Solo que aquella no era una conversación cotidiana.

Siguió hablando. Parecía incansable. Cecilia pensó en la leyenda urbana de ese gusano exótico que habitaba en tu cuerpo y que solo podía expulsarse dejando de comer y poniendo luego un plato de comida caliente delante de la boca, esperando a que el gusano oliera la comida y se desenroscara poco a poco, abriéndose camino por la garganta. La voz de John-Paul era como ese gusano: una incesante cadena de horrores saliendo por su boca.

Le contó que, al crecer las niñas, la culpa y el remordimiento se hicieron prácticamente insoportables. Las pesadillas, las migrañas, las depresiones que se esforzaba en ocultarle se debían a lo que había hecho.

—A primeros de año Isabel empezó a recordarme a Janie —dijo John-Paul—. Por su forma de arreglarse el pelo. Me quedaba mirándola. Era terrible. No hacía más que imaginar que alguien hacía daño a Isabel del modo..., del modo en que yo se lo hice a Janie. Una chica inocente. Me daba la sensación de que debía de pasar por el dolor que yo había causado a sus padres. Tenía que imaginarla muerta. He llorado. En la ducha. En el coche. He llorado de miedo.

—Esther te vio llorando antes de que viajaras a Chicago —afirmó Cecilia—. En la ducha.

—Ah, ¿sí? —John-Paul parpadeó.

Por un momento hubo un hermoso silencio, hasta que lo asimiló.

Perfecto, pensó Cecilia. *Ya hemos terminado. Ha dejado de hablar.*

Gracias a Dios. Notaba un agotamiento físico y mental que no había experimentado desde su último parto.

—Dejé el sexo —dijo John-Paul.

Por amor de Dios.

Quería que ella supiera que el pasado noviembre intentó pensar en nuevas formas de castigarse y decidió dejar el sexo durante seis meses. Le daba vergüenza que no se le hubiera ocurrido antes. Era uno de los grandes placeres de su vida. Casi le había matado. Le preocupó que ella pensara que estaba manteniendo una aventura, porque evidentemente no podía decirle la verdadera razón.

—Oh, John-Paul —suspiró ella en la oscuridad.

La perpetua búsqueda de redención que había emprendido todos aquellos años atrás le parecía tan idiota, tan infantil, tan claramente insensata y tan típicamente *desordenada.*

—He invitado a Rachel Crowley a la fiesta de piratas de Polly —anunció Cecilia recordando, maravillada, lo estúpidamente inocente que había sido hasta hacía unas horas—. La he llevado a casa esta noche. Hablé con ella de Janie. Me pareció que era estupendo...

Se le quebró la voz.

Oyó el suspiro largo y entrecortado de John-Paul.

—Lo siento —dijo—. Ya sé que no hago más que decirlo. Ya sé que es inútil.

—Está bien —aseguró ella a punto de reírse, porque era mentira.

Era lo último que recordaba antes de que ambos cayeran en un sueño profundo, como si hubieran tomado alguna droga.

—¿Estás bien? —preguntó John-Paul ahora—. ¿Te encuentras bien?

Ella olió su mal aliento mañanero. También tenía la boca seca. Le dolía la cabeza. Se sentía con resaca, sórdida y avergonzada, como si los dos hubieran participado en un repugnante acto de depravación esa noche.

Se presionó la frente con dos dedos y cerró los ojos, incapaz ya de mirarle. Le dolía el cuello. Debía de haber dormido en mala postura.

—¿Crees que todavía...? —se interrumpió y carraspeó convulsivamente; finalmente dijo en un susurro—: ¿Puedes seguir conmigo?

Ella lo miró a los ojos y vio un terror puro y elemental.

¿Marcaba un solo acto lo que uno era para siempre? ¿Pesaba más una mala acción de adolescente que veinte años de matrimonio, de buen matrimonio, veinte años de ser buen marido y buen padre? Si asesinas, eres un asesino. Así funcionaba para otra gente. Para extraños. Para gente sobre la que leías en los periódicos. Cecilia estaba segura de eso, pero ¿eran diferentes las normas aplicables a John-Paul? Y, en caso afirmativo, ¿por qué?

Se oyeron unos pasos rápidos por el pasillo y de pronto se lanzó a su cama un cuerpo cálido y pequeño.

—Buenos días, mamá —dijo Polly acurrucándose alegremente entre ellos.

Puso la cabeza en la almohada de Cecilia, haciéndole cosquillas en la nariz con el pelo negro azulado.

—Hola, papá.

Cecilia miró a su hija pequeña como si la estuviera viendo por primera vez: la piel perfecta, las largas pestañas y el azul intenso de sus ojos. Todo en ella era exquisito y puro.

Los ojos de Cecilia se cruzaron con los de John-Paul con perfecta comprensión, inyectada en sangre. Y ese era el motivo.

—Hola, Polly —dijeron los dos al unísono.

CAPÍTULO VEINTIUNO

*L*iam dijo algo que Tess no llegó a oír, dejó caer la mano y se detuvo a la entrada del Santa Ángela. La riada de padres e hijos cambió su curso para sortear el repentino obstáculo del camino, bordeándolo. Tess se agachó al lado de Liam y alguien le dio un codazo en la nuca.

—¿Qué pasa? —dijo frotándose la cabeza.

Se sentía agitada, nerviosa, sobreexcitada. Llevar a los niños al colegio era igual de fastidioso allí que en Melbourne: una versión muy particular del infierno para alguien como ella. Gente y gente por todas partes.

—Quiero volver a casa —reclamó Liam mirando al suelo—. Quiero a papá.

—¿Qué? —dijo Tess, aunque lo había oído perfectamente. Buscó su mano—. Primero, vamos a quitarnos de aquí.

Sabía que esta situación llegaría. Todo había sido extraña y sospechosamente fácil. De manera sorprendente, Liam se había mostrado confiado con aquel brusco e imprevisto cambio de colegio. «Se adapta muy bien». La madre de Tess estaba asombrada, pero Tess pensaba que tenía más que ver con los problemas que había padecido en el anterior colegio que con un verdadero entusiasmo por empezar en otro nuevo.

Liam le tiró del brazo, de tal forma que tuvo que volver a agacharse.

—Felicity, papá y tú debéis dejar de pelearos —pidió, haciendo bocina con las manos al oído de Tess. El aliento era cálido y olía a dentífrico—. Perdonaos. Decid que no habíais querido hacerlo. Así podremos volver a casa.

A Tess le dio un vuelco el corazón.

Estúpida. Estúpida, estúpida, estúpida. ¿Había creído que podría ocultárselo a Liam? Siempre le había sorprendido cómo se daba cuenta de todo lo que pasaba a su alrededor.

—La abuela puede venir a quedarse con nosotros en Melbourne —continuó Liam—. Podemos cuidar de ella allí hasta que el tobillo mejore.

Curioso. Nunca se le hubiera ocurrido a Tess. Era como si pensara que su vida en Melbourne y la de su madre en Sydney transcurrían en distintos planetas.

—En el aeropuerto hay sillas de ruedas —añadió Liam solemnemente, justo cuando el borde de la mochila de una niña le rozó la cara y le dio en un ojo. Hizo una mueca y las lágrimas brotaron de sus bellos ojos dorados.

—Cariño —replicó ella impotente, a punto de echarse a llorar—. Mira. No tienes por qué ir al colegio. Ha sido una idea estúpida...

—Buenos días, Liam. ¡Me preguntaba si ya estarías aquí!

Era la chiflada de la directora del colegio. Se puso en cuclillas junto a Liam con la facilidad de un niño. Debe de hacer yoga, pensó Tess. Pasó un niño de la misma edad que Liam y le hizo una cariñosa caricia en la cabeza canosa y rizada, como si fuera el perro del colegio, no la directora.

—¡Hola, señorita Apleebee!

—¡Buenos días, Harrison! —Trudy levantó una mano y se le cayó el chal de los hombros.

—Lo siento. Estamos provocando un atasco aquí —empezó Tess, pero Trudy esbozó una sonrisa, se colocó el chal con una mano y volvió a centrarse en Liam.

—¿Sabes lo que hicimos ayer por la tarde tu profesora, la señora Jeffers y yo?

Liam se encogió de hombros y se secó las lágrimas torpemente.

—Transformamos tu clase en otro planeta. —Sus ojos chispearon—. Nuestra búsqueda de huevos de Pascua tendrá lugar en el espacio exterior.

Liam se sorbió los mocos y puso una mirada cínica a más no poder.

—¿Cómo? —dijo—. ¿Cómo lo habéis hecho?

—Ven a verlo. —Trudy se incorporó y tomó a Liam de la mano—. Di adiós a tu mamá. Esta tarde podrás contarle cuántos huevos has encontrado en el espacio.

Tess lo besó en la cabeza.

—Vale, de acuerdo. Que tengas un día maravilloso y no olvides que...

—Hay una nave espacial, por supuesto. ¿Sabes quién vuela en ella? —dijo Trudy llevándoselo; Tess vio a Liam levantar la vista a la directora del colegio, con el rostro iluminado de pronto por una cautelosa esperanza, antes de perderse entre la multitud de uniformes a cuadros blancos y azules.

Tess dio media vuelta y se dirigió a la calle. Experimentó la sensación extrañamente incontrolable que le asaltaba cada vez que dejaba a Liam al cuidado de otra persona, como si hubiera desaparecido la gravedad. ¿Qué iba a hacer ahora? ¿Qué iba a decirle hoy al salir de clase? No podía mentirle y contarle que no pasaba nada, pero tampoco podía decirle la verdad. *Papá y Felicity se han enamorado. Papá debía querer-*

me a mí la que más. Por eso estoy enfadada con ellos. Me han hecho mucho daño.

Supuestamente la verdad era siempre la mejor opción.

Se había precipitado. Se había dicho a sí misma que todo lo hacía por Liam. Había sacado al niño de su casa, su colegio y su vida porque, de hecho, era lo que *ella* quería hacer. Quería estar lo más lejos posible de Will y Felicity, y ahora la felicidad de Liam dependía de una singular mujer de pelo rizado llamada Trudy Applebee.

Tal vez debiera darle ella clase en casa hasta que todo aquello se resolviera. Podía encargarse prácticamente de todo. Inglés, Geografía. ¡Sería divertido! Aunque las Matemáticas... Ese era su punto débil. Felicity había superado a Tess en Matemáticas cuando estaban en el colegio y ahora tendría que ocuparse ella de ayudar a Liam en esa asignatura. Felicity había dicho el otro día que estaba deseando redescubrir las ecuaciones de segundo grado cuando Liam fuera al instituto, y Tess y Will se habían mirado, encogiéndose de hombros, y habían soltado una carcajada. ¡Felicity y Will se habían comportado con tanta normalidad! En todo momento. Guardándose su pequeño secreto.

Iba caminando por la calle del colegio de regreso a casa de su madre cuando oyó una voz tras ella.

—Buenos días, Tess.

Era Cecilia Fitzpatrick, que apareció de pronto en la misma dirección, con las llaves del coche tintineando en una mano. Notó algo extraño en sus andares, como si cojeara.

Tess respiró hondo para tomar fuerzas.

—¡Buenos días! —contestó.

—Acabas de dejar a Liam en su primer día de clase, ¿verdad? —dijo Cecilia. Como llevaba gafas de sol, Tess se libró del incómodo contacto visual. Sonaba como si estuviera incubando un resfriado—. ¿Qué tal estaba? Siempre resulta un poco delicado.

—Oh, bueno, en realidad no, pero Trudy... —Tess se interrumpió distraída al fijarse en los zapatos de Cecilia. Estaban desparejados. Uno era una zapatilla negra de ballet. El otro, una sandalia dorada de tacón. Normal que anduviera raro. Apartó la mirada para seguir hablando—. Pero Trudy estuvo maravillosa con él.

—Oh, sí, Trudy es una entre un millón, no te quepa duda —dijo Cecilia—. Bueno, aquí está mi coche. —Indicó un reluciente 4 x 4 blanco con el logo de Tupperware en el costado—. Nos hemos olvidado de que Polly tenía deporte hoy. Nunca me..., el caso es que nos hemos olvidado, así que tengo que ir a casa a por sus zapatillas. Polly está enamorada del profesor de Educación Física, de manera que me veré en un apuro terrible si llego tarde.

—Connor —dijo Tess—. Connor Whitby. Es el profesor de Educación Física de Liam.

Lo recordó la noche pasada en la estación de servicio con el casco bajo el brazo.

—Sí, así es. Todas las niñas están enamoradas de él. En realidad, también la mitad de las madres.

—¿De verdad?

La cama de agua hacía plof, plof.

—Hola, Tess. Hola, Cecilia.

Era Rachel Crowley, la secretaria del colegio, caminando en sentido contrario, calzada con zapatillas blancas de correr, blusa de seda y una elegante falda. Tess se preguntó si alguien había mirado alguna vez a Rachel sin pensar en Janie Crowley y lo que le había ocurrido en el parque. Era imposible pensar que Rachel hubiera sido alguna vez una mujer normal, que nadie hubiera presentido la tragedia que se cernía sobre ella.

Rachel se detuvo ante ellas. Más conversación. Era incesante. Se la notaba cansada y pálida, con el pelo blanco no tan bien arreglado como lo llevaba el día anterior.

—Gracias otra vez por haberme llevado a casa anoche —le dijo a Cecilia; sonrió a Tess—: Estuve en una de las reuniones de Tupperware de Cecilia anoche y me pasé bebiendo. Por eso hoy voy a pie. —Señaló las zapatillas—. Vergonzoso, ¿verdad?

Hubo un silencio incómodo. Tess esperó a que Cecilia hablara primero, pero parecía distraída por algo lejano y estaba extraña, casi siniestramente silenciosa.

—Parece que tuviste una noche divertida —dijo finalmente Tess—. Su voz sonó demasiado fuerte y entusiasta. ¿Por qué no podía hablar como una persona normal?

—Efectivamente. —Rachel frunció levemente el ceño a Cecilia, que seguía sin decir palabra; volvió a dirigirse a Tess—. ¿Ha llegado bien Liam a su clase hoy?

—La señorita Applebee le ha tomado bajo su protección —explicó Tess.

—Qué bien —dijo Rachel—. Estará estupendamente. Trudy atiende con especial dedicación a los niños nuevos. Mejor me voy a trabajar. Y a quitarme estos zapatones. Adiós, chicas.

—Que tengas un buen... —La voz de Cecilia sonó ronca y carraspeó—. Que tengas un buen día, Rachel.

—Vosotras también.

Rachel se alejó rumbo al colegio.

—Bueno —dijo Tess.

—Dios mío —exclamó Cecilia llevándose la mano a la boca—, creo que voy a... —Miró nerviosa alrededor, como si buscara algo—. Mierda.

Y de pronto se agachó sobre la alcantarilla sin poder contener el vómito.

Oh, Dios, pensó Tess, mientras seguía oyendo las interminables arcadas. No quería ver a Cecilia Fitzpatrick vomitando en una alcantarilla. ¿Sería la resaca de la noche pasada? ¿Comida en mal estado? ¿Debía agacharse a su lado y sujetarle el pelo como hacían las amigas en los aseos de las discotecas después de demasiados tequilas? ¿Como habían hecho Felicity y ella alguna vez? ¿O debía frotar suavemente la espalda de Cecilia con movimientos círculares como hacía cuando vomitaba Liam? ¿Debía, al menos, decir algo compasivo y consolador mientras estaba allí mirando, para demostrar su preocupación en vez de poner mala cara y mirar para otro lado? Pero es que apenas conocía a aquella mujer.

Cuando estaba embarazada de Liam, Tess había sufrido náuseas continuas durante todo el día. Había vomitado en muchos sitios públicos y lo único que quería en esos momentos era que la dejaran tranquila. ¿Quizá debía irse sin más? Pero no podía dejar sola a la pobre mujer. Buscó desesperadamente con la mirada a otra madre del colegio, una de las que supieran lo que tenían que hacer. Cecilia tendría montones de amigas en el colegio, pero la calle se había quedado vacía de repente.

Entonces le vino una maravillosa inspiración: pañuelos de papel. El pensamiento de poder brindar a Cecilia algo útil a la vez que apropiado la llenó de algo ridículamente semejante al júbilo. Rebuscó en el bolso y encontró un pequeño paquete de pañuelos sin abrir y una botella de agua.

«Eres como un boy scout», le había confesado Will al principio de su relación, una vez en que sacó del bolso una pequeña linterna después de que se le cayeran las llaves del coche en una calle oscura, al volver del cine a casa. «Si nos quedáramos en una isla desierta podríamos ser autosuficientes gracias al bolso de Tess», había dicho Felicity porque, por supuesto, también había estado allí esa noche, por lo que recordaba ahora. ¿Cuándo no había estado Felicity de por medio?

—Oh, Dios mío —dijo Cecilia; se incorporó, se dejó caer en el bordillo y se pasó el dorso de la mano por la boca—. Qué vergüenza.

—Toma. —Tess le alargó los pañuelos—. ¿Te encuentras bien? ¿Es por algo que quizá hayas... comido?

Tess se dio cuenta de que a Cecilia le temblaban mucho las manos y se había puesto pálida como la cera.

—No lo sé. —Cecilia se sonó la nariz y miró a Tess; tenía ojeras amoratadas bajo los ojos llorosos y pequeñas motas de rímel en las pestañas, estaba horrible—. Lo siento. Vete. Seguro que tienes un millón de cosas que hacer.

—La verdad es que no tengo nada que hacer —reconoció Tess—. Nada en absoluto. —Quitó el tapón de la botella—. ¿Un sorbo de agua?

—Gracias. —Cecilia tomó la botella de agua y bebió.

Fue a levantarse y se tambaleó. Tess la agarró del brazo antes de que cayera al suelo.

—Lo siento, lo siento mucho —se lamentó Cecilia casi sollozando.

—No te preocupes. —Tess la sostenía—. No te preocupes en absoluto. Creo que debería llevarte a casa.

—Oh, no, no, es muy amable por tu parte, pero estoy bien.

—No, no lo estás —insistió Tess—. Te llevo a tu casa. Puedes acostarte, ya llevaré yo las zapatillas de tu hija al colegio.

—No me puedo creer que me haya vuelto a olvidar de las malditas zapatillas de Polly —se reprochó Cecilia; parecía asustada de sí misma, como si hubiera puesto en peligro la vida de Polly.

—Vamos —dijo Tess.

Tomó las llaves de la mano de Cecilia, que no ofreció resistencia, apuntó al coche de Tupperware y pulsó el botón del cierre centralizado. Estaba poseída de una insólita sensación de capacidad y determinación.

—Gracias por esto. —Cecilia descansó todo el peso de su cuerpo en el brazo de Tess, mientras esta la ayudaba a sentarse en el asiento del copiloto de su coche.

—No hay problema —aseguró Tess con voz animada y decidida, totalmente insólita en ella, mientras cerraba la puerta y rodeaba el coche para sentarse al volante.

¡Qué amable y civilizado por tu parte!, opinó Felicity en su mente. *¡Solo te falta apuntarte a la Asociación de Padres y Amigos del colegio!*

Que le jodan a Felicity, pensó Tess girando la llave de contacto de Cecilia con un hábil movimiento de muñeca.

CAPÍTULO VEINTIDÓS

Qué le habría pasado a Cecilia esa mañana? No era la misma, murmuró Rachel al entrar en el Santa Ángela, sintiéndose rara y como avergonzada de sus andares saltarines con zapatillas deportivas planas en vez de los tacones habituales. Notó una leve transpiración en las axilas y en el nacimiento del pelo, pero lo cierto era que le había resultado de lo más estimulante ir caminando al trabajo en lugar de en coche. Esa mañana, antes de salir de casa, se le había pasado por la cabeza llamar a un taxi porque estaba agotada de la noche anterior. Había seguido levantada horas después de marcharse Rodney Bellach, repasando mentalmente una y otra vez el vídeo de Janie y Connor. Cada vez que recordaba el rostro de Connor, este adquiría tintes más negros en su memoria. Rodney estaba siendo prudente para no fomentar en ella falsas esperanzas. Ya era mayor y tenía menos empuje. En cuanto viera el vídeo un agente de policía joven, inteligente y resuelto descubriría al instante las dimensiones del caso e intervendría sin vacilación.

¿Qué iba a hacer ella si se topaba con Connor Whitby en el colegio hoy? ¿Abordarlo? ¿Acusarlo? Solo el hecho de pensarlo le daba vértigo. Sus emociones emergían como montañas: pena, furia, odio.

Respiró hondo. No, no lo abordaría. Quería hacer las cosas bien, no quería advertirle o decirle algo que comprometiera un veredicto de culpabilidad. Imagínate que se libraba por una argucia legal por no haber sabido ella mantener la boca cerrada. Tenía una inesperada sensación no exactamente de felicidad, sino de algo parecido. ¿Esperanza? ¿Satisfacción? Sí, era satisfacción por estar realizando algo por Janie. Estaba claro. Hacía mucho tiempo que no había podido hacer algo, lo que fuera, por su hija: entrar en su habitación en una noche fría y echarle una manta más por encima de aquellos hombros huesudos (Janie pasaba frío), prepararle sus sándwiches favoritos de queso y pepinillos dulces (con mucha mantequilla, Rachel siempre intentaba de modo encubierto que engordara), lavar con esmero a mano sus mejores prendas, darle un billete de diez dólares sin venir a cuento. Durante años había sentido ese deseo de volver a hacer algo por Janie, seguir siendo su madre, volver a cuidar de ella aunque fuera un poco, y por fin podía hacerlo. «Voy a atraparle, cariño. Ya falta poco».

Sonó el teléfono móvil en su bolso y se precipitó a por él, deseosa de contestar antes de que el estúpido aparato dejara de sonar y saltara el buzón de voz. ¡Debía de ser Rodney! ¿Quién más podía llamarla a esa hora de la mañana? ¿Tendría noticias ya? Aunque seguramente era demasiado pronto, no podía ser él.

—¿Sí?

Había visto el nombre justo antes de contestar. Rob, no Rodney. Las letras «Ro» le habían hecho concebir esperanzas.

—¿Mamá? ¿Va todo bien?

Se esforzó para que Rob no notara su decepción por no ser Rodney.

—Todo va bien, cariño. Estoy camino del trabajo. ¿Qué pasa?

Rob empezó a contarle una larga historia mientras Rachel seguía andando hasta la secretaría del colegio. Pasó por una de las aulas de 1º y oyó murmullos de risas infantiles al otro lado de la puerta. Se asomó y vio a su jefa, Trudy Applebee, atravesar la clase con el brazo levantado, como un superhéroe, mientras la maestra de 1º se tapaba los ojos con la mano y reía a carcajadas. ¿Era una lámpara de discoteca lo que lanzaba destellos blancos por todo el aula? El hijo pequeño de Tess O'Leary no iba a aburrirse en su primer día de clase, eso por descontado. En cuanto al informe que Trudy debía redactar para el Departamento de Educación... Rachel suspiró, le daría de margen hasta las diez de la mañana y luego la arrastraría hasta su mesa de trabajo.

—Entonces, ¿todo va bien? —preguntó Rob—. ¿Vendrás a casa de los padres de Lauren el domingo?

—¿Qué? —dijo Rachel entrando en su despacho y dejando el bolso sobre la mesa.

—He pensado que tal vez pudieras traernos una *pavlova*. Si quieres. —¿Llevar una *pavlova* a dónde? ¿Cuándo? No había asimilado lo que Rob le estaba diciendo.

Oyó resoplar a Rob.

—El Domingo de Pascua. A comer. Con la familia de Lauren. Ya sé que dijimos que iríamos a comer a tu casa, pero es imposible encajar todas las piezas. Hemos estado muy atareados con los preparativos de Nueva York. Por eso hemos pensado que, si ibas a su casa, podíamos ver a ambas familias al mismo tiempo.

La familia de Lauren. La madre de Lauren que siempre parecía haber estado la noche anterior en el ballet, la ópera o el teatro y, en cualquier caso, solo decía que había sido sencillamente «exquisito», «extraordinario». El padre de Lauren. Un abogado jubilado que, tras intercambiar unas cuantas frases de cortesía con Rachel, se daba media vuelta con una expresión de educada perplejidad, como si no pudiera identificar quién era. Siempre había extraños a la mesa, alguien guapo y exótico, que acaparaba la conversación hablando sin cesar de su último viaje a India o Irán, y todo el mundo menos Rachel (y Jacob) lo encontraban fascinante. Por lo visto existía una interminable cantidad de invitados pintorescos, porque Rachel nunca había visto dos veces al mismo. Era como si alquilaran invitados charlatanes para la ocasión.

—Perfecto —convino Rachel con resignación—. Cogería a Jacob y jugaría con él en el jardín. Cualquier cosa era soportable si tenía a Jacob—. Perfecto. Llevaré la *pavlova*.

A Rob le encantaban sus *pavlovas*. Bendito sea. Nunca parecía darse cuenta de que el aspecto tembloroso de sus *pavlovas* era, de algún modo, un añadido de poca categoría sobre la mesa.

—Por cierto, Lauren quería saber si te apetece que compre más pastas o lo que sea, como las que te llevamos la otra noche.

—Muy amable por su parte, pero la verdad es que me resultaron un poco dulces —dijo Rachel.

—También me ha dicho que te preguntara si te lo pasaste bien anoche en la reunión de Tupperware.

Lauren debía de haber visto la invitación en el frigorífico cuando recogió a Jacob el lunes. Para presumir. ¡Mira cómo me intereso por la anodina vida de mi *vieja suegra!*

—Estuvo muy bien —confesó Rachel. ¿Debía contarle lo del vídeo? ¿Le molestaría? ¿Le gustaría? Tenía derecho a saber. A veces se sentía incómoda por lo poco que se había preocupado por el dolor de Rob, siempre queriendo quitárselo de en medio, mandándolo a la cama o a ver la televisión, para poder llorar a solas.

—Un poco aburrida, ¿eh, mamá?

—Estuvo bien. Por cierto, al volver a casa...

—¡Eh! Ayer antes de ir a trabajar llevé a Jacob a hacerse la foto del pasaporte. Ya la verás. Qué guapo.

Janie nunca había tenido pasaporte. En cambio, Jacob, a los dos años, disfrutaba de un pasaporte que le permitía salir del país en cualquier momento.

—Qué ganas tengo de verla —dijo Rachel.

No iba a hablarle a Rob del vídeo. Estaba demasiado ocupado con su propia e importante vida de ejecutivo como para preocuparse por una investigación sobre el asesinato de su hermana.

Hubo una pausa. Rob no era tonto.

—No nos hemos olvidado del viernes —dijo—. Ya sé que esta época del año siempre es dura para ti. A propósito del viernes...

Pareció esperar a que ella dijera algo. ¿Era eso, de hecho, lo más importante de la llamada telefónica?

—¿Sí? ¿Qué pasa con el viernes? Lauren quiso decírtelo la otra noche. Es idea suya. Bueno, no. En absoluto. Es idea mía. Es algo que dijo que me hizo pensar que tal vez..., en fin, bueno, ya sé que siempre vas al parque. A ese parque. Sé que sueles ir sola. Pero me preguntaba si tal vez podría ir yo también. Con Lauren y Jacob, si te parece bien.

—No necesito...

—Ya sé que no nos necesitas allí —interrumpió Rob en un tono insólitamente seco—. Pero esta vez me gustaría estar. Por Janie. Para demostrarle que...

Rachel notó que se le quebraba la voz.

Carraspeó y siguió hablando, en un tono más grave.

—Y luego, después, hay un café muy agradable cerca de la estación. Lauren dice que está abierto el Viernes Santo. Podríamos desayunar a continuación. —Tosió y se apresuró a añadir—: O al menos tomar un café.

Rachel imaginó a Lauren en el parque, solemne y elegante. Llevaría su sempiterna gabardina color crema con cinturón; el pelo recogido en una lustrosa coleta baja para que no se moviera mucho; y los labios pintados de un color neutro, no demasiado llamativo. Diría y haría todas las cosas adecuadas en el momento adecuado y de alguna manera convertiría la «celebración del aniversario del asesinato de la hermana de su marido» en un evento más, perfectamente organizado, de su calendario social.

—En realidad, creo que preferiría... —comenzó, pero luego pensó en cómo se le había quebrado la voz a Rob. Por supuesto, todo lo había orquestado Lauren, pero quizá fuera algo que Rob necesitaba. Quizá fuera una necesidad más acuciante que el anhelo de Rachel de estar sola—. De acuerdo —accedió—. Por mí, perfecto. Suelo ir allí muy temprano, sobre las seis de la mañana, pero Jacob últimamente está despertándose al rayar el alba, ¿no?

—¡Sí! ¡Así es! Bueno. Allí estaremos. Gracias. Significa...

—La verdad es que hoy tengo mucho lío, así es que, si no te importa...

Habían estado un buen rato hablando por teléfono. Tal vez Rodney hubiera intentado llamar en vano.

—Adiós, mamá —dijo Rob con tristeza.

CAPÍTULO VEINTITRÉS

La casa de Cecilia era bonita, acogedora y estaba llena de luz gracias a los ventanales que daban al jardín trasero y a una piscina perfectamente cuidados. Las paredes estaban cubiertas de cariñosas y divertidas fotos de familia y dibujos infantiles enmarcados. Todo se veía reluciente y ordenado, pero no de un modo excesivamente formal ni intimidante. Los sofás parecían cómodos y blandos; había estanterías llenas de libros y chucherías de aspecto interesante. Se podían observar rastros de las hijas de Cecilia por todas partes: ropa deportiva, un chelo, un par de zapatillas de ballet, pero todo en el sitio adecuado. Como si la casa estuviera en venta y el agente inmobiliario la hubiera calificado de «vivienda familiar ideal».

—Me encanta tu casa —reconoció Tess mientras Cecilia la llevaba por la cocina.

—Gracias, es..., ¡oh! —Cecilia se interrumpió bruscamente a la puerta de la cocina—. ¡Perdón por este desorden!

—¿No lo dirás en serio? —dijo Tess entrando detrás de ella.

Había unos cuantos tazones de desayuno en la encimera, un vaso medio lleno de zumo de manzana sobre el microondas, un solitario envase de cartón de cereales y un pequeño montón de libros en la mesa. Todo lo demás estaba perfectamente ordenado y reluciente.

Tess miraba desconcertada mientras Cecilia trajinaba por la cocina. En pocos segundos había metido los cacharros en el lavaplatos y los cereales en una gran despensa, y estaba limpiando el fregadero con papel de cocina.

—Esta semana hemos salido más tarde de lo habitual —explicó Cecilia mientras frotaba el fregadero como si le fuera la vida en ello—. Normalmente no me voy de casa hasta que todo está perfecto. Ya sé que soy ridícula. Mi hermana dice que padezco un trastorno. ¿Cómo dice que se llama? Obsesión compulsiva. Eso es. TOC.

Tess pensó que quizá su hermana tuviera razón.

—Debes descansar —dijo.

—Siéntate. ¿Quieres una taza de té? ¿Café? —preguntó Cecilia frenética—. Tengo magdalenas, galletas... —se interrumpió, apoyó la mano en la frente y cerró brevemente los ojos—. Santo Dios. Eso es, eh, ¿qué estaba diciendo?

—Creo que soy yo la que debo hacerte una taza de té.

—La verdad es que me vendría bien. —Cecilia sacó una silla y luego se quedó pasmada al ver sus zapatos.

—Están desparejados —exclamó.

—Nadie se ha dado cuenta —afirmó Tess.

Cecilia se sentó y apoyó los codos en la mesa. Esbozó una sonrisa casi tímida.

—Tengo una reputación en el Santa Ángela de ser lo contrario de esto.

—Oh, bueno —dijo Tess llenando de agua una tetera perfectamente reluciente al tiempo que observaba que había vertido algunas gotas en el impoluto fregadero de Cecilia—. Tu secreto está a salvo conmigo.

Preocupada por haber dado a entender que el comportamiento de Cecilia tuviera algo de vergonzoso, cambió rápidamente de tema.

—¿Está haciendo un trabajo sobre el Muro de Berlín alguna de tus hijas? —preguntó señalando con la cabeza el montón de libros en la mesa.

—Mi hija Esther lo está estudiando por su cuenta —dijo Cecilia—. Se apasiona con los temas más variopintos. Acabamos todos hechos unos expertos. De todas maneras, puede resultar un poco agotador. —Respiró hondo y de pronto se volvió en la silla para mirar a Tess como si estuviera en una cena y hubiera decidido que había llegado el momento de fijarse en ella y no en la invitada de al lado—. ¿Has ido a Berlín, Tess?

Su tono de voz era raro. ¿Iría a vomitar otra vez? ¿Tomaría alguna droga? ¿Padecería alguna enfermedad mental?

—Pues no. —Tess abrió la puerta de la despensa de Cecilia y puso unos ojos como platos al contemplar la cantidad de recipientes de Tupperware de todas las formas y tamaños. Era como un anuncio de prensa—. He ido a Europa varias veces, pero mi prima Felicity —se interrumpió; estuvo a punto de decir que su prima Felicity no tenía ningún interés por Alemania y por eso no había ido, pero por primera vez se contuvo al darse cuenta de la tontería que iba a decir. Como si su propio punto de vista sobre Alemania careciera de importancia. (¿Qué pensaba ella de Alemania?). Vio una bandeja con filas de bolsas de té—. Dios, tienes de todo. ¿Qué té quieres?

—Oh, Earl Grey, negro, sin azúcar. ¡Déjame a mí! —Cecilia hizo ademán de levantarse.

—Siéntate, siéntate —insistió Tess casi imperiosamente, como si conociera a Cecilia de toda la vida.

No solo Cecilia se estaba comportando de una manera rara, también Tess.

Cecilia se sentó.

—¿Necesita Polly las zapatillas inmediatamente? ¿Debo salir disparada al colegio para llevárselas? —preguntó Tess.

—He vuelto a olvidarme del deporte de Polly. Completamente.

Tess sonrió ante el gesto de asombro de Cecilia. Como si fuera la primera vez que se le olvidara algo en toda su vida.

—No salen al patio hasta las diez —explicó Cecilia.

—En ese caso me tomaré una taza de té contigo —dijo Tess sacando de la extraordinaria despensa de Cecilia un paquete de galletas de chocolate con aspecto de ser carísimas, sorprendida por su propia desenvoltura. Oh, aquello sí que era vivir la vida sacándole el máximo partido—. ¿Quieres una galleta?

CAPÍTULO VEINTICUATRO

ecilia vio a Tess llevarse la taza de té a los labios (no había puesto la vajilla adecuada, ella nunca ponía esas tazas a los invitados) y sonreírle por encima del borde, ajena al terrible monólogo que transcurría en silencio por su cabeza.

¿Quieres saber lo que descubrí anoche, Tess? Mi marido mató a Janie Crowley. ¡Lo sé! Esa misma. Sí, la hija de Rachel Crowley, efectivamente, la simpática señora de pelo blanco y ojos tristes, la que nos hemos encontrado esta mañana y me ha mirado a los ojos y ha sonreído. O sea, para ser sincera, estoy en un brete, Tess, como diría mi madre. En un auténtico brete.

¿Qué diría Tess si Cecilia pronunciara esas palabras en voz alta? Había creído que Tess era una de esas personas misteriosas y seguras de sí mismas, que no necesitan llenar los silencios con palabras, pero ahora pensaba que tal vez fuera por timidez. Había algo descarado en su forma de mirarla y además estaba sentada en una postura erguida y atenta, como la de un niño en casa ajena.

Estaba siendo muy amable con Cecilia al haberle llevado a casa tras el humillante incidente de la alcantarilla. ¿Iba a vomitar

Cecilia cada vez que viera a Rachel Crowley a partir de ahora? Porque podía ser complicado.

—Siempre me ha gustado leer sobre intentos de fuga. —Tess señaló con la cabeza los libros del Muro de Berlín.

—A mí también —admitió Cecilia—. Los que acaban bien, claro. —Abrió uno de los libros por la sección de fotos de en medio—. ¿Ves esta familia? —Señaló una foto en blanco y negro de un hombre y una mujer jóvenes con sus cuatro desaliñados hijos pequeños—. Este hombre secuestró un tren. Lo llamaban Cannonball Harry. Hizo que el tren atravesara las barreras a toda velocidad. El conductor le dijo: «¿Estás loco, camarada?». Tuvieron que meterse todos debajo de los asientos para que no les alcanzaran los disparos. ¿Te imaginas lo que sería ponerte en el lugar de ella? La madre. A veces le doy vueltas. Cuatro chicos tumbados en el tren. Balas silbando sobre sus cabezas. Se inventó un cuento de hadas para tenerlos distraídos. Dijo que nunca había inventado un cuento para ellos. La verdad es que yo tampoco invento historias para mis hijas. No soy creativa. Seguro que tú sí inventas historias para los tuyos.

Tess se mordió la uña del dedo pulgar.

—Alguna vez, supongo.

«Estoy hablando demasiado», pensó Cecilia y luego se dio cuenta de que había dicho «los tuyos», cuando Tess solo tenía un hijo, y se preguntó si debía rectificar, aunque ¿y si Tess deseaba ardientemente más hijos y por alguna razón no había podido tenerlos?

Tess giró el libro para ver la foto.

—Me figuro que demuestra lo que se hace por la libertad. La solemos dar por supuesta.

—Pero creo que, si yo hubiera sido su esposa, habría dicho que no —dijo Cecilia. Se la notaba demasiado agitada, como si tuviera que tomar realmente esa decisión. Se esforzaba conscientemente en apaciguar su voz—. Yo habría dicho: «No vale la pena. Qué más da que estemos a este lado del Muro, al menos estamos vivos. Al menos nuestros hijos están vivos. La muerte es un precio demasiado alto por la libertad».

¿Cuál era el precio de la libertad de John-Paul? ¿Rachel Crowley? ¿Era ella el precio de su paz interior? ¿La paz interior que tendría si al fin supiera qué le había sucedido a su hija y que la persona responsable había sido castigada? Cecilia todavía estaba furiosa con una profesora de Infantil que en cierta ocasión había hecho llorar a Isabel. Y eso que Isabel ni se acordaba. ¿Cómo debía sentirse Rachel? A Cecilia se le encogió el estómago. Dejó la taza en la mesa.

—Te has puesto pálida —dijo Tess.

—Supongo que he cogido un virus —alegó Cecilia. *Mi marido me ha inoculado un virus. Un virus verdaderamente maligno.* ¡Ja! Se quedó horrorizada de haberse reído en voz alta—. O algo así. Tengo algo, seguro.

CAPÍTULO VEINTICINCO

*M*ientras volvía al colegio en el coche de Cecilia para llevar las zapatillas a Polly, pensó que, si Polly tenía gimnasia ese día, Liam también, porque estaban en la misma clase. Y, por supuesto, él tampoco llevaba zapatillas de deporte. Nadie le había dicho a Tess que hubiera clase de Educación Física ese día. O quizá sí, pero ella no había tomado nota. Se preguntó si debía pasarse por casa de su madre y recoger las zapatillas de Liam. Titubeó. Nadie le había contado nunca que ser madre consistiera en tomar miles de pequeñas decisiones. Tess se había considerado siempre una persona resolutiva antes de tener a Liam.

Bueno, ya eran las diez pasadas. Era mejor no se arriesgarse a llevarle tarde las zapatillas a Polly. Parecía importarle mucho y Tess no quería fallar a Cecilia. La pobre mujer estaba hecha polvo.

Cecilia le había dicho que llevara las zapatillas a la clase de Polly o directamente al profesor de Educación Física.

—Seguro que ves a Connor Whitby en el patio —dijo—. Eso será lo más fácil.

—Conozco a Connor. —Tess se sorprendió al decirlo—. La verdad es que salimos juntos durante un tiempo. Hace años. Ahora es agua pasada, por supuesto. —Sintió vergüenza al mencionar lo de «agua pasada». ¿Por qué lo había dicho? Era una estupidez y no venía a cuento.

Cecilia se había quedado bastante impresionada.

—Bueno, ahora es el soltero más solicitado del Santa Ángela. No le contaré a Polly que saliste con él o te matará.

Y entonces había soltado una de sus risitas agudas y desconcertantes y dijo que lo sentía, pero que necesitaba acostarse inmediatamente.

Cuando Tess encontró a Connor, este estaba colocando con cuidado las pelotas de baloncesto en el centro de cada fragmento de color de un gran paracaídas multicolor extendido en el patio. Llevaba una camiseta blanquísima y un pantalón de chándal negro y parecía menos intimidante que la noche pasada en la estación de servicio. La luz del sol realzaba las arrugas alrededor de los ojos.

—Hola otra vez. —Él sonrió mientras Tess le alargaba las zapatillas—. Para Liam, supongo.

La primera vez me besaste en una playa, pensó Tess.

—No, son para Polly Fitzpatrick. Cecilia no se encuentra bien y me he ofrecido a traérselas. La verdad es que Liam no tiene equipación deportiva. No lo castigarás por eso, ¿verdad?

Vuelta a empezar. Otra vez un tono de voz levemente insinuante. ¿Por qué coqueteaba con él? ¿Por qué acababa de recordar su primer beso? ¿Por qué nunca le había gustado a Felicity? ¿Por qué su matrimonio había saltado por los aires y ella necesitaba demostrarse urgentemente que seguía siendo atractiva? ¿Por qué estaba enfadada? ¿Por qué estaba triste? ¿Por qué, por qué demonios no hacerlo?

—Seré amable con él —prometió Connor dejando con cuidado las zapatillas de Polly al lado del paracaídas—. ¿Le gusta el deporte a Liam?

—Le gusta correr —dijo Tess—. Correr sin ningún motivo.

Pensó en Will. Era un seguidor obsesivo del fútbol americano y cuando Liam era bebé le hablaba con pasión de que le llevaría a los partidos, pero hasta la fecha Liam no había mostrado el menor interés por la pasión de Will. Tess sabía que debía de estar decepcionado, pero Will se lo tomaba a risa y bromeaba con él. Un día que estaban viendo un partido juntos, Tess había oído a Liam decir: «¡Vamos fuera a correr, papá!». Will, a quien no le gustaba nada correr, había suspirado con cómica resignación y al momento la televisión estaba apagada y ellos dos corriendo en círculo por el patio trasero.

No permitiría que Felicity arruinara esa relación. No dejaría que un día Liam no supiera de qué hablar con un padre que no conocía.

—¿Está de acuerdo con empezar en un colegio nuevo? —preguntó Connor.

—Yo creía que sí —dijo Tess jugueteando con las llaves del coche de Cecilia—. Pero esta mañana estaba disgustado. Echa de menos a su padre. Su padre y yo estamos..., en fin, creí estúpidamente que Liam no se enteraba de ciertas cosas que estaban pasando.

—Te sorprende lo inteligentes que son —reconoció Connor. Tomó otras dos pelotas de baloncesto de la bolsa de tela y se las puso contra el pecho—. Claro que luego te sorprenden con lo estúpidos que pueden ser. Pero, si te vale de algo, este es un buen colegio. Nunca he dado clase en un centro escolar tan acogedor. Es por la directora. Está chiflada, pero para ella los niños son lo primero.

—Debe de ser un mundo muy diferente al de la contabilidad.

Tess miró los relucientes colores primarios del paracaídas ondeando suavemente por la brisa.

—¡Ja! Me conociste cuando era contable —dijo Connor con una sonrisa amistosa y tierna, como si sintiera por ella algo más de lo que era posible después de tanto tiempo—. Por alguna razón he borrado de mi mente todo aquello.

En la playa de Clontarf, pensó Tess de pronto. *Ahí me besaste por primera vez. Fue un buen primer beso.*

—Fue hace tanto tiempo —declaró Tess; su ritmo cardíaco se había acelerado—. Apenas puedo recordar tanto.

Apenas puedo recordar tanto. Vaya tontería.

—Ah, ¿sí? —dijo Connor agachándose para colocar un balón en la zona roja del paracaídas. Al incorporarse, la miró a los ojos—: Pues yo recuerdo muchas cosas.

¿Qué había querido decir? ¿Que recordaba muchas cosas de su relación o que recordaba muchas cosas de los años noventa?

—Tengo que irme —anunció. Se encontró con sus ojos y apartó enseguida la mirada, como si hubiera hecho algo terriblemente inapropiado—. Te dejo con lo tuyo.

—Muy bien. —Connor jugueteó con la pelota pasándosela entre sus manos—. ¿Sigue en pie lo del café?

—Claro —dijo Tess sonriendo hacia donde estaba él—. Pásalo bien haciendo paracaidismo o como se llame lo que estés haciendo.

—Lo intentaré. Y te prometo echar un ojo a Liam.

Cuando caminaba hacia el coche, recordó cuánto le gustaba a Felicity ver el fútbol con Will. Era algo que tenían en común. Un interés compartido. Tess se sentaba a leer un libro mientras ellos gritaban juntos al televisor. Se volvió:

—Que sea una copa —sugirió buscando el contacto de su mirada; le produjo la misma sensación que un contacto físico—. Quiero decir, en vez de un café.

Connor cambió de sitio con el pie uno de los balones del paracaídas.

—¿Qué tal esta noche?

CAPÍTULO VEINTISÉIS

Cecilia se sentó a llorar en el suelo de la despensa, abrazándose las rodillas. Alargó el brazo para coger el rollo de papel de cocina del estante inferior, arrancó una hoja y se sonó ruidosamente las narices.

No se acordaba de por qué había entrado en la despensa. Tal vez la única razón fuera calmar su mente contemplando sus recipientes de Tupperware. La gratificante y acertada geometría de sus formas apilables. Sus herméticas tapas azules que mantenían todo fresco y crujiente. En la despensa de Cecilia no había secretos podridos.

Distinguió un leve aroma de aceite de sésamo. Siempre tenía mucho cuidado al limpiar la botella de aceite de sésamo, pero seguía habiendo un leve aroma. Tal vez debería tirarlo, aunque a John-Paul le encantaba su pollo al sésamo.

¿Qué importaba lo que le encantaba a John-Paul? El equilibrio conyugal ya no volvería a ser el mismo. Siempre sería ella la que mandara y tuviera la última palabra.

Llamaron al timbre y Cecilia se sobresaltó. *La policía*, pensó.

Pero no había ningún motivo para que apareciera la policía en ese momento, al cabo de tantos años, solo porque Cecilia lo supiera. *Te odio por esto, John-Paul Fitzpatrick*, pensó mientras se levantaba. Le dolía el cuello. Agarró la botella de aceite de sésamo y la tiró al cubo de la basura de camino a la puerta de la calle.

No era la policía. Era la madre de John-Paul. Cecilia parpadeó, desorientada.

—¿Estabas en el cuarto de baño? —preguntó Virginia—. Ya estaba pensando en sentarme en el escalón. Empezaban a flaquearme las piernas.

La especialidad de Virginia era hacerte sentir mal en todo lo que pudiera. Tenía cinco hijos varones y cinco nueras, y Cecilia era la única nuera que no se había sometido a Virginia con lágrimas de rabia y frustración. Seguramente debido a la inamovible confianza en sus habilidades como esposa, madre y ama de casa. *Atrévete a decir algo, Virginia*, decía a veces para sus adentros cuando la mirada de su suegra se posaba en todo, desde las camisas sin una arruga de John-Paul al impecable felpudo de la entrada sin una mota de polvo.

Los miércoles después de la clase de tai chi, Virginia «se dejaba caer» por casa de Cecilia a tomar una taza de té y algo recién horneado. «¿Cómo lo aguantas?», se quejaban las cuñadas de Cecilia, pero a ella le traía sin cuidado. Era como participar en una batalla semanal con un objetivo indefinido que, por regla general, Cecilia creía alcanzar.

Pero ese día no. No tenía fuerzas.

—¿A qué huele? —dijo Virginia al ofrecer la mejilla para que la besara—. ¿Es aceite de sésamo?

—Sí. —Cecilia se olió las manos—. Ven a sentarte. Pondré la tetera.

—La verdad es que no me gusta nada el olor a sésamo —confesó Virginia—. Es muy oriental. —Se sentó a la mesa y echó un vistazo a la cocina en busca de suciedad o divergencia de criterio—. ¿Qué tal estaba John-Paul anoche? Me ha llamado esta mañana. Qué detalle volver antes de lo previsto. Las chicas estarán felices. Son muy de su papá tus tres hijas, ¿no? Pero no me lo podía creer cuando le oí que tenía que ir derecho a la oficina esta mañana después de haber llegado en avión anoche. Debe de tener *jet lag*. Pobre hombre.

John-Paul había querido quedarse en casa ese día. «No quiero dejarte sola con todo esto», había dicho. «No voy a ir a la oficina. Podemos hablar. Podemos seguir hablando».

Cecilia no podía concebir nada peor que seguir hablando. Había insistido en que fuera a trabajar, hasta echarlo prácticamente por la puerta. Necesitaba estar lejos de él. Necesitaba pensar. Él había estado llamando toda la mañana, dejando mensajes angustiados. ¿Estaba preocupado por si iba a contar a la policía lo que sabía?

—John-Paul tiene una buena ética laboral —dijo a su suegra mientras hacía el té—. *Imagínate si supieras lo que hizo tu precioso hijo. Imagínatelo nada más.*

Notó la mirada escrutadora de su suegra. Virginia no era tonta. Ese era el error que habían cometido las cuñadas de Cecilia. Habían subestimado al enemigo.

—No tienes muy buen aspecto —observó Virginia—. Estás pálida. Seguro que estás agotada. Haces demasiadas cosas. Me he enterado de que anoche tuviste una reunión. He estado hablando con Marla Evans en tai chi y me ha contado que fue todo un éxito. Por lo visto, todas se achisparon. Me ha contado que llevaste a casa a Rachel Crowley.

—Rachel es muy simpática —declaró Cecilia sirviéndole el té a Virginia, junto con una selección de bizcochos horneados. (La debilidad de Virginia. A Cecilia le servía para neutralizarla). ¿Cómo iba a hablar de ella sin sentir náuseas?—. La he invitado a la fiesta de piratas de Polly el fin de semana que viene.

Lo cual es maravilloso.

—Ah, ¿sí? —se extrañó Virginia. Hubo una pausa—. ¿Lo sabe John-Paul?

—Sí —afirmó Cecilia—. Claro que lo sabe. —Era una pregunta fuera de lugar por parte de su suegra. Sabía perfectamente que John-Paul no se implicaba en la organización de las fiestas de cumpleaños. Volvió a poner la leche en el frigorífico y se dio la vuelta para mirar a Virginia—. ¿Por qué lo preguntas?

Virginia se sirvió un trozo de bizcocho de limón con coco.

—¿No le importa?

—¿Por qué iba a importarle?

Cecilia sacó una silla y se sentó a la mesa. Le parecía como si alguien estuviera metiéndole el pulgar por mitad de la frente, como si fuera una rosquilla. Sus ojos se encontraron con los de Virginia. Los tenía igual que John-Paul. En otro tiempo había sido una belleza y no perdonaba a una de sus nueras que no la hubiera reconocido en una foto colgada en el salón de su casa.

Virginia fue la primera en apartar la mirada.

—Pensé que preferiría no recibir demasiadas visitas de compromiso en la fiesta de su hija.

No acertaba con el tono de voz. Tomó un bocado del bizcocho y lo masticó torpemente, como si solo estuviera fingiendo masticar.

Lo sabe. Este pensamiento cayó como un rayo en la cabeza de Cecilia.

John-Paul había dicho que no lo sabía nadie. Lo había afirmado categóricamente.

Siguieron unos momentos de silencio. Cecilia oyó el zumbido del frigorífico. Tenía el corazón desbocado. Virginia no podía saberlo. Tragó saliva: una repentina bocanada involuntaria de aire.

—Hablé con Rachel de su hija —dijo Cecilia con un hilo de voz—. De Janie. Camino de su casa. —Hizo una pausa y tomó aliento para calmarse. Virginia había dejado el bizcocho y estaba rebuscando algo en el bolso—. ¿Te acuerdas bien... de cuando ocurrió?

—Lo recuerdo muy bien —repuso Virginia sacando del bolso un pañuelo de papel para sonarse la nariz—. A los periódicos les encantó. Sacaron páginas y páginas de fotos. Incluso publicaron una foto del... —Arrugó el pañuelo con la mano y carraspeó—. Del rosario. El crucifico era de nácar.

El rosario. John-Paul le había contado que su madre le había prestado el rosario porque aquel día tenía un examen. Ella debió de reconocerlo y no había dicho jamás ni una palabra, nunca había preguntado, de manera que tampoco había necesitado oír nunca la respuesta, aunque la conocía. Seguro que la conocía. Cecilia sintió un escalofrío recorrer sus piernas, como cuando estás incubando la gripe.

—Pero de eso hace muchísimo tiempo —dijo Virginia.

—Sí. Aunque debe de ser muy doloroso para Rachel —insistió Cecilia—. No saber. No saber qué sucedió.

Sus miradas se cruzaron de uno a otro lado de la mesa. Esta vez Virginia no apartó la mirada. Cecilia pudo distinguir diminutas partículas de polvo facial anaranjado en las arrugas alrededor de la boca de Virginia. Pudo oír los sonidos amortiguados fuera de la casa: el cotorreo de las cacatúas, el piar de los gorriones, el lejano zumbido de alguna máquina sopladora de hojas, el portazo de un coche.

—Aunque realmente eso no cambiaría nada. No traería de vuelta a Janie. ¿No es así? —Virginia dio unas palmaditas a Cecilia en el brazo—. Ya tienes bastantes cosas en que pensar para preocuparte por eso. Tu familia es lo primero. Tu marido y tus hijas. Son lo primero.

—Sí, por supuesto —empezó Cecilia y se interrumpió bruscamente.

El mensaje no dejaba lugar a dudas. La mancha del pecado impregnaba toda su casa. Olía como el aceite de sésamo.

Virginia sonrió dulcemente y volvió a tomar el trozo de bizcocho de limón con coco con los dedos.

—No hace falta que yo te lo diga. Eres madre. Harías cualquier cosa por tus hijas, lo mismo que yo hago por los míos.

CAPÍTULO VEINTISIETE

*L*a jornada escolar casi había concluido y Rachel estaba terminando de teclear el boletín de noticias del colegio, moviendo rápidamente los dedos por el teclado. *Hay sushi en la tienda de las chuches. Sano y sabroso. Hacen falta más voluntarios para forrar los libros de la biblioteca. No olvidéis el Desfile de Sombreros de los Huevos de Pascua. Connor Whitby, acusado del asesinato de la hija de Rachel Crowley. ¡Hurra! Nuestros mejores deseos para Rachel. Abierto plazo de solicitudes para el puesto de profesor de Educación Física.*

Pulsó la tecla de borrado con el meñique. Borrar. Borrar.

El teléfono móvil que tenía junto al ordenador zumbó y vibró. Se apresuró a contestar.

—Señora Crowley, soy Rodney Bellach.

—Rodney —repitió Rachel—. ¿Tienes buenas noticias para mí?

—Bueno. No..., bueno, quería que supiera que he enviado la cinta a un buen amigo del equipo de Homicidios Sin Resolver —dijo Rodney. Lo notó poco natural, como si hubiera ensayado lo que tenía que decir antes de llamar por teléfono—. De manera que está en buenas manos.

—Está bien —admitió Rachel—. Todo es empezar. Reabrirán el caso.

—Bueno, señora Crowley, la cuestión es que el caso de Janie no está cerrado —puntualizó Rodney—. Sigue abierto. Cuando el forense declara abierta una conclusión, como hicieron con Janie, como usted ya sabe, pues entonces sigue abierto. De manera que lo que le estoy diciendo es que van a mirar la cinta. Eso seguro.

—¿Y volverán a interrogar a Connor? —prosiguió Rachel, apretando el teléfono al oído.

—Me imagino que es una posibilidad —aventuró Rodney—. Pero, por favor, no se haga muchas ilusiones, señora Crowley. Haga el favor.

Se tomó la decepción como algo personal. Como si le hubieran dicho que había suspendido un examen. No era lo bastante buena. Había fracasado en ayudar a su hija. Había vuelto a fallarle.

—Pero, mire, esto no es más que mi opinión. Los nuevos agentes son más jóvenes e inteligentes que yo. Alguien del equipo de Homicidios sin Resolver la llamará esta semana para decirle lo que piensan.

Rachel sintió que se le empañaban los ojos al colgar el teléfono y volver al ordenador. Se dio cuenta de que llevaba todo el día con una cálida sensación de expectación, como si el hallazgo de la cinta fuera a desencadenar una serie de hechos que conducirían a algo maravilloso, casi como si hubiera pensado que la cinta le iba a devolver a Janie. Una parte infantil de su cerebro no había terminado de aceptar que Janie pudiera haber sido asesinada. Seguro que algún día una autoridad respetable tomaría cartas en el asunto y lo resolvería. Quizá fuera Dios la autoridad razonable y respetable que ella siempre había supuesto que intervendría. ¿Cómo podía haberse engañado tanto, incluso inconscientemente?

A Dios no le preocupaba. No le preocupaba lo más mínimo. Dios había dado a Connor Whitby libre albedrío y Connor lo había utilizado para estrangular a Janie.

Rachel apartó la silla de su mesa y se asomó a la ventana del patio. Desde allí dominaba todo lo que ocurría en el patio del colegio. Era casi la hora de recoger a los niños. Los padres estaban desperdigados por aquí y por allá: pequeños grupos de madres charlando, algún que otro padre al fondo, mirando el correo electrónico en el móvil. Observó que uno de los padres se hizo rápidamente a un lado para dejar pasar a alguien en silla de ruedas. Era Lucy O'Leary. Su hija Tess iba empujando la silla. Mientras Rachel las miraba, Tess se inclinó para oír algo que decía su madre y luego echó la cabeza para atrás y se rio. Había algo apaciblemente subversivo en aquellas dos mujeres.

Se puede ser amiga de una hija adulta de un modo que no parece posible con un hijo adulto. Eso era lo que Connor le había arrebatado a Rachel, todas las relaciones futuras que podría haber tenido con Janie.

No soy la primera madre que pierde un hijo, se repetía Rachel el primer año. *No soy la primera. Ni seré la última.*

Por supuesto, eso no cambiaba nada.

Sonó el timbre del fin de la jornada escolar y segundos después los niños salieron dando gritos de alegría de las clases. El típico alboroto de voces infantiles de las tardes: risas, gritos, llantos. Rachel vio al pequeño O'Leary correr hacia la silla de ruedas de su abuela. Estuvo a punto de caerse porque tenía ambas manos ocupadas con una enorme construcción de cartón forrada de papel de aluminio. Tess se inclinó hacia la silla de su madre y los tres la examinaron: ¿sería una nave espacial? Sin duda, era obra de Trudy Applebee. A la porra el programa. Si Trudy Applebee decidía que ese día los de 1º hacían naves espaciales, las hacían. Lauren y Rob acabarían quedándose en Nueva York. Jacob tendría acento americano. Desayunaría tortitas. Rachel nunca lo vería salir corriendo de clase con algo forrado de papel de aluminio. La policía no haría nada con la cinta de vídeo. La archivarían. Seguramente no tendrían ni siquiera un reproductor de vídeo para visionarla.

Rachel volvió a la pantalla del ordenador y dejó las manos inertes sobre el teclado. Llevaba veinticinco años esperando algo que nunca iba a ocurrir.

CAPÍTULO VEINTIOCHO

*F*ue un error sugerir una copa. ¿En qué estaba pensando? El bar estaba atestado de gente joven y guapa, bastante achispada. Tess no dejaba de mirarlos. Todos le parecían chicos de instituto, que deberían estar estudiando en su casa en vez de salir por la noche entre semana, dando gritos y chillidos. Connor había tenido la suerte de conseguir mesa, pero estaba justo al lado de una hilera de ruidosas y centelleantes máquinas de póquer y, a juzgar por la expresión de pánico de Connor cada vez que ella hablaba, estaba claro que tenía dificultades para escucharla. Tess dio un sorbo a su copa de vino, no especialmente bueno, y notó que empezaba a dolerle la cabeza. Le dolían las piernas después de subir la larga cuesta desde casa de Cecilia. Los martes por la noche tenía clase de defensa personal con Felicity, pero no encontraba hueco para hacer ejercicio entre el trabajo, el colegio y todas las actividades de Liam. De pronto recordó que había pagado ciento noventa dólares por un curso de artes marciales que Liam debería haber comenzado ese mismo día en Melbourne. Mierda, mierda, mierda.

Además, ¿qué hacía ella aquí? Había olvidado lo malos que eran los bares de Sydney comparados con los de Melbourne. Por eso no había nadie de más de treinta años en el local. Si eras un adulto residente en la North Shore, tenías que tomarte la copa en casa y estar acostado a las diez.

Echaba de menos Melbourne. Echaba de menos a Will. Echaba de menos a Felicity. Echaba de menos su vida.

Connor se inclinó hacia delante.

—Liam tiene buena coordinación visomotriz —gritó.

Por el amor de Dios, ¿era aquello una tutoría con el profesor?

Cuando Tess había recogido a Liam en el colegio por la tarde parecía eufórico y no mencionó en ningún momento a Will ni a Felicity. Sin embargo, no paró de hablar de cómo había sido el mejor buscando los huevos de Pascua, uno de los cuales compartió con Polly Fitzpatrick, que iba a dar una impresionante fiesta de piratas a la que estaba invitada toda la clase, y de lo bien que se lo había pasado con un paracaídas en el patio y que, al día siguiente, iba a haber un desfile de Pascua y su profesora se disfrazaría de huevo de Pascua. Tess no sabía si era la novedad o el subidón del chocolate lo que lo tenía tan contento, pero al menos por el momento Liam no echaba de menos su antigua vida.

—¿Echas de menos a Marcus? —le preguntó.

—Pues no —contestó Liam—. Marcus es bastante malo.

No consintió en que nadie le ayudara a confeccionar su propio sombrero de Pascua, inventando una extraña y maravillosa creación propia con flores artificiales y un conejo de juguete a partir de un viejo sombrero de paja de Lucy. Luego se tomó toda la cena, estuvo cantando en el baño y se quedó profundamente dormido a las siete y media. En cualquier caso, no iba a volver al colegio de Melbourne.

—La ha heredado de su padre —suspiró Tess—. Me refiero a lo de la buena coordinación visomotriz.

Dio un largo trago al flojo vino. Will nunca la habría llevado a un sitio así. Conocía los mejores bares de Melbourne: bares diminutos, con estilo e iluminación suave, donde se habría sentado frente a ella para charlar. La conversación no decaía nunca. Todavía se hacían reír el uno al otro. Salían cada dos meses. Los dos solos. A algún espectáculo o a cenar. ¿No era eso lo que había que hacer? ¿Cuidar de tu matrimonio con agradables «salidas nocturnas» de vez en cuando? (No podía soportar esa frase).

Felicity se quedaba con Liam cuando ellos salían. Y, luego, siempre tomaban una copa con ella al volver a casa y le contaban cómo había ido la velada. A veces, si era demasiado tarde, Felicity se quedaba a dormir y desayunaban todos juntos por la mañana.

Sí, Felicity había sido una parte importante de sus salidas nocturnas.

¿Se acostaría en el cuarto de invitados deseando ocupar el lugar de Tess? ¿Acaso Tess había sido involuntaria y despiadadamente cruel con Felicity?

—¿Qué sucede? —Connor se inclinó hacia delante con el ceño fruncido.

—Lo ha conseguido...

—¡Uuuuh! —Hubo una explosión de ruido en una de las máquinas de póquer.

—¡Perra, más que perra!

Una de las chicas guapas (Felicity la habría calificado de «repelente») dio una palmada en la espalda de su amiga mientras un torrente de monedas caía de la máquina.

—¡Uuuuh! ¡Uuuuh! ¡Uuuuh! —Un joven se golpeó los anchos pectorales como un gorila y empujó a Tess sin querer.

—Ten cuidado, tío —dijo Connor.

—Lo siento, tío. Es que hemos ganado... —El joven se dio la vuelta y su rostro se iluminó—. ¡Señor Whitby! ¡Eh, chicos, este fue mi profesor de Educación Física en Primaria! ¡El mejor que he tenido en mi vida!

Alargó la mano y Connor se levantó y se la estrechó, mirando compungido a Tess.

—¿Cómo demonios está, señor Whitby?

El chico metió las manos en los bolsillos de los vaqueros, sacudiendo incrédulo la cabeza mientras miraba a Connor, abrumado al parecer por una especie de emoción paternal.

—Estoy bien, Daniel —dijo Connor—. Y tú, ¿cómo estás?

El chico pareció tener una súbita idea.

—¿Sabe una cosa? Le voy a invitar a un trago, señor Whitby. Sería un jodido placer para mí. En serio. Perdone mi lenguaje. Creo que estoy un poco borracho. ¿Qué quiere tomar, señor Whitby?

—Sabes, Daniel, me habría encantado, pero es que ya nos íbamos.

Connor tendió la mano a Tess y ella cogió el bolso automáticamente y se levantó, con la misma naturalidad que si mantuvieran una relación de años.

—¿Es la señora Whitby? —El muchacho miró a Tess de arriba abajo, extasiado. Se volvió a Connor y le hizo un gran guiño de complicidad, levantando ambos pulgares. Luego se volvió a Tess—: Señora Whitby, su marido es una leyenda. Una leyenda total. Me enseñó de todo, o sea, salto de longitud, hockey y críquet y, o sea, todos los deportes del jodido universo, y, sabe, ahora estoy muy cachas, ya lo sé, aunque le sorprendería enterarse de que no tengo tanta coordinación, en cambio, señor Whitby...

—Tenemos que irnos, tío. —Connor dio al chico una palmada en el hombro—. Me alegro de haberte visto.

—Oh, lo mismo digo, tío. Lo mismo digo.

Connor guio a Tess fuera del bar y salieron al apacible y tranquilo aire de la noche.

—Lo siento —dijo—. Pensé que me volvía loco ahí dentro. Creo que me he quedado sordo. Y encima me encuentro a un antiguo alumno borracho que quiere invitarme a una copa... Dios... Bueno, parece que te sigo llevando de la mano.

—Eso parece.

«¿Qué estás haciendo, Tess O'Leary?». Pero no le soltó. Si Will podía enamorarse de Felicity, si Felicity podía enamorarse de Will, ella podía pasar unos momentos de la mano de un exnovio. ¿No?

—Recuerdo que siempre me encantaron tus manos —dijo Connor y carraspeó—. Supongo que estamos rozando lo inapropiado.

—Oh, bueno —dijo Tess.

Deslizó el pulgar tan suavemente por los nudillos de ella que fue casi imperceptible.

Tess había olvidado cómo se disparaban los sentidos y se aceleraba el pulso como si acabara de despertar de un largo sueño. Había olvidado la excitación, el deseo, la mezcla de sensaciones. Parecía imposible después de diez años de matrimonio. Eso lo sabe todo el mundo. Forma parte del trato. Y ella lo había aceptado. Sin el menor problema. Ni siquiera se había enterado de que lo había perdido. De haberlo pensado, le habría parecido infantil, estúpido —«delirante»—, qué más da, tenía un niño a quien cuidar, un negocio que llevar. Pero, Dios mío, había olvidado el poder del deseo. Algo que hacía que todo lo demás careciera de importancia. Eso era lo que Will había estado viviendo con Felicity mientras Tess seguía distraída en la rutina de la vida conyugal.

Connor aumentó la presión de su pulgar y Tess sintió la pulsión del deseo.

Quizá la única razón por la que nunca había engañado a Will fuera que no había tenido la oportunidad. Aunque la verdad es que nunca había engañado a ninguno de sus novios. Su historial sexual era irreprochable. Nunca había tenido una noche loca con un chico que no debiera, ni había besado borracha al novio de otra, ni se había despertado con el menor remordimiento. Siempre había obrado bien. ¿Por qué? ¿Para qué? ¿A quién le importaba?

Clavó la mirada en el pulgar de Connor y lo miró hipnotizada y atónita, como si nunca le hubieran acariciado tan suavemente los nudillos.

Junio de 1987, Berlín. El presidente de Estados Unidos Ronald Reagan, de visita en Berlín Occidental, declaró: «Secretario general Gorbachov: Si quiere la paz, si quiere la prosperidad para la Unión Soviética y Europa Oriental, si quiere la liberalización, ¡venga a esta puerta! ¡Y abrála, señor Gorbachov! ¡Derribe este Muro, señor Gorbachov!».

Junio de 1987, Sydney. Andrew y Lucy O'Leary hablaban en voz baja sentados a la mesa de la cocina, mientras su hija de diez años dormía arriba. «No es que no pueda perdonarte», dijo Andrew. «Es que me trae sin cuidado. Absolutamente».

«Solo lo hice para que me prestaras atención», se justificó Lucy. Pero la mirada de Andrew ya estaba puesta en la puerta.

CAPÍTULO VEINTINUEVE

ómo es que no tenemos cordero? —preguntó Polly—. Siempre hay cordero asado cuando papá vuelve a casa.

Pinchó de mala gana con el tenedor el filete de pescado demasiado hecho que tenía en el plato.

—¿Por qué has puesto pescado para cenar? —protestó Isabel a Cecilia—. Papá odia el pescado.

—No odio el pescado —aclaró John-Paul.

—Sí que lo odias —afirmó Esther.

—Vale, está bien, no es mi favorito —dijo John-Paul—. Pero la verdad es que este está muy rico.

—Hum, pues no está nada rico. —Polly dejó el tenedor y suspiró.

—Polly Fitzpatrick, ¿qué modales son esos? —la regañó John-Paul—. Después de lo que se ha molestado tu madre en cocinarlo...

—No sigas —pidió Cecilia levantando la mano.

Se hizo un silencio alrededor de la mesa mientras todos esperaban que dijera algo más. Dejó el tenedor y bebió un buen trago de vino.

—Creía que habías dejado el vino en Cuaresma —dijo Isabel.

—He cambiado de idea —replicó Cecilia.

—¡No puedes cambiar de idea así como así! —Polly estaba escandalizada.

—¿Habéis tenido todas un buen día? —preguntó John-Paul.

—Esta casa huele a aceite de sésamo —dijo Esther olfateando.

—Sí, yo creía que íbamos a comer pollo al sésamo —comentó Isabel.

—El pescado es bueno para el cerebro —señaló John-Paul—. Te hace inteligente.

—Entonces, ¿por qué los esquimales no son el pueblo más inteligente del mundo? —observó Esther.

—Quizá lo sean —dijo John-Paul.

—Este pescado sabe realmente mal —insistió Polly.

—¿Sabes de algún esquimal que haya ganado un Premio Nobel? —preguntó Esther.

—Es verdad que sabe un poco raro, mamá —admitió Isabel.

Cecilia se levantó y empezó a retirar los platos todavía llenos. Sus hijas pusieron cara de asombro.

—Podéis haceros todos una tostada.

—¡Pero si está bien! —protestó John-Paul agarrando el borde del plato con la punta de los dedos—. A mí me estaba gustando mucho.

Cecilia le quitó el plato.

—De eso, nada.

Evitaba mirarle a los ojos. No lo había hecho desde que él había vuelto a casa. Si se comportaba normalmente, si dejaba que la vida siguiera tal cual, ¿no estaría perdonándole? ¿Aceptándolo? ¿Traicionando a la hija de Rachel Crowley?

Claro que eso era exactamente lo que había decidido hacer. No hacer nada. Por tanto, ¿en qué cambiaba la situación si se mostraba fría con John-Paul? ¿Creía de veras que eso cambiaría algo?

«No te preocupes, Rachel. Estoy siendo muy mala con el asesino de tu hija. ¡Nada de cordero! ¡Se acabó servir al señorito!».

Su vaso estaba otra vez vacío. Dios mío. Bebía demasiado rápido. Sacó la botella de vino del frigorífico y lo rellenó hasta el borde.

Tess y Connor estaban tumbados de espaldas, con la respiración jadeante.

—Bien —dijo finalmente Connor.

—Muy bien —confesó Tess.

—Creo que estamos en el pasillo.

—Eso parece.

—Quería haber llegado al cuarto de estar por lo menos —dijo Connor.

—Parece un pasillo muy bonito —declaró Tess—. Y no es que haya podido ver mucho.

Estaban en el sombrío apartamento de Connor, tumbados en el suelo. Notó una alfombra fina debajo de la espalda y posiblemente el entarimado. El piso tenía un agradable aroma a ajo y detergente de lavadora.

Le había seguido a casa en el coche de su madre. Él la había besado en la puerta de seguridad del edificio, otra vez en el hueco de la escalera y luego un largo beso en el descansillo. Acto seguido, en cuanto metió la llave en la puerta no tardaron en verse de pronto quitándose frenéticos la ropa el uno al otro, chocando con las paredes, algo que no se estila en las relaciones estables porque queda demasiado teatral, aparte de que no vale la pena molestarse, sobre todo si ponen algo bueno en la televisión.

—Voy a por un condón —le había dicho Connor en el momento crucial.

—Estoy tomando la píldora. Pareces un hombre sano, así que, por favor, oh, Dios, por favor, no te detengas.

—De acuerdo —dijo él y fue dicho y hecho.

Ahora Tess se estaba colocando la ropa, segura de que le asaltaría la vergüenza. Era una mujer casada, por amor de Dios. No estaba enamorada de este hombre. La única razón por la que estaba allí era porque su marido se había enamorado de otra. Días antes esta situación le hubiera provocado risas. Habría sido inconcebible. Debería sentir odio hacia sí misma. Debería sentirse fatal, sucia, pecadora, pero la verdad era que en ese momento se sentía... contenta. Contenta de verdad. De hecho, casi absurdamente alegre. Pensó en Will y en Felicity y en sus caras de circunstancias antes de que les tirara el café frío encima. Recordó que Felicity llevaba una blusa nueva de seda blanca. La mancha de café no se quitaría nunca.

Sus ojos se adaptaron a la penumbra, pero Connor siguió siendo una silueta borrosa tumbada junto a ella. Podía sentir el calor de su cuerpo a lo largo de su costado derecho. Era más grande, más fuerte y estaba en mejor forma que Will. Pensó en el cuerpo corto, compacto y peludo de Will, tan querido y familiar, el cuerpo de un padre de familia, aunque siempre sexy para ella. Había creído que Will era el último cartucho de su historia sexual. Había creído que no se acostaría con nadie más en toda su vida. Recordó la mañana siguiente a su compromiso con él, cuando tuvo ese pensamiento por primera vez. Qué gloriosa sensación de alivio. No más cuerpos nuevos y extraños. No más conversaciones embarazosas sobre la contracepción. Solo Will. Él era todo lo que necesitaba, todo lo que quería.

Y ahora estaba tumbada en el pasillo de la casa de un exnovio.

«La vida está llena de sorpresas», solía decir su madre, sobre todo en relación a acontecimientos anodinos como el frío, el precio de los plátanos y cosas por el estilo.

—¿Por qué rompimos? —preguntó a Connor.

—Felicity y tú decidisteis trasladaros a Melbourne —respondió Connor—. Y nunca me preguntaste si yo también quería ir. Así que pensé, de acuerdo, parece que me han dado calabazas.

Tess torció el gesto.

—¿Era yo tan horrible? Suena fatal.

—Me partiste el corazón —dijo Connor con voz de pena.

—¿En serio?

—Posiblemente —aseguró Connor—. O tú o la otra chica con la que salía al mismo tiempo que contigo. Se llamaba Teresa. Siempre os confundía.

Tess le dio un codazo.

—Eras un bonito recuerdo —confesó Connor en tono más serio—. Me alegré de volver a verte el otro día.

—Yo también. Me alegró mucho verte.

—Mentirosa. Te quedaste horrorizada.

—Solo me sorprendió. —Cambió de tema—. ¿Sigues teniendo el colchón de agua?

—Desgraciadamente, el colchón de agua no llegó al nuevo milenio —dijo Connor—. Creo que a Teresa le mareaba.

—Deja de hablar de Teresa.

—De acuerdo. ¿Quieres que vayamos a un sitio más cómodo?

—Estoy bien.

Permanecieron tumbados en amigable silencio y luego Tess dijo:

—Hum, ¿qué estás haciendo?

—Viendo si todavía me oriento por este territorio.

—Eso es un poco, no sé, grosero. ¿Sexista? Oh, oh, bien.

—¿Te gusta así, Teresa? Espera, dime otra vez cómo te llamabas.

—Calla, por favor.

CAPÍTULO TREINTA

Cecilia se sentó en el sofá al lado de Esther a ver vídeos de YouTube de la fría y despejada noche de noviembre de 1989 en que cayó el Muro de Berlín. Estaba empezando a obsesionarse con el Muro. Una vez que la madre de John-Paul se hubo marchado, Cecilia continuó sentada en la mesa de la cocina leyendo uno de los libros de Esther hasta que llegó la hora de ir a recoger a las niñas al colegio. Tenía muchas cosas pendientes —pedidos de Tupperware, preparativos del Domingo de Pascua, la fiesta de piratas—, pero leer sobre el Muro era una buena forma de fingir que no estaba pensando en lo que estaba pensando en realidad.

Esther estaba tomando leche caliente. Cecilia, su tercera —¿o cuarta?— copa de *sauvignon* blanco. John-Paul escuchaba a Polly hacer su lectura. Isabel, sentada ante el ordenador del salón, se descargaba música en el iPod. La casa era una acogedora burbuja iluminada de vida doméstica. Cecilia olfateó. El aroma del aceite de sésamo parecía haberse colado hasta el último rincón de la casa.

—Mira, mamá. —Esther le dio un codazo.

—Estoy mirando —dijo Cecilia.

Los recuerdos de Cecilia sobre la cobertura de la noticia en 1989 eran más tumultuosos. Recordaba una multitud de gente bailando encima del Muro, con el puño levantado. ¿No salió David Hasselhoff cantando en algún momento? Pero en las cintas que Esther había encontrado había una calma extraña y fantasmagórica. Las personas que pasaban desde Berlín Oriental parecían apaciblemente asombradas, excitadas, a la vez que tranquilas, saliendo en filas muy ordenadas. Al fin y al cabo eran alemanes. Del estilo de Cecilia. Hombres y mujeres con peinados de los ochenta que bebían champán a morro, empinando el codo y sonriendo a las cámaras. Gritaban, se abrazaban, lloraban, tocaban el claxon de los coches, pero todo dentro de un orden y un gran comedimiento. Incluso quienes derribaban el Muro a mazazos parecían hacerlo con júbilo contenido, no con furia desatada. Cecilia vio a una mujer de su edad bailar en círculos con un hombre barbudo con chaqueta de cuero.

—¿Por qué lloras, mamá? —preguntó Esther.

—Porque se les ve muy felices.

Porque habían sufrido algo inaceptable. Porque esa mujer probablemente había pensado, como otros muchos, que el Muro acabaría cayendo, pero que ella no lo vería, y, sin embargo, lo había visto y se había puesto a bailar.

—Qué raro que llores siempre con las cosas felices —dijo Esther.

—Ya lo sé —admitió Cecilia.

Los finales felices siempre la hacían llorar. Por el alivio.

—¿Quieres una taza de té? —preguntó John-Paul levantándose de la mesa del comedor donde Polly había acabado de leer. Miró a Cecilia con inquietud. Ella llevaba toda la noche notando sus miradas tímidas y solícitas. La estaban volviendo loca.

—No —contestó secamente, sin mirarlo, aunque notó la cara de perplejidad de sus hijas—. No quiero una taza de té.

CAPÍTULO TREINTA Y UNO

*M*e acuerdo de Felicity —dijo Connor—. Era divertida. Ingeniosa. Un poco asustadiza.

Se habían instalado en la cama de Connor. Un colchón corriente de tamaño grande con unas sencillas sábanas de algodón. (Había olvidado lo que le gustaban unas buenas sábanas, como en los hoteles). Connor había recalentado unas sobras de pasta de la noche pasada y estaban comiendo en la cama.

—Podíamos ser civilizados y sentarnos a la mesa —había sugerido Connor—. Puedo hacer una ensalada. Sacar manteles individuales.

—Quedémonos aquí —pidió Tess—. Podría empezar a sentirme mal por lo que ha pasado.

—Buena razón —había dicho Connor.

La pasta estaba deliciosa. Tess comió con apetito. Tenía la misma sensación de voracidad que cuando Liam era bebé y se pasaba la noche levantada dándole el pecho. Solo que, en vez de una noche amamantando inocentemente a su hijo, había mantenido dos encuentros sexuales escandalosos y muy satisfactorios con un hombre que no era su marido. Debería haber perdido el apetito, no recuperarlo.

—De modo que tu marido y ella están teniendo una aventura —continuó Connor.

—No —dijo Tess—. Se han enamorado. Es todo puro y romántico.

—Eso es horrible.

—Ya lo sé. No lo descubrí hasta el lunes y aquí estoy. —Señaló la habitación y su cuerpo desnudo con el tenedor. (No llevaba más que una camiseta que le había sacado Connor de la cómoda antes de irse a hacer la pasta; olía a limpio).

—Comiendo pasta —terminó Connor.

—Una pasta excelente —ratificó Tess.

—¿No era Felicity muy...? —Connor buscaba la palabra adecuada—. No sé cómo decirlo sin parecer... ¿No era Felicity muy robusta?

—Tenía obesidad mórbida —dijo Tess—. Lo digo porque este año ha adelgazado cuarenta kilos y se ha puesto muy guapa.

—Ah —dijo Connor; y después de una pausa—: ¿Qué crees que va a pasar?

—No tengo ni idea —confesó Tess—. Hasta hace una semana pensaba que mi matrimonio era bueno. Como el mejor matrimonio. Y entonces me lo anunciaron. Me quedé anonadada. Y aún lo estoy. Pero, mírame bien, a los tres días. Dos, en realidad, ya estoy con un exnovio... comiendo pasta.

—A veces pasan esas cosas —repuso Connor—. No te preocupes.

Tess se acabó la pasta y pasó el dedo por el cuenco.

—¿Por qué estás soltero? Sabes cocinar, sabes hacer otras cosas —dijo señalando a la cama— muy bien.

—He estado esperándote todos estos años. —Se había puesto serio.

—No es verdad —negó Tess; frunció el ceño—. Que no, que no es verdad.

Connor le quitó el cuenco vacío, lo puso dentro del suyo y dejó ambos en la mesilla. Luego apoyó la cabeza en la almohada.

—La verdad es que sí te eché de menos durante un tiempo —reconoció.

La alegría de Tess empezó a disiparse.

—Lo siento, no tenía ni idea...

—Tess —le interrumpió Connor—. Tranquila. Ocurrió hace mucho y tampoco salimos tanto tiempo. Fue la diferencia de edad. Yo era un contable aburrido y tú eras joven y con ganas de aventura. Pero a veces me he preguntado qué podría haber pasado.

Tess nunca se lo había preguntado. Ni una sola vez. Apenas si había pensado en Connor.

—Entonces, ¿nunca te has casado? —preguntó.

—Viví con una mujer varios años. Una abogada. Los dos buscábamos compañía y me figuro que también matrimonio. Pero entonces murió mi hermana y todo cambió. Me ocupé de Ben. Perdí el interés por la contabilidad casi a la vez que Antonia perdía el interés por mí. Entonces decidí sacarme el título de Educación Física.

—Pues sigo sin entenderlo. Hay un padre soltero en el colegio de Liam en Melbourne. Las mujeres se lanzan sobre él. Es un poco violento verlo.

—Bueno —admitió Connor—. Yo nunca he dicho que no se lanzaran sobre mí.

—Entonces, ¿has estado saliendo con muchas chicas todos estos años? —preguntó Tess.

—Más o menos. —Fue a decir algo y se interrumpió.

—¿Qué?

—No. Nada.

—Sigue.

—Iba a reconocer algo.

—¿Algo picante? —imaginó Tess—. No te preocupes. Me he vuelto muy abierta de mente desde que mi marido sugirió que viviera en la misma casa con él y su amante.

Connor respondió con una sonrisa comprensiva.

—No es muy picante. Iba a decir que he estado viendo al psicólogo este último año. He estado, como suele decirse, «tratándome» cierto asunto.

—Oh —dijo Tess cautelosa.

—No pongas esa cara de preocupación —pidió Connor—. No estoy loco. Había unos cuantos temas que necesitaba... zanjar.

—¿Temas serios? —preguntó Tess, no muy convencida de querer saberlo.

Aquello era un paréntesis entre tanto tema serio, una escapada loca. Estaba aflojando la presión. (Se daba cuenta de que estaba tratando de definirlo, explicarlo de un modo que lo hiciera aceptable. Tal vez estuviera a punto de aflorar el odio hacia sí misma).

—Cuando salimos —dijo Connor—, ¿te conté alguna vez que había sido la última persona que vio viva a Janie Crowley, la hija de Rachel Crowley?

—Ya sé quién es —dijo Tess—. Estoy segura de que nunca me lo contaste.

—En realidad, sé que no te lo conté —dijo Connor—, porque jamás se lo dije a nadie. No lo sabía nadie. Salvo la policía. Y la madre de Janie. A veces creo que Rachel Crowley piensa que fui yo. Me mira de un modo tan intenso.

Tess sintió un escalofrío. Había asesinado a Janie Crowley y ahora iba a matarla a ella y entonces todo el mundo sabría que se había valido del romántico lío de su marido como excusa para meterse en la cama de un exnovio.

—¿Fuiste tú? —preguntó.

Connor dio un respingo, como si ella lo hubiera abofeteado.

—¡Tess! ¡No! ¡Por supuesto que no!

—Lo siento. —Tess se recostó en la almohada. Por supuesto que no había sido él.

—Dios, ¿cómo has podido creer...?

—Lo siento, lo siento. ¿Era amiga tuya Janie? ¿Novia?

—Quise que fuera mi novia —dijo Connor—. Yo estaba muy colado por ella. Venía a mi casa al salir de clase, lo hacíamos en mi cama y entonces yo me ponía serio y enfadado y decía: «De acuerdo, esto quiere decir que eres mi novia». Ansiaba que nos comprometiéramos. Lo quería todo firmado y sellado. Mi primera novia. Solo que ella se lo tomaba a broma y no hacía más que decir: «Bueno, no lo sé, me lo tengo que pensar». Yo estaba volviéndome loco y entonces, la mañana del día en que murió, me contó que ya se había decidido. Estaba en el bote, por así decirlo. Yo era el afortunado. Me había tocado la lotería.

—Lo siento mucho, Connor —repuso Tess.

—Vino a casa por la tarde y comimos pescado con patatas fritas en mi cuarto y nos besamos durante un montón de horas, y luego la llevé a la estación de ferrocarril y a la mañana siguiente oí por la radio que habían encontrado a una chica estrangulada en el parque de Wattle Valley.

—Dios mío —exclamó Tess por decir algo.

Estaba desconcertada, como cuando su madre y ella habían estado con Rachel Crowley el otro día, rellenando los formularios de la matrícula de Liam en la misma mesa que ella, sin poder dejar de pensar: «Su hija fue asesinada». No podía relacionar lo que Connor le había contado con nada que le hubiera ocurrido a ella en su vida, y por eso se sentía incapaz de hablar con él con normalidad, hasta que dijo:

—No puedo creer que no me lo contaras cuando estuvimos juntos.

Aunque, bien mirado, ¿por qué tenía que contárselo? Solo habían salido juntos seis meses. Ni siquiera los matrimonios se lo cuentan todo. Ella nunca le había dicho a Will que le habían diagnosticado fobia social. Solo de pensarlo se le encogían de vergüenza los dedos de los pies.

—Viví varios años con Antonia antes de contárselo —dijo Connor—. Se lo tomó mal. Hablamos más de lo mal que se sentía ella que de lo ocurrido. Creo que probablemente acabamos rompiendo por eso. Por mi incapacidad para compartir.

—Supongo que a las chicas les gusta saberlo todo —admitió Tess.

—Hay una parte de la historia que nunca le conté a Antonia —dijo Connor—. No se lo confesé nunca a nadie hasta que se lo solté... a la psicóloga. Mi loquera.

Hizo una pausa.

—No tienes por qué contármelo —protestó Tess noblemente.

—De acuerdo, vamos a hablar de otra cosa —dijo Connor.

Tess le dio un manotazo.

—Mi madre mintió por mí —admitió Connor.

—¿Qué quieres decir?

—Nunca tuviste el placer de conocer a mi madre, ¿verdad? Murió antes de que tú y yo nos conociéramos.

Un nuevo recuerdo de su época con Connor emergió a la superficie. Le había preguntado por sus padres y él había dicho: «Mi padre me abandonó cuando yo era un bebé. Mi madre murió cuando yo tenía veintiún años. Era una alcohólica. Eso es todo lo que tengo que decir sobre ella». «Los problemas de las madres son como para salir corriendo», dictaminaba Felicity cuando Tess sacaba esta conversación a relucir.

—Mi madre y su novio contaron a la policía que yo estuve con ellos en casa esa noche desde las cinco. Y no fue así. Estuve solo en casa. Ellos habían salido a emborracharse por ahí. Nunca les pedí que mintieran por mí. Pero mi madre lo hizo sin pensar. Automáticamente. Y le encantó mentir a la policía. Cuando ya se marchaban, me hizo un guiño mientras les abría la puerta. ¡Me guiñó el ojo! Como si fuéramos cómplices. Me hizo sentir como si yo lo hubiera hecho. Pero ¿qué podía hacer? No podía decirles que mi madre había mentido por mí, porque daría a entender que ella creía que yo tenía algo que ocultar.

—¿No creerás en serio que ella pensó que tú lo habías hecho? —preguntó Tess.

—Cuando se fue la policía levantó un dedo hacia mí y dijo: «Connor, cariño, no quiero saberlo», como si estuviera en una película, y yo repliqué: «Mamá, yo no he sido» y ella respondió: «Ponme un vino, cariño». A partir de aquello, cada vez que se ponía como una cuba me decía: «Me debes una, bastardo desagradecido». Eso me producía un sentimiento permanente de culpa. Como si hubiera sido yo. —Se estremeció—. En fin. Me hice mayor. Mi madre murió. No volví a hablar de Janie. Ni siquiera me permití pensar en ella. Y luego mi hermana murió y me quedé con Ben, y nada más obtener el título de profesor me ofrecieron empleo en el Santa Ángela. Ni siquiera sabía que la madre de Janie estaba trabajando allí hasta mi segundo día de trabajo.

—Debe de resultar extraño.

—No nos cruzamos muy a menudo. Al principio intenté hablar de Janie con ella, pero me dejó claro que no tenía ningún interés en charlar conmigo. Bueno, me he puesto a contarte todo esto porque me has preguntado por qué estaba soltero. Mi muy cara terapeuta piensa que he estado saboteando subconscientemente las relaciones porque creo que no merezco ser feliz, debido al sentimiento de culpa por algo que en realidad no le hice a Janie. —Sonrió a Tess con expresión avergonzada—. Conque ya ves. Estoy muy tocado. No soy el vulgar contable convertido en profesor de Educación Física que tú pensabas.

Tess tomó su mano entre las suyas, entrelazando los dedos. Miró sus manos unidas, impresionada por el hecho de que fueran las manos de otro hombre, a pesar de que momentos antes había estado haciendo cosas que la mayoría de la gente consideraría mucho más íntimas.

—Lo siento.

—¿Por qué lo sientes?

—Lo siento por Janie. Y por la muerte de tu hermana. —Hizo una pausa—. Y siento de veras el modo en que rompí contigo.

Connor le hizo la señal de la cruz sobre la cabeza.

—Yo te absuelvo de tus pecados, hija mía. O como se diga. Ha pasado mucho desde la última vez que me confesé.

—Lo mismo digo —reconoció Tess—. Se supone que debías imponerme una penitencia antes de absolverme.

—Oh, se me ocurren algunas, nena.

Tess se rio. Le soltó las manos.

—Debo irme.

—Te he asustado con todos mis «asuntos» —dijo Connor.

—No, lo que pasa es que no quiero que mi madre se preocupe. Se queda levantada. Además, no he avisado de que llegaría tan tarde. —De pronto recordó el motivo por el que habían quedado—. Oye, no hemos hablado de tu sobrino. ¿Querías que le diera alguna orientación profesional?

Connor sonrió.

—Ben ya tiene trabajo. Era una excusa para verte.

—¿Ah, sí?

Tess notó una oleada de felicidad. ¿Había algo mejor que sentirse deseada? ¿No era lo que todo el mundo necesitaba?

—Pues sí.

Se miraron el uno al otro.

—Connor... —empezó ella.

—No te preocupes —se adelantó él—. No me hago ilusiones. Sé exactamente lo que significa esto.

—¿Qué significa? —preguntó Tess con interés.

Él hizo una pausa.

—No estoy seguro. Lo hablaré con mi terapeuta y te lo cuento.

Tess se rio.

—Ahora sí que debo irme —repitió.

Pero pasó media hora hasta que volvió a vestirse.

CAPÍTULO TREINTA Y DOS

Cecilia entró en su cuarto de baño, donde John-Paul estaba cepillándose los dientes. Tomó el cepillo de dientes, puso dentífrico y empezó a cepillarse, sin cruzar la mirada con él a través del espejo.

De pronto se detuvo.

—Tu madre lo sabe.

John-Paul se inclinó sobre el lavabo y escupió.

—¿A qué te refieres?

Se incorporó, se pasó la toalla de manos por la boca y volvió a dejarla en el toallero de modo tan chapucero que parecía que se hubiera propuesto con intención deliberada no ponerla bien en su sitio.

—Lo sabe —repitió Cecilia.

Él se giró.

—¿Se lo has dicho tú?

—No, yo...

—¿Por qué ibas a hacerlo?

Tenía el rostro demudado. Parecía más atónito que enfadado.

—John-Paul, no se lo he dicho yo. Le dije que Rachel iba a venir a la fiesta de Polly y me preguntó qué te parecía a ti. Entonces me di cuenta.

John-Paul relajó los hombros.

—Son imaginaciones tuyas.

Parecía muy seguro. Cuando mantenían una discusión sobre cualquier tema, mostraba tal seguridad que siempre tenía razón él y ella estaba equivocada. Nunca contemplaba la posibilidad de que pudiera estar él descaminado, y eso la sacaba de quicio. Hizo esfuerzos por contener el impulso casi irresistible de darle una bofetada.

Ese era el problema. Ahora todos sus defectos eran más evidentes. Una cosa era que un marido y padre considerado y respetuoso con la ley tuviera fallos: cierta inflexibilidad que afloraba en el momento menos oportuno, algún que otro (igualmente inoportuno) acceso de ira, su frustrante tozudez en las discusiones, el desorden y la pérdida continua de objetos personales; todos ellos inofensivos e incluso normales, pero otra cosa bien distinta era cuando estos fallos pertenecían a un asesino y parecían importar mucho más, incluso definirlo.

Sus cualidades las consideraba ahora irrelevantes y probablemente fraudulentas: una identidad falsa. ¿Cómo iba a poder mirarlo ella de la misma manera? ¿Cómo iba a poder seguir queriéndolo? No lo conocía. Había estado enamorada de una ilusión óptica. Los ojos azules que la miraban con ternura, pasión y risa eran los mismos que Janie había visto en los terribles momentos que precedieron a su muerte. Aquellas fuertes y queridas manos que habían acariciado las suaves y frágiles cabecitas de sus hijas recién nacidas eran las mismas con las que había estrangulado a Janie.

—Tu madre lo sabe —insistió—. Reconoció el rosario por las fotografías de los periódicos. Lo que vino a decirme era que una madre haría cualquier cosa por sus hijos y que yo debería hacer lo mismo por las mías y fingir como si no hubiera pasado nada. Fue repulsivo. «Tu madre es repulsiva».

Decir eso equivalía a traspasar una barrera. John-Paul no llevaba muy bien las críticas a su madre. Cecilia solía tenerlo en cuenta, aun a pesar suyo.

John-Paul se sentó en el borde de la bañera, tirando al suelo de paso la toalla de las manos.

—¿De verdad crees que lo sabe?

—Sí —dijo Cecilia—. Quién lo iba a decir. El niño bonito de mamá se va de rositas de un asesinato.

John-Paul parpadeó y Cecilia estuvo a punto de disculparse, pero recordó que no se trataba de un desacuerdo sobre cómo poner el lavaplatos. Ahora las reglas habían cambiado. Podía cabrearse todo lo que quisiera.

Volvió a tomar el cepillo de dientes y se puso a lavárselos con movimientos bruscos y mecánicos. Su dentista le había dicho la semana pasada que se los cepillaba demasiado fuerte, destruyendo el esmalte. «Sostenga el cepillo de dientes con la punta de los dedos, como si fuera un arco de violín», le dijo al tiempo que le hacía el gesto. Ella comentó que no sabía si comprarse un cepillo de dientes eléctrico, pero él le contestó que no le convencían mucho, solo en el caso de personas mayores y con artritis, y Cecilia le había hablado de la sensación de limpieza que dejaban y, oh, aquello había sido importante de verdad, se había empleado a fondo en aquella conversación sobre el cuidado de los dientes hacía tan solo una semana.

Se enjuagó, escupió, dejó el cepillo de dientes, recogió la toalla que John-Paul había tirado al suelo y volvió a ponerla en el toallero.

Miró de reojo a John-Paul. Él se estremeció.

—Tu forma de mirarme ahora —dijo— es... —Se interrumpió y dio un suspiro entrecortado.

—¿Qué esperabas? —replicó Cecilia asombrada.

—Lo siento mucho. Siento mucho que tengas que pasar por esto. Hacerte parte del problema. Qué idiota fui al escribir esa carta. Pero sigo siendo yo, Cecilia. Te lo prometo. Por favor, no pienses que soy un monstruo malvado. Tenía diecisiete años, Cecilia. Cometí un error terrible, terrible.

—Que nunca has pagado —recordó Cecilia.

—Ya lo sé. —La miró directamente a los ojos—. Eso ya lo sé.

Permanecieron unos momentos en silencio.

—¡Mierda! —Cecilia se dio una palmada en la frente—. Joder.

—¿Qué pasa?

John-Paul se echó para atrás. Ella nunca decía palabrotas. Era como si todos esos años hubiera ido almacenando palabrotas en un recipiente Tupperware que ahora se había abierto, dejando escapar todas aquellas palabras frescas y crujientes que estaban en perfecto estado, listas para ser utilizadas.

—Sombreros de Pascua —dijo—. Polly y Esther necesitan unos jodidos sombreros de Pascua para mañana por la mañana.

6 DE ABRIL DE 1984

*J*anie estuvo a punto de cambiar de idea cuando se asomó por la ventanilla del tren y vio que John-Paul la esperaba en el andén. Estaba leyendo un libro, con sus largas piernas recogidas; cuando vio que llegaba el tren, se levantó, guardó el libro en el bolsillo de atrás y, con un movimiento repentino, casi furtivo, se alisó el pelo con la palma de la mano. Era guapísimo.

Ella se levantó del asiento, agarrándose a la barra para mantener el equilibrio, y se echó la mochila al hombro.

Era curiosa su forma de alisarse el pelo, un gesto inseguro en un chico como John-Paul. Se diría que estaba nervioso por ver a Janie, preocupado por impresionarla.

«Próxima parada, Asquith, luego parada en todas las estaciones hasta Berowra».

El tren emitió un chirrido metálico al frenar.

Esto fue lo que sucedió. Ella iba a decirle que no podía seguir viéndolo. Podía haberle dado plantón, dejarlo allí esperando, pero no era esa clase de chica. Podía haberle telefoneado, pero tampoco le parecía bien. Y, además, nunca se llamaban el uno al otro. Ambos tenían madres a quienes les gustaba merodear cuando ellos hablaban por teléfono.

(De haber podido enviarle un correo electrónico o un mensaje de texto, todo se habría solucionado, pero los teléfonos móviles e Internet estaban aún en el futuro).

Había pensado que sería un trance desagradable y que quizá John-Paul se sintiera herido en su orgullo y diría algo vengativo como: «La verdad es que tampoco me gustabas tanto», pero hasta que lo vio alisarse el pelo no se le había pasado por la cabeza que pudiera hacerle daño. Se puso enferma solo de pensarlo.

Se apeó del tren y John-Paul levantó una mano y sonrió. Janie lo saludó con la mano y, mientras iba a su encuentro por el andén de la estación, sintió el impacto amargo y fugaz de la revelación de que John-Paul le gustaba más que Connor, muchísimo más. Era una tensión estar con alguien tan guapo, inteligente, divertido y simpático. Estaba deslumbrada por John-Paul como Connor estaba deslumbrado por ella. Y era más divertido deslumbrar. Eran las chicas las que tenían que deslumbrar.

El interés de John-Paul tenía algo de falso. Como si fuera una broma. Porque seguro que pensaba que ella no estaba a su altura. Casi esperaba que apareciera una panda de adolescentes riéndose, burlándose y diciéndole: «¿No creerás de veras que está interesado por ti?». Por eso no había hablado de él con ninguna de sus amigas. Conocían a Connor, por supuesto, pero no a John-Paul Fitzpatrick. Nunca creerían que alguien como él estuviera interesado por ella; ni siquiera ella misma se lo creía.

Pensó en la gran sonrisa bobalicona de Connor en el autobús, cuando ella le dijo que ahora era oficialmente su novio. Para Janie era su amigo. Perder la virginidad con Connor era dulce, divertido y tierno. En cambio, no podía desnudarse delante de

John-Paul. Solo de pensarlo se le paraba el corazón. Además, él merecía una chica con un cuerpo acorde con el suyo. Seguramente se reiría si viera su extraño cuerpo blanco y larguirucho. Quizá advirtiera que tenía los brazos desproporcionadamente largos en relación con el cuerpo. Quizá se riera despectivamente de su pecho cóncavo.

—Hola —saludó.

—Hola —respondió él.

Janie contuvo el aliento porque al mirarse ella volvió a tener la misma sensación, la sensación de que entre ellos había algo enorme, algo que no sabía definir bien, algo que a los veinte años habría denominado pasión y a los treinta, con más cinismo, química. Una partícula diminuta de sí misma, una diminuta partícula de la mujer que podría haber llegado a ser, pensó: «Vamos, Janie, estás siendo cobarde. Te gusta más que Connor. Quédate con él. Esto podría ser grande. Esto podría ser enorme. Esto podría ser amor».

Pero su corazón latía tan aceleradamente que era horrible, espantoso y doloroso, apenas podía respirar. Notaba una dolorosa opresión en el centro del pecho, como si alguien estuviera tratando de aplastarlo. Solo quería volver a sentirse normal.

—Necesito hablar contigo de una cosa —dijo, poniendo una voz fría y seca, sellando su destino como un sobre.

JUEVES SANTO

CAPÍTULO TREINTA Y TRES

*C*ecilia! ¿No oyes mis mensajes? ¡Estoy venga a llamarte!

—Cecilia, tenías razón sobre los números de la rifa.

—¡Cecilia! ¡Ayer no fuiste a Pilates!

—¡Cecilia! Mi cuñada quiere concertar una reunión contigo.

—Cecilia, ¿puedes quedarte con Harriette una hora después de ballet la semana que viene?

—¡Cecilia!

—¡Cecilia!

—¡Cecilia!

Era el desfile de sombreros de Pascua y las madres del Santa Ángela iban de punta en blanco, ataviadas en honor de la Pascua en el primer día verdaderamente otoñal de la nueva temporada. Bonitas bufandas ligeras al cuello, vaqueros ajustados en muslos esbeltos y no tan esbeltos, botas con tacones de aguja resonando por la zona de juegos. Había sido un verano húmedo y el frescor de la brisa y la perspectiva de un fin de semana de cuatro días a base de chocolate ponía de buen humor a todo el mundo. Las madres, sentadas en un círculo de dos filas de sillas plegables azules alrededor del patio, estaban parlanchinas y animadas.

Los alumnos mayores, que no participaban en el desfile de sombreros de Pascua, habían salido a mirar y se asomaban a los balcones moviendo graciosamente los brazos con gesto maduro y tolerante en señal de que, por supuesto, ya eran demasiado mayores para aquello, pero que en cambio los pequeños estaban muy guapos.

Cecilia buscó a Isabel en el balcón de 6º curso y la localizó entre sus mejores amigas, Marie y Laura. Las tres chicas se habían echado el brazo por el hombro, como muestra de que su tumultuosa relación a tres bandas pasaba por un momento excelente en el que ninguna destacaba sobre las demás y su cariño mutuo era puro e intenso. Menos mal que los cuatro días siguientes no había clase, porque esa intensa amistad iría inevitablemente seguida de lágrimas, traiciones y largos y agotadores reproches del estilo: «Ella ha dicho», «Me ha enviado un mensaje», «Ha colgado en la red», y «Yo he dicho», «He enviado un mensaje», «He colgado en la red».

Una madre pasó discretamente un cesto de bombones de chocolate belga, despertando un murmullo de glotonería y gula.

«Soy la esposa de un asesino», pensó Cecilia mientras el chocolate belga se fundía en su boca. «Soy cómplice de un asesino», pensó mientras organizaba fechas, recogidas y reuniones de Tupperware, mientras ponía al día y ordenaba mentalmente todo lo que tenía que hacer. «Soy Cecilia Fitzpatrick. Mi esposo es un asesino y aquí estoy, entre charlas y risas, abrazando a mis niñas. Si supierais».

Esa era la forma de hacerlo. Así era como se vivía con un secreto. Con naturalidad. Simulando que todo iba bien. Haciendo caso omiso del profundo dolor que te atenazaba el estómago. Como anestesiándote de tal forma que nada pareciera muy mal ni tampoco muy bien. Ayer había vomitado en una alcantarilla y llorado en la despensa, pero esa mañana se había levantado a las seis y había hecho dos lasañas para dejarlas en el congelador hasta el Domingo de Pascua, había planchado un cesto de ropa, había enviado tres correos electrónicos solicitando clases de tenis para Polly, había contestado a otros catorce sobre diversos asuntos del colegio, había hecho el pedido de Tupperware de la reunión de la otra noche, había tendido una colada enorme, todo antes de que las chicas y John-Paul se levantaran de la cama. Estaba otra vez al timón, sorteando hábilmente la resbaladiza superficie de su vida.

—¿Qué ven mis ojos? ¿Qué se ha puesto esa mujer? —exclamó alguien cuando la directora del colegio apareció en el centro del patio.

Trudy llevaba unas largas orejas de conejo y una cola de peluche en el trasero. Parecía una maternal conejita de Playboy. Plantada en mitad del patio, agarró el micrófono con ambas manos como si fueran zarpas. Las madres soltaron una carcajada. En los balcones hubo gritos de júbilo.

—¡Damas y ositos de gominola, chicas y chicos! —Se apartó una oreja que le había caído sobre la cara—. ¡Bienvenidos al desfile de sombreros del Santa Ángela!

—Me encanta —admitió Mahalia, sentada a la derecha de Cecilia—, pero es difícil creer que dirija un colegio.

—Trudy no dirige el colegio —puntualizó Laura Marks, sentada al otro lado—. Lo dirige Rachel Crowley. Junto con la encantadora señora de tu izquierda.

Laura se inclinó hacia delante y señaló a Cecilia con el dedo.

—Vamos, vamos, sabéis que eso no es verdad.

Cecilia sonrió con picardía. Se sentía como una enloquecida parodia de sí misma. ¿No estaría sobreactuando? Todo cuanto hacía se le antojaba exagerado e histriónico, pero nadie parecía darse cuenta.

Empezó a retumbar la música en el equipo de sonido último modelo, costeado con la rifa de la exitosa exposición de arte organizada por Cecilia el curso pasado.

Escuchó hablar a su alrededor.

—¿Quién ha elegido la lista de temas? Son muy buenos.

—Lo sé. Dan ganas de bailar.

—Sí, pero ¿alguien atiende a la letra? ¿Sabes lo que dice esta canción?

—Prefiero no saberlo.

—Pues mis chicos se la saben de memoria.

La primera en desfilar fue la clase de Infantil, encabezada por su profesora, la guapa, y más bien pechugona, morena señorita Parker, que sacaba partido de sus encantos naturales con un vestido de princesa de cuento de hadas dos tallas más pequeño y bailaba al son de la música de un modo quizá no demasiado adecuado para una profesora de Infantil. La seguían los pequeños, sonriendo muy ufanos y orgullosos, con cuidado de que no se les cayeran de la cabeza las habituales creaciones de Pascua.

Las madres se felicitaban unas a otras por los sombreros de sus hijos.

—¡Ooh, Sandra, qué imaginación!

—Lo encontré en Internet. Me costó diez minutos.

—¡Qué dices!

—¡En serio, te lo juro!

—¿Se dará cuenta la señorita Parker que esto es un desfile de sombreros de Pascua y no una discoteca?

—¿Suelen llevar tanto escote las princesas de los cuentos de hadas?

—Y, ya puestos, una diadema no cuenta como sombrero de Pascua.

—Creo que la pobre chica intenta llamar la atención del señor Whitby. Él ni siquiera la mira.

Cecilia adoraba este tipo de actos. El desfile de sombreros de Pascua era un compendio de todo cuanto amaba en la vida. Su dulzura y sencillez. La sensación de comunidad. Pero hoy el desfile le parecía sin sentido, los niños unos estirados y sus madres, unos bichos. Reprimió un bostezo y los dedos le olieron a aceite de sésamo. Ese era ahora el aroma de su vida. No pudo evitar otro bostezo. John-Paul y ella se habían quedado toda la noche despiertos haciendo los sombreros de Pascua de sus hijas en un tenso silencio.

La clase de Polly hizo su aparición, encabezada por la adorable señora Jeffers, que había tenido unos problemas tremendos para meterse en un reluciente huevo de Pascua gigantesco forrado de papel de aluminio rosa.

Polly iba justo detrás de la profesora, pavoneándose como una supermodelo, con el sombrero de Pascua ladeado con gracia sobre un ojo. John-Paul le había hecho un nido con palitos del jardín y lo había llenado de huevos de Pascua. De uno de los huevos salía un polluelo de peluche, como si hubiera roto el cascarón.

—Dios mío, Cecilia, eres un fenómeno —dijo volviéndose Erica Edgecliff, que estaba sentada delante de ella—. El sombrero de Polly es impresionante.

—Lo ha hecho John-Paul. —Cecilia saludó a Polly con la mano.

—¿En serio? Ese hombre es una joya —dijo Erica.

—Una auténtica joya —coreó Cecilia con un extraño tonillo en la voz. Notó que Mahalia se volvía a mirarla.

—Ya me conoces —dijo Erica—. Me había olvidado del desfile de sombreros de Pascua hasta esta mañana en el desayuno, entonces le planté a Emily en la cabeza un cartón de huevos vacío y le dije: «Tendrás que conformarte con esto, chica». —Erica estaba orgullosa de su caótica educación maternal—. ¡Ahí está! ¡Ejem! ¡Uuu-uuuh! —Erica se medio levantó, saludando frenéticamente con la mano y luego desistió—. ¿Has visto qué mirada asesina me ha echado? Sabe que lleva el peor sombrero del desfile. Que alguien me dé otro bombón antes de que me pegue un tiro.

—¿Te encuentras bien, Cecilia? —Mahalia se inclinó hacia ella de manera que pudo oler la conocida fragancia almizclada de su perfume.

Cecilia miró a Mahalia y apartó enseguida la vista. Se había detectado diminutas manchas rojas en el blanco del ojo esa mañana. ¿No era eso lo que ocurría cuando alguien intentaba estrangularte, que se rompían los capilares de los ojos? ¿Cómo es que lo sabía? Sintió un escalofrío.

—Estás temblando —observó Mahalia—. Hay una brisa heladora.

—Estoy bien —aseguró Cecilia. El deseo de confiarse a alguien, a cualquiera, le acuciaba como una gran sed. Carraspeó—. Puede que esté incubando un resfriado.

—Toma. Échate esto por encima.

Mahalia se quitó la bufanda y la echó por encima de los hombros de Cecilia. Era una bonita bufanda y estaba impregnada de la agradable fragancia de su amiga.

—No, no —protestó en vano Cecilia.

Sabía exactamente lo que diría Mahalia si se lo contaba: «Muy sencillo, Cecilia, di a tu marido que tiene veinticuatro horas para confesar o irás tú misma a la policía. Ya sé que amas a tu marido y que tus hijas sufrirán, pero esa no es la cuestión. Así de sencillo». A Mahalia le gustaba mucho la palabra «sencillo».

—Rábano y ajo —recomendó Mahalia—. Sencillo.

—¿Qué? Ah, sí. Para mi resfriado. Desde luego. Tengo en casa.

Cecilia vio a Tess O'Leary sentada al otro lado del patio, con la silla de ruedas de su madre estacionada al final de la fila de sillas. Recordó que debía darle las gracias a Tess por la ayuda que le prestó y disculparse por no haberse ofrecido siquiera a llamar un taxi. La pobre chica debió de haber subido a pie toda la cuesta hasta la casa de su madre. ¡Además, había prometido hacerle una lasaña a Lucy! Quizá no estuviera tan al timón como pensaba. Estaba cometiendo cantidad de pequeños errores que acabarían provocando un derrumbamiento general.

¿Fue el martes cuando Cecilia llevó a Polly a ballet deseando verse arrastrada por alguna enorme ola de emoción? La Cecilia de hacía dos días había sido una idiota. Había esperado esa oleada pura y arrolladora de emoción que se siente al ver una escena conmovedora con una buena banda sonora en una película. No esperaba nada que le hiciera daño.

—¡Oh, oh, se va a caer! —señaló Erica.

Un chico de la otra clase de 1º llevaba una jaula de pájaros en la cabeza. Era Luke Lehaney (el hijo de Mary Lehaney; Mary a menudo no medía bien sus fuerzas; en una ocasión cometió el error de enfrentarse a Cecilia por el puesto de presidenta de la Asociación de Padres y Amigos del colegio) caminando como la torre inclinada de Pisa, con el cuerpo ladeado en un desesperado intento de conservar la jaula en la cabeza. De pronto, sucedió lo inevitable. La jaula se deslizó, cayó al suelo e hizo tropezar y perder también su sombrero a Bonnie Emerson. Bonnie hizo una mueca, mientras Luke contemplaba horrorizado la jaula destrozada.

«Yo también necesito a mi madre», pensó Cecilia mientras veía que las madres de Luke y Bonnie corrían en auxilio de sus respectivos hijos. «Necesito que mi madre me consuele, que me diga que todo va a salir bien y que no hay por qué llorar».

Normalmente su madre asistía al desfile de sombreros de Pascua y sacaba fotos borrosas y sin cabeza de sus nietas con su cámara de un solo uso, pero este año había ido al desfile de Sam en su exclusiva escuela infantil. Iba a haber champán para los mayores. «¿No es la cosa más absurda que hayas oído nunca?», le había dicho a Cecilia. «¡Champán en un desfile de sombreros de Pascua! En eso se gastan las cuotas de Bridget». A la madre de Cecilia le encantaba el champán. Se lo pasaba en grande alternando con el grupo de abuelas de un nivel superior a las del Santa Ángela. Siempre insistía en aparentar que no le interesaba el dinero, cuando, en realidad, le interesaba muchísimo.

¿Qué diría su madre si le contara lo de John-Paul? Cecilia había observado que, a medida que su madre envejecía, en cuanto oía algo preocupante o simplemente demasiado complicado, había un instante angustioso en el que su rostro se quedaba sin expresión, como si fuera presa de un ataque, como si su mente se hubiera bloqueado por un momento a causa de la impresión.

—John-Paul ha cometido un delito —empezaría Cecilia.

—Oh, querida, estoy segura de que no —le interrumpiría su madre.

¿Qué diría el padre de Cecilia? Tenía la tensión alta. La noticia podría matarlo. Imaginó la sombra de terror que cruzaría por su rostro suave y arrugado antes de recuperarse, frunciendo ferozmente el ceño mientras procuraba almacenar la información en el archivo correspondiente de la mente. «¿Qué piensa John-Paul al respecto?», diría probablemente, de forma automática, porque, cuanto mayores se hacían sus padres, más parecían depender de la opinión de John-Paul.

Sus padres no podrían vivir sin John-Paul en sus vidas y tampoco podrían vivir sabiendo lo que había hecho ni mostrarse en sociedad con esa ignominia.

Había que sopesar el mal menor. En la vida no era todo blanco o negro. Confesar no devolvería a Janie. No serviría de nada. Haría daño a las hijas de Cecilia. Haría daño a los padres de Cecilia. Haría daño a John-Paul por un error (pasó como sobre ascuas por el eufemismo «error», sabedora de que no hacía bien, que había otra palabra más adecuada para lo que había hecho John-Paul) cometido cuando tenía diecisiete años.

—¡Ahí está Esther! —Cecilia se sobresaltó por el codazo de Mahalia.

Había olvidado dónde estaba. Levantó la vista justo a tiempo de ver a Esther asentir animosa con la cabeza al pasar por delante de ella, con el sombrero echado para atrás y las mangas del pichi estiradas para taparse las manos como si fueran mitones. Llevaba un viejo sombrero de paja de Cecilia decorado con flores recortadas y huevos de chocolate. No era la mejor obra de Cecilia, pero no importaba, porque Esther pensaba que los desfiles de sombreros de Pascua eran una pérdida de su valioso tiempo. «¿Qué nos enseña el desfile de sombreros de Pascua?», le había dicho esa mañana a Cecilia en el coche. «Nada del Muro de Berlín», había contestado agudamente Isabel.

Cecilia simuló no darse cuenta de que Isabel se había puesto su rímel esa mañana. Lo había sabido hacer bien. Nada más que un diminuto trazo negro azulado justo debajo de sus cejas perfectas.

Levantó la vista al balcón de 6º y vio a Isabel y sus amigas bailando al son de la música.

Si un muchacho estupendo asesinara a Isabel y se fuera de rositas y luego sintiera muchos remordimientos y se convirtiera en un magnífico y destacado miembro de la comunidad, buen padre y buen yerno, Cecilia, de todas formas, seguiría queriendo que estuviera entre rejas. Ejecutado. Querría matarlo con sus propias manos.

El mundo apestaba.

Oyó que Mahalia la llamaba desde muy muy lejos:

—¿Cecilia?

CAPÍTULO TREINTA Y CUATRO

*T*ess cambió de postura en la silla y sintió un agradable dolor en la entrepierna. «¡Qué superficial eres! ¿Qué le ha ocurrido a tu supuestamente corazón partido? ¿Solo has tardado TRES DÍAS en recuperarte de una ruptura matrimonial?». Y allí estaba, sentada en el desfile de sombreros de Pascua del Santa Ángela pensando en su encuentro sexual con uno de los tres jueces del desfile, que, en ese momento, estaba al otro lado del patio con una gran capota de bebé atada por debajo de la barbilla y bailando la danza de los pollos con un grupo de chicos de 6º.

—¡Qué bonito! —dijo su madre a su lado—. Es muy bonito. Ojalá...

Se interrumpió y Tess se volvió a mirarla.

—Ojalá ¿qué?

—Ojalá —dijo Lucy con expresión de culpa—, las circunstancias fueran más favorables, y Will y tú hubierais decidido mudaros a Sydney para que Liam estuviera en el Santa Ángela. Así yo podría venir siempre a los desfiles de sombreros de Pascua. Lo siento.

—No tienes por qué sentirlo. Ojalá fuera así.

¿De verdad lo deseaba?

Volvió a clavar la mirada en Connor. Los chicos de 6º se estaban partiendo de la risa por algo que había dicho Connor. Tess sospechaba que pudiera ser un chiste de pedos.

—¿Qué tal anoche? —dijo Lucy—. Me olvidé de preguntarte. En realidad, ni siquiera te oí llegar.

—Estuvo bien —repuso Tess—. Es estupendo ponerse al día. —Le vino a la cabeza la imagen de Connor dándole la vuelta y diciéndole al oído: «Creo recordar que esto nos funcionaba bastante bien».

Ya entonces, cuando era un joven y aburrido contable con un tupé ridículo, antes de la moto y el aspecto agresivo, era bueno en la cama. Tess era demasiado joven para apreciarlo. Creía que todo el sexo era así. Volvió a revolverse en el asiento. Probablemente estuviera a punto de sufrir una cistitis. Eso la enseñaría. La última vez que había tenido cistitis coincidía, y no por casualidad, con la última vez que había tenido sexo tres veces seguidas, cuando Will y ella empezaron a salir juntos.

Pensar en Will y en sus primeros tiempos juntos debería dolerle, pero no era así, al menos no en ese momento. Se sentía liviana, invadida de una perversa y deliciosa satisfacción sexual y... ¿qué más? Venganza, claro que sí. La venganza es mía, se dijo. Will y Felicity creerían que estaría en Sydney lamiéndose las heridas cuando en realidad había tenido un maravilloso encuentro sexual con su antiguo novio. Sexo con un ex. Dejaba por los suelos al sexo conyugal. Que lo sepas, Will.

—Tess, querida —dijo su madre.

—¿Sí?

—¿Pasó algo anoche entre Connor y tú? —preguntó bajando la voz.

—Por supuesto que no —negó Tess.

«No puedo más», le había dicho a Connor la tercera vez, y él había insistido: «Seguro que sí», y ella había murmurado: «Que no, que no, que no», una y otra vez hasta que fue evidente que sí.

—¡Tess O'Leary! —exclamó su madre en el momento en que se le cayó de la cabeza una jaula de pájaros a un niño de 1º. Ambas se miraron echándose a reír.

—Oh, querida. —Lucy la agarró por el brazo—. Bien por ti. El hombre es un auténtico semental.

CAPÍTULO TREINTA Y CINCO

Connor Whitby parece de muy buen humor hoy —observó Samantha Green—. ¿No será que por fin ha conseguido una mujer?

Samantha Green, cuya hija mayor estaba en 6º curso, trabajaba como bibliotecaria del colegio a tiempo parcial. Cobraba por horas y Rachel sospechaba que el Santa Ángela le iba a pagar también el rato que estaba pasando viendo el desfile de sombreros de Pascua con Rachel en el patio. Ese era el problema de tener a una madre trabajando en el colegio. Rachel no podía ir y decirle: «Supongo que descontarás de tu sueldo este rato, ¿no, Samantha?». No hacía ninguna falta que dejara su puesto para ver el desfile, puesto que solo trabajaba allí tres horas. Además, tampoco participaba su hija. Pero, ya puestos, tampoco participaba ninguna hija de Rachel y ella también había dejado de trabajar por ver el desfile. Se sintió quisquillosa y mezquina.

Rachel miró a Connor sentado en la mesa de los jueces, con su enorme capota rosa de bebé. Había algo perverso en un adulto vestido de bebé. Estaba haciendo reír a unos chicos mayores. Pensó en su expresión malvada en el vídeo. La mirada asesina que echaba a Janie. Sí, había sido una mirada asesina. La policía haría que visionara la cinta un psicólogo. O un experto en lectura de rostros. En estos tiempos hay expertos en todo.

—Ya sé que los chicos lo quieren —dijo Samantha, a quien le gustaba agotar un tema antes de pasar a otro—. Y siempre se porta estupendamente con los padres, pero no puedo dejar de pensar que hay algo raro en Connor Whitby. No sé si me explico. ¡Ooh! ¡Mira a la hija pequeña de Cecilia Fitzpatrick! ¡Qué guapa es! Me pregunto a quién habrá salido. El caso es que mi amiga Janet Tyler salió con Connor unas cuantas veces después de divorciarse y decía que Connor era una persona deprimida que aparentaba no serlo. Acabó dejando a Janet.

—Hum —farfulló Rachel.

—Mi madre se acuerda de la suya —comentó Samantha—. Era una alcohólica. No cuidaba a los chicos. Su padre se marchó cuando Connor era un bebé. Dios, ¿quién es ese que lleva una jaula de pájaros en la cabeza? Al pobre chico se le va a caer de un momento a otro.

Rachel se acordaba vagamente de las pocas veces que había visto a Trish Connor en la iglesia. Los hijos eran unos alborotadores. Trish les reñía en voz alta durante la misa y la gente se les quedaba mirando.

—Quiero decir que una infancia así debe de dejar huella en la personalidad. En la de Connor, me refiero.

—Sí —convino Rachel con tal rotundidad que Samantha se sobresaltó.

—Pero esta mañana está de buen humor —insistió Samantha volviendo a la carga—. Antes lo he visto en el aparcamiento, le he preguntado qué tal estaba y me ha contestado: «¡Mejor que nunca!». Eso me suena a hombre enamorado. O al menos a un hombre que ayer por la noche debió de ligar. Debo contárselo a Janet. Bueno, quizá no debería contárselo a la pobre Janet. Creo que le gustaba mucho, pese a todo lo raro que era. ¡Ahí va! La jaula se ha caído. Se veía venir.

¡Mejor que nunca!

Al día siguiente era el aniversario de la muerte de Janie y Connor Whitby se encontraba mejor que nunca.

CAPÍTULO TREINTA Y SEIS

Cecilia decidió irse pronto del desfile. Necesitaba moverse. Cuando estaba quieta, se ponía a pensar, y eso era peligroso. Polly y Esther ya habían visto que estaba allí, ya solo quedaba el fallo del jurado. Además, sus hijas no iban a ganar porque, la semana pasada (hacía mil años), había hablado con los jueces para asegurarse de que fuera así. La gente se picaba si las hijas de los Fitzpatrick ganaban demasiados premios, sospechaban que era por favoritismo, lo que les quitaba aún más las ganas de ofrecerse como voluntarios en el colegio.

Al acabar el año no volvería a presentarse como presidenta de la Asociación de Padres y Amigos del colegio. La idea le sobrevino con meridiana claridad al agacharse para recoger el bolso al pie de la silla. Era un alivio tener una cosa clara sobre su futuro. Con independencia de lo que ocurriera, incluso si no ocurría nada, no volvería a presentarse. Era sencillamente imposible. Ella ya no era Cecilia Fitzpatrick. Había dejado de existir desde el momento en que había leído la carta.

—Me voy —le dijo a Mahalia.

—Sí, vete a casa a descansar —repuso Mahalia—. Por un momento creí que ibas a desmayarte. Quédate la bufanda. Te sienta bien.

Mientras cruzaba el patio, Cecilia vio a Rachel Crowley contemplando el desfile con Samantha Green desde el balcón de la secretaría del colegio. Estaban mirando para otro lado. Si se daba prisa, pasaría sin que la vieran.

—¡Cecilia! —gritó Samantha.

—¡Hola! —exclamó Cecilia, soltando una ristra de improperios para sus adentros.

Se dirigió hacia ellas con las llaves del coche en la mano, para que vieran que tenía prisa, y se quedó a la máxima distancia que consideró correcta.

—¡A ti te quería yo ver! —gritó Samantha, apoyada en el balcón—. ¿No dijiste que recibiría el pedido de Tupperware antes de Pascua? Es que vamos a hacer un picnic el domingo, si seguimos con tan buen tiempo. Así que he pensado que...

—Por supuesto —le interrumpió Cecilia acercándose a ellas. Normalmente no le pasaban estas cosas. Se había olvidado por completo de los envíos que debía haber hecho ayer—. Lo siento mucho, ha sido una semana... complicada. Esta tarde me paso después de recoger a las chicas.

—Magnífico —dijo Samantha—. Es que me dejaste tan impresionada con el juego de tarteras de picnic que no veo el momento de tenerlo en mis manos. ¿Has ido alguna vez a las reuniones de Tupperware de Cecilia, Rachel? ¡Esta mujer puede vender hielo a los esquimales!

—De hecho, fui a una de sus reuniones anteanoche —repuso Rachel sonriendo a Cecilia—. ¡No tenía ni idea de todos los modelos de Tupperware que me estaba perdiendo!

—La verdad es que puedo traerte tu pedido al mismo tiempo, si quieres —sugirió Cecilia.

—Ah, ¿sí? —se asombró Rachel—. No lo esperaba tan pronto. ¿No tienes que encargarlo?

—Tengo existencias de todo —dijo Cecilia—. Por si acaso.

«¿Por qué estaba haciendo esto?».

—Servicio exprés para VIP, ¿verdad? —bromeó Samantha, que sin duda estaba tomando nota para el futuro.

—No es ninguna molestia —aseguró Cecilia.

Quiso buscar la mirada de Rachel, pero le fue imposible, incluso a aquella distancia. Era una mujer tan encantadora. ¿Sería más fácil de justificar si no lo fuera? Fingió distraerse con que se le caía de los hombros la bufanda de Mahalia.

—Si te viene bien, sería estupendo —dijo Rachel—. Tengo que llevar una tarta *pavlova* a casa de mi nuera el Domingo de Pascua, de manera que uno de esos recipientes guardalotodo me vendrían muy bien.

Cecilia tenía la certeza de que Rachel no había pedido nada que sirviera para llevar una *pavlova*. Ya encontraría algo y se lo daría gratis. *Vale, John-Paul, he regalado algunos Tupperware a la madre de la chica que asesinaste, así que estamos en paz.*

—¡Os veo por la tarde! —se despidió, agitando las llaves con tanto ímpetu que salieron volando.

—Vaya por Dios —exclamó Samantha.

CAPÍTULO TREINTA Y SIETE

*L*iam ganó el segundo premio en el desfile de sombreros de Pascua.

—Mira lo que pasa cuando te acuestas con uno de los jueces —susurró Lucy.

—¡Mamá, shhh! —ordenó Tess, mirando de reojo por si alguien lo hubiera oído.

Además, no quería pensar en Liam relacionándolo con Connor. Eso lo confundía todo. Liam y Connor pertenecían a cajas separadas en estanterías separadas, muy muy alejadas una de otra.

Vio a su hijo arrastrar los pies por la zona de juegos para recoger la copa de oro llena de diminutos huevos de Pascua. El niño se volvió para mirar a Tess y Lucy con una sonrisa entre tímida y emocionada.

Tess no podía esperar para contárselo a Will cuando lo vieran esa misma tarde.

Un momento. No iban a verlo.

Bueno. Le llamarían por teléfono. Tess pondría esa voz fría y animosa que emplean las mujeres cuando hablan con sus exmaridos delante de los hijos. Su propia madre lo había hecho. «¡Liam tiene buenas noticias!», anunciaría a Will, y luego le pasaría el teléfono a Liam y diría: «Cuéntale a tu padre lo que ha pasado hoy». Ya no volvería a decir papá. Sería «tu padre». Tess se sabía la lección. Vaya que si se la sabía.

No tenía sentido intentar salvar su matrimonio por Liam. Qué absurda había sido. Ilusa. Creer que era una mera cuestión de estrategia. A partir de ahora Tess se comportaría con dignidad. Actuaría como si se tratara de una separación normal y corriente, amistosa, que se veía venir desde hacía años. Quizá sí se veía venir.

De otro modo, ¿cómo podía ella haberse comportado como lo hizo anoche? ¿Y cómo podía haberse enamorado Will de Felicity? Tenía que haber problemas en su matrimonio, problemas que habían resultado completamente invisibles para ella, problemas que todavía no sabía nombrar, pero problemas en todo caso.

¿Cuál había sido la última cosa por la que habían discutido Will y ella? Eso le sería útil para identificar los aspectos más negativos de su matrimonio. Hizo esfuerzos por recordar. Su última discusión había sido a propósito de Liam. Por el problema de Marcus. «Quizá habría que pensar en cambiarle de colegio», había dicho Will a raíz de un incidente en el patio del colegio que había dejado a Liam particularmente tocado. Entonces Tess le había soltado: «¡Eso parece un poco dramático!», enredándose a continuación en una acalorada discusión mientras ponían el lavaplatos después de la cena. Tess había cerrado de golpe varios cajones. Will había vuelto a colocar ostentosamente la sartén que ella acababa de poner en el lavaplatos. Ella había acabado diciendo alguna tontería del tipo: «¿Me estás diciendo que no me preocupo de Liam tanto como tú?», y Will había gritado: «¡No seas idiota!».

Pero al cabo de unas horas lo habían resuelto. Se pidieron disculpas mutuamente y no quedó rastro de rencor. Will no era rencoroso. En realidad, se le daba muy bien llegar a compromisos. Y rara vez perdía el sentido del humor o la capacidad de reírse de sí mismo. «¿Has visto cómo he vuelto a colocar la sartén?», dijo. «Un golpe maestro, ¿verdad? ¿A que te ha puesto en tu sitio?».

Durante un instante Tess sintió tambalearse su extraña e inapropiada felicidad. Como si estuviera en equilibrio sobre una estrecha grieta rodeada de abismos de dolor. Un mal pensamiento y se precipitaría al vacío.

No pienses en Will. Piensa en Connor. Piensa en el sexo. Ten pensamientos perversos, terrenales, primitivos. Piensa en el orgasmo que anoche traspasó tu cuerpo purificándote la mente.

Vio a Liam volver con los de su clase. Se puso al lado de una niña que Tess conocía: Polly Fitzpatrick, la hija pequeña de Cecilia Fitzpatrick, que era espectacularmente guapa y parecía una amazona al lado del flacucho de Liam. Polly chocó la mano en alto con Liam, que parecía casi incandescente de felicidad.

Maldita sea. Will estaba en lo cierto. Liam necesitaba cambiar de colegio.

Los ojos de Tess se llenaron de lágrimas y se sintió súbitamente avergonzada.

A qué venía aquella vergüenza, se preguntó mientras sacaba un pañuelo de papel del bolso y se sonaba la nariz.

¿Se debía a que su marido se había enamorado de otra? ¿A que ella no era lo suficientemente encantadora o sexy o lo que fuera como para tener satisfecho al padre de su hijo?

¿O era que se avergonzaba de lo de anoche? Por haber encontrado un modo egoísta de hacer desaparecer el dolor. Por estar deseando en ese preciso momento volver a ver a Connor o, más concretamente, volver a acostarse con él y que su lengua, su cuerpo y sus manos borraran el recuerdo de Will y Felicity sentados uno al lado del otro frente a ella mientras le contaban su horrible secreto. Recordó la sensación de su columna vertebral aplastada contra la tarima del pasillo de Connor. Estaba follándosela, sí, pero en realidad era una manera de joder a los otros dos.

Se escuchó una suave risotada femenina procedente de las atractivas madres parlanchinas sentadas junto a Tess. Madres que tenían sexo conyugal como es debido en el lecho matrimonial. Madres que no estaban pensando en follar mientras veían el desfile de sombreros de Pascua de sus hijos. Tess sentía vergüenza porque no se estaba portando como debería hacerlo una madre abnegada.

O quizá estaba avergonzada porque en el fondo no sentía la más mínima vergüenza.

—¡Muchas gracias por estar hoy con nosotros, mamás y papás, abuelos y abuelas! ¡El desfile de sombreros de Pascua ha terminado! —anunció la directora del colegio por el micrófono. Ladeó la cabeza e hizo como si agarrara una zanahoria imaginaria como el Conejo de la Suerte—. ¡Esto ha sido todo, amigos!

—¿Qué quieres hacer esta tarde? —preguntó Lucy mientras todo el mundo aplaudía y reía.

—Necesito hacer algunas compras.

Tess se levantó, se estiró y miró a su madre en la silla de ruedas. Pudo sentir la mirada de Connor fija en ella desde el otro lado del patio.

Pensó que nunca se había sentido cómoda respecto al divorcio de sus padres. De niña se pasaba las horas imaginando cuánto mejor habría sido su vida si sus padres hubieran seguido juntos. Habría tenido una relación más estrecha con su padre. ¡Las vacaciones habrían sido mucho más divertidas! No habría sido tan tímida (y eso que no sabía cómo era capaz de racionalizar estos pensamientos). Todo en general habría sido mucho mejor. Pero lo cierto era que sus padres habían tenido un divorcio totalmente amistoso y consiguieron llevarse bastante bien. Eso no quitaba que le resultara extraño visitar a su padre un fin de semana sí y otro no. Pero, en realidad, ¿para qué tanto aspaviento? Los matrimonios fracasaban. Los hijos sobrevivían. Tess había sobrevivido. El supuesto «daño» estaba todo en su cabeza.

Saludó a Connor con la mano.

Lencería nueva era lo que necesitaba. Lencería extraordinariamente cara que su marido no vería jamás.

CAPÍTULO TREINTA Y OCHO

Cecilia se marchó del desfile de sombreros de Pascua y fue derecha al gimnasio. Subió a la cinta, puso la inclinación y la velocidad al máximo y corrió como si le fuera la vida en ello. Corrió hasta que el corazón se le aceleró, empezó a respirar mal y se le nubló la vista por el sudor que le goteaba hasta la boca. Corrió hasta expulsar todos los pensamientos de su mente. No pensar era un alivio maravilloso y tenía la sensación de que podía haber corrido otra hora más, de no haber sido porque uno de los monitores del gimnasio se plantó brusca e inoportunamente ante la cinta de Cecilia diciendo:

—¿Se encuentra bien? No la veo demasiado bien.

«Estoy bien», fue a decir Cecilia, furiosa con él por devolverle de golpe el mundo real, solo que no podía hablar ni apenas respirar y, en ese momento, las piernas no la sostenían. El monitor la agarró por la cintura y dio un palmetazo en la cinta para detenerla.

—Tiene que ir a su propio ritmo, señora Fitzpatrick —dijo ayudándola a bajar de la cinta. El monitor se llamaba Dane.

Daba una clase de pesas muy popular entre la gente del Santa Ángela. Cecilia solía asistir los viernes por la mañana antes de ir a la compra. Dane tenía la piel joven y lustrosa. Representaba la misma edad que tenía John-Paul cuando mató a Janie Crowley—. Veo que tiene el pulso por las nubes —observó con mirada intensa y seria—. Si quiere, puedo ofrecerle un programa de entrenamiento que...

—No, gracias —jadeó Cecilia—. Gracias, de todas formas. Yo, bueno, la verdad es que ya me iba.

Se alejó rápidamente con las piernas aún tambaleantes, la respiración entrecortada y el sudor depositándose en el sujetador, sin hacer caso de las recomendaciones de Dane para que hiciera unos cuantos estiramientos, se relajara y al menos bebiera un poco de agua. «Señora Fitzpatrick, ¡tiene usted que rehidratarse!».

De camino a casa decidió que no podía vivir ni un momento más con aquello, era imposible. John-Paul tenía que confesar. La había convertido en una criminal. Era ridículo. Mientras estaba en la ducha decidió que la confesión no devolvería a Janie, y que sus hijas se quedarían sin padre y qué sentido tenía eso. Pero su matrimonio estaba muerto. No podía vivir con él. Y sanseacabó.

Mientras se vestía tomó la decisión final. John-Paul se entregaría a la policía después de las vacaciones de Pascua, daría a Rachel las explicaciones correspondientes y las niñas tendrían que aprender a vivir con un padre presidiario.

Según se secaba el pelo, le quedó meridianamente claro que sus preciosas hijas eran lo único que importaba, su única prioridad, que seguía amando a John-Paul y que había prometido estar con él a las duras y a las maduras, por lo que la vida seguiría adelante como siempre. Había cometido un trágico error a los diecisiete años. No había necesidad de hacer, decir o cambiar nada.

El teléfono estaba sonando cuando terminó de secarse el pelo. Era John-Paul.

—Solo quería saber cómo estás —preguntó amablemente.

Como si creyera que estaba enferma. O, no, como si estuviera aquejada de una enfermedad típicamente femenina, algo que estuviera volviéndola frágil y loca.

—Maravillosamente —dijo—. Me encuentro maravillosamente. Gracias por preguntar.

CAPÍTULO TREINTA Y NUEVE

¡Feliz Pascua! —deseó Trudy a Rachel mientras recogían la secretaría esa tarde—. Mira, te he traído una cosa.

—¡Oh! —exclamó Rachel emocionada y contrariada porque a ella no se le había ocurrido llevar un regalo a Trudy. Nunca había intercambiado regalos con la anterior directora del colegio y rara vez habían intercambiado cumplidos.

Trudy le alargó un cestillo encantador lleno de deliciosos huevos de Pascua. Parecía un detalle propio de la nuera de Rachel: caro, elegante y apropiado.

—Muchas gracias, Trudy, yo no he... —Agitó la mano en señal de que no tenía ningún regalo.

—No, no. —Trudy le devolvió el gesto para indicarle que no era necesario. Había estado todo el día con el disfraz de conejita y tenía un aspecto, a juicio de Rachel, francamente ridículo—. Solo quería que supieras que valoramos mucho el trabajo que haces, Rachel. Llevas toda la secretaría y me dejas ser... yo misma. —Levantó una de las orejas de conejo y la miró a los ojos—. He tenido secretarias que encontraban mi método de trabajo un tanto insólito.

«No me extraña», pensó Rachel.

—Lo das todo por los niños —dijo Rachel—. Para eso estamos aquí.

—Bueno, que tengas unas buenas vacaciones de Pascua —añadió Trudy—. Disfruta un poco de esa ricura de nieto que tienes.

—Eso haré. ¿Vas... a alguna parte?

Trudy no tenía marido ni hijos ni otros intereses que ella supiera, fuera del colegio. Nunca recibía llamadas telefónicas de tipo personal. Era difícil imaginar cómo iba a pasar las vacaciones de Pascua.

—No, aprovecharé para hacer de todo un poco —comentó—. Leo mucho. Me encantan las novelas de suspense. Me precio de adivinar quién es el asesino..., ¡oh!

Se puso colorada de vergüenza.

—A mí me gusta mucho la novela histórica —se apresuró a decir Rachel, evitando mirarla y fingiendo distraerse con el bolso, el abrigo y el cestillo de Pascua que tenía que recoger.

—Ah —exclamó Trudy sin recobrarse, con los ojos llenos de lágrimas.

La pobre mujer solo tenía cincuenta años, no era mucho mayor de lo que sería Janie ahora. Su estrambótico pelo crespo y canoso la hacía parecer una niña vieja.

—Está bien, Trudy —dijo Rachel suavemente—. No me ha molestado. Está bien.

CAPÍTULO CUARENTA

*S*í? —Tess contestó la llamada. Era Connor. Su cuerpo respondió inmediatamente a su voz, como el perro de Pavlov.

—¿Qué estás haciendo? —preguntó él.

—Estoy comprando panecillos de Pascua —dijo Tess.

Había recogido a Liam en el colegio y le había llevado de tiendas para comprarle algo. A diferencia de ayer, hoy estaba callado y de mal humor al salir de clase y no tenía ganas de hablar de su éxito en el desfile de Pascua. Aparte de eso, Tess estaba comprando una lista de cosas que le había encargado su madre cuando cayó en la cuenta de que al día siguiente las tiendas cerraban todo el día y del penoso estado en que se encontraba su despensa.

—Me encantan los panecillos de Pascua —dijo Connor.

—A mí también.

—¿Ah, sí? Tenemos mucho en común.

Tess se rio. Advirtió que Liam había levantado la vista con curiosidad y se ladeó un poco para que no la viera ruborizarse.

—Bueno —dijo Connor—, no te llamaba por nada en particular. Solo quería decirte que lo de anoche fue estupendo —tosió—. Y me quedo corto.

«Oh, Dios», pensó Tess. Y apretó la palma de la mano contra su incandescente mejilla.

—Ya sé que ahora lo tienes bastante complicado —siguió Connor—. No me hago, eh, ilusiones, te lo prometo. No pienso hacerte la vida más complicada. Pero quería que supieras que me encantaría volver a verte. Cuando quieras.

—Mamá. —Liam le tiró del borde del chaleco—. ¿Es papá?

Tess negó con la cabeza.

—¿Quién es? —quiso saber Liam, con grandes ojos de preocupación.

Tess apartó el teléfono de la oreja y se llevó un dedo a los labios.

—Es un cliente.

Liam perdió inmediatamente el interés. Estaba acostumbrado a las conversaciones con clientes.

Tess se alejó unos pasos de la multitud que guardaba cola en la pastelería.

—Está bien —siguió Connor—, como ya te he dicho, en realidad, no me hago...

—¿Estás libre esta noche? —interrumpió Tess.

—Dios, sí.

—Voy a tu casa cuando Liam se duerma —dijo con los labios pegados al teléfono como si fuera un agente secreto—. Llevaré panecillos de Pascua.

Rachel se dirigía al coche cuando vio al asesino de su hija.

Estaba hablando por el móvil, balanceando el casco de motorista que agarraba con la otra mano. Al acercarse, él echó de pronto la cabeza para atrás como si acabara de recibir una maravillosa e inesperada noticia. Sus gafas de sol reflejaban la luz de la tarde. Cerró el móvil y lo guardó en el bolsillo de la cazadora, con una sonrisa en los labios.

Rachel volvió a pensar en el vídeo y recordó la expresión de su rostro al volverse hacia Janie. Lo vio claro. La cara de un monstruo: lascivo, malvado, cruel.

Y míralo ahora. Connor Whitby estaba muy vivo y muy feliz y por qué no iba a estarlo, si se había ido de rositas. Si la policía no hacía nada, como parecía probable, nunca pagaría por lo que había hecho.

Cuando se acercó, la sonrisa de Connor se desvaneció nada más verla, como si la luz hubiera desaparecido.

«Culpable», pensó Rachel. «Culpable. Culpable. Culpable».

—Esto ha llegado para ti por mensajería urgente —dijo Lucy cuando Tess entró en la cocina y empezó a colocar la compra—. Parece de tu padre. Me lo imagino intentando enviar algo por mensajería.

Intrigada, Tess se sentó a la mesa con su madre y desenvolvió el pequeño paquete acolchado. Dentro había una caja plana cuadrada.

—¿No te habrá enviado joyas? —preguntó su madre, inclinándose para mirar.

—Es una brújula —anunció Tess, era una preciosa brújula antigua de madera—. Como la que debió de utilizar el capitán Cook.

—Qué raro —señaló su madre con desdén.

Al levantar la brújula, Tess vio un *post-it* amarillo manuscrito pegado al fondo de la caja.

Querida Tess, leyó. *Probablemente es un regalo estúpido para una chica. Nunca he sabido qué comprarte. He procurado pensar en algo que te sirva cuando te sientas perdida. Me acuerdo cómo era sentirse perdido. Una sensación terrible. Pero siempre te tenía a ti. Espero que encuentres tu camino. Con cariño, papá.*

Tess sintió crecer algo dentro de su pecho.

—Qué bonita. —Admiró Lucy dando vueltas a la brújula.

Tess imaginó a su padre buscando por las tiendas el regalo apropiado para su hija adulta; la expresión de terror que habría asomado a su rostro curtido y arrugado cada vez que alguien le preguntaba: «¿Puedo ayudarle?». Muchas vendedoras le habrían tomado por un viejo grosero, gruñón y huraño que no quería mirarles a la cara.

«¿Por qué os separasteis papá y tú?», solía preguntar Tess a su madre. Lucy respondía displicente y con un leve brillo en la mirada: «Oh, cariño, éramos dos personas muy diferentes». Quería decir que su padre era muy diferente. (Cuando Tess hacía la misma pregunta a su padre, se encogía de hombros, tosía y decía: «Tendrás que preguntárselo a tu madre, cariño»).

Se dijo que tal vez su padre sufriera también de fobia social.

Antes del divorcio, a su madre le sacaba de quicio su falta de interés por alternar con gente. «¡Nunca vamos a ninguna parte!», decía llena de frustración, cada vez que el padre de Tess se negaba a asistir a algún acto social.

«Tess es algo tímida», solía decir su madre a la gente en un susurro audible, tapándose la boca con la mano. «Ha salido a su padre, me temo». Había crecido oyendo esa frase que mostraba muy poco respeto en boca de su madre y que la hizo creer que cualquier forma de timidez era mala, moralmente mala, de hecho. Tenías que querer ir a reuniones. Tenías que querer estar rodeada de gente.

No es extraño que se sintiera tan avergonzada de su timidez, como si se tratara de una embarazosa enfermedad física que hubiera que ocultar a todo trance.

Miró a su madre.

—¿Por qué no te fuiste tú?

—¿Qué?—Lucy levantó la vista de la brújula—. ¿Ir a dónde?

—Nada —dijo Tess extendiendo el brazo—. Devuélveme la brújula. Me encanta.

Cecilia estacionó el coche delante de la casa de Rachel Crowley y volvió a preguntarse por qué estaba haciéndose esto a sí misma. Podría haber dejado el encargo de Tupperware de Rachel en el colegio después de Pascua. A las demás mujeres que asistieron a la reunión en casa de Marla no les había prometido la entrega hasta después de vacaciones. Parecía que quería ver a Rachel y, al mismo tiempo, evitarla a toda costa.

Quizá quisiera verla porque Rachel era la única persona del mundo con derecho y autoridad para pronunciarse sobre el dilema actual de Cecilia. Aunque dilema era una palabra demasiado amable. Demasiado egoísta. Daba por supuesto que los sentimientos de Cecilia importaban.

Levantó la bolsa de plástico con los Tupperware del asiento del copiloto y abrió la puerta del coche. Quizá la verdadera razón para estar allí era que sabía que Rachel tenía sobrados motivos para odiarla y no podía soportar la idea de que alguien la odiara. «Soy una niña», pensó al llamar a la puerta. «Una niña de mediana edad, premenopáusica».

La puerta se abrió más rápido de lo que esperaba. No le había dado tiempo a prepararse.

—Ah —dijo Rachel y su rostro se ensombreció—, Cecilia.

—Lo siento —se disculpó Cecilia. «Lo siento mucho, mucho»—. ¿Esperabas a alguien?

—La verdad es que no —contestó Rachel reponiéndose—. ¿Cómo estás? ¡Mis Tupperware! Qué emocionante. Muchas gracias. ¿Quieres pasar? ¿Dónde están tus niñas?

—En casa de mi madre —respondió Cecilia—. Se sentía mal por haberse perdido el desfile de sombreros de Pascua de hoy. Así que las ha invitado a merendar. Bueno. Eso es todo. No voy a pasar, solo he...

—¿Estás segura? Acabo de poner la tetera al fuego.

Cecilia se sintió demasiado débil como para discutir. Haría lo que quisiera Rachel. Apenas la sostenían las piernas, que le temblaban terriblemente. Si Rachel gritara: «¡Confiesa!», ella confesaría. Casi lo estaba deseando.

Cruzó el umbral con el corazón en un puño, como si corriera peligro físico. La casa era muy parecida a la de Cecilia, como muchas otras de la North Shore.

—Pasa a la cocina —indicó Rachel—. Tengo puesta la calefacción. Empieza a hacer frío por las tardes.

—¡Nosotros tuvimos ese linóleo! —exclamó Cecilia cuando la siguió a la cocina.

—Estoy segura de que en su momento fue la última moda —manifestó Rachel poniendo las bolsitas de té en las tazas—. No soy de las que les gusta renovar, como puedes ver. No consigo interesarme por azulejos, alfombras, colores de pintura o encimeras. Aquí está. ¿Leche? ¿Azúcar? Sírvete tú misma.

—Esta es Janie, ¿verdad? —preguntó Cecilia—. Y Rob. —Se había detenido ante el frigorífico.

Fue un alivio pronunciar el nombre de Janie. Su presencia ocupaba todos los pensamientos de Cecilia. Tenía la sensación de que, si no pronunciaba su nombre, este explotaría de pronto en su boca en mitad de una frase.

La foto del frigorífico de Rachel estaba casualmente sujeta con un imán publicitario de Pete Fontanero 24 Horas. Era una pequeña foto en color, desvaída y desenfocada de Janie y su hermano menor con sendas latas de Coca-Cola delante de una barbacoa. Ambos se habían vuelto con cara inexpresiva, como si el fotógrafo los hubiera sorprendido. No era una foto especialmente buena, si bien de alguna manera su propia sencillez hacía parecer del todo imposible que Janie estuviera muerta.

—Sí, esa es Janie —asintió Rachel—. La foto estaba pegada en el frigorífico cuando murió y nunca la he quitado. Qué tontería, ¿verdad? Guardo otras mucho mejores de ella. Siéntate. Tengo esas pastas que llaman *macarons*. No son macarrones, si eso es lo que estás pensando. Seguro que ya las conoces. Yo no soy muy sofisticada. —Cecilia notó un deje de orgullo en no ser sofisticada—. ¡Coge una! Son realmente buenas.

—Gracias.

Se sentó y tomó un *macaron*. No le supo a nada, parecía polvo. Dio un sorbo demasiado rápido al té y se abrasó la lengua.

—Gracias por venir a traerme los Tupperware —dijo Rachel—. Estoy deseando utilizarlos. La cosa es que mañana es el aniversario de la muerte de Janie. Veintiocho años.

Cecilia tardó un segundo en comprender lo que había dicho Rachel. No captaba la relación entre los Tupperware y el aniversario.

—Lo siento —dijo Cecilia.

Observó, casi con interés científico, que le temblaba la mano y volvió a poner la taza en el platillo.

—No, perdóname —se excusó Rachel—. No sé por qué lo he dicho. Llevo todo el día pensando en ella. Incluso más de lo habitual. A veces me pregunto si habría pensado tanto en ella de haber vivido. Al pobre Rob no le dedico tanto tiempo. Uno imagina que al perder un hijo te preocupará que pueda pasarle algo al otro. Pero yo no estoy particularmente preocupada. ¿No es horrible? En cambio me inquieta que le pase algo a mi nieto. A Jacob.

—Creo que es normal —manifestó Cecilia, dominada de pronto por su increíble audacia: estar sentada en aquella cocina, soltando tópicos delante de un Tupperware.

—Quiero a mi hijo —murmuró Rachel llevándose la taza a la boca y mirando avergonzada a Cecilia por encima del borde—. No me gustaría que pensaras que no me preocupo por él.

—¡Por supuesto que no pienso eso!

Cecilia contempló horrorizada que Rachel tenía un triángulo de *macaron* azul en mitad del labio inferior. Era horriblemente indecoroso y de pronto hacía parecer a Rachel una anciana, casi como una demente.

—Me da la sensación de que ahora pertenece a Lauren. ¿Cómo es el dicho?: «Un hijo es tuyo hasta que se casa, una hija es hija para toda la vida».

—Ya lo... había oído. No sé si es verdad.

Cecilia estaba en un sin vivir. No podía decirle a Rachel que tenía un trozo de pasta en el labio. Y menos cuando estaba hablando de Janie.

Rachel levantó la taza para dar otro sorbo y Cecilia se puso tensa. Seguramente ahora se lo quitaría. Rachel bajó la taza. El resto de galleta se había desplazado y destacaba aún más. Tenía que decirle algo.

—La verdad es que no sé por qué estoy dándole vueltas al tema —dijo Rachel—. Seguro que piensas que he perdido el juicio. No soy yo misma, ya ves. La otra noche, al volver a casa de la reunión de Tupperware, encontré una cosa.

Se relamió los labios y el trozo de pasta azul desapareció. Cecilia se relajó.

—¿Encontraste una cosa? —repitió.

Dio un trago largo al té. Cuanto antes se lo tomara, antes podría irse. Estaba muy caliente. El agua debía de estar hirviendo cuando la sirvió Rachel. La madre de Cecilia también hacía el té muy caliente.

—Una cosa que demuestra quién mató a Janie —soltó Rachel—. Es una prueba. Una nueva prueba. Se la he dado a la policía... ¡Oh! Oh, Dios mío, ¿estás bien, Cecilia? ¡Vamos! ¡Ven a poner la mano bajo el grifo!

CAPÍTULO CUARENTA Y UNO

Tess ceñía con fuerza la cintura de Connor cuando la moto se inclinaba para tomar las curvas. Farolas y escaparates apenas eran unas borrosas manchas de luces de colores en su visión periférica. El viento rugía en sus oídos. Cada vez que arrancaban en un semáforo sentía un hormigueo de excitación en el estómago, como si estuviera en un avión que acabara de despegar de la pista.

—No te preocupes. Soy un motorista tranquilo y aburrido, de mediana edad —le había dicho Connor mientras le ajustaba el casco—. Respeto el límite de velocidad. Especialmente cuando llevo cargamento valioso.

Inclinó la cabeza hasta chocar levemente el casco con el de ella. Tess se sintió conmovida, mimada y también estúpida. Seguramente era demasiado mayor para andar chocando el casco y demás coqueteos. Además, estaba casada.

Aunque quizá no.

Trató de recordar qué había hecho el jueves pasado por la noche en su casa de Melbourne, cuando todavía era la esposa de Will y la prima de Felicity. Recordó haber preparado magdalenas de manzana. A Liam le gustaba llevárselas para el desayuno del colegio. Y luego Will y ella estuvieron viendo la televisión con sus respectivos ordenadores portátiles en las rodillas. Se había puesto al día con las facturas. Él había estado trabajando en la campaña del Tos Stop. Habían leído un rato y se habían ido a la cama. Espera. No. Sí. Sí, efectivamente. Habían tenido sexo. Rápido, reconfortante, estupendo: como una magdalena, por supuesto, nada que ver con el sexo en el pasillo de la casa de Connor. Pero eso era el matrimonio. El matrimonio era una magdalena caliente con sabor a manzana.

Él debía de estar pensando en Felicity mientras hacían el amor.

Ese pensamiento surtió el efecto de una bofetada.

Recordaba que había sido especialmente tierno mientras hicieron el amor esa noche. Ella se sintió particularmente mimada cuando, de hecho, no estaba siendo mimada, sino compadecida. Tal vez pensara que aquella sería la última vez que estaban juntos como marido y mujer.

El dolor se extendió al momento por todo su cuerpo. Apretó aún más las piernas contra las caderas de Connor y se inclinó hacia delante, como si pudiera meterse dentro de él. Al llegar al siguiente semáforo, Connor bajó la mano y le acarició el muslo, proporcionándole una sacudida momentánea de placer sexual. Se dijo que el dolor que sentía a causa de Will y Felicity intensificaba cualquier sensación, de tal forma que las que la hacían sentir bien, como las arrancadas de la moto y la mano de Connor en su muslo, eran todavía mejores. El jueves pasado por la noche su vida era suave, sin aristas ni dolores. Este jueves, en cambio, se sentía como si hubiera vuelto a la adolescencia: exquisitamente dolorosa y claramente hermosa.

Pero, por mucho que le doliera, no quería estar en su casa de Melbourne, cocinando, viendo la televisión y haciendo facturas. Quería estar donde estaba, a galope en aquella moto, con el corazón desbocado, sintiéndose viva.

Pasaban de las nueve de la noche cuando Cecilia y John-Paul salieron al jardín trasero y se sentaron en la cabaña junto a la piscina. Era el único sitio donde estaban a salvo de oídos curiosos. Sus hijas tenían una capacidad extraordinaria para oír cosas que no debían. Desde donde estaba sentada, Cecilia podía verlas a través de la cristalera, con los rostros iluminados por el parpadeo de la televisión. Era una tradición dejar que se acostaran a la hora que quisieran la primera noche de las vacaciones escolares, mientras comían palomitas de maíz y veían películas.

Cecilia apartó la mirada de las niñas y miró el reluciente azul de su piscina en forma de riñón, con su potente iluminación bajo el agua, el símbolo perfecto de una vida acomodada. Salvo por aquel extraño sonido intermitente, como el de un bebé con un chupete, procedente del filtro de la piscina. Lo estaba oyendo en ese mismo momento. Cecilia había pedido a John-Paul que lo arreglara semanas antes de irse a Chicago; aún no lo había hecho, pero se habría puesto furioso si hubiera llamado a alguien para que fuera a repararlo. Sería un signo de falta de fe en sus capacidades. Por supuesto, cuando por fin lo mirara, sería incapaz de arreglarlo y tendría que acabar llamando a alguien para que fuera a repararlo. Era frustrante. Por qué eso no había formado parte de su estúpido programa de redención vital: «Hacer inmediatamente lo que pide mi esposa, sin que tenga que repetírmelo veinte veces».

Ella tenía ganas de estar allí fuera para mantener una discusión doméstica con John-Paul sobre el maldito filtro de la piscina. Cualquier discusión fuerte, aunque acabara hiriendo sus sentimientos, sería mejor que aquel estado permanente de terror. Podía sentirlo por todas partes: en el estómago, en el pecho, incluso en un horrible sabor de boca. ¿Qué le estaba haciendo a su salud?

Carraspeó.

—Necesito contarte algo.

Iba a relatarle lo que le había dicho Rachel Crowley esa tarde sobre el hallazgo de pruebas. ¿Cómo reaccionaría? ¿Se asustaría? ¿Huiría? ¿Se convertiría en un fugitivo?

Rachel no llegó a explicar en qué consistía la prueba porque se distrajo cuando Cecilia derramó el té y esta sintió tal pánico que no se le ocurrió preguntar. Debería haberlo hecho, ahora se daba cuenta. Podría haber sido útil saberlo. No se estaba luciendo en su nuevo papel de esposa de un criminal.

Tal vez Rachel tampoco supiera exactamente a quién incriminaba la prueba o no se lo habría dicho a Cecilia. Era difícil pensar con claridad.

—¿De qué se trata? —preguntó John-Paul.

Estaba sentado en el banco de madera frente a ella, con vaqueros y el jersey de rayas que le habían comprado las niñas el último Día del Padre. Se inclinó hacia delante, dejando caer las manos entre las rodillas. Notó algo extraño en su tono de voz. Semejante al modo suave y forzado en que habría respondido a una de las niñas cuando le estaba empezando a acometer una de sus migrañas y todavía confiaba en que no fuera a más.

—¿Notas que vas a tener una de tus migrañas? —preguntó ella.

—Estoy bien. —Negó con la cabeza.

—Bien. Escucha, hoy en el desfile de sombreros de Pascua he visto a...

—¿Estás bien?

—Estoy estupendamente —dijo con impaciencia.

—No lo parece. Tienes mal aspecto. Es como si yo te pusiera enferma. —Le temblaba la voz—. Lo único que me importaba era haceros felices a ti y a las niñas, pero ahora os he puesto en una situación insoportable.

—Sí —admitió Cecilia. Dobló los dedos alrededor de los listones del banco y miró a sus hijas al tiempo que sus rostros estallaban en una carcajada por algo que estaban viendo por la televisión—. Intolerable es la palabra adecuada.

—Hoy en el trabajo no he dejado de pensar en cómo puedo arreglarlo, cómo puedo ponértelo más fácil. —Se acercó y se sentó a su lado; ella notó la acogedora calidez de su cuerpo junto al suyo—. Es evidente que no puedo mejorarlo. Está claro. Pero quería decirte que, si quieres que me entregue, me entregaré. No voy a pedirte que cargues tú también con esto, si no puedes. —Le cogió la mano y la apretó—. Haré lo que tú quieras que haga, Cecilia. Si quieres que vaya directamente a la policía o a casa de Rachel Crowley, eso es lo que haré. Si quieres que me vaya, si no puedes soportar vivir en la misma casa que yo, me iré. Les diré a las niñas que nos vamos a separar porque..., no sé lo que les diré, pero me echaré la culpa, evidentemente.

Cecilia notó que John-Paul temblaba de la cabeza a los pies. Tenía la palma de la mano sudorosa.

—Conque estás dispuesto a ir a la cárcel. ¿Y tu claustrofobia? —preguntó ella.

—Tendré que solucionarlo —dijo, con la palma de la mano más sudorosa aún—. Todo está en mi cabeza. No es real.

Retiró la mano con una repentina sensación de asco y se levantó.

—Entonces, ¿por qué has esperado tanto? ¿Por qué no te entregaste incluso antes de conocerme?

Él levantó las manos y la miró con gesto afligido y suplicante.

—No sé responder a eso, Cecilia. He tratado de explicarlo. Lo siento...

—Y ahora dices que tome yo la decisión. Ya no tiene nada que ver contigo. ¡Ahora es responsabilidad mía si Rachel Crowley se entera de la verdad o no! —Pensó en el trozo de pasta en la boca de Rachel y sintió un escalofrío.

—¡Si tú no quieres, no! —John-Paul estaba a punto de llorar—. Trataba de facilitarte las cosas.

—¿No ves que lo estás convirtiendo en mi problema? —gritó Cecilia.

Pero la cólera estaba dando paso a una gran oleada de desesperación. La disposición de John-Paul a confesar no cambiaba la situación. En absoluto. Ella ya era responsable. Se hizo responsable desde el mismo momento en que leyó la carta.

Se dejó caer en el banco del otro lado de la cabaña.

—Hoy he visto a Rachel Crowley —soltó—. Fui a llevarle su pedido de Tupperware. Me ha dicho que tiene una prueba nueva que incrimina al asesino de Janie.

John-Paul dio un respingo.

—No puede tenerla. No hay nada. No hay pruebas.

—Te estoy contando lo que me ha dicho.

—Pues entonces... —dijo John-Paul. Se tambaleó un poco, como si le estuviera dando un mareo, y cerró un momento los ojos—. Quizá la decisión tengamos que tomarla nosotros. Yo.

Cecilia volvió a pensar en las palabras exactas de Rachel: *Una cosa que demuestra quién mató a Janie.*

—La prueba que ha encontrado —continuó de pronto Cecilia— podría incriminar a otra persona.

—En cuyo caso tendría que entregarme —concluyó John-Paul tranquilamente—. Evidentemente.

—Evidentemente —repitió Cecilia.

—Pero no parece probable —dijo John-Paul; se le notaba agotado—. Después de tantos años.

—No parece —ratificó Cecilia.

Lo vio levantarse y girar la cabeza hacia la parte de atrás de la casa para mirar a las niñas. El silencio amplificaba el ruido del filtro de la piscina. No sonaba como el chupete de un bebé. Sonaba como el resuello de algo monstruoso, como el ogro de una pesadilla infantil que rondara la casa.

—Mañana me ocuparé del filtro —declaró John-Paul sin apartar la vista de sus hijas.

Cecilia no dijo nada. Permaneció sentada, respirando al mismo ritmo que el ogro.

CAPÍTULO CUARENTA Y DOS

*E*sto es una segunda cita en toda regla —dijo Tess.

Connor y ella estaban sentados en un murete de ladrillo con vistas a la playa de Dee Why, tomando chocolate caliente en vasos de usar y tirar. La moto estaba aparcada detrás de ellos, con sus piezas cromadas brillando bajo la luz de la luna. Era una noche fría, pero Tess estaba abrigada con la gran cazadora de cuero que Connor le había prestado.

—Sí, normalmente funciona como un encantamiento —dijo Connor.

—Solo que ya te acostaste conmigo en la primera cita. Conque, ya sabes, no tienes por qué derrochar todas tus armas de seducción.

Le sonó raro, como si hubiera adoptado una personalidad ajena a ella, la de una chica fresca y atrevida. En realidad, era como si estuviera empeñada en ser Felicity y no le saliera demasiado bien. Las intensas sensaciones mágicas que había experimentado en la moto se habían esfumado y, en ese momento, se sentía incómoda. Era demasiado. La luz de la luna, la moto, la cazadora de cuero y el chocolate caliente. Horriblemente romántico. Nunca le habían gustado los momentos románticos. Le provocaban risa.

Connor se volvió a mirarla con expresión seria.

—O sea, estás diciendo que la otra noche fue una primera cita.

Tenía los ojos serios, oscuros. A diferencia de Will, no se reía mucho. Eso realzaba el valor de sus escasas carcajadas. «Lo ves, Will, *calidad*, no cantidad».

—Oh, bueno —dijo Tess, «¿creería él que estaban saliendo?»—. No lo sé. Quiero decir...

Connor le puso la mano en el brazo.

—Era una broma. Tranquila. Ya te lo dije. Me hace feliz pasar tiempo contigo.

Tess bebió un poco de chocolate y cambió de tema.

—¿Qué has hecho esta tarde después de clase?

Connor frunció el ceño, como si sopesara la respuesta, y luego se encogió de hombros.

—He ido a correr, he tomado café con Ben y su novia y, eh, bueno, he visto a mi loquera. La veo los jueves por la tarde. A las seis. Hay un restaurante indio al lado. Siempre tomo un curry al salir. Terapia y un excelente curry de cordero. No sé por qué sigo hablándote de mi terapia.

—¿Le has hablado de mí a tu psicóloga? —preguntó Tess.

—Por supuesto que no —sonrió.

—Lo has hecho. —Le dio un leve empujón en la pierna con el dedo.

—Está bien. Lo he hecho. Lo siento. Era una noticia. Me gusta hacerme el interesante con ella.

Tess dejó el vaso de chocolate en el suelo junto al murete.

—¿Qué ha dicho?

—Está claro que nunca has ido a una terapia. —La miró de reojo—. No dicen ni palabra. Sueltan cosas como: «¿Cómo te hace sentir eso?». «¿Por qué crees que lo hiciste?».

—Seguro que no le ha parecido bien.

Se vio a través de los ojos de la terapeuta: antigua novia que le partió el corazón hace años reaparece de pronto en su vida cuando se encuentra en plena crisis matrimonial. Tess se sentía a la defensiva. *Pero no estoy engañándole. Es un adulto. Además, quizá esto llegue a alguna parte. Es verdad que no había vuelto a pensar en él desde que rompimos, pero tal vez podría enamorarme de él. De hecho, quizá me esté enamorando ya. Sé que está muy confuso por lo de su primera novia asesinada. Pero no voy a romperle el corazón. Soy una buena persona.*

¿Acaso no era una buena persona? Le daba un poco de vergüenza cómo había vivido hasta ahora. ¿No había algo cerrado, incluso mezquino, en su forma de apartarse de la gente, escudándose tras el oportuno muro de su timidez, su «fobia social»? Cuando alguien trataba de acercarse amistosamente a ella, le costaba contestar a sus llamadas telefónicas y correos electrónicos, hasta que finalmente la gente desistía y Tess siempre se sentía aliviada. Si hubiera sido mejor madre, más sociable, habría ayudado a Liam a cultivar amistades con otros niños además de Marcus. Pero no, se había quedado con Felicity, riéndose con una copa de vino y despotricando. Felicity y ella no toleraban a los demasiado flacos, demasiado deportistas, demasiado ricos o demasiado intelectuales. Se reían de la gente con entrenadores personales o perros pequeños, la gente que hacía comentarios muy intelectuales o mal escritos en Facebook, la gente que empleaba la frase «Ahora mismo estoy en muy buena posición» y la gente que siempre estaba «liada», la gente como Cecilia Fitzpatrick.

Tess y Felicity se habían situado al margen de la vida, contemplando despectivamente a los demás.

Si Tess tuviera una red social más extensa, quizá Will no se hubiera enamorado de Felicity. O al menos habría tenido una gama más variada de posibles amantes a su disposición.

Cuando su vida se vino abajo, no hubo una sola amiga a quien Tess pudiera llamar. Ni una. Por eso se estaba comportando así con Connor. Necesitaba un amigo.

—¿Encajo en el modelo? —preguntó de pronto Tess—. Sigues eligiendo a las mujeres equivocadas. Yo soy otra mujer equivocada.

—Mmmm —dijo Connor—. Además, no has traído los panecillos de Pascua que habías prometido.

Se llevó el vaso de cartón a la boca y apuró el chocolate caliente. Lo dejó encima del murete y se acercó a ella.

—Te estoy utilizando —confesó Tess—. Soy una mala persona.

Él pasó una cálida mano alrededor de su cuello y la atrajo hacia sí, hasta que pudo oler su aliento a chocolate. Le quitó el vaso de cartón de la mano, sin que ella opusiera resistencia.

—Te estoy utilizando para que me ayudes a no pensar en mi marido —concretó para dejárselo claro.

—Tess, cariño. ¿Crees que no lo sé?

Entonces la besó tan profunda y completamente que ella sintió que estaba cayendo, flotando, en espiral, hacia abajo, abajo, abajo, como Alicia en el País de las Maravillas.

6 DE ABRIL DE 1984

*J*anie no sabía que los chicos pudieran ruborizarse.
Su hermano Rob se ruborizaba, pero evidentemente él no contaba como un auténtico chico. No sabía que un chico inteligente, guapo y de un colegio de elite como John-Paul Fitzpatrick pudiera ruborizarse. Era ya media tarde y la luz estaba cambiando, diluyéndolo todo en sombras, pero aun así pudo ver cómo John-Paul se ponía colorado. Observó que incluso las orejas habían adquirido una tonalidad rosa traslúcida.

Acababa de soltarle su pequeño discurso sobre que había «otro chico» al que había estado viendo y que quería «que fuera, eh, su novia». De modo que no podía volver a ver a John-Paul porque el otro chico quería «hacerlo oficial».

Había pensado que sería mejor que pareciera que la culpa era de Connor, como si fuera él quien le hubiera obligado a romper con John-Paul, pero en cuanto vio que este enrojecía se preguntó si no habría sido un error hablarle de otro chico. Podía haber echado la culpa a su padre. Podía haber dicho que estaba demasiado nerviosa porque él había averiguado que estaba viendo a un chico.

Pero una parte de ella quería que John-Paul supiera que estaba solicitada.

—Pero, Janie —la voz de John-Paul sonó aflautada y chillona, como si estuviera a punto de echarse a llorar—, creía que eras mi novia.

Janie estaba horrorizada. Su propio rostro se ruborizó como contagiada, se puso a mirar los columpios a lo lejos y se escuchó reír a sí misma por lo bajo. Una extraña risita de tono agudo. Tenía la mala costumbre de reírse cuando se ponía nerviosa, aun cuando la situación no tuviera nada de divertida. Le había sucedido, por ejemplo, cuando tenía trece años y la directora del colegio entró en su clase mostrando una expresión sombría y apesadumbrada en su habitualmente risueño rostro, para comunicarles que el marido de la profesora de Geografía había muerto. Janie se quedó tan impresionada y abatida que se echó a reír. Era inexplicable. Toda la clase se volvió para mirarla con gesto acusador y creyó morirse de vergüenza.

John-Paul arremetió contra ella. Al principio creyó que iba a besarla, y que esa era su extraña a la vez que habilidosa técnica, lo que le agradó y excitó. No dejaría que rompiera con él. ¡No iba a consentirlo!

Pero entonces sus manos apresaron su cuello. Quiso decir: «Me haces daño, John-Paul», pero no consiguió hablar. Necesitaba aclarar aquel terrible malentendido, explicar que le gustaba más él que Connor, y que nunca quiso herir sus sentimientos, que quería ser su novia. Trató de decírselo con los ojos, que estaban fijos en los de él, en sus bonitos ojos, y por un momento pensó que notaba un cambio, un reconocimiento aterrorizado, y sintió que aflojaba la presión de las manos, pero al mismo tiempo estaba sucediendo otra cosa; algo muy malo y desconocido estaba pasando en su cuerpo. En aquel momento un remoto rincón de su mente recordó que su madre habría ido ese día a recogerla al colegio para llevarla al médico y ella lo había olvidado por completo y había acabado en casa de Connor. Su madre debía de estar subiéndose por las paredes.

Su último pensamiento lógico fue: «Oh, mierda».

Luego ya no hubo más pensamientos, sino agitación impotente de brazos y piernas, presa del pánico.

VIERNES SANTO

CAPÍTULO CUARENTA Y TRES

Zumo! —pidió Jacob.

—¿Qué quieres, cariño? —susurró Lauren.

«Zumo», pensó Rachel. «Quiere un zumo. ¿Estás sorda?».

Apenas había amanecido y Rachel, Rob y Lauren formaban un aterido círculo en el parque de Wattle Valley, frotándose las manos y dando patadas en el suelo mientras Jacob correteaba por entre sus piernas. Estaba embutido en una parka y Rachel sospechaba que le quedaba demasiado pequeña, con los brazos extendidos como un muñeco de nieve.

Como era de esperar, Lauren llevaba su gabardina de siempre, aunque la coleta no era tan perfecta como de costumbre —algunos mechones se habían escapado de la goma— y parecía fatigada. Había traído una única rosa roja, una elección estúpida a juicio de Rachel. Como esas rosas en largos cilindros de plástico que los jóvenes regalan a sus novias el día de San Valentín.

Rachel llevaba un ramillete de guisantes de olor de su propio jardín trasero, atado con la cinta de terciopelo verde que Janie solía llevar de pequeña.

«¿Dejas las flores donde la encontraron, al pie del tobogán?», le había preguntado una vez Marla.

«Sí, Marla, las dejo ahí para que las pisoteen cientos de pequeños pies», había respondido Rachel.

«Ah, claro, bien pensado», había dicho Marla, sin darse por ofendida en absoluto.

Ni siquiera era el mismo tobogán. Los viejos columpios y juegos infantiles de tosco y pesado metal habían sido sustituidos por nuevo mobiliario de la era espacial, como el del parque cercano a su casa donde llevaba a Jacob, que tenía el suelo recubierto de una superficie de goma que te hacía dar botes como un astronauta al caminar.

—¡Zumo! —repitió Jacob.

—No te entiendo, cariño. —Lauren se colocó la coleta sobre un hombro—. ¿Quieres que te desabroche el abrigo?

Por el amor de Dios. Rachel suspiró. Nunca había sentido la presencia de Janie al ir allí. No podía imaginársela, no podía concebir cómo había llegado a estar en ese lugar. Ningún amigo de Janie había sabido nunca que ella fuera a ese parque en particular. Evidentemente, la había traído un chico. Un chico llamado Connor Whitby. Probablemente quería sexo y Janie se negó. Debería haber tenido sexo con él. Ese había sido el error de Rachel, haber insistido tanto en ello, como si perder la virginidad fuera un hecho trascendental. Morir era mucho más trascendental. Rachel debería haberle dicho: «Ten sexo con quien quieras, Janie. Únicamente toma precauciones».

Ed nunca había querido ir al parque donde la habían encontrado. «¿Qué puñetero sentido tiene?», decía. «Es un poco tarde para ir allí, ¿no crees? Ella no está allí».

«Tienes toda la puñetera razón, Ed».

Pero Rachel se sentía en la obligación de acudir todos los años con su ramillete de flores, de pedirle perdón por no haber estado allí, de estar allí ahora, imaginando sus últimos momentos y honrando el último lugar donde había estado viva, el último lugar donde había respirado. Ojalá Rachel hubiera podido encontrarse allí para ver sus valiosos últimos minutos, para empaparse de la visión de sus brazos y piernas ridículamente largos y la tosca y angulosa belleza de su rostro. Pero era una idea estúpida porque, de haber estado allí, Rachel se habría concentrado en salvarle la vida. De todas formas, deseaba haber estado allí aun cuando no hubiera sido capaz de cambiar el curso de los acontecimientos.

Quizá Ed tuviera razón. No tenía sentido acudir allí cada año. Especialmente ese año, con Rob, Lauren y Jacob en actitud de quien espera que suceda algo, que dé comienzo el espectáculo.

—¡Zumo! —dijo Jacob.

—Lo siento, cariño. No te entiendo —dijo Lauren.

—Quiere un zumo —espetó Rob con tal brusquedad que Rachel casi sintió lástima de Lauren. El tono voz de Rob le recordó a Ed cuando estaba de mal humor. Los varones Crowley eran unos gruñones—. No tenemos, chaval. Mira. Tenemos tu botella de agua. Bebe un poco.

—Nosotros no bebemos zumo, Jakey —señaló Lauren—. Es malo para tus dientes.

Jacob tomó la botella de agua con sus manitas gordezuelas, echó la cabeza para atrás y bebió con ansia, echando a Rachel una mirada que decía: *No vamos a contarle todo el zumo que bebo en tu casa.*

Lauren se ajustó el cinturón de la gabardina y se volvió a Rachel.

—¿Sueles decir algo? O, eh...

—No, solo pienso en ella —contestó Rachel reclamando silencio en voz baja; desde luego, no estaba dispuesta a manifestar sus sentimientos delante de Lauren—. Podemos irnos dentro de un momento. Hace un frío que pela. No se vaya a enfriar Jacob.

Era absurdo haber llevado allí al niño. En ese día. A ese parque. Quizá debiera hacer algo distinto para celebrar el aniversario de la muerte de Janie en el futuro. Visitar su tumba, como hacían el día de su cumpleaños.

Tenía que superar aquella jornada interminable y luego todo habría acabado, un año más. Hagamos que avance. Que pasen los minutos. Que no se detengan hasta la medianoche.

—¿Quieres decir algo, cariño? —preguntó Lauren a Rob.

«Claro que no», fue a decir Rachel, pero se contuvo justo a tiempo. Miró a Rob y vio que había levantado la vista al cielo, con el cuello estirado como un pavo, apretando sus fuertes dientes blancos y sujetándose el estómago con las manos como si se estuviera poniendo enfermo.

No había venido aquí, cayó en la cuenta Rachel. *No había venido aquí desde que la encontraron*. Fue hacia él, pero Lauren se le adelantó y le tomó de la mano.

—Está bien —dijo—. Ya estás bien. Respira, cariño. Respira.

Rachel observó, sin poder hacer nada, cómo aquella mujer joven a quien no conocía demasiado bien consolaba a su hijo, a quien probablemente tampoco conocía muy bien. Observó cómo Rob se apoyaba en su mujer y comprendió lo poco que sabía y cómo nunca había querido conocer la angustia de su hijo. ¿Despertaba a Lauren con pesadillas y las sábanas revueltas? ¿Le contaba en la oscuridad historias de su hermana en voz baja?

Rachel notó una mano en la rodilla y bajó la vista.

—Abuela —dijo Jacob haciéndole señas.

—¿Qué pasa? —Se agachó, y él le puso una mano en la oreja.

—Zumo —susurró—. Por favor.

La familia Fitzpatrick se levantó tarde. La primera en despertarse fue Cecilia. Consultó el iPhone de la mesilla y vio que
eran las nueve y media. Una luz grisácea entraba por las ventanas de su habitación. El Viernes Santo y el día de san Esteban
eran los dos únicos días del año en que no había horarios. Al
día siguiente estaría muy ajetreada con los preparativos de la
comida del Domingo de Pascua, pero el viernes no había invitados, ni deberes, ni prisas, ni había que ir a la compra. Hacía
frío, pero en la cama se estaba calentito.

John-Paul asesinó a la hija de Rachel Crowley. El pensamiento anidó en su pecho, oprimiéndole el corazón. Jamás
volvería a quedarse en la cama el Viernes Santo por la mañana,
descansando ante la gloriosa perspectiva de que no había nada
que hacer ni ningún sitio a donde ir, porque siempre, siempre
habría algo pendiente durante el resto de su vida.

Estaba de costado, dando la espalda a John-Paul. Notaba
el cálido peso de su brazo ciñéndole por la cintura. Su marido.
Su marido, el asesino. Cómo no se había enterado. Cómo no
se lo había figurado. Las pesadillas, las migrañas, las veces en
que se ponía tan terco y raro. No es que hubiera cambiado en
algo las cosas, pero de alguna forma la hacía sentirse descuida-
da. «Es su manera de ser», se había dicho ella. Se puso a evocar
recuerdos de su matrimonio a la luz de lo que ahora sabía. Por
ejemplo, recordó su negativa a tener un cuarto hijo. «Vamos a
por un niño», le había dicho Cecilia cuando Polly apenas an-
daba, sabedora de que también habrían sido felices si hubieran
acabado con cuatro niñas. John-Paul la había desconcertado
con su obstinada negativa a considerarlo. Probablemente era
otro ejemplo de su autoflagelación. Seguro que se moría de
ganas de tener un niño.

Cambiando de tema. Quizá debería levantarse y empezar
a preparar la comida del domingo. ¿Cómo iba a enfrentarse a
tantos invitados, tanta conversación, tanta felicidad? La madre

de John-Paul se sentaría en su butaca favorita, llevando la batuta, recibiendo el homenaje de todos, compartiendo el secreto con ella: «Fue hace tanto tiempo», había dicho. Pero a Rachel debía de parecerle como si hubiera sido ayer.

Cecilia dio un respingo al recordar que Rachel había dicho que ese día era el aniversario de la muerte de Janie. ¿Lo sabía John-Paul? Probablemente no. Era terrible con las fechas. No se acordaba de su propio aniversario de boda a menos que se lo recordaran, ¿por qué iba a acordarse del día en que mató a una chica?

—Dios mío —dijo suavemente para sus adentros cuando volvieron a surgir los síntomas físicos de su nueva enfermedad: náuseas y dolor de cabeza. Tenía que levantarse. Tenía que librarse de ella como fuera. Fue a retirar la manta, pero se lo impidió el brazo de John-Paul.

—Voy a levantarme —dijo sin mirarle.

—¿Cómo crees que podríamos salir adelante financieramente? —susurró en su nuca, con voz ronca, como si se hubiera resfriado—. Si voy a..., sin mi salario, tendríamos que vender la casa.

—Sobreviviríamos —contestó lacónicamente Cecilia.

Era ella la que se ocupaba de las finanzas. Lo había hecho siempre. John-Paul estaba encantado de olvidarse de facturas y vencimientos de la hipoteca.

—Ah, ¿sí? ¿Estás segura? —dijo en tono dubitativo.

Los Fitzpatrick eran relativamente ricos y John-Paul se había criado con la expectativa de que le iría mejor que a la mayoría de la gente que conocía. En materia de dinero, daba por supuesto que debía provenir de él. Cecilia no le había ocultado deliberadamente cuánto dinero había estado ganando ella en los últimos años, simplemente se había limitado a no hablar de ello.

—Estaba pensando —continuó él— que si no estoy aquí podría venir uno de los chicos de Pete a hacer los arreglos.

Como limpiar las bajantes. Eso es muy importante. No puedes dejarlo pasar, Cecilia. Especialmente en la temporada de incendios forestales. Haré una lista. Tengo que pensar en esas cosas.

Ella se quedó paralizada. Con el corazón desbocado. ¿De verdad estaba ocurriendo? Era absurdo. Imposible. ¿Estaban hablando en la cama de que John-Paul fuera a la cárcel?

—Yo quería ser quien enseñara a las chicas a conducir —dijo con voz entrecortada—. Tienen que aprender a hacerlo con las carreteras mojadas. Tú no sabes frenar bien cuando las carreteras están mojadas.

—Claro que sé —protestó Cecilia.

Se volvió a mirarlo y vio que estaba sollozando, con las mejillas contraídas en feas arrugas. Giró la cabeza para esconder la cara en la almohada, como para ocultar las lágrimas.

—Ya sé que no tengo derecho. No tengo derecho a llorar. Pero no puedo imaginar no verte por las mañanas.

Rachel Crowley nunca ha vuelto a ver a su hija.

Pero ella no lograba permanecer del todo impasible. Lo que más amaba de él era el cariño que sentía por sus hijas. Las niñas los habían unido de un modo que no siempre ocurría en otras parejas. Contarse anécdotas de las chicas, reírse con ellas, preguntarse por su futuro, era uno de los mayores placeres de su matrimonio. Se había casado con John-Paul porque sabía que sería un buen padre.

—¿Qué pensarán de mí? —Se llevó las manos a la cara—. Me odiarán.

—Tranquilo —dijo Cecilia—. Tranquilo. No va a pasar nada. No va a cambiar nada.

—Pues no lo sé, ahora que ya lo he dicho en voz alta, ahora que lo sabes, después de tantos años, me parece tan real, incluso más real que nunca. Es hoy, sabes. —Se pasó el dorso de la mano por la nariz y la miró—. Hoy es el día. Lo recuerdo todos los años. Odio el otoño. Pero este año me parece más duro que nunca. No puedo creer que fuera yo. No puedo creer que yo hiciera eso a la hija de otra persona. Y ahora mis niñas, mis niñas..., mis niñas tienen que pagarlo.

El remordimiento se había apoderado de todo su cuerpo, como la peor forma de dolor. El instinto de ella fue apaciguarlo, rescatarlo, hacer que cesara el dolor de alguna manera. Lo atrajo hacia sí como a un niño y le susurró palabras tranquilizadoras.

—Shhh. No pasa nada. Todo va a salir bien. No puede haber nuevas pruebas después de tantos años. Rachel debe de haberse confundido. Venga. Respira hondo.

Él enterró la cara en su hombro y ella notó que las lágrimas le humedecían el camisón.

—Todo va a ir bien —le aseguró.

Sabía que no podía ser verdad, pero al acariciar el pelo canoso de la nuca de John-Paul, cortado al estilo soldado, acabó comprendiendo algo sobre sí misma.

Nunca le pediría que confesara.

Era como si todos sus vómitos en alcantarillas, todos sus llantos en la despensa hubieran sido para la galería, porque, si no acusaban a otra persona, ella guardaría el secreto. Cecilia Fitzpatrick, la primera en ofrecerse como voluntaria, la que nunca permanecía tranquilamente sentada mientras hubiera algo que hacer, la que siempre llevaba guisos y dedicaba tiempo a los demás, la que sabía distinguir el bien del mal, estaba decidida a mirar para otro lado. Podía dejar e iba a dejar que otra madre sufriera.

Su bondad tenía límites. Podía haber pasado toda la vida sin saber cuáles eran, pero ahora los conocía con exactitud.

CAPÍTULO CUARENTA Y CUATRO

No seas tan tacaña con la mantequilla! —protestó Lucy—. Los panecillos de Pascua deben servirse bien untados de mantequilla. ¿Es que no te he enseñado nada?

—¿Acaso no has oído hablar del colesterol? —dijo Tess, aunque tomó el cuchillo de la mantequilla. Su madre, Liam y ella estaban sentados al sol de la mañana en el patio trasero, tomando té con panecillos de Pascua tostados. La madre de Tess llevaba una bata de punto rosa encima del camisón y Tess y Liam estaban en pijama. El cielo plomizo de primera hora, típico de Viernes Santo, había cambiado repentinamente de idea decidiendo mostrar todos los colores del otoño. Hacía una brisa fresca y suave y el sol se filtraba por entre las hojas del flamboyán de su madre.

—Mamá —dijo Liam con la boca llena.

—¿Mmm? —contestó Tess.

Tenía la cabeza levantada al sol y los ojos cerrados. Se sentía apaciguada y soñolienta. La noche anterior había habido más sexo en casa de Connor al regreso de la playa. Poseía ciertas habilidades que eran verdaderamente... de lo más sobresaliente. ¿Habría leído algún libro sobre el tema? Will no debía de haberlo leído. Era curioso que el sexo de la semana anterior hubiera sido un agradable pasatiempo moderadamente rutinario en el que no había vuelto a pensar. En cambio, el de esta semana había sido arrebatador, como si fuera lo único importante de la vida y los intervalos entre los encuentros sexuales carecieran de importancia, no fueran propiamente vida.

Notaba que se estaba haciendo adicta a Connor, a la peculiar curva de su labio superior, a la anchura de sus hombros y suu...

—¡Mamá! —repitió Liam.

—¿Qué?

—¿Cuándo van...?

—Termina lo que tienes en la boca.

—¿Cuándo van a venir papá y Felicity? ¿En Pascua?

Tess abrió los ojos y miró de reojo a su madre, que enarcó las cejas.

—No estoy segura —repuso—. Tengo que hablar con ellos. A lo mejor tienen trabajo.

—¡No pueden trabajar en Pascua! Quiero ver a papá dar el cabezazo a mi huevo de conejo.

Tenían la inexplicable y algo violenta costumbre de celebrar la ceremonia del cabezazo a un conejo de Pascua de chocolate cada Domingo de Pascua. Tanto Will como Liam encontraban de lo más divertida la cabeza descalabrada del pobre conejo.

—Bueno —dijo Tess.

No tenía ni idea de qué hacer en Pascua. ¿Tenía algún sentido preparar una representación de familia feliz por Liam? No eran tan buenos actores. Liam lo notaría. Además, suponía que nadie esperaría que lo hiciera.

A menos que invitara a Connor. Sentada en sus piernas como una adolescente para demostrar a su exnovio que ella había progresado hasta el nivel del musculoso deportista del colegio.

Podría pedirle que viniera en la moto. Y él podía dar el cabezazo al conejo de chocolate de Liam. Y así desbancar a Will.

—Luego llamaremos a papá —prometió.

Su sensación de apaciguamiento se había desvanecido.

—¡Vamos a llamarle ahora! —Liam entró corriendo en casa.

—¡No! —dijo Tess, pero ya había entrado.

—Santo Dios —suspiró su madre, dejando el panecillo de Pascua.

—No sé qué hacer —empezó Tess, pero Liam volvió a la carrera y alargó a su madre el teléfono móvil. Al hacerlo sonó la entrada de un mensaje de texto.

—¿Eso es un mensaje de papá? —preguntó Liam.

Tess agarró el teléfono presa del pánico.

—No lo sé. Vamos a ver.

Era un mensaje de Connor: «Pienso en ti. bss». Tess sonrió. Nada más leerlo, volvió a sonar el teléfono.

—¡Seguro que este es de papá! —Liam se puso a dar saltos delante de su madre como si estuviera jugando al fútbol.

Tess leyó el texto. Era otro mensaje de Connor. «Buen día para volar cometas si quieres traer a Liam un rato al patio del colegio para correr un poco. Yo llevo la cometa. (Lo entenderé si crees que no es buena idea)».

—No son de tu padre —dijo Tess a Liam—. Son del señor Whitby. Ya sabes. Tu nuevo profesor de Educación Física.

Liam no se inmutó. Lucy carraspeó.

—El señor Whitby —repitió Tess— es tu...

—¿Por qué te manda mensajes? —preguntó Liam.

—¿Vas a terminarte el panecillo, Liam? —interrumpió Lucy.

—En realidad el señor Whitby es un viejo amigo mío —dijo Tess—. ¿Te acuerdas de que lo vi en la secretaría del colegio? Lo conocí hace años. Antes de que tú nacieras.

—Tess —dijo su madre en tono de advertencia.

—¿Qué? —espetó Tess irritada.

¿Por qué no debía contarle a Liam que Connor era un viejo amigo? ¿Qué tenía de malo?

—¿Lo conoce también papá? —preguntó Liam.

Los niños parece que no tienen ni idea de las relaciones de los adultos, pero de pronto dicen cosas así, que demuestran que, a su nivel, lo entienden todo.

—No. Fue antes de que yo conociera a tu padre. Además, el señor Whitby me ha mandado un mensaje porque tiene una cometa muy grande. Y quería saber si nos gustaría ir al patio a volarla.

—¿Eh? —dijo Liam con desdén, como si le hubiera propuesto ordenar la habitación.

—Tess, cariño, ¿de verdad te parece, ya sabes —la madre de Tess puso una mano a un lado de su boca y pronunció la palabra en voz baja—: apropiado?

Tess no le hizo caso. No iba a permitir que la hiciera sentirse culpable por aquello. ¿Por qué tenían que quedarse Liam y ella en casa sin hacer nada, mientras Will y Felicity hacían lo que demonios fuera que estuvieran haciendo? Además, quería demostrar a la terapeuta, esa crítica presencia invisible en la vida de Connor, que no era una simple mujer herida y alocada que utilizaba a Connor para el sexo. Ella era buena. Era estupenda.

—Tiene una cometa impresionante —improvisó Tess—. Ha creído que a lo mejor te gustaba probarla, nada más. —Miró a su madre de reojo—. Está siendo amable porque somos nuevos en el colegio. —Se volvió hacia Liam—. ¿Quieres que vayamos a verle? ¿Solo media hora?

—Vale —dijo Liam a regañadientes—. Pero primero quiero llamar a papá.

—En cuanto te vistas —aceptó Tess—. Ve a ponerte los vaqueros. Y la sudadera de rugby. Hace más fresco de lo que yo creía.

—De acuerdo —dijo Liam y se fue arrastrando los pies.

Puso un mensaje a Connor. «Nos vemos en el patio en media hora. bss».

Antes de enviarlo quitó los besos. Por si la terapeuta pensaba que estaba engatusándolo. Luego pensó en todos los besos de verdad que se habían dado anoche. Absurdo. Podía enviarle perfectamente besos en un mensaje. Puso tres besos y se disponía a enviarlo cuando se preguntó si no resultaría en exceso romántico y volvió a dejar un solo beso, pero le pareció tacaño, en comparación con los dos que había puesto él, como si quisiera dejar las cosas claras. Finalmente, y mientras su boca dejaba escapar un pequeño chasquido de contrariedad, añadió un segundo beso y lo envió. Levantó la vista y vio que su madre la estaba mirando.

—¿Qué?

—Ten cuidado —dijo su madre.

—¿Qué quieres decir exactamente con eso?

En el tono de voz había un matiz dramático que reconoció de sus años de adolescencia.

—Quiero decir que no vayas tan lejos que luego no puedas volver —advirtió su madre.

Tess miró de reojo la puerta de atrás para asegurarse de que Liam estaba dentro.

—¡No hay ningún sitio a donde volver! Está claro que había algo que no funcionaba en nuestro matrimonio...

—¡Tonterías! —le interrumpió su madre con vehemencia—. ¡Sandeces! Esas son las chorradas que se leen en las revistas para mujeres. Esto es lo que ocurre en la vida. Las personas lo echan todo a perder. Estamos diseñados para atraernos unos a otros. Eso no quiere en absoluto decir que algo no funcionara en vuestro matrimonio. Os he visto juntos a Will y a ti. Y sé cuánto os queréis.

—Pero, mamá, Will se ha enamorado de Felicity. No ha sido un beso de borrachera en una fiesta de la oficina. Es amor.

—Frunció el ceño mirándose las uñas y bajó la voz hasta dejarla en un susurro—. Y quizá yo me esté enamorando de Connor.

—¿Y qué? La gente se enamora y se desenamora continuamente. Yo me enamoré del yerno de Beryl la semana pasada. Eso no significa que tu matrimonio esté roto. —Lucy tomó un bocado de panecillo de Pascua y siguió hablando con la boca llena—: Por supuesto, ahora está muy dañado.

Tess soltó una carcajada y levantó las palmas de las manos.

—Venga ya. Nos hemos ido a la mierda.

—No, si ambos estáis dispuestos a prescindir de vuestro ego.

—No es cuestión de ego —replicó Tess irritada.

Aquello era absurdo. Su madre no decía más que tonterías. El yerno de Beryl, por amor de Dios.

—Oh, Tess, querida, a tu edad, todo es cuestión de ego.

—Pero ¿qué me estás diciendo? ¿Qué olvide mi ego y suplique a Will que vuelva a mí?

Lucy puso los ojos en blanco.

—Por supuesto que no. Lo que estoy diciendo es que no quemes las naves metiéndote en una relación con Connor. Tienes que pensar en Liam. Él...

—¡Estoy pensando en Liam ! —dijo Tess fuera de sí; hizo una pausa—. ¿Pensaste tú en mí cuando papá y tú os separasteis?

Su madre esbozó una sonrisa leve, humilde.

—Probablemente no tanto como debiéramos. —Levantó la taza y la volvió a dejar—. A veces miro hacia atrás y pienso que, Dios mío, nos tomamos los sentimientos demasiado en serio. Todo era blanco o negro. Cada uno se encerró en su postura y se acabó. No cedimos. Pase lo que pase, no seas rígida, Tess. Prepárate para ser un poco... flexible.

—Flexible —repitió Tess.

Su madre levantó una mano y ladeó la cabeza.

—¿Han llamado al timbre?

—No he oído nada —dijo Tess.

—Si es la condenada de mi hermana que vuelve a aparecer por aquí sin avisar, me va a oír. —Lucy se incorporó y entrecerró los ojos—. ¡No se te ocurra ofrecerle una taza de té!

—Creo que lo has imaginado —dijo Tess.

—¡Mamá! ¡Abuela!

La puerta mosquitera de la parte de atrás de la casa se abrió de golpe y Liam salió corriendo, todavía en pijama, con expresión de asombro.

—¡Mirad quién está aquí!

Abrió del todo la mosquitera e hizo un gesto de presentador de espectáculos:

—¡Tachán!

Una hermosa mujer rubia entró por la puerta. Por un momento Tess no la reconoció y se limitó a admirar el efecto estético que provocaba entre las hojas de otoño. Llevaba una gruesa chaqueta de punto con botones marrones de madera, un cinturón de piel marrón, unos vaqueros ajustados y botas.

—¡Es Felicity! —exclamó Liam.

CAPÍTULO CUARENTA Y CINCO

*S*iéntate con tu madre y relájate —dijo Lauren a
Rob—. Traeré panecillos de Pascua y café. Jacob,
tú vienes conmigo, jovencito.

Rachel se dejó caer en un sofá con cojines al lado de una
estufa de leña. Era cómodo. Tenía el grado exacto de suavidad
que cabía esperar. Gracias al impecable gusto de Lauren, todo
en la bonita casa de su hijo, restaurada al estilo Federación, era
perfecto.

El café que había sugerido Lauren en un principio estaba
cerrado, con gran disgusto por su parte.

—Ayer llamé dos veces para preguntar a qué hora abrían
—aseguró cuando vieron el cartel de «Cerrado» colgado en la
puerta.

Rachel había seguido con interés el momento en que
Lauren estuvo a punto de perder la compostura, pero se rehí-
zo enseguida y propuso que fueran a su casa. Estaba más cerca
que la casa de su suegra y a Rachel no se le ocurrió ninguna
razón plausible para rechazar la propuesta sin parecer gro-
sera.

Rob se sentó frente a ella en una butaca de rayas rojas y blancas y bostezó. Rachel reprimió un bostezo y se incorporó inmediatamente. No quería quedarse dormida como una anciana en casa de Lauren.

Consultó su reloj. Eran más de las ocho de la mañana. Todavía quedaban horas y horas que soportar antes de que acabara la jornada. A esa misma hora, veintiocho años atrás, Janie había tomado su último desayuno. Probablemente medio Weetabix. Nunca le gustó desayunar.

Rachel pasó la mano por la tapicería del sofá.

—¿Qué vais a hacer con vuestros preciosos muebles cuando os trasladéis a Nueva York? —le dijo a Rob como si tal cosa.

Podía hablar de su próximo traslado a Nueva York en el aniversario de la muerte de Janie. Por supuesto que podía.

Rob tardó unos momentos en responder. Se miró las rodillas. Iba a repetirle la pregunta cuando por fin contestó.

—Quizá alquilemos la casa amueblada —dijo como si hablar le supusiera un esfuerzo—. Todavía estamos pensándonoslo.

—Sí, me imagino que hay muchas cosas en que pensar —admitió Rachel cortante. «Sí, Rob, hay muchas que pensar antes de llevarse a mi nieto a Nueva York», y clavó las uñas en el sofá como si fuera un animal suave y gordo al que estuviera maltratando.

—¿Sueñas con Janie, mamá? —preguntó Rob.

Rachel levantó la vista. Aflojó la presión sobre el sofá.

—Sí, ¿y tú?

—Algo parecido —dijo Rob—. Tengo pesadillas en las que me estrangulan. Supongo que sueño que soy Janie. Es siempre la misma. Me despierto como si me faltara el aire. Los sueños son siempre peores en esta época del año. En otoño. Lauren creyó que quizá acompañarte al parque... sería... bueno.

Afrontarlo y todo eso. No lo sé. No me ha gustado nada estar allí. Ya sé que no debería decirlo. A ti tampoco te gusta estar allí. Se me ha hecho muy duro. Pensar en lo que tuvo que pasar. En lo asustada que debió de sentirse. Dios mío.

Levantó la vista al techo y tensó el rostro. Rachel recordó que Ed hacía exactamente lo mismo para contener las lágrimas.

Ed también solía tener pesadillas. Rachel se despertaba a menudo al oírle gritar: «¡Corre, Janie! ¡Por Dios, cariño, corre!».

—Lo siento. No sabía que tuvieras pesadillas —dijo Rachel. ¿Qué podía haber hecho ella al respecto?

Rob volvió a adoptar una expresión normal.

—No son más que sueños. No son para tanto. Pero no deberías ir sola al parque cada año, mamá. Siento no haberme ofrecido más veces a ir contigo. Debería haberlo hecho.

—Ya lo hiciste, cariño —dijo Rachel—. ¿No recuerdas? Muchas veces. Y yo siempre te dije que no. Era asunto mío. Tu padre pensaba que estaba loca. Nunca quiso ir al parque. Ni siquiera pasaba por esa calle.

Rob se limpió la nariz con el dorso de la mano y se sorbió los mocos.

—Lo siento —dijo—. Después de tantos años... —se interrumpió bruscamente.

Pudieron oír a Jacob en la cocina cantando la banda sonora de *Bob the Builder*. Lauren lo acompañaba. Rob sonrió con ternura al oírlo. El aroma a panecillos de Pascua invadió el salón.

Rachel observó su rostro. Era un buen padre. Mejor de lo que había sido el suyo. Era cosa de los tiempos, todos los hombres parecían ser mejores padres, pero Rob siempre había sido un buen muchacho.

Había sido adorable incluso de bebé. Se acurrucaba contra su pecho y le daba palmaditas en la espalda cuando lo levantaba de la cuna después de la siesta, como para agradecerle que lo hubiera levantado. Era para estar todo el día sonriéndole y besándolo. Recordaba que Ed le decía, sin el menor resentimiento: «Por amor de Dios, mujer, estás medio chocha con ese niño».

Se hacía raro recordar a Rob de bebé. Era como releer un libro muy querido al cabo de los años. Pocas veces se tomaba la molestia de pensar en los recuerdos de Rob. Sin embargo, siempre estaba intentando evocar nuevos recuerdos de la infancia de Janie, como si la de Rob no importara porque estaba vivo.

—Eras un bebé precioso —le dijo a Rob—. La gente solía pararme por la calle para felicitarme. ¿No te lo había contado? Seguro que más de cien veces.

Rob negó despacio con la cabeza.

—Nunca me lo dijiste, mamá.

—Ah, ¿no? —dijo Rachel—. ¿Ni siquiera cuando nació Jacob?

—No —dijo con expresión de asombro.

—Pues debería —admitió Rachel y suspiró—. Probablemente debería haber hecho un buen montón de cosas.

Rob se inclinó hacia delante, apoyando los codos en las rodillas.

—Conque era guapo, ¿eh?

—Eras precioso, cariño —insistió Rachel—. Lo sigues siendo, por supuesto.

—Claro, mamá. —Rob se rio.

No pudo ocultar la satisfacción que le iluminó la cara de repente. Rachel se mordió el labio inferior con pena de haberle fallado tantas veces.

—¡Panecillos de Pascua! —Lauren apareció con una bonita fuente de panecillos de Pascua tostados y con mantequilla y los colocó en medio de ellos cuatro.

—Déjame hacer algo —se ofreció Rachel.

—No —dijo Lauren mirando de reojo de vuelta a la cocina—. Tú nunca me dejas hacer nada en tu casa.

—Ah. —Rachel se sintió extrañamente sorprendida.

Siempre había supuesto que Lauren no se fijaba en lo que hacía ella, que ni siquiera la tenía en cuenta como persona. Pensaba que su edad era un escudo que la protegía de las miradas de los jóvenes.

Siempre se había dicho que no dejaba hacer nada a Lauren para jactarse de suegra perfecta, aunque, en realidad, cuando no dejas hacer nada a otra mujer es porque quieres mantenerla a distancia, hacerle ver que no es de la familia, decirle: «No me gustas lo suficiente como para tenerte en mi cocina».

Lauren volvió a aparecer con tres tazas de café en una bandeja. Un café perfecto, exactamente como a Rachel le gustaba: caliente y con dos azucarillos. Lauren era la nuera perfecta. Rachel, la suegra perfecta. Tanta perfección ocultaba mucha antipatía.

Pero había ganado Lauren. Su baza era Nueva York. La había jugado y había ganado. Bien por ella.

—¿Dónde está Jacob? —preguntó Rachel.

—Dibujando —contestó Lauren mientras se sentaba; levantó la taza y dirigió una mirada irónica a Rob—. Afortunadamente, no en las paredes.

Rob sonrió y Rachel captó otro detalle del mundo privado del matrimonio. Parecía un buen matrimonio, en la medida en que pueden serlo.

¿Le habría gustado Lauren a Janie? ¿Habría sido Rachel una suegra amable, normal y agobiante si Janie hubiera vivido? Era imposible imaginarlo. El mundo con Lauren era radicalmente diferente del mundo cuando Janie estaba viva. Incluso la mera existencia de Lauren parecía imposible si hubiera vivido Janie.

Miró a Lauren con sus mechones desprendidos de la coleta. Era un rubio muy parecido al de Janie. Aunque el de su hija era más claro. Quizá se le hubiera ido oscureciendo al hacerse mayor.

Desde la mañana siguiente a la muerte de Janie, cuando se despertó y el horror de lo ocurrido volvió a golpearle, Rachel había estado imaginando una vida paralela a la de su hija, la que le habían robado, una vida en la que ella estaría confortablemente acostada en la cama.

Pero con el paso de los años se había ido haciendo más difícil imaginarla. Lauren estaba sentada frente a ella y estaba bien viva, bombeando sangre por las venas, subiendo y bajando el pecho al respirar.

—¿Estás bien, mamá? —preguntó Rob.

—Estoy estupendamente.

Fue a alargar el brazo hacia la taza y se dio cuenta de que le fallaban las fuerzas incluso para levantar el brazo.

Unas veces era el puro y primitivo dolor de la pérdida; otras la cólera, el deseo incontrolable de arañar, golpear y matar; y otras, como en ese preciso momento, una sensación vulgar y aburrida que se iba adueñando poco a poco de ella, ahogándola como una espesa niebla.

Su tristeza era tan condenadamente profunda.

CAPÍTULO CUARENTA Y SEIS

*H*ola —saludó Felicity.

Tess le sonrió sin poder evitarlo. Como cuando das las gracias automáticamente a un agente de policía al ponerte una multa por exceso de velocidad, que ni quieres ni puedes costear. Se puso automáticamente contenta de ver a Felicity porque la quería, y estaba muy guapa y le habían pasado muchas cosas en los últimos días y tenía mucho que contarle.

Un momento después recordó, y el dolor y la traición se le presentaron en toda su crudeza. Tess contuvo el deseo de arrojarse sobre Felicity, derribarla, arañarla, darle puñetazos y mordiscos. Pero las mujeres educadas de clase media como Tess no hacían esas cosas, menos aún en presencia de sus impresionables hijos pequeños, de manera que se limitó a pasarse la lengua por los labios para eliminar cualquier resto grasiento de mantequilla de los panecillos de Pascua y se echó hacia delante en la silla, estirándose la parte de arriba del pijama.

—¿Qué estás haciendo aquí? —preguntó.

—Siento haberme... —dijo en un hilo de voz, carraspeó y prosiguió en un susurro—: presentado así. Sin llamar.

—Sí, habría sido mejor que hubieras llamado —convino Lucy.

Tess sabía que su madre se esforzaba por parecer amenazante, pero en realidad estaba consternada. Por muchas cosas que le hubiera dicho de Felicity, sabía que Lucy quería a su sobrina.

—¿Cómo está tu tobillo? —preguntó Felicity a Lucy.

—¿Va a venir papá también? —intervino Liam.

Tess se puso tensa. Felicity la miró y apartó la vista enseguida. Perfecto. Preguntad a Felicity. Ella sabe cuáles son los planes de Will.

—Vendrá pronto —respondió Felicity—. La verdad es que no voy a quedarme mucho tiempo. Solo quería hablar antes con tu mamá de unas cuantas cosas y luego me iré. Porque voy a irme lejos.

—¿Adónde? —preguntó Liam.

—Me voy a Inglaterra —dijo Felicity—. Voy a hacer un recorrido impresionante. Se llama la ruta de costa a costa. Y luego viajaré a España, América..., bueno, el caso es que voy a estar fuera mucho tiempo.

—¿Vas a ir a Disneylandia? —preguntó Liam.

Tess se había quedado mirando a Felicity.

—No entiendo nada.

¿Iba Will a emprender con ella alguna aventura romántica?

En el cuello de Felicity aparecieron unas fatídicas ronchas rojas.

—¿Podríamos hablar tú y yo?

—Vamos —dijo Tess levantándose.

—Yo también voy —repuso Liam.

—No —dijo Tess.

—Tú te quedas aquí conmigo, cariño —explicó Lucy—. Vamos a comer chocolate.

Tess llevó a Felicity a su antiguo dormitorio. Era la única habitación con llave. Se quedaron al lado de la cama, mirándose. Tess tenía el corazón desbocado. No había caído en la cuenta de que puedes pasar toda la vida mirando de soslayo y con desgana a las personas que quieres, como si pretendieras deliberadamente guardar una imagen borrosa, hasta que, de pronto, ocurre algo así y el mero hecho de mirar a esa persona se vuelve aterrador.

—¿Qué pasa? —preguntó Tess.

—Se ha terminado —dijo Felicity.

—¿Cómo?

—Bueno, en realidad nunca empezó. Nada más iros Liam y tú...

—¿Ya no tenía emoción?

—¿Puedo sentarme? —pidió Felicity—. Me tiemblan las piernas.

También le temblaban las piernas a Tess.

—Claro. Siéntate —dijo encogiéndose de hombros.

No había dónde sentarse más que en el suelo o en la cama. Felicity se sentó en el suelo, con las piernas cruzadas y la espalda apoyada en la cómoda. Tess también se sentó, con la espalda apoyada en la cama.

—Aún sigue la misma alfombra. —Felicity pasó la mano por la alfombra azul y blanca.

—Sí.

Tess miró las esbeltas piernas y las finas muñecas de Felicity. Pensó en la niña gorda que se había sentado muchas veces en esa misma postura a lo largo de la infancia. Sus bonitos ojos verdes almendrados destacaban en su cara rellenita. Tess siempre había sabido que llevaba dentro una princesa de cuento de hadas. Quizá lo que le había gustado era que estuviera atrapada dentro.

—Qué guapa estás —observó Tess. No venía a cuento, pero era obligado decirlo.

—No digas eso —dijo Felicity.

—No quería cambiar de tema.

—Ya lo sé.

Estuvieron unos momentos en silencio.

—Cuéntame —dijo Tess al fin.

—No está enamorado de mí —empezó Felicity—. Creo que nunca lo ha estado. Era un cuelgue. Patético, en realidad. Me di cuenta inmediatamente. En cuanto Liam y tú os fuisteis, supe que no iba a pasar nada.

—Pero... —Tess levantó las manos sin poder contenerse, en un arrebato de humillación. Los sucesos de la semana pasada le parecían tan estúpidos.

—Para mí no fue un cuelgue —aseguró Felicity levantando la barbilla—. Para mí fue de verdad. Le amo. Le he amado durante años.

—¿Es eso verdad? —preguntó Tess sin ninguna inflexión en la voz, aunque no era ninguna sorpresa. De ninguna manera. Quizá lo había sabido desde siempre, quizá hasta le había gustado el hecho de sentir que Felicity estuviera enamorada de Will, porque eso hacía que él pareciera mucho más deseable y que se sintiera segura. Habría sido imposible que Will se hubiera podido sentir atraído sexualmente por Felicity. ¿Acaso Tess no había visto cómo era su prima? ¿No se había fijado como todo el mundo en la gordura de Felicity?—. Pero haber pasado tanto tiempo con nosotros debe de haber sido horrible —comentó. Era como si hubiera pensado que la gordura de Felicity le impedía tener sentimientos, como si hubiera creído que Felicity debía saber y aceptar que ningún hombre normal podría amarla nunca. Y, sin embargo, Tess habría matado a quien se hubiera atrevido a decirlo en voz alta.

—Es lo que yo sentía. —Felicity empezó a hacer pliegues con el tejido de los vaqueros—. Sabía que él pensaba en mí como una amiga. Sabía que le gustaba. Incluso que me quería, como a una hermana. Me bastaba con pasar tiempo con él.

—Deberías haber... —empezó Tess.

—¿Qué? ¿Habértelo dicho? ¿Qué podías hacer tú salvo tener lástima de mí? Lo que debería haber hecho era marcharme y vivir mi vida, en lugar de ser vuestra fiel y gorda carabina.

—¡Nunca pensé en ti de esa manera! —se ofendió Tess.

—No estoy diciendo que pensaras en mí de esa forma, sino que yo me veía como vuestra carabina. Como si no fuera lo suficientemente atractiva como para tener mi propia vida. Pero luego perdí peso y empecé a observar que los hombres me miraban. Ya sé que, como buenas feministas, no nos debe gustar eso, que nos cosifiquen, pero cuando nunca lo has experimentado es, es como, no sé, la cocaína. Me encantaba. Me hacía sentir poderosa. Como la primera vez que el superhéroe descubre sus poderes en las películas. Y luego pensé, me pregunté si podría conseguir que Will se fijara en mí, como se fijan otros hombres..., y luego, bueno, luego...

Se calló. Se había abstraído contando su historia y había olvidado que no era un relato apropiado para que Tess lo oyera. Tess llevaba unos pocos días sin poder hablar con Felicity, mientras que Felicity llevaba muchos años sin haber podido contar lo más importante que le pasaba.

—Y luego se fijó en ti —terminó Tess—. Probaste tus superpoderes y funcionaron.

Felicity se encogió de hombros como desaprobándose a sí misma. Era curioso cómo habían cambiado todos sus gestos. Tess estaba segura de que no le había visto nunca encogerse de hombros de esa forma, tan francesa y coqueta.

—Creo que Will se sintió tan mal por experimentar, ya sabes, un poco de atracción hacia mí que quiso convencerse de que estaba enamorado de mí —explicó Felicity—. En cuanto Liam y tú os marchasteis, todo cambió. Creo que dejé de interesarle en cuanto saliste por la puerta.

—En cuanto salí por la puerta —repitió Tess.

—Sí.

—Es una gilipollez.

—Es verdad —dijo Felicity levantando la cabeza.

—No lo es.

Parecía como si Felicity estuviera intentando absolver a Will de haber obrado mal, dando a entender que había tenido un simple desliz, como si lo que había sucedido no fuera más que robar un beso en plena borrachera durante una fiesta en la oficina.

Recordó la palidez mortal del rostro de Will el lunes por la noche. No era tan superficial ni estúpido. Sus sentimientos hacia Felicity habían sido lo suficientemente reales como para emprender el camino de desmantelar toda su vida.

Era por Liam, pensó. En cuanto Tess salió por la puerta con Liam, Will comprendió al fin lo que estaba sacrificando. Si no mediara un hijo no estaríamos manteniendo esta conversación. Él quería a Tess, seguro que sí, pero en ese momento estaba enamorado de Felicity y todo el mundo sabía cuál era el sentimiento más intenso. No era una lucha igualada. Era la causa de las rupturas matrimoniales. Era la razón por la que aquel que valoraba su matrimonio levantaba una barricada alrededor de sus pensamientos y sus sentimientos y no permitía que su mirada se posara en nadie. Ni se quedaba a tomar una segunda copa. Ni coqueteaba. Ni se exponía. En algún momento Will había decidido mirar a Felicity con ojos de hombre soltero. Había sido entonces cuando traicionó a Tess.

—No te estoy pidiendo que me perdones, evidentemente —precisó Felicity.

Sí que lo estás, pensó Tess. *Pero no lo vas a conseguir.*

—Porque podría haberlo hecho —dijo Felicity—. Quiero que lo sepas. No sé por qué, pero es muy importante para mí que comprendas que yo iba en serio. Me sentía fatal, pero no tanto como para no poder haberlo hecho. Lo habría sobrellevado.

Tess no salía de su asombro.

—Quiero ser totalmente sincera contigo —insistió Felicity.

—Gracias, supongo.

Felicity fue la primera en bajar la vista.

—Bueno, me pareció que lo mejor para mí sería irme del país, irme lo más lejos posible. Para que Will y tú podáis resolver la situación. Él quería ser el primero en hablar contigo, pero a mí me pareció mejor si...

—¿Dónde está? —le apremió Tess, furiosa porque Felicity estuviera al corriente del paradero y los planes de Will—. ¿Está en Sydney? ¿Habéis volado juntos?

—Bueno, sí, pero... —empezó Felicity.

—Debe de haber sido muy traumático para ambos. Vuestros últimos momentos juntos. ¿Ibais de la mano en el avión?

El parpadeo de Felicity no dejaba lugar a dudas.

—¿A que sí? —dijo Tess.

Pudo imaginárselo. La agonía. Los desventurados amantes aferrados el uno al otro, preguntándose si deberían seguir adelante, ¡volar a París!, u obrar bien, por aburrido que fuera. Tess era lo aburrido.

—No lo quiero —dijo a Felicity. No podía soportar su papel de esposa aburrida y resignada. Quería que Felicity supiera que Tess O'Leary no era aburrida en absoluto—. Te lo cedo. ¡Quédatelo! Me he acostado con Connor Whitby.

—¿En serio? —dijo Felicity boquiabierta.

—En serio.

Felicity resopló.

—Bueno, Tess, eso es..., no sé. —Miró alrededor en busca de inspiración y volvió a fijar la vista en Tess—. Hace tres días decías que no permitirías que Liam creciera con unos padres divorciados. Decías que querías que volviera tu marido. Hiciste que me sintiera la peor persona del mundo. Y ahora me vienes con que te has lanzado a una aventura con un exnovio, cuando Will y yo nunca... ¡Dios! —Se puso roja de ira, echando chispas por los ojos y dio un puñetazo a la cama de Tess.

La injusticia, o quizás la justicia, de las palabras de Felicity dejaron a Tess sin aliento.

—No te hagas ahora la santurrona. —Dio a Felicity un empujón con todas sus ganas en el largo muslo; como un niño en el autobús con una rabieta infantil. Se sintió extrañamente bien. Repitió, más fuerte—. Pues claro que eres la peor persona del mundo. ¿Crees que habría mirado siquiera a Connor si Will y tú no hubierais anunciado lo vuestro?

—¿Es que tú nunca has tonteado? ¡Maldita sea, deja de pegarme!

Tess le dio un último empujón y volvió a sentarse. Nunca había sentido un deseo tan incontenible de pegar a alguien. Desde luego, nunca había cedido a él. Parecía como si todas las sutilezas que la convertían en una adulta socialmente aceptable hubieran desaparecido. La semana pasada era una madre del colegio y una profesional. Ahora estaba teniendo sexo por los pasillos y pegando a su prima. ¿Qué sería lo siguiente?

Respiró hondo, con el aliento aún jadeante. Era el acaloramiento de la discusión, como suele decirse. Nunca había sido tan consciente de hasta qué punto podía llegar el acaloramiento.

—En cualquier caso, Will quiere arreglar las cosas y yo me voy del país. Así que haced lo que os dé la gana —declaró Felicity.

—Gracias —contestó Tess—. Muchas gracias. Gracias por todo. —Casi podía sentir cómo la rabia salía de su cuerpo dejándola agotada e indiferente.

Hubo un momento de silencio.

—Quiere otro niño —anunció Felicity.

—No me digas lo que quiere.

—Es verdad que quiere otro niño —insistió Felicity.

—Y supongo que a ti te habría gustado dárselo —dijo Tess.

—Sí. Lo siento, así es —respondió con ojos llenos de lágrimas.

—Por el amor de Dios, Felicity, no me hagas sentir mal por ti. No me parece bien. ¿Por qué tuviste que enamorarte de mi marido? ¿Por qué no te enamoraste del marido de otra?

—Pero si nunca veíamos a nadie. —Felicity se rio mientras las lágrimas rodaban por sus mejillas. Se limpió la nariz con el dorso de la mano.

Eso era cierto.

—Cree que no puede pedirte que pases por otro embarazo después de los vómitos que tuviste con Liam —continuó—. Pero un segundo embarazo no sería tan malo, ¿verdad? Cada embarazo es diferente. Deberías tener otro niño.

—¿De veras crees que vamos a tener un niño ahora y que seremos felices para siempre? —se asombró Tess—. Un niño no arregla un matrimonio. Y no es que yo pensara que mi matrimonio necesitara arreglo.

—Ya lo sé, solo creía que...

—No es por los vómitos por lo que no quiero tener otro niño —le confesó a Felicity—. Es por la gente.

—¿La gente?

—Las otras madres, las profesoras, la gente en general. No sabía que tener un niño fuera un acto social. Siempre tienes que estar hablando con alguien.

—¿Y qué? —preguntó Felicity perpleja.

—Pues que tengo un trastorno. Hice un test en una revista. Tengo... —Tess bajó la voz— fobia social.

—¡Qué vas a tener! —aseguró Felicity despectivamente.

—¡Sí que la tengo! Hice el test...

—¿No me estarás diciendo en serio que te has diagnosticado a ti misma por el test de una revista?

—Era el *Reader's Digest,* no el *Cosmopolitan.* ¡Y es verdad! No puedo soportar conocer gente nueva. Me pone enferma. Tengo taquicardias. No puedo soportar las fiestas.

—A mucha gente no les gustan las fiestas. Déjate de historias.

Tess estaba desconcertada. Esperaba cierta compasión.

—Eres tímida —señaló Felicity—. No eres una de esas madres extravertidas que no paran de hablar. Pero a la gente le caes bien. A la gente le caes verdaderamente bien. ¿Nunca lo has notado? Quiero decir, Dios, Tess, ¿cómo habrías podido tener tantos novios si de verdad fueras tan tímida y nerviosa? Tuviste unos treinta novios antes de cumplir veinticinco años.

Tess puso los ojos en blanco.

—De eso, nada.

¿Cómo podía explicarle que su angustia era como un extraño y voluble cachorrillo al que debía cuidar? Unas veces estaba tranquilo y apacible, otras, en cambio, excitado, corriendo en círculos, ladrándole al oído. Además, salir con alguien era diferente. El salir con alguien se regía por sus propias reglas. Y ella sabía jugarlas. Una primera cita con un hombre nunca había sido un problema. (Siempre y cuando la petición partiera de él, ella nunca tomaba la iniciativa). La angustia surgía cuando el hombre quería que conociera a su familia y amigos.

—Por cierto, si realmente padeces «fobia social», ¿por qué no me lo dijiste nunca? —preguntó Felicity convencida de que sabía todo cuanto había que saber de Tess.

—Antes no sabía definirla —confesó Tess—. Nunca tuve palabras para describir lo que sentía hasta hace unos meses.

—«Y porque tú eras parte de mi identidad encubierta. Porque tú y yo hacíamos como que no nos importaba lo que los demás pensaran de nosotras, fingiendo que éramos superiores al resto del mundo. Si yo te hubiera dicho lo que me pasaba, habría tenido que reconocer no solo que me importaba lo que pensaran los demás, sino que me importaba mucho».

—Pues que sepas que yo empecé mi clase de aerobic llevando una camiseta de la talla 50 —replicó Felicity inclinándose hacia delante y mirándola con dureza—. La gente no se atrevía a mirarme. Vi a una chica dar codazos a su amiga para que me mirara y luego las dos se partieron de la risa. Oí decir a un tipo: «Cuidado con la vaquilla». Conque no me vengas con fobia social, Tess O'Leary.

Aporrearon la puerta.

—¡Mamá! ¡Felicity! —gritó Liam—. ¿Por qué habéis cerrado la puerta con llave? ¡Dejadme pasar!

—¡Vete, Liam! —respondió Tess.

—¡No! ¿Todavía no habéis terminado?

Tess y Felicity se miraron. Felicity esbozó una sonrisa y Tess miró para otro lado.

Llegó la voz de Lucy desde la otra punta de la casa:

—¡Vuelve aquí, Liam! ¡Te he dicho que dejes tranquila a tu madre! —Estaba en desventaja con las muletas.

Felicity se levantó.

—Tengo que irme. Mi vuelo sale a las dos. Papá y mamá me llevarán al aeropuerto. Mamá está desquiciada. Papá no me dirige la palabra.

—¿En serio que te vas hoy? —Tess levantó la vista desde el suelo.

Pensó por un momento en la empresa: en los clientes que tanto se había esforzado en conseguir, la liquidez que tanto les había costado mantener, en el tira y afloja entre pérdidas y ganancias como si fuera una planta delicada, en la hoja de cálculo de Excel con los «proyectos en curso» que estudiaban cada mañana. ¿Era el fin de la agencia de publicidad TWF? Tantos sueños. Tanto material invertido.

—Sí —dijo Felicity—. Es lo que debería haber hecho hace años.

Tess también se levantó.

—No te perdono.

—Tampoco yo me perdono a mí misma.

—¡Mamá! —gritó Liam.

—¡Tranquilo, Liam! —dijo Felicity; agarró a Tess del brazo y le dijo al oído—: No hables a Will de Connor.

Se abrazaron durante un extraño momento y luego Felicity dio media vuelta y abrió la puerta.

CAPÍTULO CUARENTA Y SIETE

No hay mantequilla —anunció Isabel—. Tampoco margarina.

Se volvió del frigorífico y miró a su madre en actitud interrogante.

—¿Estás segura? —preguntó Cecilia.

¿Cómo habría podido suceder? Nunca se olvidaba de los artículos de primera necesidad. Tenía un sistema infalible. El frigorífico y la despensa siempre estaban perfectamente abastecidos. A veces John-Paul telefoneaba camino de casa y preguntaba si necesitaba que comprara leche o algo, y ella siempre le decía que no.

—Pero ¿no vamos a tomar panecillos de Pascua? —preguntó Esther—. Siempre tomamos panecillos de Pascua para desayunar en Viernes Santo.

—Y los tendremos —aseguró John-Paul rozando inconscientemente con los dedos la cintura de Cecilia al dirigirse a la mesa de la cocina—. Los panecillos de Pascua de vuestra madre son tan buenos que no necesitan mantequilla.

Cecilia lo miró. Estaba pálido y algo tembloroso, como si se estuviera recuperando de la gripe, y se le veía en un estado de ánimo trémulo, tierno.

Se encontró deseando que sucediera algo —que sonara estruendosamente el timbre del teléfono, que llamaran insistentemente a la puerta—, pero la mañana transcurrió en un tranquilo y apacible silencio. No iba a pasar nada en Viernes Santo. Ese día tenía su propia burbuja protectora.

—Siempre tomamos los panecillos de Pascua con montones y montones de mantequilla —recordó Polly, sentada a la mesa de la cocina con su pijama rosa de franela, el pelo negro revuelto, las mejillas sonrosadas de sueño—. Es una tradición familiar. Ve a la tienda, mamá, y trae mantequilla.

—No hables así a tu madre. No es tu esclava —replicó enfadado John-Paul al tiempo que Esther levantaba la vista del libro de la biblioteca para decir:

—Las tiendas están cerradas, tonta.

—Es igual —suspiró Isabel—. Voy a ir a Skype con...

—No vas a ir a ningún sitio —cortó Cecilia—. Vamos a comer todos gachas y luego iremos a pie hasta el patio del colegio.

—¿A pie? —dijo Polly despectivamente.

—Sí, a pie. Ha quedado un día muy bonito. O podéis ir en bici. Llevaremos el balón de fútbol.

—Yo voy con el equipo de papá —pidió Isabel.

—Y a la vuelta nos pasaremos por la estación de servicio de BP, compraremos mantequilla y tomaremos los panecillos de Pascua al llegar a casa.

—Perfecto —dijo John-Paul—. Eso suena perfecto.

—¿Sabías que hubo gente que no quería que se derribara el Muro de Berlín? —dijo Esther—. ¡Qué raro! ¿Por qué iba a querer alguien vivir detrás de un muro?

—Bueno, ha estado todo muy bien, pero tengo que irme —dijo Rachel.

Volvió a dejar la taza en la mesita de café. Había cumplido con su deber. Se impulsó hacia delante y tomó aliento. Era otro de esos sofás bajos, imposible a la hora de levantarse. ¿Podría hacerlo por sí sola? Lauren sería la primera en ayudarla si veía que tenía alguna dificultad. Rob llegaba siempre cuando ya era tarde.

—¿Qué vas a hacer el resto del día? —preguntó Lauren.

—Ya me entretendré con algo —dijo Rachel. «Contaré los minutos». Extendió una mano a Rob—: Dame la mano, cariño.

Cuando Rob se disponía a ayudarla, apareció Jacob con una foto enmarcada que había cogido de la biblioteca y se la puso encima a Rachel:

—Papá —dijo señalándole.

—Así es —repuso Rachel.

Era una foto de Rob y Janie en un campamento de vacaciones de la costa sur el año anterior a la muerte de Janie. Estaban delante de una tienda y Rob le ponía los dedos por encima de la cabeza a Janie como si fueran orejas de conejo. ¿Por qué los niños insistían en hacer esas cosas?

Rob se acercó y señaló a su hermana.

—¿Y está quién es, amiguito?

—La tía Janie —dijo Jacob claramente.

Rachel contuvo el aliento. Nunca le había oído nombrar a la tía Janie, aunque Rob y ella se la habían mostrado en las fotos desde que era bebé.

—Chico listo —le alborotó el pelo—, tu tía Janie te habría querido mucho.

Aunque lo cierto es que a Janie nunca le habían interesado demasiado los niños. Siempre prefirió construir ciudades con el Lego de Rob a jugar con muñecas.

Jacob le dirigió una mirada cínica, como si lo supiera, y se fue sosteniendo precariamente el marco de la foto entre sus dedos. Rachel puso una mano en la de Rob y él la ayudó a ponerse de pie.

—Bueno, muchas gracias, Lauren... —empezó y se quedó desconcertada al ver que Lauren miraba fijamente al suelo, como si estuviera ausente.

—Lo siento. —La miró con sonrisa llorosa—. Es la primera vez que oigo a Jacob decir «tía Janie». No sé cómo consigues superar este día, Rachel, todos los años, de verdad que no lo sé. Ojalá pudiera hacer algo.

Podrías no llevarte a mi hijo a Nueva York, pensó Rachel. *Podrías quedarte aquí y tener otro niño.* Pero se limitó a sonreír cortésmente y decir:

—Gracias, querida. Estoy estupendamente.

Lauren insistió.

—Ojalá la hubiera conocido. A mi cuñada. Siempre quise tener una hermana.

Tenía el rostro sonrosado y suave. Rachel apartó la mirada. No podía soportarlo. No quería ver ningún signo de la vulnerabilidad de Lauren.

—Estoy segura de que te habría querido mucho. —La frase de Rachel sonó tan superficial, incluso para sus propios oídos, que tosió, azorada—. Bueno, me voy. Gracias por venir hoy al parque conmigo. Significaba mucho para mí. Estoy deseando veros el domingo. ¡En casa de tus padres!

Se esforzó por poner una voz entusiasta, pero Lauren había vuelto a su ser y recuperado su aplomo.

—Perfecto —dijo fríamente y se inclinó hacia delante para rozar con los labios la mejilla de Rachel—. Por cierto, Rachel, Rob te dijo que llevaras una *pavlova*, pero no hace falta.

—No es ningún problema, Lauren —dijo Rachel.

Creyó haber oído suspirar a Rob.

—Así que ahora Will hará su aparición estelar. —Lucy se apoyó pesadamente en el brazo de Tess mientras veían que el taxi de Tess doblaba la esquina al final de la calle. Liam había desaparecido por algún lugar de la casa—. Esto es como una representación teatral. La malvada amante hace mutis. Entra el marido escarmentado.

—En realidad, no es una amante malvada —objetó Tess—. Me ha confesado que lleva años enamorada de él.

—¡Por Dios! —exclamó Lucy—. Qué chica más tonta. ¡Con la de peces que hay en el mar! ¿Por qué quiere tu pez?

—Es un pez muy bueno, me figuro.

—Entonces, ¿debo entender que le perdonas?

—No lo sé. No sé si puedo. Me da la sensación de que solo vuelve a mí por Liam, que se conforma conmigo, como segundo plato.

La idea de ver a Will la llenaba de una confusión casi insoportable. ¿Lloraría? ¿Gritaría? ¿Se arrojaría a sus brazos? ¿Le daría una bofetada? ¿Le ofrecería un panecillo de Pascua? A él le encantaban los panecillos de Pascua. Evidentemente, no los merecía. «No te voy a dar un panecillo, nene». Eso es. Porque se trataba de Will. Imposible imaginar cómo mantendría el nivel de dramatismo y seriedad que exigía la situación. Sobre todo con Liam allí. Claro que, en realidad, no se trataba de Will, porque el auténtico Will jamás habría consentido que sucediera eso. Por tanto, era un extraño.

Su madre la observó. Tess esperó un sabio y cariñoso comentario.

—Imagino que no vas a recibirlo con ese viejo pijama andrajoso, ¿no, querida? Y que te darás un buen cepillado de pelo, espero.

Puso los ojos en blanco.

—Es mi marido. Ya sabe cómo soy cuando me levanto por las mañanas. Y, si es tan superficial, no lo quiero.

—Tienes razón, por supuesto —admitió Lucy dándose un golpecito en el labio inferior—. Caramba, Felicity estaba particularmente guapa esta mañana, ¿no es cierto?

Tess se rio. Quizá resistiría mejor si se arreglaba.

—Está bien, mamá. Me pondré una cinta en el pelo y me pellizcaré las mejillas. Vamos, lisiada, no sé por qué has tenido que salir para despedirla.

—No quería perderme nada.

—Nunca se han acostado juntos, fíjate —susurró Tess mientras sostenía con una mano la puerta mosquitera y con la otra a su madre.

—¿En serio? —inquirió Lucy—. Qué raro. En mis tiempos la infidelidad era mucho más escabrosa.

—¡Ya estoy listo! —Liam llegó corriendo por el pasillo.

—¿Para qué? —dijo Tess.

—Para ir a volar la cometa con ese profesor. El señor Whatby o como se llame.

—Connor —susurró Tess; a punto estuvo de soltar a su madre—. Mierda. ¿Qué hora es? Me había olvidado.

El móvil de Rachel sonó al llegar al final de la calle de Rob y Lauren. Frenó para contestar. Probablemente fuera Marla, que la llamaba por el aniversario de Janie. Rachel se alegró de poder hablar con ella. Le apetecía quejarse de los panecillos de Pascua perfectamente tostados de Lauren.

—¿Señora Crowley? —No era Marla. Era una voz desconocida de mujer. Sonaba igual que la estirada secretaria de un médico—. Soy la sargento-detective Strout de la Brigada de Homicidios. Quise llamarla anoche, pero no me dio tiempo, así que pensé que podría intentarlo esta mañana.

A Rachel le dio un vuelco el corazón. El vídeo. Estaba llamando en Viernes Santo. Un día festivo. Tenían que ser buenas noticias.

—Hola —saludó cordialmente—. Gracias por llamar.

—Bueno. Quería que supiera que hemos recibido el vídeo del sargento Bellach y que lo hemos, eh, repasado. —La voz de la sargento-detective Strout parecía más joven de lo que creyó en un primer momento. Estaba poniendo su tono más profesional en la llamada—. Señora Crowley, comprendo que pueda haber albergado grandes expectativas y que incluso haya pensado que esto podría ser algo decisivo. Por tanto, siento mucho si esta noticia le resulta decepcionante, pero tengo que decirle que a estas alturas no vamos a volver a interrogar a Connor Whitby. No creemos que el vídeo lo justifique.

—Pero si ese debió de ser su móvil —protestó Rachel con desesperación. Miró por la ventanilla del coche a un magnífico árbol que elevaba al cielo sus hojas doradas. Vio desprenderse una hoja y empezar a caer revoloteando rápidamente por el aire.

—Lo siento mucho, señora Crowley. En este momento no podemos hacer nada más. —Notó comprensión, eso sí, pero al mismo tiempo no se le escapó la condescendencia de una joven profesional hacia una persona mayor y profana. *La madre de la víctima. Evidentemente, demasiado sensible como para mantener la objetividad. No comprende los métodos de la policía. Parte del trabajo consiste en procurar tranquilizarla.*

Los ojos de Rachel se llenaron de lágrimas. La hoja se perdió de vista.

—Si quiere que vaya a verla después de las vacaciones de Pascua y hablemos, me encantará dedicarle el tiempo que sea preciso —se ofreció la sargento-detective Strout.

—No será necesario —respondió Rachel con frialdad—. Gracias por llamar.

Colgó y tiró el teléfono, que aterrizó en el asiento del copiloto.

—Inútil, condescendiente, miserable... —Se le hizo un nudo en la garganta. Giró la llave de contacto.

—¡Mirad la cometa de ese hombre! —señaló Isabel.

Cecilia levantó la vista y vio a un hombre con una cometa en forma de pez tropical en lo alto de la cuesta. Iba soltando carrete tras él como un globo.

—Es como sacar a un pez a pasear —bromeó John-Paul.

Iba casi doblado, empujando la bici de Polly, que se había quejado de que las piernas no le respondían. Polly iba toda tiesa, con un reluciente casco rosa y gafas de sol de plástico de estrella del rock con las lentes en forma de estrella.

Mientras miraba, Cecilia se inclinó hacia delante para beber de la botella morada de agua que había metido para ella en la bolsa blanca de redecilla.

—Los peces no andan —declaró Esther sin levantar la vista de su libro. Tenía una notable habilidad para andar y leer al mismo tiempo.

—Por lo menos podías pedalear un poco, princesa Polly —sugirió Cecilia.

—Tengo las piernas de gelatina —contestó Polly con delicadeza.

—Está bien. Es un buen ejercicio para mí. —John-Paul sonrió a Cecilia.

Cecilia respiró hondo. Había algo cómico y maravilloso en la visión de la cometa en forma de pez volando alegremente en el cielo por detrás del hombre que tenían delante. El aire tenía un olor dulce. El sol le calentaba la espalda. Isabel iba arrancando pequeños dientes de león amarillos de los setos y los iba metiendo en la trenza de Esther. Eso le recordó algo.

Un libro o una película de su infancia. Algo relacionado con una niña que vivía en las montañas y llevaba flores en las trenzas. ¿Heidi?

—¡Bonito día! —dijo un hombre que tomaba té sentado en su porche. Cecilia lo conocía vagamente de la iglesia.

—¡Fantástico! —respondió cordialmente.

El hombre que estaba por delante de ellos con la cometa se detuvo. Sacó un teléfono del bolsillo y se lo llevó a la oreja.

—No es un señor. —Polly se incorporó—. ¡Es el profesor Whitby!

Rachel condujo como una autómata hasta su casa, procurando mantener la mente completamente libre de pensamientos.

Se detuvo ante un semáforo en rojo y miró la hora en el reloj del salpicadero. Eran las diez. A esa hora, veintiocho años atrás, Janie había salido del colegio y Rachel estaba probablemente planchándose el vestido para su cita con Toby Murphy. El puñetero vestido que Marla le había convencido para que se comprara porque enseñaba las piernas.

Tan solo siete minutos de retraso. Probablemente no habría cambiado las cosas. Nunca lo sabría.

«No vamos a adoptar ninguna iniciativa al respecto», volvió a oír la voz impertinente de la sargento-detective Strout. Vio el rostro congelado de Connor Whitby al detener el vídeo. Pensó en la culpabilidad inequívoca que transmitía su mirada.

Había sido él.

Dio un grito. Un grito horrible, capaz de helar la sangre, que resonó por todo el coche. Aporreó con ambos puños el volante. La asustó al tiempo que le dio vergüenza.

El semáforo se puso verde. Apretó el acelerador. ¿Era este el peor aniversario de todos o era siempre igual? Probablemente era siempre igual. Es tan fácil olvidarse de las cosas malas. Como el invierno. Como la gripe. Como el dolor del parto.

Notó el sol en la cara. Hacía buen día, como cuando murió Janie. Las calles estaban vacías. No se veía a nadie. ¿Qué hacía la gente el Viernes Santo?

La madre de Rachel solía ir al vía crucis. ¿Habría seguido siendo católica Janie? Probablemente no.

No pienses en la mujer que Janie podría haber sido.

No pensar en nada. No pensar en nada. No pensar en nada.

Cuando se llevaran a Jacob a Nueva York, no habría nada. Sería como la muerte. Todos los días se sentiría tan mal como hoy. Tampoco pienses en Jacob.

Sus ojos siguieron un remolino de hojas rojas semejantes a una algarabía de diminutos pájaros.

Marla siempre decía que se acordaba de Janie cuando veía un arco iris. Rachel le preguntaba por qué.

Por delante de ella se extendía la calzada vacía en la que el sol daba de frente. Entrecerró los ojos y bajó la visera. Siempre se olvidaba de las gafas de sol.

Por fin vio a alguien.

Aprovechó para distraerse. Era un hombre. Estaba en la acera con un globo de vivos colores. Parecía un pez. Como el pez de *Buscando a Nemo*. A Jacob le encantaría el globo.

El hombre estaba hablando por un teléfono móvil, con la mirada puesta en el globo.

No era un globo. Era una cometa.

—Lo siento. Al final no vamos a poder vernos —dijo Tess.

—Está bien —repuso Connor—. En otra ocasión. —La oía con toda nitidez. Pudo notar el tono y el timbre de su voz, más grave que en persona, un poco áspero. Apretó el teléfono contra la oreja, como si quisiera que su voz la envolviera.

—¿Dónde estás? —preguntó ella.

—En la acera, volando una cometa en forma de pez.

Tess sintió una oleada de arrepentimiento junto con una desilusión total, infantil, como si se hubiera perdido una fiesta de cumpleaños por una clase de piano. Quería acostarse con él una vez más. No quería sentarse en la fría casa de su madre a mantener una conversación complicada y dolorosa con su marido. Quería correr al sol con una cometa en forma de pez por el patio del colegio. Quería estar enamorada, no tratar de arreglar una relación rota. Quería ser la primera para alguien, no la segunda.

—Lo siento mucho —dijo.

—No tienes por qué sentirlo.

Hubo una pausa.

—¿Qué pasa? —preguntó él.

—Mi marido viene de camino.

—Ah.

—Por lo visto, Felicity y él han terminado sin siquiera haber empezado.

—Entonces, me figuro que nosotros también. —No sonó a pregunta.

Vio a Liam jugando en el jardín. Le había contado que Will venía de camino. Estaba corriendo del seto a la valla y de la valla al seto, como si se estuviera entrenando para alguna competición a vida o muerte.

—No sé qué va a pasar. Es que, con Liam de por medio, al menos tengo que intentarlo. Darle una última oportunidad.

Pensó en Will y Felicity cogidos de la mano en el avión de Melbourne, con gesto estoico. Joder.

—Por supuesto —repuso él cordial y cariñoso—. No tienes por qué darme explicaciones.

—No debería haber...

—Por favor, no te arrepientas.

—De acuerdo.

—Dile que, si vuelve a tratarte mal, le parto las rodillas.

—Sí.

—En serio, Tess. No le des más oportunidades.

—No.

—Y si las cosas no salen bien. Bueno. Ya sabes. Guarda mi solicitud en tu archivo.

—Connor, alguna...

—No sigas —le cortó, y añadió en tono más suave—: No te preocupes, ya te dije que las chicas hacen cola en las calles por mí.

Ella se rio.

—Debería colgar ya —dijo—, si ese tipo tuyo está de camino.

En ese momento percibió claramente su decepción. Le hacía parecer brusco, casi agresivo, y parte de ella quiso seguir hablando con él, coquetear con él, asegurarse de que lo último que dijera fuera amable y sexy; entonces podría ser ella quien pusiera punto final a la conversación, de tal forma que pudiera archivar aquellos últimos días en su memoria bajo el epígrafe que mejor le conviniera. (¿Cuál sería ese epígrafe? «Aventuras en las que nadie resulta herido»).

Pero él tenía derecho a ser brusco y ella ya había abusado bastante de él.

—Está bien. Bueno. Adiós.

—Adiós, Tess. Cuídate.

—¡Señor Whitby! —gritó Polly.

—Oh, Dios mío. Mamá, ¡dile que se calle! —Isabel bajó la cabeza y se tapó los ojos.

—¡Señor Whitby! —se desgañitó Polly.

—Está demasiado lejos para oírte —suspiró Isabel.

—Cariño, déjale tranquilo. Está hablando por teléfono —dijo Cecilia.

—¡Señor Whitby! ¡Soy yo! ¡Hola, hola!

—Está fuera de su horario de trabajo —comentó Esther—. No está obligado a hablar contigo.

—¡Le gusta hablar conmigo! —Polly asió el manillar y empezó a pedalear con las ruedas en precario equilibrio por la acera, mientras su padre se quedaba atrás tratando de recuperar el aliento.

—¡Señor Whitby!

—Parece que sus piernas se han recuperado —comentó John-Paul masajeándose los riñones.

—Pobre hombre —dijo Cecilia—. Disfrutando del Viernes Santo y acosado por una alumna.

—Me figuro que es un riesgo profesional que debe asumir por vivir en la misma zona —observó John-Paul.

—¡Señor Whitby! —Polly avanzaba deprisa. Pedaleaba. Las ruedas rosas giraban.

—Por lo menos está haciendo algo de ejercicio —dijo John-Paul.

—Esto me da mucha vergüenza —declaró Isabel, quedándose rezagada y dando una patada a una valla—. Esperaré aquí.

Cecilia se detuvo y se volvió a mirarla.

—Oye, no vamos a permitir que le moleste mucho tiempo. Deja de dar patadas a esa valla.

—¿Por qué te da vergüenza, Isabel? —Quiso saber Esther—. ¿Tú también estás enamorada del señor Whitby?

—¡No, claro que no! ¡No seas asquerosa! —Isabel se puso roja como un tomate. John-Paul y Cecilia se miraron.

—¿Por qué ese tipo es tan especial? —preguntó John-Paul y, dando un codazo a Cecilia, añadió—: ¿Tú también estás enamorada de él?

—Las madres no pueden enamorarse —aseguró Esther—. Son demasiado viejas.

—Muchas gracias —dijo Cecilia—. Vamos, Isabel.

Se volvió a mirar a Polly justo cuando Connor Whitby bajó de la acera internándose en la calzada con la cometa volando por encima de él.

Polly enfiló un rebaje en la acera para bajar también.

—¡Polly! —llamó Cecilia, al mismo tiempo que John-Paul gritaba:

—¡Quieta ahí, Polly!

CAPÍTULO CUARENTA Y OCHO

*R*achel vio bajar del bordillo al hombre de la cometa. *Presta atención al tráfico, tío. No es un paso de peatones.*

Él volvió la cabeza en su dirección.

Era Connor Whitby.

Estaba mirándola a ella, pero era como si el coche de Rachel fuera invisible, como si ella no existiera, como si fuera irrelevante para él, como si hubiera decidido molestarla haciéndole frenar porque así se le antojaba. Cruzó la calzada tan tranquilo, absolutamente confiado en que ella se detendría. La cometa pilló una ráfaga de viento y revoloteó en círculos lentos.

Rachel levantó el pie del acelerador y lo puso sobre el freno sin tocarlo.

Acto seguido, pisó el acelerador con todas sus fuerzas.

No ocurrió a cámara lenta. Ocurrió en un instante.

Un segundo antes no había ningún coche. La calle estaba vacía. Y al momento siguiente, de pronto, apareció un coche.

Un coche azul pequeño. John-Paul diría después que sabía que venía un coche por detrás, pero para Cecilia surgió de la nada.

No había coche, hasta que lo hubo.

El pequeño utilitario azul iba lanzado como un proyectil. No tanto por la velocidad, como por la trayectoria definida, como si hubiera salido disparado de algún sitio.

Cecilia vio correr a Connor Whitby. Como un personaje en una persecución de película saltando de un edificio a otro. Un segundo después, Polly enfiló con la bici directamente contra el coche y desapareció bajo él.

Los sonidos llegaron como amortiguados. Un leve golpe sordo. Un crujido. El largo y agudo chirrido de los frenos.

Y luego silencio. Normalidad. El trino de un pájaro.

Cecilia estaba aturdida. ¿Qué había sucedido?

Se volvió al oír unas pisadas fuertes; era John-Paul corriendo. Pasó rozándola.

Esther daba gritos. Sin parar. Un sonido desgarrador, terrible. Cecilia pensó: «Cállate, Esther».

Isabel agarró a Cecilia del brazo.

—¡El coche la ha atropellado!

Se abrió una grieta en su pecho.

Se soltó de la mano de Esther y corrió.

Una niña pequeña. Una niña pequeña en bici.

Rachel seguía con las manos en el volante. Seguía pisando con fuerza el pedal del freno. Había pisado hasta el fondo.

Lenta y cautelosamente levantó la mano temblorosa del volante y tiró del freno de mano. Volvió a poner la mano izquierda en el volante mientras con la derecha apagaba la llave de contacto. Luego alzó con cuidado el pie del pedal del freno.

Miró por el espejo retrovisor. Quizá la niña estuviera bien.

(Solo que ella lo había notado. El suave bulto bajo las ruedas. Tenía la certeza absoluta de lo que había hecho. De lo que había hecho deliberadamente).

Pudo ver a una mujer corriendo, balanceando los brazos de un modo extraño, como si los tuviera paralizados. Era Cecilia Fitzpatrick.

Una niña pequeña. Un reluciente casco rosa. Una coleta negra. Frenazo. Frenazo. Frenazo. Su rostro de perfil. La chica era Polly Fitzpatrick. La guapísima Polly Fitzpatrick.

Rachel gimoteó como un perro. Alguien daba gritos sin parar a lo lejos.

—¿Sí?

—¿Will?

Liam no había dejado de preguntar cuándo llegaba su padre y Tess se había puesto furiosa por su papel imperturbable, a la espera de que Felicity y Will hicieran sus previsibles apariciones. Había llamado a Will al móvil. Iba a estar fría y contenida, mostrándole un anticipo de la pesada tarea que recaería sobre él.

—Tess —dijo Will. Sonaba distraído y extraño.

—Me ha dicho Felicity que estabas de camino...

—Lo estoy —le interrumpió Will—. Bueno, lo estaba. En un taxi. Hemos tenido que detenernos. Ha habido un accidente en la esquina de la calle de casa de tu madre. He visto cómo ocurría. Estamos esperando una ambulancia. —La voz se le quebró, luego sonó como apagada—. Es terrible, Tess. Una niña pequeña en bici. De la misma edad que Liam. Creo que está muerta.

SÁBADO DE PASCUA

CAPÍTULO CUARENTA Y NUEVE

A Cecilia el médico le recordó a un cura o un político. Alguien especializado en la compasión profesional. Tenía una mirada cordial y comprensiva, y hablaba claro y despacio, con autoridad y paciencia, como si Cecilia y John-Paul fueran sus alumnos y necesitara que entendieran un concepto complicado. Cecilia quería echarse a sus pies y abrazarse a sus rodillas. Para ella aquel hombre tenía un poder absoluto. Era Dios. Aquel hombre asiático de habla mesurada, con gafas y camisa de rayas azules y blancas muy parecida a una de John-Paul, era Dios.

A lo largo del día anterior y de la larga noche, mucha gente se había acercado para hablar con ellos: los sanitarios, los médicos y enfermeras del servicio de urgencias. Todos habían sido amables, pero se movían con prisa, fatigados y acelerados de acá para allá. Había ruido y luces blancas parpadeando constantemente en su visión periférica, pero ahora estaban hablando con el doctor Yue en el espacio silencioso, casi eclesial, de la Unidad de Cuidados Intensivos. Estaban fuera de la habitación acristalada donde Polly yacía en una cama individual, conectada a un montón de tubos. Estaba profundamente sedada. En el brazo izquierdo le habían puesto una vía y el derecho estaba vendado. En algún momento una enfermera le había apartado el pelo de la frente y se lo había sujetado a un lado, con lo que no parecía ella.

El doctor Yue parecía muy inteligente porque llevaba gafas y quizá porque era asiático, lo que no dejaba de ser un estereotipo racista, pero a Cecilia no le importaba. Esperaba que la madre del doctor hubiera sido una madre exigente, confiada en que su hijo no tuviera más intereses que la medicina. Le encantaba el doctor Yue. Le encantaba la madre del doctor Yue.

¡Pero el puñetero John-Paul! Parecía no darse cuenta de que estaba hablando con Dios. No dejaba de interrumpir. Hablaba con demasiada brusquedad. ¡Incluso con grosería! Si John-Paul ofendía al doctor Yue, quizá no se esforzara tanto por Polly. Cecilia sabía que para el médico aquello era su trabajo y que Polly no era más que una de sus pacientes, y ellos, dos padres angustiados más. Además todo el mundo sabía que los médicos estaban sobrecargados de trabajo, agotados, y que cometían pequeños errores, como los pilotos de las líneas aéreas, de consecuencias catastróficas. Cecilia y John-Paul tenían que mostrarse diferentes de alguna manera. Tenían que hacer ver que Polly no era una paciente más, que era Polly: su niña pequeña, su divertida, irritante y encantadora niña pequeña. A Cecilia le faltaba el aliento y, por un instante, se quedó sin respiración.

El doctor Yue le dio una palmadita en el brazo.

—Sé que esto es terriblemente angustioso para usted, señora Fitzpatrick, y que ha pasado la noche en vela.

John-Paul miró de reojo a Cecilia, como si se hubiera olvidado de que ella también estaba allí. Le tomó de la mano.

—Continúe, por favor —dijo.

Cecilia sonrió agradecida al doctor.

—Estoy bien —aseguró—. Gracias. *Ya ve lo simpáticos y poco exigentes que somos.*

El doctor Yue pasó revista a las lesiones de Polly. Un serio traumatismo, si bien el TAC no había revelado señales de una lesión cerebral grave. El reluciente casco rosa había cumplido su función. Como ya les habían explicado, aún había riesgo de que sufriera una hemorragia interna, pero estaba monitorizada y, por el momento, todo iba bien. Sabían también que Polly había sufrido graves abrasiones en la piel, así como fractura de tibia y rotura del bazo. Ya le habían extirpado el bazo. Muchas personas vivían sin bazo. Podía correr cierto peligro de ver su inmunidad reducida y le habían recomendado antibióticos por si...

—El brazo —interrumpió John-Paul—. La mayor preocupación por la noche parecía ser el brazo derecho.

—Sí. —El doctor Yue miró fijamente a Cecilia, inspiró y espiró, como si fuera un maestro de yoga enseñando técnicas de respiración—. Siento mucho decirles que el brazo no puede salvarse.

—¿Cómo dice? —dijo Cecilia.

—Oh, Dios —exclamó John-Paul.

—Perdone —continuó Cecilia procurando ser correcta, aunque estaba en pleno acceso de ira—. ¿Qué quiere decir con que no puede salvarse?

Sonaba como si el brazo de Polly estuviera en el fondo del océano.

—Ha sufrido una lesión irreparable en los tejidos, doble fractura y ya no hay suficiente aporte sanguíneo. Nos gustaría practicar la intervención esta tarde.

—¿Intervención? —repitió Cecilia—. ¿Por intervención se refiere usted a...?

No pudo pronunciar la palabra. Era insoportablemente obscena.

—Amputación —indicó el doctor—. Por encima del codo. Sé que es una noticia terrible para ustedes. Ya he avisado para que los vea un psicólogo...

—No —refutó Cecilia enérgicamente. No lo toleraría. No tenía ni idea de cuál era la función del bazo, pero sí sabía para qué valía el brazo derecho—. Es diestra, doctor Yue. Tiene seis años. ¡No puede vivir sin el brazo! —Su voz empezaba a tener ese matiz de histeria maternal que tanto había intentado reprimir.

¿Por qué no decía nada John-Paul? Ya no interrumpía bruscamente al médico, al que había dejado de mirar, para contemplar a Polly a través de la cristalera.

—Sí puede, señora Fitzpatrick —aseguró el doctor Yue—. Lo siento muchísimo, pero sí que puede.

Había un largo y ancho pasillo hasta las pesadas puertas de madera que daban paso a la Unidad de Cuidados Intensivos, más allá de las cuales solo se permitía el acceso a los miembros de la familia. Una hilera de ventanas altas dejaba pasar rayos de sol con pequeñas motas de polvo en suspensión, que le hicieron pensar en una iglesia. A lo largo del pasillo había gente sentada en sillas de piel marrón leyendo, enviando mensajes o hablando por los teléfonos móviles. Era como una versión más tranquila de una terminal de aeropuerto. Gente con expresión tensa y fatigada por esperas increíblemente largas. Repentinas explosiones contenidas de emoción.

Rachel se sentó en una de las sillas de piel marrón mirando a las puertas de madera, por si veía salir a Cecilia o a John-Paul Fitzpatrick.

¿Qué podía decir a los padres de una niña a la que has atropellado con el coche y has estado a punto de matar?

Las palabras «Lo siento» sonaban a insulto. Eso se dice cuando se choca con el carrito de otra persona en el supermercado. Aquí hacían falta disculpas más contundentes.

«Lo siento profundamente. No imaginan cómo me arrepiento. Quiero que sepan que jamás me lo perdonaré».

Qué decir cuando se conoce el verdadero alcance de tu culpabilidad; una culpa mucho mayor a la que ayer le atribuyeron los estrafalarios jóvenes sanitarios de la ambulancia y agentes de policía que llegaron al escenario del accidente. La trataron como a una anciana temblorosa involucrada en un trágico accidente. Pero las palabras seguían ordenándose en su mente: *Vi a Connor Whitby y puse el pie en el acelerador. Vi al hombre que asesinó a mi hija y quise hacerle daño.*

No obstante, el instinto de conservación debió de impedirle confesarlo en voz alta, ya que, de haberlo hecho, la habrían detenido por tentativa de asesinato.

Solo recordaba haber dicho: «No vi a Polly. No la vi hasta que ya fue demasiado tarde».

—¿A qué velocidad iba, señora Crowley? —le preguntaron con toda amabilidad y respeto.

—No lo sé —dijo—. Lo siento. No lo sé.

Era verdad. No lo sabía. Pero sí sabía que había tenido tiempo de sobra para poner el pie en el freno y dejar que Connor Whitby cruzara la calzada.

Le dijeron que no era probable que formularan cargos contra ella. Al parecer, un hombre en un taxi había visto a la niña en bicicleta ir derecha contra el coche. Le preguntaron a quién podían llamar para que viniera a recogerla. Insistieron en ello, aun cuando habían pedido otra ambulancia para ella y los enfermeros le habían hecho un reconocimiento general resolviendo que no necesitaba ir al hospital. Rachel dio a la policía el número de Rob, que se presentó inmediatamente (debió de haber ido a toda velocidad) en el coche con Lauren y Jacob. Rob estaba pálido. Jacob sonrió y le saludó con su mano gordezuela desde el asiento de atrás. El enfermero dijo a Rob y Lauren que Rachel estaba un poco aturdida y que debía descansar, mantenerse abrigada y que no la dejaran sola. Debería ver cuanto antes a su médico de cabecera para un chequeo.

Fue horrible. Rob y Lauren cumplieron las órdenes a rajatabla y Rachel no pudo quitárselos de encima por mucho que lo intentó. No podía poner en orden sus pensamientos con ellos de acá para allá, llevándole tazas de té y cojines. Para remate, se presentó el vivaracho padre Joe, muy molesto porque los miembros de su congregación chocaran unos contra otros.

—¿No debería estar diciendo la misa de Viernes Santo? —preguntó Rachel desagradecida.

—Está todo bajo control, señora Crowley —afirmó; luego tomó su mano y añadió—: Sabe que esto ha sido un accidente, ¿verdad, señora Crowley? Hay accidentes. Todos los días. No debe echarse la culpa.

Oh, tú, dulce e ingenuo joven, qué sabrás tú de culpas. No tienes ni idea de lo que son capaces tus feligreses. ¿Crees de verdad que alguno de nosotros te confiesa sus verdaderos pecados, nuestros terribles pecados?

Al menos le sería útil como informante. Prometió que la mantendría constantemente al corriente de la evolución de Polly y fue fiel a su palabra.

«Sigue viva», se repetía Rachel a cada nueva noticia. «No la he matado. Esto no es irreparable».

Al final, Lauren y Rob se llevaron a Jacob a casa después de cenar y Rachel pasó la noche evocando una y otra vez aquellos breves momentos.

La cometa en forma de pez. Connor Whitby cruzando la calzada sin hacer caso de ella. Su pie en el acelerador. El reluciente casco rosa de Polly. Frenazo. Frenazo. Frenazo.

Connor estaba bien. Ni un rasguño.

El padre Joe había llamado esa mañana para decirle que no había más noticias aparte de que Polly estaba en la Unidad de Cuidados Intensivos del hospital Infantil de Westmead, recibiendo la mejor atención posible.

Rachel le había dado las gracias y, en cuanto colgó el teléfono, llamó a un taxi para que la llevara al hospital.

No tenía ni idea de si podría ver al padre o la madre de Polly o si ellos querrían verla —probablemente no—, pero le pareció que debía estar allí. No se sentía cómoda en casa, como si la vida siguiera tal cual.

La doble puerta de la Unidad de Cuidados Intensivos se abrió de golpe y Cecilia Fitzpatrick salió como un vendaval, como un cirujano que fuera a salvar una vida. Recorrió a toda prisa el pasillo, pasó por delante de Rachel y, en ese momento, se detuvo a mirarla, perpleja y parpadeante, como una sonámbula que acabara de despertar.

Rachel se puso en pie.

—¿Cecilia?

Una mujer mayor de pelo blanco se materializó delante de ella. Se la veía tambaleante y Cecilia la tomó instintivamente por el codo.

—Hola, Rachel —saludó al reconocerla.

Por un momento solo vio en ella a Rachel Crowley, la amable, distante y siempre eficiente secretaria del colegio. Entonces un espeluznante recuerdo volvió a su memoria: John-Paul, Janie, el rosario. No había pensado en ello desde el accidente.

—Ya sé que soy la última persona a quien querrás ver en este momento —dijo Rachel—. Pero tenía que venir.

Cecilia recordaba vagamente que Rachel Crowley era la conductora del coche que había atropellado a Polly. Se había dado cuenta en su momento, pero no le había dado mayor importancia. El pequeño utilitario azul había actuado como una fuerza de la naturaleza: un tsunami, un alud. Como si no llevara conductor.

—Lo siento mucho —dijo Rachel—. No imaginas cuánto lo siento.

Cecilia no entendió muy bien a qué se refería. Estaba demasiado aturdida por el agotamiento y el impacto de lo que acababa de contarles el doctor Yue. Las células del cerebro, normalmente ágiles, campaban a sus anchas y tenía una gran dificultad para ponerlas en orden.

—Fue un accidente —dijo, con el alivio de quien recuerda la frase perfecta en un idioma extranjero.

—Sí —dijo Rachel—, pero...

—Polly iba en busca del señor Whitby —explicó Cecilia. Las palabras fluían mejor—. No miró. —Cerró un momento los ojos y vio a Polly desaparecer bajo el coche; volvió a abrirlos y le vino a los labios otra frase perfecta—: No debes culparte.

Rachel movió la cabeza con impaciencia y manoteó en el aire como si la estuviera molestando un insecto. Agarró a Cecilia por el antebrazo y apretó.

—Cuéntame, por favor. ¿Cómo está? ¿Son graves... las heridas?

Cecilia miró la mano arrugada y nudosa de Rachel aferrada a su antebrazo. Vio el pequeño, flaco y saludable brazo infantil de Polly y se encontró a sí misma escalando un inestable muro de resistencia. Era inaceptable. Sencillamente, no podía suceder. ¿Por qué no su brazo? Su brazo corriente y nada atractivo, con sus pecas y manchas de vejez. Si esos bastardos querían un brazo, que se lo quitaran a ella.

—Dicen que tiene que perder el brazo —susurró.

—No. —Rachel apretó la mano.

—No puedo. No puedo.

—¿Lo sabe ella?

—No.

Aquello era monstruoso e interminable, con tentáculos que crecían, se curvaban y se retorcían porque ni siquiera se había puesto a pensar en cómo se lo diría a Polly o, de hecho, en lo que aquel acto bárbaro iba a significar para Polly, porque estaba absorta en lo que significaba para ella misma, en que no iba a poder soportarlo, en que tenía la sensación de que se estaba cometiendo un crimen violento contra ella, Cecilia. Ese era el precio por la admiración y el orgullo que siempre había sentido por el cuerpo de sus hijas.

¿Qué aspecto tendría ahora el brazo de Polly bajo los vendajes? «El brazo no puede salvarse». El doctor Yue le había asegurado que estaban mitigando el dolor de Polly.

Cecilia tardó un momento en darse cuenta de que Rachel se estaba desplomando, que las rodillas no la sostenían. La cogió a tiempo, agarrándola por los brazos y sujetando todo su peso. El cuerpo de Rachel era sorprendentemente liviano para una mujer alta, como si tuviera los huesos porosos, si bien, no obstante, era complicado mantenerla derecha, como si le acabaran de pasar un paquete grande y poco manejable.

Un hombre que apareció por allí con un ramo de claveles rosas se detuvo, se puso las flores bajo el brazo y ayudó a Cecilia a llevar a Rachel a un asiento cercano.

—¿Quiere que busque un médico? —preguntó—. Seguro que encuentro alguno. ¡Estamos en el lugar indicado!

Rachel se negó en redondo. Estaba pálida y temblorosa.

—No es más que un mareo.

Cecilia se arrodilló junto a Rachel y sonrió cortésmente al hombre.

—Gracias por su ayuda.

—No hay de qué. Tengo que irme. Mi mujer ha tenido nuestro primer hijo. Hace tres horas. Una niña.

—¡Enhorabuena! —tardó en decir Cecilia, cuando él ya se había alejado, caminando alegremente, en el día más feliz de su vida.

—¿Seguro que estás bien? —preguntó Cecilia a Rachel.

—Lo siento mucho.

—No es culpa tuya —dijo Cecilia, con un deje de impaciencia. Había salido a tomar un poco el aire, a dejar de gritar, pero tenía que volver. Necesitaba atar cabos. Maldita la falta que le hacía hablar con un psicólogo, muchas gracias. Lo que necesitaba era volver a hablar con el doctor Yue. Pero esta vez tomaría notas, haría preguntas y no se preocuparía por caer bien.

—No lo entiendes —dijo Rachel. Miró fijamente a Cecilia con los ojos enrojecidos y llorosos. Tenía la voz aguda y débil—. Es culpa mía. Yo puse el pie en el acelerador. Quería matarle porque él mató a Janie.

Cecilia se agarró al brazo de la silla de Rachel, como si fuera un precipicio al que la hubieran arrojado, y se levantó.

—¿Querías matar a John-Paul?

—Por supuesto que no. Quería matar a Connor Whitby. Él asesinó a Janie. He encontrado un vídeo. Es la prueba.

Fue como si alguien la agarrara por los hombros y la hiciera darse la vuelta para enfrentarse con la evidencia de una atrocidad.

No tuvo que esforzarse en entenderlo. Lo comprendió todo en un instante.

Lo que había hecho John-Paul.

Lo que había hecho ella.

La responsabilidad ante sus hijas. La pena que pagaría Polly por el delito de sus padres.

Sintió que su cuerpo se inundaba del blanco resplandor de una explosión nuclear. No era más que la carcasa de su antiguo yo. Pero no tembló. Ni le flojearon las piernas. Permaneció totalmente inmóvil.

Ya nada importaba. No podía haber nada peor que aquello.

Lo importante en ese momento era la verdad. Eso no salvaría a Polly. No los redimiría a ellos en absoluto. Pero era absolutamente necesario. Era una tarea urgente que Cecilia necesitaba borrar de su lista en aquel preciso instante.

—Connor no mató a Janie —empezó Cecilia, notando el movimiento arriba y abajo de su mandíbula al hablar. Era como un títere de madera.

Rachel se quedó muy quieta. Su mirada suave y llorosa se endureció visiblemente.

—¿Qué quieres decir?

Cecilia oyó salir las palabras de su boca reseca y con aliento amargo:

—A tu hija la mató mi marido.

CAPÍTULO CINCUENTA

Cecilia estaba en cuclillas junto a la silla de Rachel, hablando en voz baja pero clara, mirándose las dos muy de cerca. Rachel había oído y entendido todo lo que le había dicho, pero no era capaz de seguirla. No le entraba. Las palabras resbalaban por la superficie de su mente. Notaba una sensación aterradora, como si estuviera corriendo desesperadamente para captar algo de vital importancia.

«Espera», quiso decir. «Espera, Cecilia. ¿Qué?».

—No lo descubrí hasta la otra noche —continuó Cecilia—. La noche de la reunión de Tupperware.

John-Paul Fitzpatrick. ¿Estaba queriendo decirle que John-Paul Fitzpatrick había asesinado a Janie? Rachel agarró a Cecilia por el brazo.

—Me estás diciendo que no fue Connor —dijo—. ¿Tienes la certeza de que no fue Connor, que no tuvo nada que ver en ello?

Una profunda tristeza atravesó el rostro de Cecilia.

—Tengo la absoluta certeza —aseguró—. No fue Connor. Fue John-Paul.

John-Paul Fitzpatrick. El hijo de Virginia. El marido de Cecilia. Un hombre alto, guapo, bien vestido, de buena educación. Un miembro conocido y respetado de la comunidad educativa. Rachel lo saludaba con una sonrisa y un gesto de la mano si lo veía en alguna tienda o en un acto del colegio. John-Paul siempre estaba a la cabeza de los voluntarios del colegio. Se ponía un cinturón de herramientas, una sencilla gorra negra de béisbol y manejaba la cinta métrica con una naturalidad impresionante. El mes pasado Rachel había visto a Isabel Fitzpatrick correr a los brazos de su padre cuando fue a recogerla a su regreso del campamento de 6º. Le impresionó la expresión jubilosa del rostro de Isabel al ver a su padre, debido además al parecido entre Isabel y Janie. John-Paul había aupado a Isabel en el aire, con las piernas volando, como si fuera una niña mucho más pequeña, haciendo que Rachel sintiera una punzada de dolor porque Janie nunca hubiera sido ese tipo de hija ni Ed ese tipo de padre. Su obsesión por el qué dirán ahora le parecía totalmente equivocada. ¿Por qué habían sido tan reprimidos a la hora de expresar el cariño?

—Debería habértelo dicho —declaró Cecilia—. Debería habértelo dicho en cuanto me enteré.

John-Paul Fitzpatrick.

Tenía el pelo muy bonito. Un pelo de aspecto respetable. No como la cabeza calva y brillante de Connor Whitby. John-Paul tenía un vehículo familiar impoluto. Connor iba por ahí con su ruidosa moto mugrienta. No podía ser cierto. Cecilia debía de haberse confundido. Por lo visto, a Rachel le resultaba difícil olvidar su odio a Connor. Llevaba odiándolo mucho tiempo, incluso cuando no estaba segura, cuando solo abrigaba una mera sospecha, lo había odiado solo por la posibilidad de que hubiera sido él. Lo había odiado por su mera existencia en la vida de Janie. Lo había odiado por haber sido el último en ver a Janie con vida.

—No entiendo —le dijo a Cecilia—. Pero ¿es que Janie conocía a John-Paul?

—Mantenían una especie de relación secreta. Estaban saliendo, me figuro que podría decirse así —explicó Cecilia, todavía en cuclillas al lado de Rachel; su rostro, antes demudado, empezaba a recobrar el color—. John-Paul estaba enamorado de Rachel, pero entonces Janie le dijo que había otro chico, y que había elegido al otro, y entonces él... Bueno, se puso como loco. —Se le fue la voz—. Tenía diecisiete años. Fue un arrebato de locura. Suena como si estuviera tratando de disculparle, pero te prometo que no estoy en absoluto disculpándole a él ni a lo que hizo. Evidentemente. Porque no caben disculpas. Lo siento. Necesito levantarme. Las rodillas. Me duelen las rodillas.

Rachel vio a Cecilia incorporarse con dificultad, buscar otra silla con la mirada y arrastrarla cerca de la de Rachel, antes de sentarse e inclinarse hacia ella con el ceño fruncido, como si le estuviera implorando clemencia.

Janie le había dicho a John-Paul que había otro chico. Por tanto, el otro chico era Connor Whitby.

Hubo dos chicos interesados por Janie y no se había enterado de nada. ¿En qué se había equivocado como madre para saber tan poco de la vida de su hija? ¿Por qué no habían intercambiado confidencias delante de un vaso de leche y galletas cuando salía de clase por la tarde, como cualesquiera madre e hija de las teleseries americanas? Rachel solo había hecho repostería cuando se había visto en la obligación. Janie solía tomar galletas con mantequilla para merendar. Ojalá le hubiera hecho algún bizcocho, pensó en un repentino arrebato de aversión por sí misma. ¿Por qué no lo había hecho? Si lo hubiera hecho, o si Ed hubiera cogido a Janie en el aire dándole vueltas de alegría, quizá todo habría sido diferente.

—Cecilia.

Ambas mujeres levantaron la vista. Era John-Paul.

—Cecilia, quieren que firmemos unos formularios —se interrumpió al ver a Rachel.

—Hola, señora Crowley —saludó.

—Hola —contestó Rachel.

No podía moverse. Era como si estuviera anestesiada. Tenía ante sí al asesino de su hija. Un padre agotado, angustiado, de mediana edad, con los ojos enrojecidos y una sombra gris de barba sin afeitar. Era imposible. No tenía nada que ver con Janie. Era demasiado viejo. Demasiado adulto.

—Se lo he contado, John-Paul —dijo Cecilia.

John-Paul retrocedió, como si alguien hubiera querido pegarle.

Cerró un momento los ojos, luego los abrió y clavó la mirada en Rachel, con tal muestra de arrepentimiento en los ojos que a ella ya no le cupo ninguna duda.

—Pero ¿por qué? —dijo Rachel, impresionada de lo civilizada y normal que se oía a sí misma, hablando con el asesino de su hija a plena luz del día, entre montones de gente que pasaban sin hacerles caso, dando por supuesto que la suya era una conversación intrascendente más—. ¿Podrías explicarme por qué hiciste algo así? No era más que una chiquilla.

John Paul bajó la cabeza y se pasó ambas manos por el bonito pelo que tan respetable le hacía; cuando volvió a levantar la vista fue como si su rostro se hubiera hecho mil añicos.

—Fue un accidente, señora Crowley. Nunca quise hacerle daño, porque, verá, la amaba. —Se pasó el dorso de la mano por la nariz, en un gesto descuidado y sin tino, como haría cualquier borracho tirado en una esquina—. Yo entonces era un estúpido adolescente. Ella me dijo que estaba viendo a otro y luego se rio de mí. Lo siento mucho, pero esa es la única razón que tengo. Ya sé que no es ninguna razón. La quería y ella se rio de mí.

Cecilia apenas se fijaba en que la gente seguía pasando por el pasillo donde estaban sentadas. Iban deprisa, paseaban, gesticulaban, se reían, hablaban animadamente por los teléfonos móviles. Nadie se detenía a observar a la mujer de pelo blanco sentada con la espalda erguida en la silla de piel marrón, aferrada a los reposabrazos con manos nudosas, la mirada fija en el hombre de mediana edad que tenía delante con la cabeza baja en acto de profunda contrición, el cuello estirado y los hombros caídos. Nadie parecía captar nada extraordinario en sus cuerpos inmóviles, en su silencio. Se hallaban en su propia burbuja, separados del resto de la humanidad.

Cecilia notó el frescor y la suavidad de la piel de la silla bajo sus manos y de pronto exhaló aire de los pulmones.

—Tengo que volver con Polly —indicó, y se levantó tan rápido que casi perdió el equilibrio.

¿Cuánto tiempo había pasado? ¿Cuánto tiempo llevaban allí? Sintió una ola de pánico, como si hubiera abandonado a Polly. Miró a Rachel y pensó: *Ahora mismo no puedo ocuparme de ti.*

—Tengo que volver a hablar con el médico de Polly —explicó.

—Por supuesto que sí —dijo Rachel.

John-Paul extendió hacia Rachel las palmas de las manos, con las muñecas hacia arriba, como si estuviera esperando que lo esposara.

—Sé que no tengo ningún derecho a pedirle esto, Rachel, señora Crowley, no tengo ningún derecho a pedirle nada, pero, mire, ahora mismo Polly nos necesita a los dos, de manera que solo necesito tiempo...

—No voy a apartarte de tu hija —le interrumpió Rachel en tono cortante y airado, como si Cecilia y John-Paul fueran dos adolescentes que se hubieran portado mal—. Yo ya he... —Se interrumpió, tragó saliva y miró al techo para no vomitar. Los echó de su lado—. Marchaos. Volved con vuestra niña. Los dos.

CAPÍTULO CINCUENTA Y UNO

*E*ra ya entrada la noche del sábado de Pascua y Will y Tess seguían escondiendo huevos en el jardín trasero de su madre. Ambos llevaban sendas bolsas de diminutos huevos envueltos en papel de plata de vivos colores.

Cuando Liam era aún muy pequeño solían poner los huevos a la vista o esparcidos entre la hierba, pero, a medida que se había ido haciendo mayor, prefería el reto de una complicada búsqueda de huevos de Pascua, mientras Tess tarareaba la banda sonora de *Misión imposible* y Will calculaba el tiempo en un cronómetro.

—Me figuro que no podemos poner unos cuantos en el canalón. —Will levantó la vista al tejado—. Podíamos dejar una escalera a mano.

Tess esbozó la sonrisa educada que reservaba para conocidos o clientes.

—Supongo que no —dijo Will.

Suspiró y dejó cuidadosamente uno azul en la esquina del alféizar de una ventana que Liam tendría que ponerse de puntillas para alcanzar.

Tess quitó el envoltorio de un huevo y se lo comió. Lo último que Liam necesitaba era más chocolate. El dulzor le llenó la boca. También ella había comido demasiado chocolate esa semana, y si no se cuidaba acabaría con la talla de Felicity.

Ese inesperado pensamiento cruel se abrió paso en su cabeza, como la letra de una vieja canción, y se dio cuenta de que debía haberlo pensado muy a menudo. «La talla de Felicity» seguía siendo su definición de una gordura inaceptable, incluso ahora que Felicity tenía un cuerpo esbelto y fantástico, mejor que el suyo.

—¡No puedo creer que pensaras que podíamos vivir todos juntos! —explotó. Vio a Will prepararse para la que se le venía encima.

Esos arrebatos venían ocurriendo desde que finalmente apareció por casa de su madre el día anterior, pálido y visiblemente más delgado que la última vez que lo había visto. Tess tenía unos cambios de humor repentinos. Tan pronto se mostraba fría y sarcástica como histérica y llorosa. Era incapaz de controlarse.

Will se volvió hacia ella con la bolsa de huevos de chocolate en la mano.

—En realidad no pensaba eso —dijo.

—¡Pero lo dijiste! El lunes lo dijiste.

—Fue una idiotez. Lo siento —se disculpó—. Lo único que puedo hacer es seguir diciéndote que lo siento.

—Pareces un robot —arremetió Tess—. Ya no sabes ni lo que dices. Lo repites a ver si acabo callándome. —Y repitió como burlándose—: Lo siento. Lo siento. Lo siento.

—Es que es verdad —replicó Will cansado.

—Sshh —murmuró Tess, aunque no había levantado tanto la voz—. Vas a despertarles.

Liam y su madre estaban ya acostados. Sus habitaciones daban a la fachada principal de la casa y ambos dormían a pierna suelta. Seguramente no se despertarían aunque se pusieran a gritarse el uno al otro.

No había habido gritos. Todavía no. Solo aquellas conversaciones fugaces e inútiles que discurrían amargamente en una sola dirección.

Su encuentro del día anterior había sido surrealista al tiempo que ramplón, un exasperante choque de personalidades y emociones. Para empezar, estaba Liam, prácticamente fuera de sí por la emoción. Era como si se hubiera apercibido del peligro de perder a su padre y la seguridad de su pequeña estructurada vida. Ahora, el alivio por el regreso de Will se manifestaba con la típica excitación de un niño de seis años. Ponía voces tontas, se reía sin venir a cuento, quería pelear continuamente con su padre. Por otro lado, Will había quedado traumatizado al presenciar el accidente de Polly Fitzpatrick.

—Deberías haber visto la cara que se les puso a sus padres —decía una y otra vez a Tess en voz baja—. Imagina que hubiera sido Liam. Que hubiéramos sido nosotros.

La espantosa noticia del accidente de Polly debería haber puesto todo en perspectiva para Tess, y, en cierta forma, así fue. Si a Liam le hubiera sucedido algo semejante, entonces nada más habría tenido importancia. Pero, al mismo tiempo, era como si en ese momento sus propios sentimientos carecieran de relevancia, y eso la hacía ponerse agresiva y a la defensiva.

Era incapaz de encontrar las palabras adecuadas para expresar la enormidad y profundidad de sus emociones. *Me has hecho daño. Me has hecho daño de verdad. ¿Cómo has podido hacerme tanto daño?* Mentalmente lo tenía claro, pero resultaba extrañamente complejo cada vez que abría la boca.

—Ahora mismo te gustaría estar en un avión con Felicity —dijo Tess. Seguro. Lo sabía, porque ella también deseaba estar en ese momento en el piso de Connor—. Volando a París.

—No haces más que hablar de París —dijo Will—. ¿Por qué París? —Notó en su voz el deje habitual de Will, el Will que ella amaba. El Will que sacaba punta humorística a los sucesos de la vida cotidiana—. ¿Quieres ir a París?

—No —dijo Tess.

—A Liam le encantan los cruasanes.

—No.

—Solo que tendríamos que llevarnos el Vegemite.

—No quiero ir a París.

Cruzó el césped hasta el seto trasero y fue a esconder un huevo junto a un poste, pero cambió de idea, preocupada porque pudiera haber arañas.

—Mañana le cortaré el césped a tu madre —aseguró Will desde el jardín.

—Un chico de esta calle lo corta cada dos semanas —precisó Tess.

—Está bien.

—Ya sé que solo estás aquí por Liam —declaró.

—¿Qué?

—Ya me has oído.

Ya se lo había dicho antes, la noche pasada, en la cama, y otra vez hoy cuando salieron a dar un paseo. No dejaba de repetírselo para sus adentros. Actuaba como un bicho desquiciado e irracional, como si quisiera hacerle lamentar su decisión. ¿Por qué lo sacaba a colación? Ella estaba allí por la misma razón. Sabía que, si no fuera por Liam, en ese mismo momento estaría en la cama con Connor. No se habría molestado en intentar salvar su matrimonio. Se habría dedicado a algo nuevo, fresco y delicioso.

—Estoy aquí por Liam —dijo Will—. Y estoy aquí por ti. Liam y tú sois mi familia. Lo sois todo para mí.

—Pues si lo fuéramos todo para ti no te habrías enamorado de Felicity —dijo Tess.

Era muy fácil hacerse la víctima. Las acusaciones salían de su lengua con deliciosa e irresistible facilidad.

En cambio las palabras no saldrían con tanta facilidad si le contara lo que había estado haciendo con Connor mientras Felicity y él se resistían heroicamente a la tentación. Suponía que le haría daño y quería hacerle daño. La información era como un arma secreta oculta en el bolsillo, que ella sopesaba en la palma de la mano, acariciando su perfil, pensando en su potencia.

«No le hables de Connor», le había insistido su madre al oído, lo mismo que Felicity cuando la llevó aparte para hablar mientras el taxi se detenía en la puerta y Liam salía corriendo a recibirle. «Solo servirá para fastidiarle. No tiene sentido. La sinceridad está sobrevalorada. Hazme caso».

Hacerle caso. ¿Hablaba su madre por experiencia? Algún día se lo preguntaría. En aquel momento no tenía muchas ganas de saberlo ni de preocuparse por ello.

—En realidad no me he enamorado de Felicity —dijo Will.

—Lo hiciste —espetó Tess, si bien lo de «enamorado» le pareció de pronto juvenil y ridículo, como si Will y ella fueran demasiado mayores para emplear esas palabras. Cuando uno era joven hablaba de «enamorarse» con divertida solemnidad, como si fuera un acontecimiento memorable, aunque ¿qué era en realidad? Química. Hormonas. Una jugarreta de la mente. Ella podía haberse enamorado de Connor. Fácilmente. Enamorarse era fácil. Cualquiera podía enamorarse. Lo complicado era seguir.

Si se lo proponía, podía romper su matrimonio en ese momento; destrozar la vida de Liam con unas pocas palabras. «¿Sabes una cosa, Will? Yo también me he enamorado de otro. De manera que estamos igual. Lárgate con viento fresco».

Unas pocas palabras y cada uno por su lado.

Lo que no podía perdonar era la repugnante pureza de lo que había sucedido entre Will y Felicity. El amor no consumado era muy poderoso. Tess se había ido de Melbourne para que ellos pudieran vivir su aventura, maldita sea, y ni siquiera lo habían intentado. En cambio, era ella la única que guardaba un sórdido secreto.

—Creo que no puedo hacerlo —declaró en voz baja.

—¿Qué?

Will, que estaba acuclillado poniendo huevos en la rejilla del respaldo de una de las sillas de su madre, levantó la vista.

—Nada —dijo ella. «Creo que no puedo perdonarte».

Se acercó a la valla lateral colocando con cuidado huevos de trecho en trecho en las estacas ocultas por la yedra.

—Según Felicity, querías otro niño —soltó.

—Sí, bueno, tú ya lo sabías —dijo Will. Parecía agotado.

—¿Ha sido por lo guapa que se ha puesto Felicity? ¿Ha sido por eso?

—¿Eh? ¿Qué?

Tess estuvo a punto de reírse por la expresión de pánico de él. Pobre Will. Él, a quien tanto le gustaba que las conversaciones tuvieran un hilo coherente hasta en los días más normales. En cambio ahora no podía quejarse y decir como solía: «¡Sé razonable, mujer!».

—No había nada malo en nuestro matrimonio, ¿verdad? —preguntó ella—. No peleábamos. ¡Estábamos en mitad de la quinta temporada de Dexter! ¿Cómo ibas a romper conmigo en mitad de la quinta temporada?

Will sonrió con recelo y agarró la bolsa de huevos.

De pronto ella no podía dejar de hablar. Era como si estuviera borracha.

—¿Acaso no iba bien nuestra vida sexual? Yo creía que iba bien. Creía que era muy buena.

Recordó las yemas de los dedos de Connor bajando despacio y suavemente por su espalda y sintió un violento escalofrío. Will tenía el ceño fruncido como si alguien lo hubiera agarrado de las pelotas y fuera apretando, poco a poco al principio y después cada vez más fuerte. Ella no tardaría en hacerle morder el polvo.

—No peleábamos. O sí, pero eran peleas normales y corrientes. ¿Por qué peleábamos? Por el lavaplatos. Por mi forma de poner la sartén pegada a no sé qué. Tú creías que veníamos a Sydney demasiado a menudo. Pero eso entra dentro de lo normal, ¿no? Yo era feliz. Creía que ambos éramos felices. Debes de haber pensado que era una idiota. —Levantó brazos y piernas como si fuera un títere—. Aquí viene la tonta del bote de Tess, que no se entera de nada. ¡Oh, tra-la-la, estoy felizmente casada, sí, señor!

—No hagas eso, Tess. —Will echaba chispas por los ojos.

Ella lo dejó y se dio cuenta de que, además del chocolate, en la boca tenía un regusto salado. Pasó las manos con impaciencia por su rostro húmedo. No se había dado cuenta de que estaba llorando. Will dio un paso adelante como para consolarla y ella levantó las palmas de las manos para impedir que se acercara.

—Y ahora Felicity se ha ido. Nunca he estado más de dos semanas lejos de ella desde, Dios mío, desde que nacimos. Qué raro, ¿verdad? No me extraña que pensaras que podías tenernos a las dos. Éramos como hermanas siamesas.

Por eso estaba tan furiosa con él, por haber pensado que podrían vivir los tres juntos, porque no le pareciera totalmente absurdo, no para ellos. Comprendía por qué habían llegado a pensar que era posible y eso la ponía más furiosa todavía. ¿Cómo podía ser?

—Deberíamos terminar de esconder estos estúpidos huevos —dijo.

—Espera. ¿Podemos sentarnos un momento? —Señaló la mesa donde ella había estado ayer tomando panecillos de Pascua y enviando mensajes a Connor a la luz del sol, hacía un millón de años.

Tess se sentó, dejó la bolsa de huevos encima de la mesa y cruzó los brazos, escondiendo las manos bajo las axilas.

—¿Tienes mucho frío? —preguntó Will inquieto.

—No hace precisamente un tiempo templado y agradable —soltó Tess. Ya tenía los ojos secos—. Pero está bien. Adelante. Di lo que tengas que decir.

—Tienes razón —dijo Will—. Nuestro matrimonio no funcionaba nada mal. Yo era feliz con lo que teníamos. Con quien no era feliz era conmigo mismo.

—¿Cómo? ¿Por qué? —Tess levantó la barbilla.

Se sentía a la defensiva. Si él no era feliz, la culpa sería de ella. Por su forma de cocinar, su conversación, su cuerpo. Por no dar la talla por lo que fuera.

—Esto te va a parecer patético —siguió Will. Levantó la vista al cielo y respiró hondo—. Y sé que de ningún modo es una excusa. No lo pienses ni un segundo. Hace unos seis meses, después de cumplir los cuarenta, empecé a sentirme..., la única palabra que se me ocurre es «flojo». Quizá «desinflado» lo defina mejor.

—Desinflado —repitió Tess.

—¿Te acuerdas de todas las molestias que tuve en la rodilla? ¿Y luego en la espalda? Entonces pensé: *Dios, ¿es vida esto? ¿Médicos, pastillas, dolores y puñeteras bolsas de gel calientes? ¿Ya está? ¿Se acabó?* Pensaba en todo eso y luego un buen día..., vale, esto me da vergüenza. —Se mordió el labio antes de seguir—. Fui a cortarme el pelo y mi peluquero de siempre no estaba, y sin venir a cuento la chica que le sustituía me puso el espejo para que me viera la nuca. No sé por qué le dio por ahí. Te lo juro, por poco me caigo del sillón cuando me vi la calva. Creí que era la cabeza de otro. Parecía un puñetero fraile Tuck. No tenía ni idea.

Tess soltó una carcajada y Will sonrió compungido.

—Ya lo sé —dijo él—. Ya lo sé. Empecé a sentirme muy de... mediana edad.

—Eres de mediana edad —dijo Tess.

—Gracias. —Puso una mueca—. Ya lo sé. De todas formas, la sensación de flojera iba y venía. No era gran cosa. Esperaba que se me pasara. Y entonces... —Se calló.

—Y entonces Felicity —terminó Tess.

—Felicity —dijo Will—. Siempre me había preocupado por Felicity. Ya sabes cómo éramos juntos. Las bromas que nos gastábamos. Casi flirteando. Nunca nada serio. Y luego, cuando perdió peso, empecé a notar... vibraciones de ella. Supongo que me sentí halagado, aunque eso no significaba nada, porque se trataba de Felicity, no de una mujer cualquiera. Era seguro. No tuve la sensación de estar traicionándote. Era como si fueras tú. Y luego, inexplicablemente, se me fue de las manos y me encontré... —Se calló.

—Enamorado de ella —interrumpió Tess.

—No, en realidad no. No creo que fuera realmente amor. No era nada. En cuanto Liam y tú salisteis por la puerta supe que no era nada. Un estúpido deslumbramiento, un...

—Basta.

Tess levantó la palma de la mano para hacerle callar. No quería mentiras, aunque fueran mentiras piadosas o aunque él no supiera que fueran mentiras, aparte de que ella conservaba un curioso sentido de la lealtad hacia Felicity. ¿Cómo podía decir que no era nada cuando los sentimientos de Felicity habían sido tan reales e intensos y cuando él había estado dispuesto a sacrificarlo todo por ella? Will tenía razón. No era una mujer cualquiera. Era Felicity.

—¿Por qué nunca me dijiste que te sentías flojo? —preguntó ella.

—No lo sé. Porque era una idiotez. Deprimirse por ser calvo. Dios mío —se encogió de hombros. Ella no sabría decir si era por la luz, pero notó que estaba colorado—. Porque no quería perder tu respeto.

Tess puso las manos encima de la mesa y se las miró. Recordó que uno de los cometidos del trabajo publicitario era brindar al consumidor razones para sus compras irracionales. ¿Había reconsiderado Will su «asunto» con Felicity y pensado «por qué lo he hecho»? ¿Y luego se había montado aquella historia para él, vagamente basada en la realidad?

—Bueno, yo por mi parte padezco fobia social —dijo ella en plan confidencial.

—¿Cómo dices? —Will frunció el ceño, como si le hubieran propuesto un acertijo complicado.

—Me entra mucha ansiedad, más de la normal, con determinadas actividades sociales. No en todas. Solo en algunas. No es grave. Aunque a veces resulta insoportable.

Will presionó su frente con los dedos. Se le veía perplejo y casi temeroso.

—Bueno, sé que no te gustan las fiestas, pero ya sabes que tampoco yo soy muy aficionado a estar hablando de bobadas.

—Siento taquicardias con las reuniones de padres del colegio —confesó Tess, mirándole directamente a los ojos. Se sintió desnuda. Más desnuda de lo que nunca había estado con él.

—Pero si no vamos nunca a las reuniones del colegio.

—Ya lo sé. Por eso no vamos.

Will levantó las palmas de las manos.

—¡No tenemos por qué ir! Me trae sin cuidado si no vamos.

Tess sonrió.

—Pues a mí un poco sí. ¿Quién sabe? Puede ser divertido. Puede ser aburrido. No lo sé. Por eso te lo cuento. Me gustaría empezar a ser un poco más... abierta a la vida.

—No lo entiendo —dijo Will—. Ya sé que no eres extravertida, ¡pero sales a conseguir nuevos trabajos para nosotros! ¡A mí se me haría muy duro!

—Ya sé que lo hago —repuso Tess—. Pero voy muerta de miedo. Sin embargo, lo hago. Lo odio y también me encanta. Pero ojalá no perdiera tanto tiempo dándole vueltas.

—Pero...

—Hace poco he leído un artículo. Somos miles los que andamos por ahí con este pequeño secreto neurótico. La gente que menos te esperas, desde consejeros delegados capaces de efectuar grandes presentaciones hasta accionistas incapaces de mantener una conversación intrascendente en la fiesta de Navidad e incluso actores con una timidez enfermiza, pasando por médicos aterrorizados por mirar a los ojos. A mí me parecía que debía ocultárselo a todo el mundo y cuanto más lo escondía, más grande se hacía. Ayer se lo conté a Felicity y no le dio importancia. Me dijo: «Pasa del tema». La verdad es que fue extrañamente liberador oírselo decir. Como si por fin hubiera sacado una gran araña peluda de una caja y alguien hubiera dicho al mirarla: «Eso no es una araña».

—Yo sí quiero darle importancia —dijo Will—. Quiero aplastar a tu araña. Quiero matar a esa puñetera cosa.

Tess volvió a notar lágrimas.

—Yo tampoco quiero que vuelvas a sentirte desinflado.

Will alargó el brazo por encima de la mesa con la palma hacia arriba. Ella la miró un momento, pensándoselo, y luego dejó su mano en la de él. La súbita calidez de su mano, su cercanía y lejanía al mismo tiempo, el modo de envolver la suya, todo ello le recordó la primera vez que se vieron, cuando los presentaron en la recepción de la empresa donde trabajaba Tess y su habitual angustia al conocer gente nueva quedó aplastada por el poderoso atractivo de aquel hombre más bien bajo y alegre, cuyos sonrientes ojos dorados miraban directamente a los suyos.

Permanecieron sentados, cogidos de la mano, sin mirarse y Tess pensó en cómo había parpadeado Felicity cuando le preguntó si Will y ella habían venido cogidos de la mano en el avión de Melbourne. A punto estuvo de retirar la mano, pero entonces se acordó de cuando había salido del bar con Connor y su dedo pulgar le había acariciado la palma de la mano, e, inexplicablemente, pensó también en Cecilia Fitzpatrick sentada en ese mismo momento en la habitación de un hospital con su guapa hija pequeña Polly, y en Liam, tranquilo en el piso de arriba, con su pijama de franela azul, soñando con huevos de chocolate. Levantó la vista al cielo nocturno y tachonado de estrellas e imaginó a Felicity en un avión, en algún punto por encima de ellos, volando a un nuevo día, una estación y una vida diferentes, preguntándose cómo había llegado a aquella situación.

Había muchas decisiones que tomar. ¿Cómo iban a organizar su vida de ahora en adelante? ¿Se quedarían en Sydney? ¿Dejarían a Liam en el Santa Ángela? Imposible. Ella vería a Connor todos los días. ¿Y la empresa? ¿Sustituirían a Felicity? También parecía imposible. De hecho, todo parecía imposible. Insuperable.

¿Y si Will y Felicity estaban hechos el uno para el otro? ¿Y si Connor y ella estaban hechos el uno para el otro? Quizá no hubiera respuesta para semejantes preguntas. Quizás nada «estaba hecho» nunca para nada. Así era la vida y había que tomarla como venía, tratando de hacerlo lo mejor posible. Siendo un poco «flexible».

El sensor de la luz del porche trasero de su madre parpadeó y de pronto se quedaron sumidos en la oscuridad. Ninguno de los dos se movió.

CAPÍTULO CINCUENTA Y DOS

*Y*a estaba hecho.

Cecilia y John-Paul estaban sentados uno junto al otro observando cómo se agitaban y se calmaban, se agitaban y se calmaban los párpados cerrados de Polly, como si estuvieran siguiendo la pista a sus sueños.

Cecilia sostenía la mano izquierda de Polly; podía notar las lágrimas deslizarse por su cara hasta la barbilla, pero no hizo caso. Recordaba haber estado sentada con John-Paul en otro hospital en otra jornada otoñal, cuando, casi al alba, tras dos horas de intenso esfuerzo Cecilia dio a luz eficientemente, demasiado eficientemente, a su tercera hija. John-Paul y ella le habían contado los dedos de las manos y los pies, como habían hecho con Isabel y Esther, un ritual semejante al de abrir e inspeccionar un regalo maravilloso y mágico.

Ahora sus ojos no dejaban de mirar el espacio donde debería estar el brazo derecho de Polly. Era una anomalía, una rareza, una discrepancia óptica. A partir de ahora ya no sería su belleza lo que haría que la gente la mirara en los centros comerciales.

Cecilia dejó que las lágrimas cayeran sin cesar. Necesitaba llorar todo lo que llevaba dentro porque estaba decidida a que Polly no la viera verter una lágrima jamás. Estaba a punto de emprender una nueva vida, su vida como madre de una amputada. Por mucho que llorara, notaba que sus músculos se tensaban, preparados como los de una atleta a punto de comenzar una maratón. No tardaría en familiarizarse con el nuevo lenguaje de muñones, prótesis y Dios sabe qué más. Removería cielo y tierra y haría magdalenas y la compensaría con halagos hasta sonrojarse con tal de conseguir los mejores resultados para su hija. Nadie estaba mejor preparada que Cecilia para desempeñar ese papel.

Y Polly, ¿estaba preparada? Esa era la cuestión. ¿Estaba preparada alguna niña de seis años? ¿Tendría la fortaleza de carácter necesaria para vivir con ese tipo de lesión en un mundo que valoraba hasta tal punto el aspecto de una mujer? *Sigue siendo una belleza*, pensó Cecilia con furia, como si alguien lo hubiera negado.

—Es fuerte —le aseguró a John-Paul—. ¿Te acuerdas de aquel día en la piscina cuando quiso demostrar que podía nadar tan lejos como Esther?

Pensó en los brazos de Polly cortando el azul del agua clorada a la luz del sol.

—Dios mío. Nadar. —John-Paul se dobló y se llevó la mano al pecho como si fuera a sufrir un ataque al corazón.

—No te mueras encima de mí —espetó Cecilia muy seca.

Se llevó las bases de los pulgares a los párpados y se masajeó los ojos con movimientos circulares. Tenía un sabor salado en la boca después de tantas lágrimas, como si hubiera estado nadando en el mar.

—¿Por qué se lo has contado a Rachel? —preguntó John-Paul—. ¿Por qué ahora?

Apartó las manos de la cara y lo miró. Bajó la voz hasta dejarla en un susurro.

—Porque ella creía que a Janie la había matado Connor Whitby. Estaba intentando atropellar a Connor.

Contempló el rostro de John-Paul mientras su mente viajaba de A a B y finalmente a la horrenda responsabilidad de C.

Él se llevó el puño a la boca.

—Joder —soltó en voz baja a sus nudillos y empezó a balancearse de atrás adelante como un niño autista.

—Es culpa mía —murmuró a su mano—. Yo he permitido que sucediera esto. Oh, Dios, Cecilia. Debería haber confesado. Debería habérselo contado a Rachel Crowley.

—Cállate —susurró Cecilia—. Podría oírte Polly.

Él se levantó y se dirigió a la puerta de la habitación del hospital. Volvió y miró a Polly, con el rostro consumido por la desesperación. Apartó la mirada, tiró inútilmente del tejido de su camisa. Luego, de pronto, se puso en cuclillas, con la cabeza inclinada y las manos entrelazadas sobre la nuca.

Cecilia lo miró con frialdad. Recordó cómo había llorado el Viernes Santo por la mañana. El dolor y el arrepentimiento que sentía por lo que le había hecho a la hija de otra persona no era nada en comparación con el que sentía por su propia hija.

Apartó la vista de él y volvió a mirar a Polly. Se pueden hacer grandes esfuerzos por imaginar tragedias ajenas —ahogarse en aguas heladas, vivir en una ciudad dividida por un muro—, pero nada duele hasta que le sucede a uno personalmente. O, sobre todo, a un hijo.

—Levanta, John-Paul —ordenó sin mirarle ni apartar la vista de Polly.

Pensó en Isabel y Esther, que estaban en casa con sus padres, la madre de John-Paul y otros parientes. John-Paul y Cecilia habían dejado claro que todavía no querían visitas en el hospital, de manera que todo el mundo se había dado cita en la casa. Por el momento, Isabel y Esther estaban entreteni-das, aunque, cuando sucede algo semejante en una familia, se suele descuidar a los demás hermanos. Tendría que dar con la forma de ser madre de las tres en la nueva situación. Adiós, asociación de padres y madres. Adiós, Tupperware.

Volvió a mirar a John-Paul, que seguía agachado en el suelo, como protegiéndose de la explosión de una bomba.

—Levanta —repitió—. No puedes venirte abajo. Polly te necesita. Todos te necesitamos.

John-Paul retiró las manos de la nuca y levantó la vista con los ojos enrojecidos.

—Pero no voy a estar aquí con vosotras —pronunció—. Rachel se lo contará a la policía.

—Quizá —dijo Cecilia—. Quizá lo haga. Pero no lo creo. No creo que Rachel vaya a apartarte de tu familia. —No con-taba con ninguna prueba de ello, salvo que inexplicablemente tenía la sensación de que era verdad—. Por lo menos, no de momento.

—Pero...

—Creo que ya lo hemos pagado —añadió Cecilia en voz baja, señalando a Polly con amargura—. Mira cómo lo hemos pagado.

CAPÍTULO CINCUENTA Y TRES

*R*achel estaba sentada delante de la televisión, mirando el colorido e hipnótico parpadeo de imágenes y rostros. Si alguien hubiera apagado la televisión y le hubiera preguntado qué estaba viendo, no habría sabido contestar.

Podía descolgar el teléfono en cualquier momento y hacer que detuvieran a John-Paul Fitzpatrick por asesinato. Podía hacerlo ya mismo, dentro de una hora o por la mañana. Podía esperar a que Polly volviera del hospital a casa o podía esperar unos meses. Seis meses. Un año. Concederle un año con su padre y luego quitárselo. Podía esperar hasta que el accidente estuviera lo suficientemente lejano en el tiempo como para ser un recuerdo. Podía esperar a que las hijas de los Fitzpatrick fueran un poco mayores, a que se sacaran el carné de conducir, a que no necesitaran a su padre.

Era como disponer de un arma cargada, junto con el permiso de disparar en cualquier momento al asesino de Janie. Si Ed hubiera estado vivo, ya habría apretado el gatillo. Ya habría llamado hace horas a la policía.

Pensó en las manos de John-Paul en el cuello de Janie y sintió en el pecho el acceso de ira que le era tan familiar. *Mi niña.*

Pensó en la otra niña. El reluciente casco rosa. *Frenazo. Frenazo. Frenazo.*

Si contaba a la policía la confesión de John-Paul, ¿darían también los Fitzpatrick testimonio de la suya? ¿La detendrían por intento de asesinato? No había matado a Connor por pura casualidad. ¿Era su pie en el acelerador un pecado equiparable a las manos de él en el cuello de Janie? Pero lo que le había sucedido a Polly era un accidente. Eso lo sabía todo el mundo. Había ido derecha con la bici contra el coche de Rachel. Debería haber sido Connor. ¿Y si Connor hubiera muerto esa noche? Su familia recibiría una llamada telefónica, esa llamada que significaba que para el resto de tu vida ya no volverías a oír el timbre del teléfono o el de la puerta sin sentir un escalofrío de temor.

Connor estaba vivo. Polly estaba viva. Janie era la única que estaba muerta.

¿Y si había hecho daño a alguien más? Recordó su rostro en el hospital, consumido de preocupación por el cuerpo destrozado de su hija. «Se rio de mí, señora Crowley». ¿Que se rio de ti? Bastardo estúpido y egoísta. ¿Y eso fue motivo suficiente para matarla? Para quitarle la vida. Para quitarle todos los días que podría haber vivido, la graduación que nunca obtuvo, los países que nunca visitó, el marido con el que nunca se casó, los hijos que nunca tuvo. Rachel sintió un escalofrío tan fuerte que notó el entrechocar de los dientes.

Se levantó. Se dirigió al teléfono y descolgó el auricular. El pulgar revoloteó sobre las teclas. Recordó cómo había enseñado a Janie a llamar a la policía en caso de emergencia. Entonces todavía tenían el viejo teléfono verde con el dial de disco. Dejaba que Janie practicara marcando los números y luego colgaba antes de que sonara. Janie había querido llevar a cabo la representación hasta el final. Había hecho que Rob se tumbara en el suelo de la cocina mientras ella gritaba por teléfono: «¡Necesito una ambulancia! ¡Mi hermano no respira!». «Deja de respirar», había ordenado a Rob. «Rob, te veo respirar». Rob por poco se ahogó tratando de complacerla.

La pequeña Polly Fitzpatrick ya no tendría su mano derecha. ¿Sería diestra? Probablemente. La mayoría de la gente es diestra. Janie había sido zurda. Una de las monjas había intentado hacer que escribiera con la derecha y Ed había ido al colegio a protestar: «Hermana, con el debido respeto, ¿quién cree que la ha hecho zurda? ¡Ha sido Dios! Conque déjela así».

Rachel pulsó una tecla.

—Dígame —contestaron mucho más pronto de lo que esperaba.

—Lauren —dijo Rachel.

—Rachel. Rob está saliendo ahora mismo de la ducha —aclaró Lauren—. ¿Va todo bien?

—Ya sé que es tarde —dijo Rachel, que ni siquiera había mirado la hora—. Y sé que no debería pediros esto, después de todo el tiempo que pasasteis conmigo ayer, pero me preguntaba si podría quedarme a dormir en vuestra casa esta noche. Solo esta noche. Por alguna razón, no sé por qué, soy incapaz de...

—Claro que sí —respondió Lauren y de repente gritó—: ¡Rob! —Rachel oyó el murmullo grave de la voz de Rob de fondo y a Lauren decir—: Ve a recoger a tu madre.

Pobre Rob, tratado como un pelele, habría dicho su padre.

—No, no —dijo Rachel—. Déjalo. Acaba de salir de la ducha. Ya voy yo.

—De eso nada —insistió Lauren—. Ya va de camino. ¡No estaba haciendo nada! Te prepararé el sofá-cama. ¡Es sorprendentemente cómodo! A Jacob le encantará verte mañana cuando se despierte. Ya me imagino su cara.

—Gracias —respondió Rachel. Sintió inmediatamente calor y sueño, como si alguien le hubiera echado una manta por encima—. ¿Lauren? —dijo antes de colgar—. No tendrás más *macarons*, ¿verdad? Como los que me compraste el lunes por la noche. Estaban divinos. Absolutamente divinos.

Siguió una pausa muy breve.

—Pues sí —asintió Lauren con un cierto temblor en la voz—. Podemos tomárnoslos con una taza de té.

DOMINGO DE PASCUA

CAPÍTULO CINCUENTA Y CUATRO

Tess se despertó con el sonido de una intensa lluvia. Todavía estaba oscuro y se figuró que serían alrededor de las cinco de la mañana. Will estaba a su lado, tumbado de costado, cara a la pared y roncando débilmente. Su forma, su olor y su tacto eran tan normales y cotidianos que los acontecimientos de la semana pasada parecían inconcebibles.

Podía haber hecho que Will durmiera en el sofá de su madre, pero entonces habría tenido que hacer frente a las preguntas de Liam. Ya había notado que las cosas no eran del todo normales. En la cena de la noche anterior, Tess había advertido cómo les miraba alternativamente a Will y a ella, pendiente de lo que hablaban. Su carita de preocupación le rompía el corazón y la ponía tan furiosa con Will que no podía ni mirarlo.

Se apartó ligeramente del cuerpo de Will, para que no hubiera contacto. Menos mal que tenía su propio secreto de culpabilidad. La ayudaba a volver a respirar con normalidad durante sus repentinos accesos de ira. Él había sido injusto con ella. Ella le había devuelto la injusticia.

¿Habrían padecido ambos una forma de enajenación mental transitoria? Al fin y al cabo, era una eximente en el asesinato, ¿por qué no en las parejas casadas? El matrimonio era una forma de enajenación, el amor revoloteaba permanentemente al borde de los disgustos.

En ese momento, Connor estaría dormido en su ordenado piso con olor a ajo y detergente de lavadora, centrado en dar el paso de olvidarla por segunda vez. ¿Estaría maldiciéndose por haberse vuelto a enamorar de aquella endemoniada mujer de corazón de hielo? ¿Por qué le gustaba tanto verse a sí misma como la protagonista de una canción country? Seguramente, para suavizar e intentar convencerse de que su comportamiento había sido tierno y melancólico en vez de sucio. Tenía la impresión de que a Connor le gustaba la música country, aunque bien podría estar imaginándoselo, confundiéndolo con otro exnovio. En realidad, casi no le conocía.

Will no podía soportar la música country.

Por eso había sido tan bueno el sexo con Connor, porque eran esencialmente extraños. Era su «otro yo» el que hizo que todo: cuerpo, personalidad, sentimientos, parecieran tener contornos más nítidos. No era lógico, pero cuanto más se conocía a alguien, más borroso se hacía. La acumulación de datos los hacía desaparecer. Era más interesante preguntarse si a alguien le gustaba o no la música country que enterarse de un modo u otro.

Will y ella deberían haber hecho el amor, pongamos, ¿unas mil veces? Eso como mínimo. Se puso a calcularlo, pero estaba demasiado cansada. La lluvia arreció, como si alguien hubiera subido el volumen. Liam tendría que buscar los huevos de Pascua con paraguas y botas de agua. Seguramente habría llovido otros domingos de Pascua a lo largo de su vida, pero todos sus recuerdos eran de días soleados y cielos diáfanos, como si aquel fuera el primer Domingo de Pascua triste y lluvioso de su vida.

A Liam la lluvia le traería sin cuidado. Probablemente le encantaría. Will y ella se mirarían y se echarían a reír, y luego apartarían la mirada otra vez, deprisa, y ambos pensarían en Felicity y en lo raro que se hacía que no estuviera. ¿Podrían con ello? ¿Podrían hacer que funcionara por un precioso niño de seis años?

Cerró los ojos y se puso de costado, dando la espalda a Will.

Va a tener razón mi madre, pensó vagamente. *Todo es cuestión de egos.* Sintió que estaba empezando a comprender algo importante. Podían enamorarse de otra persona o tener el valor y la humildad de despojarse de alguna capa esencial de sí mismos y mostrarse el uno al otro en un nivel totalmente nuevo de «su otro yo», un nivel más profundo que saber el tipo de música que les gustaba. Le pareció que todo el mundo tenía demasiado orgullo autoprotector para desnudar sinceramente sus almas ante sus parejas de toda la vida. Era más fácil fingir que no quedaba nada nuevo por conocer, caer en una cómoda camaradería. Resultaba casi violento intimar sinceramente con el cónyuge: ¿cómo se podía ver resplandecer a alguien y, al instante siguiente, compartir con él tu pasión más honda o el peor de tus temores? Era más fácil hablar de esto antes que tener que usar el cuarto de baño simultáneamente, abrir una cuenta corriente conjunta y discutir por cómo poner el lavaplatos. Pero, después de lo ocurrido, Will y ella no tenían elección, de lo contrario se odiarían mutuamente por lo que estaban sacrificando por Liam.

Quizá hubieran empezado a acercarse cuando la noche pasada se contaron sus temores sobre la calvicie y las reuniones de padres del colegio. Le inspiró tanta ternura como hilaridad pensar en Will boquiabierto cuando la peluquera le puso el espejo para que se viera la nuca.

La brújula que le había regalado su padre estaba en la mesilla. Se preguntó qué les habría sucedido a sus padres si hubieran decidido permanecer juntos por ella. ¿Podrían haberlo conseguido si se lo hubieran propuesto de veras, por amor a ella? Probablemente no. Pero estaba convencida de que en ese momento la felicidad de Liam era la razón más poderosa del mundo para Will y ella.

Se acordó de que Will había dicho que quería aplastar a la araña. Quería matarla.

Quizá no estuviera allí solo por Liam.

Quizá ella tampoco.

El viento aullaba y el cristal de la ventana de su habitación vibró. La temperatura ambiente pareció caer en picado y Tess sintió de pronto mucho frío. Gracias a Dios, Liam llevaba un pijama gordo y ella le había echado otra manta más, para no tener que levantarse con ese frío e ir a ver cómo estaba. Se giró hacia Will y se apretó contra su espalda. El calor fue un alivio exquisito y notó que se iba quedando dormida, pero al mismo tiempo le besó en la nuca, accidentalmente, por un acto reflejo. Notó que Will se ponía tenso y le acariciaba la cadera y, sin mediar decisión ni pregunta de ninguna clase, hicieron el amor. Un amor tranquilo, soñoliento, conyugal, y cada movimiento fue dulce, sencillo y familiar, salvo que ellos no solían gritar habitualmente.

CAPÍTULO CINCUENTA Y CINCO

*A*buela! ¡Abuela!

Rachel regresó lentamente de un profundo sueño sin sueños. Era la primera vez en muchos años que había dormido sin la luz encendida. La habitación de Jacob tenía unas gruesas cortinas oscuras, como en los hoteles, y Rachel se había quedado dormida prácticamente al momento en el sofá-cama extendido junto a su cuna. Lauren tenía razón: el sofá-cama era sorprendentemente cómodo. No podía recordar la última vez que había dormido tan profundamente. Le parecía una habilidad del pasado que había dado por perdida para siempre, como volcar una carretilla.

—Hola —saludó.

Apenas podía distinguir el bulto del pequeño cuerpo de Jacob junto a su cama. Tenía la cara a su altura y sus ojos brillaban en la penumbra.

—¡Estás aquí! —exclamó con asombro.

—Ya lo sé.

Ella también estaba asombrada. Lauren y Rob le habían dicho muchas veces que se quedara a dormir y ella siempre se había negado rotundamente, como si tuviera alguna objeción religiosa a esa idea.

—Llueve —anunció solemnemente Jacob, y ella captó el ruido de una lluvia intensa y constante.

No había reloj en la habitación, pero debían de ser las seis de la mañana, demasiado temprano para iniciar la jornada. Recordó con cierto abatimiento que había dicho que iría a la comida de Pascua en casa de la familia de Lauren. Quizá fingiera una indisposición. Al fin y al cabo, se había quedado a dormir, ya estarían hartos de ella a la hora de comer, y ella harta de ellos.

—¿Quieres meterte en mi cama? —preguntó a Jacob.

Jacob se rio de satisfacción, como si fuera una abuela loca, y se aupó él mismo a la cama. Saltó encima de ella y hundió la cara en su cuello. Su pequeño cuerpo era cálido y pesado. Ella puso los labios en la sedosa piel de sus mejillas.

—Me pregunto si... —Pero se calló antes de decir: *Me pregunto si ha venido el Conejo de Pascua.*

Él habría saltado de la cama y habría recorrido la casa en busca de huevos, despertando a Rob y a Lauren, y Rachel habría quedado como la suegra invitada y molesta que había recordado al niño que era Pascua.

—Me pregunto si deberíamos volver a dormirnos —fue lo que dijo, sabedora de que seguramente ni él ni ella podrían.

—No —dijo él.

Rachel notó el suave cosquilleo de sus pestañas en el cuello.

—¿Sabes lo mucho que voy a echarte de menos cuando estés en Nueva York? —le susurró al oído.

Eso a él no le decía nada, por supuesto. Hizo caso omiso de la pregunta y se puso en una postura más cómoda.

—Abuela —dijo con voz alegre.

—Uf —soltó ella al sentir un rodillazo en el estómago.

La lluvia arreció y en la habitación hizo más frío de repente. Remetió las mantas, abrazó más estrechamente a Jacob y le cantó al oído: «Llueve, llueve a cántaros, el viejo ronca, se dio en la cabeza al acostarse y por la mañana no pudo levantarse».

—Otra vez —pidió Jacob.

Repitió la canción.

La pequeña Polly Fitzpatrick estaba despertando esa mañana con un cuerpo que no volvería a ser el mismo por lo que había hecho Rachel. A John-Paul y Cecilia aquello les parecería atroz. Estarían horrorizados unos meses, hasta que comprendieran, como había hecho Rachel, que había ocurrido lo impensable, pero que el mundo seguía girando, la gente hablando del tiempo, que siempre habría embotellamientos de tráfico, facturas de la luz, escándalos de famosos e intrigas políticas.

En un momento dado, una vez Polly estuviera en casa de vuelta del hospital, Rachel pediría a John-Paul que fuera a verla y le contara los últimos momentos de Janie. Podía imaginar exactamente cómo sería. Su rostro crispado y asustado cuando ella le abriera la puerta. Haría al asesino de su hija una taza de té, lo sentaría a la mesa de la cocina y hablarían. No le concedería la absolución, pero le haría té. Jamás le perdonaría, pero quizá nunca le denunciaría ni le pediría que se entregara. Y, cuando se marchara, se sentaría en el sofá a lamentarse y dar alaridos sin parar. Por última vez. Nunca dejaba de llorar por Janie, pero sería la última vez que lloraría así.

Luego se haría otro té y decidiría. Tomaría la decisión final sobre lo que había que hacer, el precio que había que pagar o si, de hecho, ya estaba pagado.

«... se dio en la cabeza al acostarse y por la mañana no pudo levantarse».

Jacob se había dormido. Cambió de postura y lo movió para que pusiera la cabeza en la almohada. El martes le diría a Trudy que se jubilaba del Santa Ángela. No podía volver al colegio y correr el riesgo de ver a la pequeña Polly Fitzpatrick o a su padre. Era imposible. Era hora de vender la casa, de vender los recuerdos, de vender el dolor.

Sus pensamientos se centraron en Connor Whitby. ¿Hubo un momento en que sus ojos se cruzaron con los de ella mientras atravesaba la calzada a la carrera? ¿Un momento en el que se dio cuenta de su intención de asesinarle y escapó por los pelos? Era el chico que Janie había elegido en vez de John-Paul Fitzpatrick. *Elegiste al chico equivocado, cariño.* Si hubieras elegido a John-Paul, habrías vivido.

Se preguntó si Janie había amado de verdad a Connor. ¿Era Connor el yerno que Rachel debió tener en la fantástica vida paralela que nunca llegó a vivir? Por tanto, ¿debía tener algún detalle con Connor en homenaje a Janie? ¿Invitarlo a cenar? Se estremeció de pensarlo. En absoluto. No podía suprimir sus sentimientos como si cerrara un grifo. Todavía seguía viendo la furia en el rostro de Connor en aquel vídeo y la forma en que Janie se había zafado de él. Sabía, al menos intelectualmente, que no era más que un adolescente desesperado por una respuesta directa de otra adolescente, pero eso no significaba que lo perdonara.

Pensó en cómo había sonreído Connor a Janie en el vídeo antes de perder los estribos. Una sonrisa auténticamente enamorada. Se acordó también de la foto en el álbum de Janie, aquella en la que Connor reía con ganas de algo que había dicho Janie.

Quizá algún día le enviaría a Connor Whitby una copia de aquella foto, con una tarjeta: *Pensé que te gustaría tenerla.* Una sutil disculpa por la forma en que lo había tratado durante años y, oh, sí, por haber intentado matarlo. No nos olvidemos. Hizo una mueca en la penumbra, volvió la cabeza y besó a Jacob en la nuca para consolarse.

Mañana iré a la oficina de correos a por una solicitud de pasaporte. Los visitaré en Nueva York. Quizá haga incluso uno de esos malditos cruceros por Alaska. Marla y Mac pueden venir conmigo. No les importa el frío.

Vuelve a dormir, mamá, dijo Janie. Rachel pudo verla claramente por un momento. La mujer de mediana edad que habría llegado a ser, muy segura de sí misma y de su lugar en el mundo, mandona y cariñosa, condescendiente e impaciente con su vieja y querida madre, ayudándola a sacarse el primer pasaporte de su vida.

No puedo dormir, dijo Rachel.

Sí que puedes, repuso Janie.

Rachel se durmió.

CAPÍTULO CINCUENTA Y SEIS

*L*a demolición oficial del Muro de Berlín se llevó a cabo con tanta eficiencia como su construcción. El 22 de junio de 1990 se desmanteló el Checkpoint Charlie, el famoso puesto fronterizo símbolo de la Guerra Fría, en una ceremonia extrañamente prosaica. Una grúa gigantesca levantó la famosa caseta metálica beis bajo la mirada de ministros y otros dignatarios extranjeros sentados en filas de sillas de plástico.

El mismo día, en el otro hemisferio, Cecilia Bell, recién llegada de su viaje por Europa con su amiga Sarah Sacks y en un estado de extraordinaria predisposición a tener novio y una vida convenientemente estructurada, acudió a una fiesta de inauguración de una casa en una concurrida vivienda de dos habitaciones en Lane Cove.

—Probablemente conozcas a John-Paul Fitzpatrick, ¿verdad, Cecilia? —gritó la anfitriona sobre el zumbido de la música.

—Hola —saludó John-Paul.

Cecilia le estrechó la mano, lo miró a los ojos serios y sonrió como si acabaran de concederle la libertad.

—Mamá.

Cecilia se despertó con un sobresalto como si se hubiera estado ahogando. Notó la boca seca y vacía. Debía de haber estado dormida con la cabeza contra la silla de al lado de la cama de Polly y la boca abierta. John-Paul había ido a casa para estar con las niñas y recoger ropa limpia para ellos dos. A lo largo de la mañana, cuando Cecilia le avisara, llevaría de visita a Isabel y Esther.

—Polly —dijo angustiada. Había estado soñando con el pequeño Spiderman, solo que era Polly.

«Vigile su lenguaje corporal», le había dicho la noche pasada la trabajadora social. «Los niños lo interpretan mucho mejor de lo que uno imagina». El tono de voz. La expresión del rostro. Los gestos.

Sí, gracias, ya sé lo que es el lenguaje corporal, había pensado Cecilia. La trabajadora social llevaba el pelo recogido por unas enormes gafas de sol, como si estuviera en una fiesta en la playa y no en un hospital a las seis de la tarde, hablando a unos padres en medio de su peor pesadilla. Cecilia no pudo perdonarle la frivolidad de las malditas gafas de sol.

Por supuesto, si alguien no lo sabe, Viernes Santo es el peor momento para que tu hijo sufra una lesión traumática. Buena parte del personal libraba por las vacaciones de Pascua, de manera que Cecilia tardó varios días en ver a todos los miembros del «equipo de rehabilitación» de Polly, que comprendía: fisioterapeuta, terapeuta ocupacional, psicóloga y especialista en prótesis. Era un horror a la vez que un consuelo saber que para todo aquello ya había protocolos establecidos, con documentos informativos y «consejos importantes», y que recorrerían un camino en el que les habían precedido muchos otros padres. Cada vez que alguien le hablaba a Cecilia con rutinaria autoridad de lo que se les venía encima, había un momento en que perdía el hilo de lo que le estuvieran diciendo porque, de repente, se quedaba paralizada de espanto. En el hospital no había nadie suficientemente sorprendido de lo que le pasaba a Polly. Ninguna enfermera ni médico tomaba a Cecilia del brazo y le decía: «Dios mío, no me lo puedo creer. No me lo puedo creer». Sería desconcertante que lo hicieran, pero, de alguna forma, también lo era que no lo hicieran.

Por eso era tan reconfortante escuchar la cantidad de mensajes de familiares y amigos por el teléfono móvil; a su hermana Bridget decir incoherencias por el atroz suceso; a Mahalia, normalmente imperturbable, con la voz velada por la emoción; a la directora del colegio, la querida Trudy Applebee, romper a llorar, pedir disculpas y luego volver a llamar y hacer lo mismo. (Su madre había dicho que las madres del colegio habían enviado no menos de catorce estofados. Estaba recibiendo de vuelta tantos estofados como ella había hecho todos aquellos años).

—Mamá —volvió a murmurar Polly, con los ojos aún cerrados.

Parecía estar hablando en sueños. Temblaba y movía la cabeza para los lados, como si estuviera agitada por el dolor o el miedo. Cecilia fue a pulsar el botón de llamada a la enfermera, pero entonces el rostro de Polly se apaciguó.

Cecilia resopló. No se había dado cuenta de que estaba conteniendo la respiración. Últimamente le pasaba a menudo. Tenía que acordarse de respirar.

Volvió a sentarse en la silla y se preguntó qué tal le iría a John-Paul con las niñas y, sin previo aviso, le acometió un acceso de odio tan virulento como no había sentido en toda su vida. Lo odió por lo que le había hecho a Janie Crowley muchos años atrás. Era el responsable de que Rachel Crowley hubiera pisado el acelerador. El odio se extendió por todo su cuerpo como un veneno fulminante. Quiso patearlo, aporrearlo, matarlo. Santo Dios. No podía soportar estar en la misma habitación que él. Respiró con normalidad y miró desesperadamente alrededor en busca de algo que romper o golpear. *No es el momento*, dijo para sus adentros. *A Polly no le servirá de nada.*

Recordó que él se había echado la culpa. Pensar que él sufría le proporcionó cierto alivio. El odio disminuyó poco a poco a niveles tolerables. Pero sabía que volvería a subir, que, mientras Polly sufriera en cada nueva etapa, Cecilia buscaría alguien que no fuera ella a quien culpar. Esa era la raíz del odio. El conocimiento de su propia responsabilidad. La decisión de sacrificar a Rachel Crowley por su familia la había llevado a ese momento en aquella habitación de hospital.

Sabía que su matrimonio estaba tocado en la línea de flotación, pero también sabía que los dos seguirían renqueando juntos por Polly, como soldados heridos. Aprendería a vivir con las oleadas de odio. Sería su secreto. Su odioso secreto. Y, cuando pasaran las oleadas, seguiría habiendo amor. Era un sentimiento totalmente diferente de la sencilla y limpia adoración que había experimentado de joven como novia, al recorrer el pasillo del brazo de aquel hombre serio y guapo. Sabía que, por mucho que lo odiara por lo que había hecho, siempre seguiría amándolo. Seguiría allí, como una recóndita veta de oro en el corazón. Siempre estaría ahí.

«Piensa en otra cosa». Sacó el iPhone y se puso a hacer una lista. La comida del Domingo de Pascua se había cancelado, pero la fiesta del séptimo cumpleaños de Polly iba a celebrarse. ¿Podía celebrarse una fiesta de piratas en un hospital? Claro que sí. Sería la fiesta más maravillosa y mágica de todas. Haría que las enfermeras llevaran un parche en el ojo.

—¿Mamá? —Polly abrió los ojos.

—Hola, princesa Polly —dijo Cecilia; esta vez estaba preparada, como una actriz a punto de salir a escena—. Adivina quién ha dejado algo para ti esta noche. —Sacó un huevo de Pascua de debajo de la almohada de Polly. Envuelto en papel

EPÍLOGO

En nuestra vida hay muchos secretos que nunca conoceremos.

Rachel Crowley nunca sabrá que su marido no se encontraba, como él decía, visitando clientes en Adelaide el día que mataron a Janie. Estaba en una cancha de tenis, participando en un curso intensivo de tenis, con la esperanza de aprender lo suficiente como para romper el servicio del puñetero Toby Murphy. Ed nunca se lo había dicho antes a Rachel porque le daban vergüenza los motivos (había visto cómo miraba Toby a su mujer y cómo le devolvía la mirada Rachel), y después ya no lo hizo porque le daba apuro y se echaba la culpa, aunque era ilógico, por no haber estado allí con Janie. No volvió a tocar la raqueta jamás y se llevó ese absurdo secreto a la tumba.

A propósito de tenis, Polly Fitzpatrick no sabrá nunca que, si no hubiera ido derecha con la bici contra el coche de Rachel Crowley aquel día, habría recibido una raqueta de tenis de su tía Bridget por su séptimo cumpleaños. Dos semanas más tarde habría dado su primera clase de tenis y, a los veinte minutos, su profesora habría ido a ver a su jefa en la pista de al lado y le habría dicho: «Ven a ver el toque de pelota de esta niña», y empuñar la raqueta habría cambiado su futuro tan deprisa como lo había cambiado empuñar el manillar de la bici para seguir al señor Whitby.

Polly tampoco sabrá nunca que el señor Whitby sí la oyó llamarlo aquel fatídico Viernes Santo, pero se hizo el sordo porque estaba deseando volver a casa y meter en un armario su ridícula cometa en forma de pez, junto con sus igualmente ridículas esperanzas de disfrutar de otra oportunidad de mantener una relación con su maldita exnovia Tess O'Leary. La agobiante culpa de Connor con respecto al accidente de Polly servirá para que la hija de su terapeuta vaya a 9º curso en un colegio privado y solo comenzará a remitir cuando al levantar la vista se encuentre con la mirada de la bella mujer propietaria del restaurante indio donde toma curry tras la terapia.

Tess O'Leary no sabrá nunca con certeza si su marido Will es o no el padre biológico de su segundo hijo, resultado de un embarazo accidental durante una extraña semana de abril en Sydney. La píldora solo funciona cuando se toma y ella se había dejado la caja en Melbourne al volar a Sydney. No mencionará jamás esa posibilidad, si bien, cuando la adorada hija adolescente de Tess diga un año en la comida de Navidad que ha decidido ser profesora de Educación Física, su abuela se atragantará con un bocado de pavo y la prima de su madre verterá el champán encima de su guapo marido francés.

John-Paul Fitzpatrick no sabrá nunca que, si Janie hubiera recordado su cita con la doctora aquel día de 1984, esta le habría escuchado describir sus síntomas y, tras haber observado su cuerpo inusualmente alto y flaco, habría aventurado un primer diagnóstico de una enfermedad denominada síndrome de Marfan: un trastorno genético incurable de los tejidos conjuntivos, que se supone también debió de padecer Abraham

Lincoln, consistente en extremidades alargadas, dedos largos y finos y complicaciones cardiovasculares. Los síntomas comprenden fatiga, dificultad respiratoria, arritmias cardiacas y manos y pies fríos por mala circulación; todos ellos los tenía Janie el día en que murió. Es una enfermedad hereditaria, padecida probablemente también por su tía Petra, fallecida a los veinte años. El médico de cabecera, que, gracias a una madre autoritaria, había llegado a convertirse en un médico excelente, habría telefoneado para solicitar una cita urgente para Janie en el hospital, donde los ultrasonidos habrían confirmado sus sospechas y salvado la vida de la chica.

John-Paul no sabrá nunca que fue un aneurisma en la aorta lo que mató a Janie y no una asfixia traumática y que, si el patólogo forense que había hecho la autopsia a Janie no hubiera estado debilitado aquel día por la gripe, no habría accedido tan fácilmente a la petición de una autopsia limitada por parte de la familia Crowley. Cualquier otro forense habría hecho una autopsia completa y habría visto la prueba, tan clara como el agua, de una ruptura de la aorta como causa indiscutible de la muerte de Janie.

Si hubiera sido otra chica en vez de Janie la que hubiera estado en el parque aquel día, se habría tambaleado, intentando respirar, al darse cuenta John-Paul de lo que estaba haciendo —antes de los siete a catorce segundos de media que un hombre tarda en estrangular a una mujer—, y retirar sus manos. Habría salido corriendo, llorosa y sin hacer caso de las disculpas que le pedía él a gritos. Otra chica habría denunciado a John-Paul a la policía, que lo habría detenido bajo la acusación de agresión sexual llevando de rebote su vida por derroteros bien diferentes.

John-Paul no sabrá nunca que, si Janie hubiera acudido esa tarde a la cita con la doctora, le habrían intervenido quirúrgicamente esa misma noche y, mientras su corazón se recuperaba, habría telefoneado a John-Paul y le habría partido el corazón por teléfono. Se habría casado demasiado joven con Connor Whitby y se habría divorciado de él diez días después de su segundo aniversario de boda.

Menos de seis meses más tarde, Janie se habría topado con John-Paul Fitzpatrick en la fiesta de inauguración de una casa en Lane Cove, momentos antes de que Cecilia Bell entrara por la puerta.

Ninguno de nosotros sabe los posibles derroteros que nuestras vidas podrían, y quizá deberían, haber tomado. Probablemente esté bien así. Hay secretos que deben permanecer ocultos para siempre. Si no, preguntad a Pandora.

AGRADECIMIENTOS

*M*uchas gracias a la gente de Pan MacMillan por prestarme su maravilloso apoyo y su talento, en particular Cate Paterson, Samantha Sainsbury, Alexandra Nahlous, Julia Stiles y Charlotte Ree.

Gracias asimismo a mis editoras internacionales (procuro hablar con vosotras lo más a menudo posible): Amy Einhorn y Elizabeth Stein, de Amy Einhorn Books, en Estados Unidos; Samantha Humphreys y Celine Kelly, de Penguin, en Reino Unido, y Daniela Jarzynka y Bastei Luebbe en Alemania.

Mi agradecimiento más sincero para mi amiga Lena Spark por su asesoramiento médico y por haber respondido a mis algo truculentas preguntas mientras empujábamos los columpios de nuestras hijas en el parque. Los errores son de mi exclusiva responsabilidad.

Gracias a mis amigas Petronella McGovern y Margaret Palisi por suministrarme información importante sobre el mundo de la educación primaria. Gracias a mis queridas hermanas por ser mis queridas hermanas: Jaclyn Moriarty, Katrina Harrington, Fiona Ostric y Nicola Moriarty. Gracias a

Adam por las tazas de té y a George y Anna por dejarme «trabajar en el ordenador». Gracias a Anna Kuper por la amabilidad de animar a George y Anna a dejarme trabajar en el ordenador.

Gracias a mi agente Fiona Inglis y a todo el mundo en Curtis Brown. Gracias también a mis colegas escritoras Dianne Blacklock y Ber Carroll. Viajar por ahí con vosotras dos al lado siempre es mucho más divertido.

Y, lo más importante de todo, gracias a quienes me leéis, especialmente a quienes os tomáis la molestia de escribirme. Estoy vergonzosamente enganchada a vuestros correos electrónicos y comentarios en Facebook y en el blog.

El libro *Berlin, The Biography of a City*, de Anthony Read y David Fisher, ha sido una ayuda inestimable para escribir esta novela.